TARIK AKAN

Ülkemin Güzel Yüzü

 Bu kitabın telif geliri, yazarı tarafından Nâzım Hikmet Kültür ve Sanat Vakfı'na bırakılmıştır.

1. basım: Ekim 2017
2. basım: Aralık 2017, İstanbul
Bu kitabın 2. baskısı 2000 adet yapılmıştır.

Editör: Faruk Duman

Düzelti: Aylin Samancı Elmasdağ, Mert Tokur
Mizanpaj: Bahar Kuru Yerek

Kapak tasarımı: Utku Lomlu / Lom Creative (www.lom.com.tr)

Kapak baskı: Azra Matbaası
Litros Yolu 2. Matbaacılar Sitesi D Blok 3. Kat No: 3-2
Topkapı-Zeytinburnu, İstanbul
Sertifika No: 27857

İç baskı ve cilt: Yıldız Matbaa Mücellit
Maltepe Mah. Gümüşsuyu Cad. Dalgıç İş Merkezi No: 3 Kat: 2
Topkapı-Zeytinburnu
Sertifika No: 33837

ISBN 978-975-07-3598-1

NÂZIM HİKMET
KÜLTÜR VE SANAT VAKFI

CAN SANAT YAYINLARI
YAPIM VE DAĞITIM TİCARET VE SANAYİ A.Ş.
Hayriye Caddesi No: 2, 34430 Galatasaray, İstanbul
Telefon: (0212) 252 56 75 / 252 59 88 / 252 59 89 Faks: (0212) 252 72 33
canyayinlari.com
yayinevi@canyayinlari.com
Sertifika No: 31730

TARIK AKAN
Ülkemin Güzel Yüzü

Yayına hazırlayan

Kıymet Coşkun

can

İçindekiler

Önsöz

Tarık Akan İçin

Onu anlatacak sözcükleri nereden bulmalı?

En iyisi bütün büyük ve soylu sanatçılar için söylenenleri onun için de yinelemek.

Ülkesinin büyük bir sanatçısı olabilmek, kimi zaman kişisel hünerlere hüner ve yeteneğe yetenekle, kimi zaman da ülkenin içinden geçtiği tarihsel ve toplumsal koşulların davetiyle gerçekleşir.

Tarık Akan sinema dünyasına girdikten çok kısa bir süre sonra ülkeyi ve dünyayı anlamanın ve anlatmanın derdine düştü. Yaşadığı çağın sanatçısı olmak böyle bütünlüklü bir eylemden geçiyordu. Karşısına çıkan iki büyük sanatçı, Yılmaz Güney ve Vasıf Öngören, ondaki bu gizilgücü ateşleyen iki önemli insan oldu. Yalnızca *Maden, Sürü* ve *Yol* filmlerinin yapım süreçlerinde Tarık Akan'ın giriştiği çabaları bilmek bile onun ne denli işinin militanı olduğunu anlamaya yeter.

Onun halkından ve ülkesinden yana militan sanatçı tavrı, sonraki yıllarında el attığı, içinde olduğu her işte, her eylemde kendini gösterdi. Okul mu kurdu, en iyisini yapmak istedi, Nâzım Hikmet Vakfı'nın kuruluşunda ve bugünlere gelmesinde en büyük paylardan biri onundu. Belgeseller çekmek istediğinde ülkesinin tarihine, kültürel varlığına sahip çıkan işlere girişti.

Mustafa Kemal Atatürk ve Nâzım Hikmet, her şeyden üstün tuttuğu iki yol göstericisiydi. Son yıllarında İlhan Selçuk'la geliştirdiği yakın dostluğu da bu çizgide görmek gerekir.

Bizler, onu yakından tanıma ve onunla birlikte çalışma şansına sahip olan arkadaşları, onun kişiliğinde hep doğruluğun, dürüstlüğün, hayat karşısında onurlu duruşun örneklerini izledik, hayatın neşesini, coşkusunu birlikte yaşamanın tadıyla büyülendik.

Arkadaşımız Tarık Akan, büyük sanatçı özelliklerini iyi bir insan olma özelliğiyle de birleştirebilmiş, bulunmaz güzellikte bir kişilikti.

Onun anısına hazırladığımız bu kitapla ona olan sevgimizi, hayranlığımızı, okurlarla, sevenleriyle de paylaşmak istedik.

Kitabı okuyanlar, onun türlü serüvenlerle dolu yaşam ve sanatını daha yakından tanıyacak, mücadelesine ortak olabilmenin sorumluluğunu hissedecekler.

Nâzım Hikmet Kültür ve Sanat Vakfı
Yönetim Kurulu
adına
Rutkay Aziz

Sunuş

Sevgili arkadaşımız, o koca dev adam gözümüzün önünde, hızla erimeye başladığında çaresizliğimizi birbirimizin gözlerinde görüyor ama yine de üzüntümüzü belli etmemeye, umudumuzu yitirmemeye çalışıyorduk. Yoğun bakıma alındığı son güne değin onun başparmağını aşağıya doğru sallayarak "bitti bu iş" demesini kabullenemiyorduk. Ama hayat böyle bir şey işte! İyiler, güzel insanlar erken gidiyor. Öldürmeye kıyamadığı o güzel ata binip gitti ölümsüzlüğe doğru arkadaşımız da!

Tarık Akan'ın başkan vekili olduğu Nâzım Hikmet Vakfı Yönetim Kurulu, onun için yapılabilecekleri konuşurken bir kitap hazırlanması kararı alarak bu kitaba özel bir yayın kurulu oluşturdu. Kurulun ilk toplantısında da kitabın hazırlanması görevi bana verildi. Kurulun diğer üyeleri Sevgili Zeynep Oral ve Turgay Fişekçi bu çalışma sürecinde desteklerini esirgemedi ve benim danışmanım oldular. Hemen Tarık Akan ile ilgili yayınlar tarandı ve toparlandı. Bilgisine başvuracağımız isimler belirlendi. Görüşmeler yapıldı, kayıtlar alındı ve çözüldü. Görüşmecilerin hepsinin Tarık Akan'la ilgili düşünceleri zaman zaman aynı sözcükleri kullanacak kadar yakındı. Çok sevdiği dostları onun ne kadar dürüst, mert, vefalı, sade, insancıl, duygusal, alçakgönüllü, iyi yürekli, cesur, yardımsever, haktan, doğrudan ve emekten yana vicdanlı biri olduğunu anlatıyordu.

Tarık Akan'ın bu kitapta okuyacağınız yaşamöyküsünü yazarken kendi tanıklıklarımla birlikte yakın çevresinin anlatımlarını, kaleme aldığı *Anne Kafamda Bit Var* kitabını ve çok önemsediğim iki çalışmayı ana kaynak olarak değerlendirdiğimi söylemeliyim. Burada bu çalışmalarından yararlanmama izin verdikleri için başta Ali Karadoğan ve Nebil Özgentürk'e teşekkürlerimi sunuyorum. Danışmanlarımın, yararlandığım her bilgiye kaynak gösterme çabamın okurlar için okuma zorluğu, dikkat dağınıklığı yaratacağı yönündeki uyarılarını dikkate aldım; onlara hak verdiğimi ve beni anlayacağınızı umduğumu söylemeliyim.

Bu kitabın hazırlanmasına katkı sağlayan, yaptığım görüşmelerde sabırla her soruma yanıt veren Tarık Akan ailesinin ve dostlarının adını anarak onlara teşekkür etmek istiyorum. Acısına karşın benimle konuşan ve aile albümünü açan can yoldaşı Acun Günay'a ve babaları gibi güzel yürekli Barış, Özlem ve Özgür'e sevgiyle sarılıyorum.

Bu süreçte beni yüreklendiren ve kolaylıklar sağlayan, çok sevdiği dostunun acısını bir yürek yarası gibi taşıyan vakıf başkanı sevgili Rutkay Aziz'e...

Tarık Akan'la ilgili tanıklıklarını anlatmak için günlerini, saatlerini ayıran, her telefon açışımda heyecanla, kimi zaman ağlayarak bildiklerini aktaran, bilmediklerini araştıran; İbrahim Astarcıoğlu, Umur Bugay, Şeref Gür, Zeki İrfanoğlu, Arif Keskiner, Güler Ökten, İbrahim Öz, Yavuz Özkan, Şerif Sezer, Nurettin Şen ve Nijad Yazıcı'ya...

Yazılarıyla bu kitabın oluşumuna katkı sağlayan; Ali Akdoğan, Ataol Behramoğlu, Murat Berk, Nurdan Beşergil, Günay Çapan, Arzu Çerkezoğlu, Halil Ergün, Turgay Fişekçi, Şerif Gören, Zeynep Irgat, Hayri İnönü, Ali Karadoğan, Rukiye Karadoğan, Hasan Keseroğlu, Arif Keskiner, Zülfü Livaneli, Colin Mounier, Rana G. Mounier, Yılmaz Okyay, Zeynep Oral, Nebil Özgentürk, Yavuz Özkan, Hakan Savaş, Ali Galip Savaşır, Fazıl Say, Berin Uyar, Özlem Üregül ve Işık Yenersu'ya...

Fotoğraf ve belge katkısı sağlayan *Cumhuriyet* gazetesi ve DİSK'e, her an yanımda hissettiğim Özel Taş İlköğretim Kurumu'na, bilgi akışı sağlayan ÇASOD ve Nesin Vakfı'na, SESAM'dan Yılmaz Atadeniz'e, Coşkun Aral, Serdar Arıkan, Taner Barlas, Atilla Coşkun, Mehmet Muti Ceviziçi, Şenay Çalışgan, İsa Çelik, Sebahattin Çetin, Fazilet Çulha, Niko Guido, Vicdan İrfanoğlu ve Baran Seyhan'a, ses kayıtlarını çözümleme de bana yardımcı olan Hikmet Arslan ile Semiha Başaran Yıltırak'a, kitabın her aşamasında büyük bir özveri gösteren Nâzım Hikmet Vakfı çalışanları Nilgün Ersoysal ve Hüseyin Demir'e...

Hazırlık sürecinde her türlü desteği esirgemeyen yayın kurulu üyesi dostlarım Turgay Fişekçi ve Zeynep Oral'a, bu kitabın hazırlanmasında bana sabır gösteren ve kolaylık sağlayan kızım Başak Coşkun ve torunum Derin'e çok teşekkür ediyorum.

Kıymet Coşkun
İstanbul, 15 Ağustos 2017

YAŞAMÖYKÜSÜ

Kıymet Coşkun

"... Türkiye'de bir oyuncu olmanın, sanatçı olmanın gereklerin yüklenilmesi gereken bir görev olarak almışım ben. Ülkenin laik, demokratik, çağdaş bir yapıya oturması için neler lazımsa, onlar için bir şeyler yapılması gerektiğine inanan bir kişiyim. Bunları da seçtiğim ve olmak istediğim bütün filmlerin içerisine sokmuşumdur. Çünkü benim dünya görüşüm bu. Buna inanıyorum. Başka türlü bu toplumun rahata kavuşması imkânsız diye düşünen kişilerdenim... Bunu bir görev olarak koyuyorum kendime."

Tarık Akan

Tarık Akan, İkinci Dünya Savaşı sonrasında dünyanın yeniden şekillendiği, Birleşmiş Milletler'in kurulduğu ve buna karşın Soğuk Savaş döneminin başladığı iki kutuplu bir dünyaya geldi. Bir yanda milyonlarca yurttaşını yitirmiş olmasına karşın galip devletler içinde yer alan Sovyet Sosyalist Cumhuriyetleri, öte yandan kendi toprakları dışında savaşan galiplerden Amerika Birleşik Devletleri. Mustafa Kemal ve arkadaşlarının Osmanlı'nın hezimetlerinden sonra vatan toprağı için yola çıktıkları ve Cumhuriyet'in kuruluşunu gerçekleştirdikleri günlerden sonraki süreçten, o dönem için demokrasi anlayışının ölçütü olan çok partili döneme geçiş süreci yaşanıyordu. Çocukluk yılları ise Soğuk Savaş döneminde yerini kapitalist dünyada konumlandıran, komünist dünyaya karşı kurulan NATO'nun üyesi olan, Kore Savaşı'na asker yollayan ve Marshall yardımlarının okullarda kendini Amerikan süt tozu ve balıkyağı olarak gösterdiği bir dönemde geçti. O dönemde yaşayan her çocuk gibi ilkokul yıllarında her gün okulda içmek zorunda olduğu bu yardımlar anılarında bir simge olarak yer alacak, olumsuz bir iz bırakacaktı.

Tarık, Yaşar Anne ve Yaşar Baba'nın küçük oğluydu. Anne tarafı Kırım göçmeni olarak 1805 yılında İnebolu'ya yerleşti. Baba tarafının kimliği ise Osmanlı sarayına uzanıyordu. Büyük büyükbabası, Abdülhamit ve Abdülmecit dönemlerinde sarayda kurulan klasik müzik orkestrasında flüt çalıyordu. Donizetti'nin İstanbul'a geldiği ve kaldığı dönemde onunla çalıştı. Babaannesi doğma büyüme Beşiktaşlıydı. Baba Yaşar Bey, klasik müzik hayranı bir tiyatroseverdi. Oğlu Tarık babasını anlatırken; akşamüzeri klasik müzik ya da fasıl eşliğinde şarap içmeyi çok sevdiğini, arkadaşlarıyla bir araya geldiğinde ise onları etkileyecek düzeyde komedi yeteneği olduğunu söylüyordu.

Sanatçı, nereli olduğunu soranlara genellikle, "Kayseriliyim," derdi. Kayseri'yi çok severdi. Kayseri onun çocuk belleğinde yiyecekleriyle, sokaklarıyla, oyunlarıyla çok yer etmişti. Sokaklarında çelik çomak oynadığı, aşık attığı, topaç çevirdiği mahalle yaşamı, neşeyle çocuklarına, arkadaşlarına anlattığı, anılarında iz bırakan tek yerdi. "Çocukluğumun en mutlu günlerinin geçtiği yer," dediği Kayseri'de babasının görevi nedeniyle bulunuyorlardı. Büyükbabası da onlarla birlikteydi. Tarık'la aynı odayı paylaşıyordu. Tek maaşla üç çocuk yetiştirmek kolay değildi. Evde Yaşar Anne, daha çok kemik suyu ile yapılan ya da en ucuzu olan işkembe ve bağırsaklardan yapılan mumbar gibi yemekler pişiriyordu ki küçük Tarık ileride yıllarda çok bıktığı bu yemekleri bir daha ağzına sürmeyecek, çocuklarına da yedirmeyecekti.

Büyükbaba içkiyi çok seviyordu. Yaşar Anne'nin yasaklamasına karşın gizlice içiyor, ailenin küçük oğlu ise onu, sızdığı çay kenarından alıp sırtında eve taşıyordu. Küçük Tarık'ın bu durumdan çok da hoşnutsuz olduğu söylenemezdi. Bu serüvenden şarap şişelerini satarak kazançlı çıkan oydu. Şişelerin parasıyla harçlığını çıkarıyor, şeker alabiliyordu.

Bu arada yine Kayseri yıllarında sokakta gördüğü kedi yavrularını sahipleniyor, hastaysa bakımını yapmak üzere kucaklayıp eve getiriyordu. Onun bu sevgi dünyası babaannelerinin belleğinde kalanları torunlarına, yani Tarık'ın çocuklarına anlattığı anılardaydı. İnsan sevgisi, hayvan ve doğa sevgisiyle başlar sözcüğünün yansıması gibiydi.

Doğum yeri, gerçekte İstanbul Eyüp'tü. 1949 yılının 13 Ekim'inde dünyaya geldi. Doğum tarihi –o dönemde sıkça karşılaştığımız gibi– nüfus cüzdanına 13 Aralık olarak geçti. Anne Yaşar ile baba Yaşar'ın üç çocuğundan en küçüğüydü. Yaşar Baba Mustafa Kemal hayranı, yurdunu çok seven bir subaydı. Tarık ileride albaylıktan emekli olacak olan babasına "generalim" diye seslenecekti.

Daha beş-altı aylıkken babasının görevi gereği Anadolu'ya geçtiler. Çocukluğu, Kars, Sivas, Van, Erzurum ve belleğinde geniş yer tutan Kayseri'de geçti. İlkokula Erzurum Dumlupınar'da başladı, Kayseri Sümer İlkokulu'nda tamamladı. Tarık Akan, bu okuldaki öğretmenini her zaman saygıyla ve sevgiyle anacaktı. Öyle ki yıllar sonra çekeceği Köy Enstitüleri'ni anlatan Bir *Meçhul Öğretmen* belgeselini öğretmeni Aliye Tepiroğlu'na sunacaktı.

Aliye Öğretmen, küçük Tarık'ı beşinci sınıfa değin okuttu. Okula başladığında konuşamıyordu. Konuşmayı, durumunun ayırdına varan Aliye Öğretmeninin özel ilgisi sayesinde öğrenecekti. Öğretmeni sıkça, "Bir şey söyle bana oğlum," diyor ama yanıt alamıyordu. Hiçbir şey söyleyemiyor, ağzından tek bir sözcük çıkmıyordu. Bir gün ağzından "hele" sözcüğü dökülüverdi. Öğretmeni çok sevinmişti, ama arkası gelmiyordu. Bu kez, "Oğlum hadi bana 'hele' de, arkasından başka bir şey söyle." Ben hele şu dersi çalışsam, hele şunu yapsam gibi birtakım cümlelerle sabırla öğrencisini konuşmaya teşvik ediyordu. Tarık yaşamı boyunca hiç kimseyle paylaşmadığı bu sorununu nasıl aştığını yıllar sonra dostu Dr. Yılmaz Okyay'a açacaktı. "Ben alıştırmalarla, yavaş yavaş, yavaş yavaş bu sorunu aştım," dediğinde Yılmaz çok duygulanacak, arkadaşının içtenliğine, sadeliğine bir kez daha hayran kalacaktı. "Ne şanslısın ki böyle bir öğretmenin varmış Tarıkçığım," diyen arkadaşının "yaz bunları" telkinini de dikkate almadığı bu olay, onun pek de bilinmeyen bir yanına ışık tutuyordu.

Tarık Akan, denizi ilk kez gördüğünde 14 yaşındaydı. İzmit'e babasının yeni görevi nedeniyle gelmişlerdi. "Bu kadar su nasıl bir arada duruyor?" şaşkınlığı içindeydi. Yıllar sonra ise bu "bir arada duran suyun" çocuğu olacak, ondan hiç kopamayacaktı. Ortaokula İzmit'te başladı. Babasının emekli olmasının ardından İstanbul Bakırköy'e taşındılar. Bakırköy, ortaokulu tamamladığı ve liseyi okuduğu, ergenlik döneminin heyecanlı, haylaz ilkgençlik yıllarını geçirdiği ve son nefesini alana dek yaşadığı semtiydi.

Bakırköy'ün yakışıklısı

Ortaokulu Bakırköy Merkez Ortaokulu'nda tamamladı. Bu okulun binası, Tarık'ın ileride eğitim çalışmalarını yürüteceği –biraz ileride bulunan– Taş Mektep'in adını alacaktı. Daha sonra Yıldız Teknik Üniversitesi Makine Mühendisliği gece bölümüne başladı ve bir buçuk yıl devam etti. Ancak gündüzleri ya da kimi zaman geceleri de çalıştığı için devam zorunluluğu olan bu fakülteyi bırakmak zorunda kaldı. Aynı yıl devam zorunluluğu olmayan dört yıllık Basın Yayın Yüksekokulu'na kaydını yaptırdı.

Bakırköy yılları onun yerinde duramadığı, hercai delikanlılık dönemiydi. Güzel bir arkadaş grubu edinmişti. Kazandıklarını paylaştığı arkadaşlarıyla dostluğu, yaşamı boyunca sürecekti. Bu arkadaşlarından biri de "Kozalak" lakabıyla seslendiği Zeki İrfanoğlu'ydu. Bakırköy'de askerlik şubesinin yanındaki Kızılay Meydanı'nda bulunan duvarın üstünde otururlarken tanıştı. Yedi-sekiz arkadaşıyla Tarık'ın grubu ile aşağıdan, Kartaltepe'den gelen Zeki'nin grubu çabuk kaynaştı. Her ikisi de o dönemde ortaokul öğrencisiydi. Zeki, İstanbul Erkek Lisesi'nin orta bölümündeydi ancak lisenin son yıllarında Bakırköy'e naklini yaptıracaktı. Bir ara aynı kızla ilgilenmeleri, belki de onları kaynaştıran bir dostluğa neden oldu.

Tarık Akan, Bakırköy'de lise ve üniversite yıllarının başında arkadaşı Zeki'yle birlikte işportacılık gibi günlük işlerde çalışarak harçlığını çıkarıyordu. Denizi çok seviyor ve sık sık sahile yüzmeye gidiyordu. Yazları Ataköy Plajı, işportacılar için iyi bir pazardı. Beş kilometreye kadar uzanan sahilin başında duruyorlardı. Bir ara kazandığı parayla küçük bir sandal aldı. İki kişilik bu sandalla geldiğinde arkadaşı şaşkındı. "Ne yapacağız bu sandalla?" diye sorduğunda, "Kiraya vereceğiz," diyecekti. İki arkadaş "Haylaz" koydular sandalın adını. Saati on liradan kiraladıkları bu sandal işi iyi para getiriyordu. Ancak bir süre sonra Türklere değil de turistlere kiralamayı tercih eder oldular. Çünkü Türkler uzağa bırakıp gidiyor, yabancılar ise getirip teslim ediyordu. Bu arada sandalı beklerken denizde boğulma tehlikesi geçirenlere de koşarak yardımcı oluyordu. Boy avantajının verdiği hızlı koşma ve hızlı yüzmesiyle yaptığı bu kurtarıcılık, onun plajda cankurtaranlık yaptığı sanısına yol açtı. Ancak bu işi hiçbir zaman para karşılığında yapmadı.

Arkadaşı Zeki, Mithat Paşa Stadyumu'nun numaralı tribünlerindeki gazoz satıcılığından, hamallığa değin yaptıkları işleri anlatırken ilk dönemlerine ilişkin bir anısını şöyle aktarıyordu:

> Bir gün Unkapanı'nda bir toptancıdan aldığı bir tomar kâğıdı satmak için çağırdığında, "Oğlum bunu ne yapacağız, nereye satacağız? Araba tutsak bile bizi kimse bu koca koliyle almaz," dediğimde, "Yürüyerek taşırız," dedi. Ben şaşkın onunla Cağaloğlu'nda bulunan okuluma kadar yürüdüm. Okulda kantine inerek kâğıtları kantinciye sattık. Kantinci parasını pazartesi günü vereceğini söyledi ama biz bu parayı hiç alamadık...

Bu arada 1968 yılında, henüz lise öğrenciliği sırasında, Avusturya Lisesi'nden gelen ve Bakırköy Lisesi basketbol takımının kaptanı yapılan Rutkay Aziz'den takımda oynaması önerisi aldı. Böylece ileride yakın dostu olacak Bakırköylü Rutkay Aziz ile tanışıklığı basketbol sayesinde oldu. İki genç lise tuvaletinde gizlice sigara içerken karşılaşmıştı ve Tarık, uzun boyu nedeniyle Aziz'in dikkatini çekmişti. Takım kurmak zorunda olan Aziz'in, "Kardeş, basketbol oynar mısın?" sorusuna, "Ben basketboldan anlamam," yanıtını vermişti. Ancak Rutkay'ın, "Canım ben de anlamam. İşte oynayalım, derslerden kaytarırız," demesiyle ilk buluşmaları anlaşmayla sonuçlanmıştı. Antremanlarla derslerden kaytaran Aziz'in deyişiyle, oyuncular ne yazık ki ilk maçta feci şekilde yenildiğinden "kısa bir süre sonra basketbol perdesini" kapatacaklardı. Bu arada bu deneyimin etkisiyle olsa gerek Tarık Akan, Bakırköy Spor Kulübü'nün bir yıl kadar lisanslı basketbol oyuncusu oldu. Bir-iki kez maça çıktı. Belki de bu oyunculuğu yıllar sonra bir televizyon kanalında gösterilen uyarlama dizideki koçluk rolünde ona yardımcı olacaktı.

Basketbolu sevmesine karşın futbolla arası yoktu. Yine arkadaşını kırmayarak gittiği iki maçtan biri Bakırköyspor, diğeri ise Fenerbahçe-Galatasaray maçıydı. Fenerbahçe'ye sempatisi olmasına karşın kendisini takım tutmayanlardan sayardı. Onun ilgisi milli maçlara idi. Bir kez de –artık meşhur olduktan sonra– arkadaşı Zeki ile şimdiki Vadofone Park o zamanki adıyla Mithat Paşa Stadyumu'nda oynanan Türkiye-Hollanda maçına gitti. Ancak tanınarak yapılan sevgi dolu tezahüratlar arasında tribünde yerlerini alırken, konuk takımın 200 kişilik taraftarının Mozart'tan parçalar söylediklerini fark etti. Büyük bir heyecanla bu kez konuk takımın tribünlerine giderek yanlarına oturdu. Zeki ısrarla onu diğer tribüne götürmeye çalışıyor ve, "Bak dayak yeriz sonra," diyordu. Ama oralı olmadı. Babasından aldığı klasik müzik sevgisi nedeniyle yaptığı bu yer değişikliği kuşkusuz durumun ayırdında olmayan seyirciler tarafından tepkiyle karşılandı. Maç bittiğinde iki arkadaş ağızları, burunları dağıtılmış olarak ayrılacaktı stadyumdan.

Bakırköy, İstanbul'un kültür ve spor yaşamında önemli bir yer tutuyordu. Birçok sporcu ve sanatçı Bakırköy kökenliydi. Küçük bir tiyatro ve de sinema salonu vardı. Tıyatro ve sinema merakı nedeniyle hiçbir oyunu ve filmi kaçırmıyordu. Kuşkusuz o yıllarda İstanbul'un her yerinde bulunan ve halkın eğlence yaşamında önemli bir yer tutan yazlık açık sinemalar da onun vazgeçemediklerindendi. Ki Tarık Akan anılarını anlatırken Bakırköy'de 10-12 yazlık sinemanın varlığından söz ediyordu.

* * *

Bakırköy'ün bıçkın delikanlıları eğlenceyle harmanladıkları yaşam savaşı içinde gençliklerini geçirirken dünyada 68 olaylarının patladığı, çalkantılı bir dönem yaşanıyordu. Fransa'da başlayan ve Vietnam Savaşı'na karşı çıkan gençlerin direnişiyle Amerika'da zirve bulan hareket, kuşkusuz Türkiye'ye de yansıyacaktı. Üniversite öğrencileri antiemperyalist bir çizgide buluşuyor ve emperyalist ülkelere karşı bağımsız Türkiye istemiyle yollara dökülüyor, eşitlik ve özgürlük için seslerini yükseltiyordu. Gençliğin bu direnişi boykot ve işgal hareketleriyle at başı gidiyordu. Devrimci sendikalar ve Büyük Millet Meclisi'nde bulunan Türkiye İşçi Partisi milletvekilleri gençlere destek veriyordu. Sendikalar birçok büyük işyerinde greve gidiyordu. Amerikan 6. Filo askerleri üniversiteli devrimci gençlerce Dolmabahçe'de denize dökülmüş, Taksim'e yürüyüşe geçen gençlere yönelik Kanlı Pazar saldırısı (16 Şubat 1969) gençlerin öfkesini iyiden iyiye yükseltmişti. 15-16 Haziran (1970) olayları da eklenince sermayenin ve sermayeye bağlı hükümetin, önlemler alması gecikmedi ve sıkıyönetim ilan edildi. Bir yıl geçmeden de Türk Silahlı Kuvvetleri tarafından 12 Mart (1971) Muhtırası dönemin hükümetine verildi. Başbakan Süleyman Demirel'in şapkasını alıp çıktığı bu dönemde Meclis ve Senato feshedildi. Başbakanlık görevi Nihat Erim'indi. Nihat Erim, mevcut özgürlükçü 1961 Anayasası'nın Türkiye için lüks olduğunu açıklayarak, yeni bir anayasa için kurucu meclis oluşturulacağını duyurdu.

Bu arada radyolardan arananlar listeleri açıklanıyor, büyük çaplı ev aramaları yapılıyordu. Evde yasaklanmış ya da sol içerikli kitaplarla birlikte gözaltılar başlamıştı. Birçok yazar, aydın, gazeteci gözaltına alınarak Selimiye Kışlası'na dolduruldu. İlhan Selçuk'un işkencelerini anlattığı ünlü Ziverbey Köşkü de bu dönemde kullanıldı. Deniz Gezmiş ve arkadaşları da 6 Mayıs 1972'de asıldı. Dünyada ve ülkede böylesine çalkantılı bir dönem yaşanırken, bambaşka bir dünya daha vardı. Bu sorunlarla çok da ilgili olmayan apolitik diyebileceğimiz gençlerin eğlenceli dünyası!

Ses dergisi yarışması ve sinema dünyasına adım atışı

Makine fakültesinde okuduğu yıllardaki arkadaş grubunda eğitimine devam eden tek genç Tarık'tı. Yine paraya çok gereksinim duydukları bir dönemdi. Tarık bir gün arkadaşı Zeki'ye, kendisini Haluk Doğan diye birinin aradığını ve ertesi günü Sirkeci'ye fotoğraf çekimi için çağırdığını söyledi. Muhtemelen mankenlik ajanslarına verilecekti fotoğrafı. Haluk Doğan, Tarık'ı, Ataköy Plajı'nda kendisini gören bir kadından duyduğunu söyleyecekti. Sirkeci'ye gidip emanet giysilerle fotoğraflarını çektirdi. Sonraki İlk pazartesi günü de içinde fotoğrafları bulunan bir sarı zarfla arkadaşının yolunu tuttu. Kozalak Zeki fotoğrafları gördüğünde, yeni gördüğü *Ses* mecmuası kapak haberi aklına geldi. "Mecmua" her yıl sinemaya yeni yüzler kazandırmak için yarışma düzenliyordu. Yarışma sonrasında kadın ve erkek katılımcılardan birer kişi sinema dünyasına kazandırılıyordu. Bu yıl da başvuru için tam zamanıydı. Kazanana 10.000, ikinciye 7.000, üçüncüye ise 5.000 TL veriliyordu.

Tarık'tan fotoğrafları bir süreliğine ödünç alan arkadaşı *Ses* dergisinin Cağaloğlu'ndaki yolunu tuttu. Ancak derginin girişindeki başvuru kutusu yerinde yoktu. Kapıdaki görevliler Zeki'yi hiç de ciddiye almadı. Çünkü zaten on gün önce başvurular sonlanmıştı. Zeki'nin itirazları işe yaramıyordu. Ancak o sırada dergiden çıkmakta olan bir kişinin dikkatini çekmeyi başardı. Olayı anlayan kişi, başvuruyu yapanın Zeki olduğunu düşünerek başvuru tarihinin bittiğini açıklamaya çalıştı. Ama Zeki onu da dinlemiyordu. Elindeki zarftan çıkardığı fotoğrafları uzattığında şaşkınlık sırası artık bu beydeydi. "Nerden aldın bu fotoğrafları? Nerden tanıyorsun bunu?" sorularına, "Arkadaşım," diye yanıt verirken, karşısındaki, "Ben bir götüreyim bakayım belki kabul edilir," diye fotoğraflarla birlikte yeniden yukarıya yöneldi. Zeki, bu şahsın, jüri üyesi Erman Şener olduğunu daha sonra öğrenecekti.

Zeki, bütün yaşamını değiştirecek olan haberi verdiğinde Tarık'ı asıl olarak paranın miktarı heyecanlandırdı. Yarışmaya 200 kişi katılıyordu ve sonuçtan umutlu değildi. Üçüncü de olsa bu parayla babasına ve kendine birer palto ile ayakkabı alabilir, kalanını da arkadaşlarıyla paylaşabilirdi. Ötesini pek de düşünmemişti. Yarışmaya gittiklerinde morali iyice bozuldu. Çünkü çok iyi gençler vardı. Ancak 10 kişilik jüri onu hemen fark etti. Yapılan oylamada da tercihler Tarık'tan yana çıktı.

Akan soyadı

Erman Şener, birinci seçildiğinde Tarık'ı Zeki'yle birlikte görüşmeye çağırdı. İşyerinde yaptıkları konuşmada konu Tarık'ın soyadıydı. Tarık Tahsin Üregül adı pratik değildi. Akılda kalmayacak uzun bir isim ve soyadıydı. Bunu değiştirmek gerekiyordu. Erman Şener, "Aktan" yapalım dediğinde Zeki, "Olmaz abi, Aktan zor bir soyadı," diyecekti. Bu kez sıra Tarık'taydı; çok sevdiği oyuncu Fikret Hakan'dan yola çıkarak "Hakan" önerisinde bulundu. Ancak Erman Şener iki ismi birleştirerek "Akan" soyadını önerecek ve iki arkadaş da karşı çıkmayacaktı. Yine Erman Abilerinin önerisiyle beş dakika boyunca "Tarık Akan" ismi odada yüksek sesle söylenecekti.

Sonuçlar, 16 Ocak 1971'de açıklandı. *Ses* mecmuası kapağında Tarık'ın fotoğrafı vardı. Fotoğraf iyi değildi. Baskı kalitesi çok kötüydü ancak bu haliyle bile arkadaşı Zeki'nin deyişiyle "Türkiye sallandı". Önce ödül parası alındı, sonra paltolar ve ver elini Beyoğlu'ndaki gece kulubü Parizyen Pavyon! Kalan parayı Elmadağ'daki bu kulüpte tüketip sabaha karşı yürüyerek Sirkeci'ye gidecek ve kaçak olarak trene atlayacaklardı.

* * *

Yine parasızdı. Bu kez ellerinde ne varsa, kamera vb. gibi satıldı ve parası yine paylaşıldı. Sigaralarını bile ortadan bölerek içtikleri bir dönemdi. Her an film teklifi bekleniyordu ama hiç kimseden ses çıkmıyordu. Üstelik dergide yayımlanan fotoğrafları nedeniyle de rahatı iyice kaçtı. Bakırköy'de sokakta dolaşamıyordu. Bir gün Yılmaz Güney'in Fatma Girik'le birlikte film çektikleri haberini aldı. Yılmaz Güney çok değer verdiği, saygı duyduğu bir sinemacıydı. Onunla tanışmak kendisi için büyük olaydı. Hemen sete gitti. Şapkasıyla gözlerini kapatmış ve ayaklarını masanın üzerine uzatmış olarak oturan Yılmaz Güney'e, "Yılmaz Abi merhaba ben Tarık Akan'ım. *Ses* mecmuası yarışmasında birinci oldum," dediyse de Yılmaz Güney tarafından, "Ne istiyorsun lan!" diye karşılandı ve kovuldu. İlk hayal kırıklığını da böylece yaşadı.

İlk filmleri ve kartpostal çocuğu

Sinema sektöründen beklediği haberse nihayet temmuz ayında kahvede otururken geldi. Hemen yanlarına gittiği Ataköy Plajı'ndaki arkadaşlarına ilk filminin müjdesini, heyecandan daha yanlarına gitmeden, uzaktan bağırarak verdi.

Artık sinema sektörüne adım atacak olan Tarık, Bakırköy Lisesi'nde birlikte basketbol oynadığı, ancak bu kısa maceranın sonlanması sonrasında ayrı gruplarda yer aldıklarından pek de görüşmediği arkadaşı Aziz Rutkay'la buluştu. Rutkay tiyatroyu seçmişti. Bakırköy'ün bir bahçesinde bir araya geldiklerinde, Aziz'in hiç unutamayacağı şu konuşmayı yapacaktı: "Rutkay ben bundan sonra ağırlığımı koyacağım. Beni filmlerde sen seslendirirsin artık." Rutkay'ın yanıtı, "Tarık seni kimse takmaz, beni de kimse dinlemez. Bu işin belli adamları vardır. Onlar bu işi hiç bırakırlar mı?" olacaktı. Öyle de oldu. Ne Tarık ne de Rutkay bu konuda ciddiye alındı. 1971 Eylül'ünden sonra Ankara'ya giden Rutkay Aziz, Ankara Sanat Tiyatrosu'nda tiyatro yapacak, Tarık da filmlerine başlayacak ve artık birbirlerini uzaktan izleyeceklerdi.

İlk filmi *Solan Bir Yaprak Gibi*, başrolünü paylaştığı oyuncu ise Fatma Girik'ti. Filmde ayrıca Muzaffer Tema, Münir Özkul, Melek Görgün gibi önemli ve tecrübeli sanatçılar da oynuyordu. Bu filmden alacağı para 7.500 liraydı. Çekimlerden önce –heyecanını bastırmak için olsa gerek– Zeki'yle plajda güreşmek istedi. Arkadaşının karşı çıkmasına karşın bu güreş yapıldı ama ne yazık ki arkadaşının dizkapağının çarpması sonucu burnu kırılmış ve gözü morarmıştı. Ertesi günü sette ilk günüydü ve o haliyle gitmek zorundaydı. Yönetmen Mehmet Dinler şaşkınlık içindeydi. İlk uyarısını da Fatma Girik'ten aldı. Birkaç gün yalnızca arka plan çekimleri yapıldı. Hemen ardından ikinci film teklifi geldi: *Melek mi Şeytan mı?*

Bu film de aynı film şirketi tarafından çekildi; Melek Film. İlk filmin çekimi ve montajı uzun sürdüğünden *Melek mi Şeytan mı?* daha önce vizyona girecek ve kamuoyunda Tarık Akan'ın ilk filmi algısı yaratacaktı. Bu kez Türkan Şoray ile birlikte oynadı. Filmde yine ünlü oyuncular vardı; Muzaffer Tema, Metin Serezli, Nubar Terziyan, Danyal Topatan, Süleyman Turan. Çekim sürecinde boyunun uzunluğu nedeniyle çok zorluk çekmişti. Arkadaşı Zeki'ye çok dertlendiği, üzüldüğü hatta ağladığı günler geçirecekti.

Salon çocuğu Ferit'ten *Hababam Sınıfı*'nın Damat Ferit'ine

İlk filmlerinde, tecrübesizliğine karşın gelecek vaat eden yanı öne çıkıyordu. İlk filminde birlikte oynadığı ve sinemaya kendisinden önce girdiği için daha deneyimli bir oyuncu olan Fatma Girik onun için, "Bu çocukta iş var," diyecekti. Bir yıl sonra Ertem Eğilmez'in sahibi olduğu Arzu Film'le sözleşme imzaladı.

Arzu Film o dönemde yaygın olan salon filmleri çekiyordu. Tarık bu filmlerde genellikle romantik jön rollerindeydi. Ya zengin bir ailenin oğlu yoksul kıza âşık oluyor ya da yoksul delikanlıyı canlandırıyor ve zengin babanın kızıyla aşk yaşıyordu. Filmleri "hep mutlu sonla biten, ortaoyunlarından bozma" melodramdı. Ertem Eğilmez, filmlerde kaybettiği oğlu Ferit'in adını kullanıyordu. Hatta Tarık'ı Ferit'in yerine koyar gibiydi. Bu dönem Tarık Akan'ın Ferit olarak meşhur olduğu ve anıldığı dönem oldu. Ferit olarak sevildi ya da filmlerdeki Ferit olarak nefret edildi.

Türk sinemasına kazandırılan yakışıklı yeni jön film üstüne film çevirmeye başladı. Yeni ve farklı bir yüz olarak girdiği sektörde hızlı bir yükselişe geçti. Filmleri ciddi gişe getirisine yol açtı. Nejat Saydam'ın *Aşkların En Güzeli*, Orhan Elmas'ın *Azat Kuşu*, Memduh Ün'ün *Para* adlı eserleri ardı ardına çevirdiği filmlerdi. Daha sonra Ertem Eğilmez yönetiminde oynadığı *Sev Kardeşim* ve *Tatlı Dillim* adlı filmlerde Hülya Koçyiğit, Münir Özkul, Adile Naşit, Zeki Alasya, Hulusi Kentmen, Halit Akçatepe, Mürüvvet Sim gibi sevilen ünlülerle bir araya geldi. Bunlar gibi bundan sonra çekeceği filmler komedi öğeleri de taşıyan melodramlardı ama arka arkaya hızla çekilen bu filmlerin kaliteleri kuşkusuz ki sorgulanıyordu. Türk sinema tarihinin en çok film çekilen dönemiydi. 1972 yılında Mehmet Dinler'in yönettiği ve ileriki yıllarda adını bile anımsamadığı *Suçlu* filminde Bahar Erdeniz, Yalçın Gülhan, Fatma Belgen, Atıf Kaptan, Renan Fosforoğlu ile oynadı. Bu filmdeki oyunculuğuyla da Antalya Film Festivali'nde ilk En İyi Erkek Ödülü'nü kazandı.

Daha sonra biraz da kendi ısrarlarıyla daha tatmin edici filmlerde oynadı. Çünkü fotoroman tarzında çekilen filmler için "oyunculuk bu değil" sorgulaması başlamıştı. Daha duygusal, daha insancıl filmler çekme dönemine geçiyordu. İsteği üzerine Salim Şengil'e bir senaryo ısmarlandı ve Ertem Eğilmez'in yönettiği *Canım Kardeşim* ortaya çıktı. Hasta kardeşi için çırpınan abinin dramı aslında toplumsal bir yaraya da parmak basıyordu. Halit Akçatepe, Adile Naşit, Metin Akpınar ve çocuk oyuncu Kahraman Kıral ile oynadı. Film çok sevildi ancak iş yapmadı. Hiç getirisi olmayan bu film nedeniyle zarara giren Ertem Eğilmez artık yoksul ve fedakâr Tarıklı filmlerin çekimini reddedecekti. Yakışıklı, şımarık, zengin Tarık imajının halk tarafından daha çok sevildiğini söylüyordu. Tarık ise, "Ben bunu –bu imajı– değiştirmeyi bilirim," diyordu.

Safa Önal'ın yönettiği *Umut Dünyası* ile de ilk farklı filmlerin işaretini verir gibiydi.

> ... Ben Ertem Abi'ye farklı film yapmak istediğimi hep söylemişimdir. Ertem Abi de beni kırmamak için bazılarını kabul ediyordu. Ya kendi yapıyor ya da bir başkasına bunu yaptırıyordu. Sırf beni memnun etmek için. Ama sonra aslına döndüğüm zaman tavırları iyice farklılaşıyor, onun için de sürekli kavga gürültü çıkıyor. Yani o filmleri tamamen benim baskım ve isteğim doğrultusunda Ertem Abi kabul etmiştir.

Belli ki bu filmlerden biri de 1974 yılında Ergin Orbey'in senaryosundan çekilen *Boş Ver Arkadaş* filmiydi. Filmde Selma Güneri ve Reha Yurdakul ile oynuyordu. Arzu Film'in yapımcılığındaki filmin yönetmeni Zeki Ökten'di. Bu film, yaşam boyu sürecek bir dostluğun başlangıcı özelliğini taşıyordu. Tarık, Zeki'nin en iyi arkadaşı olacaktı

Bu yıllarda çevirdiği filmlerden birine ilişkin tanıklığını dile getiren Adile Naşit'in bir anısını, oyuncumuzun karakterini yansıtması açısından burada aktarmak isterim:

Bizim Aile filminin çekimlerinde idik. Halit Akçatepe ile Münir Özkul aralarında konuşup gülüşüyorlardı. Tarık Akan da oturmuş bir köşeye dalıp dalıp gidiyordu. Yanına gittim. Çok samimi değildik. Çorba içme saatiydi, çorba içtik. Ve "Hayırdır?" dedim. Zor da olsa anlatmaya başladı.

"Mühendislik Fakültesi'nde okurken, okula yakın bir yerde bir matbaacı arkadaşım vardı. Cebinden kitaplar basar, insanlar okusun diye uğraşırdı. Bugün gelirken ona rastladım. İşleri bozulmuş, kapatmak zorunda kalacakmış dükkânı," dedi.

Çekimler iyi gidiyordu. Münir'in yanına gitim, durumu anlattım. Yevmiye usulü çalışıyorduk. Ne yapacağımızı da çok bilmediğimizden bekledik. Belki elimizden bir şey gelirdi. Münir bunu epey dert edindi. Hani o can alıcı sahne var ya; Münir'in o güzel tiradı. Saim Bey'in kapısından içeri girer, "Sen değil, ben büyüğüm ben," diye noktalar. İşte o sahnede, herkesin eli ayağı buz kesti, yarım saat bir sessizlik oldu.

Gün bitti, yevmiyeler dağıtıldı. O gün ne olduysa hepimiz üçer yevmiye aldık. Münir 10 yevmiye almıştı. Herkes aldıklarını bir araya getirdi ve topladık Tarık Akan'a uzattık. Kabul etmedi, zorla kabul ettirdik. Beraber gidip matbaadaki işler düzene girene kadar her gün biraz daha destek olduk. Bugün Tarık'ın vesilesiyle o matbaa hala çalışıyor ve geçtiğimiz gün, 20 bin adet kitap basıp, tüm ülkedeki okul kütüphanelerine yolladı (21.06.1985).[1]

Hababam Sınıfı

Artık salon filmleri çekmek istemeyen Akan, imzaladığı kontrat nedeniyle hâlâ bağımlı olduğu Ertem Eğilmez'e bu kez farklı bir öneriyle gitti. Rıfat Ilgaz'ın yazdığı ve çok satan kitaplar listesinin başında gelen *Hababam Sınıfı* ki Türkiye'deki eğitim sistemine güldürü tarzında farklı bir eleştiri getiriyordu. Bu öneri, onu kaybetmek istemeyen Eğilmez için

1. **Bu olayın tanıklarından biri, matbaaya gidenler arasındaki Tarık'ın can dostu Zeki İrfanoğlu'ydu.**

de can simidi oldu. Romanın yazarı Rıfat Ilgaz'dan telif hakkı alındı ve senaryo genç yetenek Umur Bugay'dan istendi.

Bu süreci Umur Bugay şöyle anlatacaktı:

> Ben o dönem çekilen filmlere açıkçası soğuk bakıyordum. Çünkü biz başka bir kuşaktan ve başka bir kulvardan geliyorduk. Tarık bizden sonraki kuşaktandı. Biz sinematekten geliyorduk. Bergman'ları seyrediyoruz, Polonya sinemasını, Macar sinemasını, Fransız sinemasını seyrediyoruz. Sinematek bir dershane gibiydi bizim için. Biz orada sinemacılığımızı hayra yormaya başladık.
>
> O yıllarda, yani 1974 yılında ben yazar olarak yavaş yavaş mesleğe giriyordum. Ertem Bey benim oyunlarımı, skeçlerimi Devekuşu Kabare'de görmüş ve Halit Akçatepe'ye beğendiğini söylemiş. Kalemi güzel, *Hababam Sınıfı*'nı yaptırabilir miyiz? diye sormuş. Çünkü o tarihlerde *Hababam Sınıfı*'nın telif hakkını almış. Akçatepe de büyük bir hararetle, "Umur Bugay bu işi çok iyi yapar, çok iyi yazar, çok iyi düşündün," demiş.
>
> Ben görüşmeye gittiğim zaman Tarık da Ertem Bey'in evindeydi. Orada müthiş bir kadro vardı; Adile Naşit, Münir Özkul, Tarık Akan, Kemal Sunal, Ergin Orbey... Her kafadan bir ses çıkıyor. Ben orada fark ettim, "Senaryo böyle yazılırmış," dedim. Ertem Bey, elinde sigarası, herkesi dinler, bir tanesini beğenir ve, "Hah tamam! Şimdi yaz bunu!' der, asistanlardan biri de yazar. Münir Abi ara sıra lafa girer, zaten ilk *Hababam* böyle bir kadroyla yapıldı ve en iyisi de odur bence.

Tarık Akan, Arzu Film'in kadrolu tek oyuncusu değildi kuşkusuz. Münir Özkul, Adile Naşit, Metin Akpınar, Zeki Alasya, Kemal Sunal, Halit Akçatepe gibi isimler de Ertem Eğilmez ile sözleşme imzalayan kadrolu oyunculardı. Çekimler başladı. Bu kez "Damat Ferit" lakabı takılan Ferit'i oynuyordu. Çekimler sürerken, filmin sonu yani final sahnesine ilişkin filmin senaristi Umur Bugay ve yönetmeni Ertem Eğilmez arasında tartışma çıkacak ve film, yönetmenin istediği son ile vizyona girecekti. Umur Bugay, filmi, Saray Sineması'nda izledi. "Korka korka seyrettim final sahnesini ama milletin duyguları, alkış sahnesi unutulmazdı," diyecekti. Film Münir Özkul'dan Kemal Sunal'a, Adile Naşit'ten Şener Şen'e müthiş bir oyuncu kadrosuyla günlerce dolu salonlarda gösterildi. Gişe başarısı Ertem Eğilmez'i çok sevindirdi. Daha sonra da çok tutan filmin ikinci bölümü *Hababam Sınıfı Sınıfta Kaldı* çekildi. (Bu iki filmin dışında Ertem Eğilmez tarafından kitapla alakası olmayan birçok *Hababam Sınıfı* daha çekildi. Ancak Tarık Akan o filmlerde rol almadı.)

Bu film gerek Tarık Akan'ın oyunculuk çizgisindeki gelişiminde, gerekse Türk sinemasının dönüşümünde önemli bir yer tuttu. Umur Bugay, dönemi şöyle özetleyecekti:

> Bu dönemin rejisörleri de Darülbedayi'den, ortaoyunculuğundan kurtuldu. Türk sinemasında Metin Erksan, Atıf Yılmaz gibi hem okuyan hem yazan, edebiyatımızı da takip eden, Lütfü Akad, Halit Refiğ, Memduh Ün, Ertem Eğilmez ve Yılmaz Güney gibi yönetmenler vardı. Birden Türk sinemasında sosyal işler, gerçek karakterler oluşmaya başladı. Tarık da duruşunu bundan yana koydu.

Bu filmin oluşum ve çekim süreci sonrasında Tarık Akan, artık sinema dünyasının içindeki duruşunu netleştirdi. Yeni dostluklar, yeni arkadaşlıklar kuruyordu. Umur Bugay ile dostluğu da bu film sayesinde başladı. "Henüz Damat Ferit iken biz Tarık ile dost olduk. Zaten bu çekimlerden sonra Tarık, daha dişe dokunur filmler yaptı. Ortam da öyleydi."

Yaşadığı bu süreci bir söyleşisinde şöyle özetledi Tarık Akan:

> Fiziğin bir avantajı var elbette. Zaten bundan dolayı da sizi işe başlatıyorlar. Ama fizik farklılığından dolayı işi bir yere kadar götürebilirsiniz. Sonra birtakım malzemelere ihtiyacın var, birtakım bilgilere ve öğrenimlere ihtiyacın var. Bunları

hissettiğin andan itibaren de neler yapmak gerektiğiyle ilgili araştırmalara, alıştırmalara ve çalışmalara başladığın zaman karşına koca bir dünya çıkıyor. Koca dünyayı araştırayım, öğreneyim derken, sen başka bir kulvara, kendi özüne doğru dönmeye başlıyorsun. O zaman yaptığın işleri de sorgulamaya başlarsın, yaptığın işleri sorguladıkça daha iyiye, daha ileriye, daha büyüğe doğru adımların nasıl atılacağının mücadelesini vermeye başlarsın. Tabii ki tek başına yapılacak işler değil bunlar, sana öğretmenlik yapmayı kabul eden dostların, abilerinin varsa onların vasıtasıyla adımların büyümeye başlar. Ben 1971'de ilk filmimi çektikten sonra 1974'e kadar, aşağı yukarı dört yıl sonra hatırladığım kadarıyla, bu tür filmlerin tamamını bıraktım. Yapmamaya başladım yani. 1974'ten bugüne kadar da hâlâ yapmıyorum.

Artık dünyaya farklı bakıyordu. Zaten Ertem Eğilmez'e *Hababam Sınıfı*'nı yaptırması da bu farklılığın gereğiydi. Arzu Film ile yaptığı anlaşmayı bozmak, bağımsız hareket etmek istiyordu. Yalnızca istediği, sevdiği projelerde oynamanın hakkı olduğunu düşünüyordu. Ertem Eğilmez sinemasını hiçbir zaman küçümsemedi. Onu çok iyi bir sinemacı olarak görüyorsa da artık Arzu Film'in kadrolu elemanı olmak istemiyordu. Ertem Eğilmez ise bu duruma çok üzülüyor, Tarık'tan ayrılma düşüncesi bile canını sıkıyordu. Onu bir anlamda tehdit ediyor ve piyasadaki etkisini kullanarak ona iş verdirtmiyordu. Tarık bir yanıyla onun para makinesi, Tarık Akan'ın deyişiyle "altın yumurtlayan tavuk", diğer yanıyla da oğluydu, Ferit'iydi ve öyle kalmalıydı.

Bir yıla yakın işsiz kaldı. Ertem Eğilmez haklı çıkmıştı. Kimse ona iş vermeye cesaret edemiyordu. Tam bir ambargo altındaydı. Nereye gitse kapılar yüzüne kapanıyordu. Yine ona iş verecek olan Ertem Eğilmez olacaktı. Şerif Gören, adıyla onu etkileyecek ve yeni filminin çekimlerini kabul ettirecekti. 1977 yılıydı ve *Nehir*'in çekimleri başladı. "İlk politik filmim," dediği bu film, Sinan Cemgil'in yaşamından bir kesiti anlatıyordu ve Tarık bu filmi, "Çok zor şartlarda yaptığım, hayatımın en zor filmlerinden bir tanesi," diye anlatacaktı. Ancak montaj sırasında filmin can alıcı final bölümü Ertem Eğilmez tarafından kesildi. Bazı sahneler de makaslandı. Tarık ve Şerif Gören, Eğilmez'e bunun nedenini sorduğunda, "Bu haliyle sansürden geçmez, ben bunu oynatamam, mecburum kesmeye," diye savundu yaptığı otosansürü. "Hiç unutmam, Aksaray'da bir sinemada seyrettim filmi, filmin sonunda hüngür hüngür ağladım 'nasıl kesersin bunu diye'... Sonra gene bir işsizlik dönemi başladı. Çünkü o filmden sonra Arzu Film'den tamamen koptum..." diye anlatır kendisiyle yapılan bir söyleşide. Ancak Arzu Film'den kopan yalnızca Tarık Akan değildir. Onu Metin Akpınar-Zeki Alasya ve Kemal Sunal izleyecektir.

Vasıf Öngören ile dostluğu

Tarık sinema çevrelerinde sağlam dostluklar kurmaya başlamıştı. Zeki Ökten, Şeref Gür, Atıf Yılmaz, Şerif Gören, Umur Bugay gibi isimlerle sinemacıların uğrak yeri Papirüs'te buluşuyordu. Haftanın birkaç günü bir araya geldikleri bu yerde adeta kendi gruplarını kurmuşlardı. Ancak Tarık ileriki yıllarda da yaptığı gibi buradan hep erken ayrılan oldu.

O, Papirüs sonrasında Bakırköylü arkadaşlarının yanına geçecek, onları hiç ihmal etmeyecekti. Daha sonraları ise evine koşacak, akşam yemeklerini evinde ya da dışarıda ailesiyle yiyecekti

Bu arada Vasıf Öngören[1] ile de burada tanıştı. *Nehir* fil-

1. İstanbul Üniversitesi'nde Jeofizik okurken okulunu bırakarak, lise yıllarından beri içerisinde olduğu tiyatro eğitimine başlamak istedi. 1962 yılında Almanya Berlin'de bulunan Freie Universitesi Felsefe Fakültesi'ndeki Tiyatro Bölümü'ne yazıldı. Daha sonra da Doğu Berlin'e geçerek epik tiyatroyu öğrendi. 1966 yılında ülkeye dönen Öngören köy öğretmeni olarak askerliğini yaptı. Daha sonra Ankara'ya yerleşerek Ankara Birlik Sahnesi'nin kuruluşunda yer aldı. 12 Mart döneminde gizli örgüt kurduğu iddiasıyla tutuklandı. 1974 Affı'yla serbest kaldı. 12 Eylül 1980'den sonraki yaşamı Almanya ve Hollanda'da 1984 yılında yaşamını yitirene değin sürdü. İlk oyunu *Göç*'ü Almanya'da, ikinci oyunu *Asiye Nasıl Kurtulur*'u askerliği sırasında yazdı. Diğer oyunları; *Almanya Defteri*, *Oyun Nasıl Oynanmalı* ve *Zengin Mutfağı*. Oyunları çeşitli dillere çevrildi. Estetik, sanat, kültür sorunları üzerine yazıları çeşitli gazete ve dergilerde yayımlandı.

minin çekimlerinin sonuna gelindiği bir dönemdi. Vasıf Öngören, tiyatro oyuncusu, yazar, yönetmendi. Güler ve Zeki Ökten'in yakın dostuydu. Güler Ökten, tiyatroda birlikte çalışıyordu, "Vasıf ile Tarık'ı Zeki tanıştırmış bildiğim kadarıyla. Ben 1975'ten itibaren Vasıf ile epik tiyatro yapıyordum. Zeki, 'Kuş konacak, civciv çıkacak,' diye dalga geçiyor bizimle. Çünkü epikte öyle bir şey var. Fakat tabii Vasıf'ın çok özel bir bilgisi vardı. Almanya'da Berliner Ensemble'da çalışmış ve aynı zamanda Marksizmi iyi biliyordu.

O dönemde Marksizmi bilen de azdı. Onun için hepimize her gün ders veriyordu. Bize Marksizmi anlatıyordu, biz de dinliyorduk. Sonra bir gün bir şekilde Vasıf, Meral'le (Taygun) bana Tarık ile teşrikimesai yaptığını ve onun bizim ikimizden de daha çok anladığını, daha çok gelişme gösterdiğini söyledi. Çok gülmüştük Meral'le. Ama Tarık'tan duyduğum da Vasıf'tan çok şey öğrendiğiydi. Hakikaten ondan sonra Tarık'ın oyunculuğu da çok gelişti ve yere doğru basmayı öğrendi ki bu bir oyuncu için çok önemli. Vasıf ile çalışmasının çok yararı oldu ve hiçbir zaman da inkâr etmedi onu, bu çalışmayı. Çok farklı bir insandı." Umur Bugay da şöyle diyordu: "Vasıf, ona epik tiyatroyu, epik oyunculuğu öğretmişti. Çok memnundu. Tamamlamıştı Vasıf onu. Ondan sonra ayakları yere bastı. Yaptığı işleri de seçerek yaptı." Cihangir'de Mavi Marmara Apartmanı'nın üst katında bulunan Vasıf Öngören'in evine gidiyor ve onunla günler, geceler boyunca çalışıyordu. "Burada tabii her zaman andığım Ertem Eğilmez'dir. Ertem Eğilmez'de teknik manada bilgilendirme ön plandadır. Onun içini dolduran, beni ben yapan en önemli kişi ise Vasıf Öngören'dir."

Vasıf Öngören'le uzun yıllar ev arkadaşlığı yapmış olan tiyatro ve sinema sanatçısı Nurettin Şen, "Tarık geldi üst katta, hatırlıyorum, hiç unutamam. Daha önce Papirüs'te tanışmışlar Zeki Ökten aracılığıyla. Tarık'ta bu buluşmalardaki hazzı yakalamanın, derinliği keşfetmenin heyecanını gördüm. Bu kendisindeki özle ilgili bir şeydi," diye anlatıyordu gözlemini. Bir de hep Tarık açısından dinlediğim bu buluşmayı farklı bir açıdan, Vasıf Öngören'in anlatımıyla özetledi, "Bir dokunuşla gençlik lideri olabilecek genç sanatçı arkadaşım."

Tarık Akan, dostlarına bu gerçeği her zaman ve hiç gocunmadan anlatırdı. Hayatında saydığı, değer verdiği ve sevdiğini söylediği dört insandan biriydi Vasıf Öngören. "Hayatımda ufkumu açan hocaların en önemlisidir Vasıf Öngören. O hayatıma girmeseydi ben belki aysbergleri kırmakta zorlanabilirdim. Oyunculuğun o'sunu bilmeden, fizik farkıyla sinemaya girmiştim. Halk beni bir yere getirmişti. Tramplenden atlar gibi atlamıştım sinemanın ortasına ama bir süre sonra eksiklerimi fark etmeye başlamıştım. İşte o aşamada teslim ettim kendimi Vasıf Hoca'ya. O bana önce kitap okumanın disiplinini öğretti. Oradakileri tartıştı benimle, oyunculuğu anlattı."

Artık dünyaya farklı bakan, toplumsal içerikli filmler yapmak isteyen Akan, ileriki yıllarda, geçmişte çevirdiği filmleri değerlendirirken acımasız değildi. Onları elinin tersiyle bir tarafa ittiği hiç görülmedi. O filmler Tarık'ı, Tarık Akan yapan filmlerdi her zaman. O Feritli filmler, gerçek bir dünyanın yansıması olmasa da duygusallık, samimiyet, dostluk gibi kavramların var olduğu filmlerdi:

> Seyircilerin bu filmlere bir alışkanlığı var, izlemeseler olmayacak gibi sanki. Bir yandan da kaybettiğimiz şeylerin bir çetelesi gibi bu filmler. Bugün günlük hayatımızda o filmlerdeki samimiyeti, duygusal yakınlığı, dostluğu göremiyoruz. Eskiden de hayatı filmlerde yansıtıldığı gibi yaşamıyorduk belki, ama fakir de olsan, zengin de olsan samimiyet içeren, kötülerin bile tam kötü olmadığı, böyle bir hayata özlem her zaman var. En suya sabuna dokunmayanı bile sınıfsal çelişkiyi duygularla ve samimiyetle aşabileceğimize dair bir umut taşıyor. Bugün herkesin birbirinin kuyusunu kazdığını hissediyoruz. Çelişkilerle, kendimize saygımızı yitirmeden başa çıkamıyoruz.

Ankara Yürüyüşü

Ülkede taşların yerinden oynadığı, kutuplaşmanın çok yükseldiği bir dönem yaşanıyordu. Her gün saldırılar, ölümlü sokak çatışmaları, kahve taramaları, protestolar, grevler, lokavtlar, boykotlar vardı. Toplum ikiye bölünmüştü. Dönemin başbakanı, "Bana milliyetçiler adam öldürüyor dedirtemezsiniz," diyordu. Bu ayrımcı tavır ile kendinden yana olmayana baskıyı artırıyordu. Toplumun büyük bir kesimi huzursuz, endişeli ve öfkeliydi.

Her alanda karşılaşılan zorluklar kuşkusuz sinema sektörü için de geçerliydi. Sinema emekçilerinin hiçbir sosyal güvencesi yoktu. Ağır bir sansür yasası vardı. Tüm filmler gösterime girmeden önce Sansür Kurulu'ndan geçmek zorundaydı. Bağımsız film yapma arzusundaki sinemacıların özgürce film çekme olanağı kalmadığı gibi karşılaşılan sıkıntılar da çekilir gibi değildi. Bu arada sektörde egemen olan birkaç yapımcı firma ise her şey normalmiş gibi film üretmeye devam ediyor ve piyasayı belirliyordu. Onların dışında, onların izni olmadan, onlara danışıp desteğini almadan bir şey üretmek kolay değildi. Bunu yapabilen tek kişi Yılmaz Güney'di. Bu koşullar altında Beyoğlu'nda yapılan bir toplantıya bütün sinemacılar katılacaktı. Yine hiçbir sorun yokmuşçasına süren toplantıda genç bir sinemacının, Yavuz Özkan'ın, Türk sineması ve emekçilerinin sorunlarını dile getirdiği konuşması, adeta fitili ateşleyecek ve mevcut düzenin değişmesinden yana olan sinemacıları harekete geçirecekti.

Artık neler yapılması gerektiği konusu için kafa yoruluyor, çözüm yolları aranıyordu. Vedat Türkali, Atıf Yılmaz, Süreyya Duru, Umur Bugay, Stefan Melikyan ve Yavuz Özkan'ın da aralarında olduğu bir grup, yeni bir mücadele platformu kuruyor; sorunların çözümünü sağlamak ve kamuoyu oluşturmak amacıyla neler yapılabileceği tartışılıyordu. İlk olarak haftalık bir sinema dergisi yayımlanması kararı alındı. Herkes çok heyecanlıydı. Derginin hazırlanmasına karikatürleriyle Oğuz Aral, Ferruh Doğan, Yalçın Çetin ve Tan Oral gibi isimler de destek veriyordu. Piyasada kalıcı değişiklikler yapmanın zamanının geldiğini düşünen bu sinemacılar dergi toplantılarında bir başka eylemin tartışmalarına başlayacaktı.

İşte bu toplantılardan birinde yönetmen Yavuz Özkan düşüncesini açtı; tüm Yaşilçam'ın katılacağı görkemli bir yürüyüş! Öneri büyük sempatiyle karşılandı. Beşiktaş'tan Taksim'e yürüyeceklerini düşünüyorlardı. Yavuz Özkan ise Beşiktaş'tan başlayacak yürüyüşün Taksim'den sonra Ankara'ya değin sürdürülmesi gerektiğini söylediğinde Atıf Yılmaz, "Olacak şey değil bu," diye şaşkınlığını belli edecek, Vedat Türkali ise, "Senin heyecanını çok seviyorum ama bazen raydan çıkıyorsun," diyecekti. Uzun tartışmalar sonrasında herkes ikna olacak ve öneri kabul görecekti.

Yürüyüş için hemen hazırlıklara başlandı. Yeşilçam'ın ünlü yıldızlarının yer alacağı bu yürüyüşün tarihi, 5 Kasım 1977 olarak belirlendi. Tarık Akan, Semra Özdamar ve Cüneyt Arkın'la birlikte hazırlık çalışmalarının içinde yer aldı. Öncelikle zorunlu olan bürokratik işlemleri yapmak üzere Tarık Akan, Semra Özdamar, Cüneyt Arkın, Hakan Balamir ve Yavuz Özkan, Avukat Enis Coşkun ile birlikte İstanbul Valiliği'ne başvurdu. Dilekçelerinde isteklerinin sansüre son verilmesi, sinema emekçilerini anayasal haklar doğrultusunda, sosyal, ekonomik güvenceye kavuşturacak, ileri demokratik bir sinema yasasının çıkarılması olduğu belirtildi.

Güvenlik, finans, güzergâh ve konaklama yerlerine ilişkin çalışmalar hızlandırıldı. Sendikalar ve sivil toplum kuruluşlarıyla görüşmek üzere Tarık Akan, Semra Özdamar ve Yavuz Özkan'dan oluşan üç kişilik bir ekip Ankara'ya gitti. Görüşmeler çok olumlu geçti. Yürüyüşün giderleri Köy Koop, Genel-İş, Yeraltı Maden-İş ve Sosyal İş gibi sendikalardan karşılandı. Son ödeme ise *Maden* filminin avanslarıyla kapatılacaktı. Güzergâh ve konaklama yerleri belirlendi. Dönemin İzmit belediye başkanı ile İzmit'teki konaklama üzerine görüşüldü ve bu konaklamayı belediye üslendi.

Daha sonra bir basın toplantısı düzenlendi. Toplantıda

Tarık Akan da kürsüdeydi. Yanında, yine yürüyüşün fikir babası Yavuz Özkan, Fatma Girik, Cüneyt Arkın, Semra Özdamar, Hakan Balamir ile birlikte Fevzi Tuna, Atıf Yılmaz, Meral Orhonsay ve Vedat Türkali vardı. Burada 5 Kasım Cumartesi gününden başlayıp Ankara'ya kadar üç gün sürecek olan yürüyüşün nedenleri bir bildiriyle açıklandı.

> Biz, Türkiye sinema emekçileri, sinemamızı yok olmaya götüren, haksız ve yasadışı baskıları kınamak, sinemamızı demokratik, sansürsüz bir yasaya kavuşturmak, anayasamızın öngördüğü sosyal ekonomik haklarımıza bir an önce kavuşmak isteğiyle yasal eylemlere geçmeye karar vermiş bulunuyoruz. İlk önemli eylemimiz, 5 Kasım Cumartesi günü saat dokuzda Beşiktaş-Taksim arası yürüyüşle başlayacak ve Ankara'ya kadar sürecek yürüyüşümüz olacaktır. Basınımızın da desteğini esirgemeyeceğine inandığımız eylemlerimizde amacımız, sorunlarımızı geniş halk kitlelerine yansıtıp haklı isteklerimizi kamuoyuna duyurmak, bu önemli ülke sorununa tüm emekçi halkımızın bilinçli, sıcak desteğini sağlamaktır.

Türkiye Yazarlar Sendikası, Ankara ve İstanbul baroları, Türk Hukuk Kurumu, Çağdaş Hukukçular Derneği, Ankara ve İstanbul sinematekleri, Sinema Yazarları Derneği, TRT'de Çalışanlar Derneği, Devlet Tiyatroları çalışanlarının da aralarında olduğu 25 kitle örgütü tarafından desteklendiği açıklandı. Yönetmenler Sendikası (YÖNSEN) adına konuşan Atıf Yılmaz, "Biz sanatımızı özgürce yapabilmek istiyoruz. Her demokratik kurum bizi destekleyecektir"; Türkiye Yazarlar Sendikası (TYS) adına Aziz Nesin de, "Sinemaya getirilen kısıtlamalar, yalnız sinemacıları değil, tüm aydınları, tüm emekçileri ilgilendirir. Çünkü sinemanın emekçisi onlardır. Sinema gibi yirminci yüzyılın en önemli sanatına yapılan baskı, orada kalmaz, tüm sanat alanlarına yayılır," dedi. İstanbul Barosu adına Müşir Kaya Canpolat, Sinema Yazarları Derneği adına Atilla Dorsay, baskıları kınadıklarını ve yürüyüşe kurum olarak katılacaklarını belirttiler. Toplantının sonunda konuşan Vedat Türkali ise eylemlerinin hiçbir siyasal gruba ve tavra mal edilemeyeceği, bunun öncelikle mesleki bir bilinçlenme ve meslek özgürlüklerini savunma sorunu olduğunu söyledi. Toplantıda ayrıca yürüyüşün Yeşilçam emekçileri tarafından desteklendiği ve bu süreçte tüm platoların tatil edileceği açıklandı. Bu arada otobüsler tutuldu.

Ankara Yürüyüşü, bir düş olmanın ötesine geçecek, öneri sahibi Yavuz Özkan'ı bile şaşırtacak boyutta bir katılıma yol açacaktı. Yapımcılardan senaristlere, yönetmenlerden oyunculara, figüranlardan set arkasında çalışan sinema emekçilerine değin uzanan bir katılımla gerçekleşti. İstanbul'dan yola çıkan kafilede Cüneyt Arkın, Fatma Girik, Tarık Akan, Semra Özdamar, Hakan Balamir, Halil Ergün, Meral Orhonsay, Yaman Okay, Atıf Yılmaz, Vedat Türkali, Yavuz Özkan, Zeki Ökten, Şerif Gören, Fevzi Tuna, Umur Bugay, Ali Özgentürk ve Tanju Gürsu'nun da aralarında olduğu 400'ü aşkın sinemacı vardı. Bir gece İzmit'te, bir gece de Kızılcahamam'da konaklayan kafileye burada Eskişehir'deki film çekiminden gelen Türkan Şoray ve Kadir İnanır da katıldı.

Sanatçılar Ankara'ya vardığında Atatürk Orman Çiftliği önünde onları, aralarında Işık Yenersu, TRT'den Neslihan Gence, Mahmut Tali Öngören ve ayrıca o dönem Köy-Koop'ta fotoğrafçılık yapan Sinan Çetin'in de bulunduğu bir grup karşıladı. Buradan Mülkiyeliler Birliği'ne geçildi. Mülkiyeliler'de milletvekillerinin de aralarında olduğu kalabalık bir grup bekliyordu. Hep birlikte Anıtkabir'e gidildi. Yanlarında filmlerden yapılan siyah bir çelenk bulunuyordu. Ancak bu çelenk Anıtkabir'e alınmadı. İçeriye gruptan seçilen yedi kişilik temsilciler girdi. Yedi kişilik temsilciler arasında; Tarık Akan, Fatma Girik, Fikret Hakan, Zeki Ökten ve Türkan Şoray vardı. Grup adına hazırlanan metin Anı Defteri'ne Türkan Şoray tarafından yazıldı. Ertesi gün ise Meclis'e gidecek temsilciler Fatma Girik, Müjde Ar, Süreyya Duru, Temel Gürsu, Arif Keskiner ve Yavuz Özkan; Muammer Aksoy tarafından karşılandı. Senato Başkanı Sırrı Atalay ile görüşüldü.

Üç gün süren bu yürüyüş, sinemada örgütlülüğün önemini ortaya çıkardı. Daha giderken verilen yemek molası sırasında Vedat Türkali bir sandalyenin üzerine çıkarak, sendikalaşmanın önemini anlatan bir konuşma yapmıştı. İstanbul'a dönüşün ardından hızla sendika kurma çalışmaları başlatıldı. İki gün sonra Küçük Sahne'de bir toplantı düzenledi. Yavuz Özkan ve Arif Keskiner'in kürsüde yer aldığı toplantıda Vedat Türkali, örgütlü mücadelenin önemi üzerine uzun bir konuşma yaptı. DİSK'e bağlı Sine-Sen, bu toplantıda alınan kararla kuruldu.

Yine bu yürüyüş, büyük dostluklara yol açacak, yeni projelere ev sahipliği yapacaktı. Bunlardan biri, bizim merceğimizde olanı Yavuz Özkan ve Tarık Akan birlikteliğiydi. Onlar bu yürüyüşün hazırlık sürecinde tanışmış ve dost olmuştu. Ve bu dostluktan da *Maden* filmi ortaya çıkacaktı.

Maden ile gelen yol ayrımı

Yavuz Özkan, Tarık Akan'a bir film senaryosu verdi. Senaryo Tarık'ı çok heyecanlandırdı. Maden işçilerinin çalışma koşulları ve sosyal hakları için mücadelelerini anlatıyordu. Özkan, bu filmi çekmek istiyor ama para bulamıyordu. Sinema salonları şirketlerin dağıtım tekelindeydi. Bağımsız film çekmek ve hele hele de oynatacak sinema bulmak neredeyse olanaksızdı. Yavuz Özkan, filmin yapımcılığını üstlenmesini istediği Arif Keskiner ve Tarık Akan'la bir araya gelerek neler yapılabileceğini tartıştı.

Diğer bir konu da filmde bulunan iki önemli rolün paylaşımıydı. Filmde bir sendikacı bir de işçi vardı. Bu iki önemli rol için Yavuz Özkan, Tarık Akan'ın yanı sıra, dönemin zirvedeki oyuncularından Cüneyt Arkın'ı düşünüyordu. Ancak bu iki oyuncunun nasıl bir araya geleceği kafasını kurcalıyordu. Tarık ile ambargosuz oyuncu Cüneyt Arkın'ın bir arada olması filme yönelik olumsuz havayı da dağıtabilirdi. Cüneyt Arkın'la görüşmeye Tarık Akan gitti. Tarık, Cüneyt'e senaryoyu verdikten sonra karakterlerden hangisini istiyorsa onu seçebileceğini söyledi. Cüneyt Arkın'ın adının önde olacağını da!

Arkın, öneriyi kabul etti ve sendikacıyı oynamak istediğini söyledi. Bu durumda Tarık işçiyi oynayacaktı. Dördü de filmin ortağı olacaktı; Yavuz Özkan, Arif Keskiner, Tarık Akan ve Cüneyt Arkın. Ortaklar sözleşmeyi imzaladı. Anlaşma sonrası filmin oyuncu kadrosu açıklanınca bölge dağıtımcılarından da talepler gelmeye başladı. Adana, İzmir, Ankara, Zonguldak bölge satışları yapıldı. Ellerinde nakit para olmadığından aldıkları çekler ve senetler kırdırılarak çalışmalar başlatıldı. Bu haber duyulduğunda ise Yeşilçam karışacaktı. Çünkü ortada Tarık Akan'la ilgili hiçbir filmin satılmaması kararı vardı.

Filmin müziklerini Zülfü Livaneli yaptı. Kadroda; Hale Soygazi, Halil Ergün, Meral Orhonsay ve Nurhan Nur vardı. Film tamamlandığında Tarık Akan İzmit Cezaevi'ne gitti. Cezaevinde bulunan Yılmaz Güney'i ziyaret etmek istemişti. *Ses* dergisinde birinci geldikten sonra film setinde ziyaretine gittiği ve terslendiği büyük yönetmen ile ikinci kez karşılaşacaktı. Yılmaz Güney, Tarık'ı çok sıcak karşıladı. Aralarında güzel bir bağ kuruldu. Bu ziyaretler süreklilik gösterecek ve Tarık Akan ile Yılmaz Güney'in ömür boyu sürecek dostluğuna yol açacaktı.

Maden, sansüre girdiğinde kurul, filmin bazı sahnelerinin kesilmesini istedi. Yavuz Özkan'ın karşı çıkması üzerine, o sırada festival için Antalya'da bulunan Kültür Bakanı Ahmet Taner Kışlalı olaya el koydu ve, "Hiçbir filme sansür uygulanmayacak," talimatını verdi. Bu sayede gerek *Maden,* gerekse diğer filmler festivalde sansürsüz gösterildi. Bu dönemde Antalya Film Festivali'nde ulusal yarışmada birinci gelen film, uluslararası yarışmaya da katılma hakkı elde ediyordu. *Maden* filmi de ulusal yarışmada En İyi Türk Filmi seçilerek uluslararası yarışmaya katılmaya hak kazandı. Ayrıca; En İyi Film, En İyi Erkek Oyuncu (Tarık Akan), En İyi Kadın Oyuncu (Hale Soygazi), En İyi Yardımcı Kadın Oyuncu (Meral Orhonsay), En İyi Işık ve En İyi Set ödüllerini aldı. Uluslararası Antalya Altın Portakal Film Festivali'nde de En İyi Film seçilecekti.

Maden, vizyona girdikten sonra da inanılmaz bir başarı sağladı. Bu kadar izlenmesi, beğenilmesi de Yeşilçam'ı yakından etkiledi. Önde gelen ve Tarık Akan'a iş verilmemesi konusunda anlaşma yapan şirketler artık ikinci plana düşüyor, yerine büyük ataklar yapan, yeni kurulan şirketler geçiyordu. Toplum son derece politizeydi ve kuşkusuz ülkenin gerçeklerini yansıtan politik filmlere ilgi büyüktü. Henüz televizyonların egemen olmadığı bu dönemde sinema, tiyatro, edebiyat yani kültür ve sanat, insanla buluşuyordu. Sinemada bu buluşmayı sağlayan şirketler de ister istemez öne çıkıyordu.

Ankara Yürüyüşü sonrasında çekilen *Maden* filmi Tarık Akan için sinema alanında bir yol ayrımına yol açtı. Artık farklı projelerde yer alacaktı. Bu sırada Selim İleri'nin senaryosunu yazdığı Fevzi Tuna'nın yönetmenliğini yaptığı *Seninle Son Defa* filminde oynaması için gelen öneriye olumlu yanıt verecekti. Film Kıbrıs'ta çekildi.

Sürü

Yılmaz Güney, kendisini neredeyse her hafta ziyaret eden Tarık Akan'a *Sürü* filminden söz edecek ancak konusunu anlatmayacaktı. Filmin yönetmeni Zeki Ökten, yardımcı yönetmeni ise Ali Özgentürk olacaktı. Tarık'ın Kıbrıs'a gitmeden iki gün önceki ziyaretinde ise ona senaryoyu uzatarak, "*Sürü* filminde sen oynayacaksın," diyecekti. Tarık Akan, "müthiş sevinmişti". Kıbrıs'a senaryoyu yanına alarak gitti. "Uçaktan iner inmez odama kapandım ve senaryoyu okumaya başladım. Hatırladığım tek şey odanın içinde takla attığımdı. Bu kadar güzel film, bu kadar güzel senaryo olamazdı. Muhteşem bir şey..." Kıbrıs'taki çekimler süresince bir sonraki filmi *Sürü*'ye hazırlandı. İstanbul'a döndüğünde de iki gün iki gece Vasıf Abisiyle filmde canlandıracağı karaktere çalışıp Diyarbakır'a doğru yola çıktı. Sanatçılara ya da ekibe verilebilecek bir para yoktu. O nedenle Kurtalan Ekspresi ile yola çıkan sanatçılar bilet paralarını kendi ceplerinden ödemişti.

Filmin diğer oyuncuları Tuncel Kurtiz ile Melike Demirağ'dı. Ekip filmi, dağlarda çok zor koşullar altında çekti. Yemek paraları bile yoktu. Ancak bu parasızlık film ekibine yansıtılmıyordu. Çekimler çevre halkının, aşiretlerin yardımlarıyla sürdürülebiliyordu. Açlığın önüne onlar sayesinde geçebiliyorlardı. Figüran sorunu da çevre halkıyla çözüldü. Ancak aşiretler arasındaki kan davasının yol açtığı çatışmalar nedeniyle çekimler hızlandırılacak ve bulundukları yerden bir an önce ayrılacaklardı. Ekip eşeklerle Pervari'ye indiğinde, dağdan gelen silah sesleri, tehlikenin kıyısından döndüklerinin işaretini veriyordu.

Filmin müziklerini Zülfü Livaneli yaptı. İlk gösterimi, Sinema TV Enstitüsü'nde gizlice yapıldı. Bu gösterime cezaevinden izinli gelen Yılmaz Güney de katıldı. Film çok beğenildi. Yılmaz Güney'in bazı sahnelere itirazına karşın sinemalarda gösterildiğinde yurtiçinde ve yurtdışında çok olumlu eleştiriler aldı. Türk sinema tarihinin başyapıtları içinde sayıldı. Ancak filmin sinemalardaki gösterimi sırasında çok tehdit alması sinemacıları korkutuyordu. Bombalanan sinemalar oldu. Bu duruma karşın yürekli salon sahipleri sayesinde film haftalarca oynatılacaktı.

Yıllar sonra Güler Ökten şöyle diyecekti:

> Zeki, Tarık ile çalışmaya başladığında ondan iyi verim alınabileceğini söylemişti. Ben de *Sürü* filminin dublajı başladığında tanıştım onunla. Biz, *Sürü* filminden sonra Tarık ile yakınlaştık.[1] Tarık da insan olarak, gerçek bir insan olarak, sıcaklığıyla, insanlara bakışıyla, aydın tavrıyla ve de kendini geliştirmek için duyduğu sonsuz heyecanla hayatımıza girdi. Öyle bir hayatımıza girdi ki ben çok vakit geçirmediğim

1. Daha önceden iyi arkadaş oldukları biliniyor ancak Güler Ökten'le yakınlaşması, aile bağlarının güçlenmesi bu film sonrasında olmalı.

halde, ayrı yaşıyor olmamıza rağmen –ki ben tiyatrodaydım, Zeki sinemada–, Zeki arkadaşlarıyla daha fazla vakit geçiriyordu. Aramızda öyle bir duygu vardı ki Zeki'nin de benim de kardeşimizdi sanki ve orda duruyor.

Bu çok ses getiren ve Tarık Akan'a Antalya Film Festivali'nde En İyi Erkek Oyuncu Ödülü'nü kazandıran *Sürü* filminin ardından, Erden Kral ile *Kanal* (1978) filmini çekti. Filmde eski Adalet Bakanı Mehmet Can'ın Kadirli kaymakamı iken çeltik ağalarıyla savaşımı anlatılıyordu. Gösterime çıktıktan sonra *Kanal*'ın aslında *Teneke* romanından çalıntı olduğu ve bu yüzden Yaşar Kemal'in Tarık'a kırıldığı söylenecekti. Tarık ise yıllar sonra, "Yaşar Kemal'in romanından Erden Kıral'ın yürütmesidir," diyecek ve Yaşar Kemal'den bu nedenle azar işittiğini söyleyecekti. Ancak bu film gerçekten de özellikle Anadolu'da çok etkili oldu. Tarık Akan, bu filmden sonra birçok savcıyla, kaymakamla karşılaştığını, talebelik yıllarında bu filmi izleyip çok beğendiklerini ve ondan sonra kaymakam ve savcı olmaya karar verdiklerini söylediklerini anlatacak, "Prodüksiyonu biraz zengin olsaydı çok doğru ve de güzel bir film olabilirdi," diye ekleyecekti.

Dönem tam anlamıyla sosyal ve siyasal çatışmaların yaşandığı, birtakım senaryoların yaşama geçirilmek istendiği bir dönemdi. Ülkenin gencecik yurtseverleri, biliminsanları, gazetecileri, sanatçıları tehdit ediliyor ve sonu belirsiz bir maceraya sürükleniliyordu. Masum insanlar sırf düşünceleri ya da kimlikleri nedeniyle öldürülüyordu. Her gün onlarcası açıklanan ölüm haberleri basında sıradan olaylar olarak yer bulur olmuştu. Yaşamlarının hiçbir güvencesi olmadığı düşüncesinin enjekte edildiği insanlar artık kendi güvenliklerini almak zorunda kalıyordu.

Tehditlerin boyutu öyle bir hal almıştı ki artık solcu bir sanatçı olarak görülen Tarık Akan da hedefti. Bakırköylü "Komünist Tarık" deniyordu onun için. Kendisini korumak amacıyla silah taşımaya başladı. Her gün gittiği yolları değiştiriyor, izlenip izlenmediğini kontrol ediyordu. Çok dikkatli bir yaşam süren Tarık, "Oysa devletime aykırı bir şey yapmadım. Sanatçı tavrımla rejime karşı çıktım, sisteme karşı çıktım," diye anlatacaktı o günlerini. Öte yandan işçilerin, emekçilerin hakları gasp ediliyor, sendikaların önü kesilmek isteniyordu. Tarık Akan, Sine-Sen içinde örgütlenen sinema emekçileriyle birlikte grev yerlerini ziyaret ediyor, onlarla dayanışmaya giriyordu.

* * *

Yavuz Özkan'ın *Demiryol* (1979), Atıf Yılmaz'ın *Adak* (1979) filmlerinde rol aldı. Yavuz Özkan, *Demiryol* filmini Mahmut Tali Öngören'in senaryosuyla çekti. Tarık Akan bu filmde çok sevdiği oyuncu Fikret Hakan'la birlikte oynadı. Film, demiryolu işçilerinin hak arama mücadelelerini anlatıyordu. Filmin konusu grevdeki iki kardeş işçinin yaşadıkları ve Haydarpaşa Garı'nda çıkan yangına işçilerin müdahalesi ve sönmekte olan yangına karşı vedikleri mücadeleden güçlenerek çıkışlarıydı. Tarık Akan ileriki yıllarda bu filme yönelik düşüncelerini şöyle anlatacaktı: "İçerik olarak çok sertti ama benim sevdiğim güzel bir filmdi."

Adak'ın senaryosunu Başar Sabuncu yazmıştı. 1960'lı yılların başlarında Erzincan'ın bir köyünde gerçek bir olaydan yola çıkılarak çekilen bir filmdi ve çocuğunu kurban etmek isteyen bir babanın dramını anlatıyordu. Yoksulluğun, cehaletin, çaresizliğin sarmalındaki öykünün çekiminde Tarık ile birlikte Necla Nazır, Erol Keskin, Celile Toyon, Çetin İpekkaya, Deniz Türkali, Tuncer Necmioğlu, Haşmet Zeybek ve Gökhan Mete rol aldı. Tarık bu filmin dinin farklı amaçlarla eğitimsiz insanlara karşı kullanıldığında, hangi boyutlara gelebileceğini söyleyebilen en önemli filmlerden biri olduğunu belirterek, "Türkiye'ye baktığın zaman işte o dönem veya biraz gerisine bakılmadığından dolayı Türkiye hâlâ laiklik gibi önemli bir şeyi tartışır hale gelmiştir," diyecekti yıllar sonra. Film, Sinema Yazarları Derneği tarafından verilen En İyi Film, En İyi Senaryo ve En İyi Erkek Oyuncu ödüllerini, Antalya Film Festivali'nde ise En İyi Erkek Oyuncu Ödülü'nü aldı.

Askerlik Günleri

Adak filminin çekimlerinin başlayacağı sırada Hatay'da asker kaçağı olarak yakalandı ve askere alındı. Çünkü *Tercüman* gazetesi Tarık Akan'ı manşetten haber yapmıştı. Böylece film çekimi yapılamadan askerlik dönemi başlayacaktı. Ancak yedek subaylık için bir ay geç kalmıştı. Kendi devresi bir ay önce teslim olarak eğitime başlamıştı bile. Hafta sonu İstanbul'a, pazartesi günü ise Tuzla'ya getirildi. Tarık Akan bir aylık gecikme nedeniyle askerliğinin başlatılamayacağını, bu sayede de filmini rahat rahat çekebileceğini düşünüyordu ki Ankara'dan gelen talimatla kendi devresiyle askerliğe başlayacağı bildirildi. Ancak araya Kurban Bayramı tatili girdiği için 12 gün izin verildi. Eğer 12 gün içinde dönmezse askerliğini er olarak tamamlayacaktı. Tarık serbest kalır kalmaz Atıf Yılmaz'ı aradı ve durumu bildirdi. Bu 12 günlük izin süresince *Adak* filminin kendisine ait çekimleri öne alındı ve hızla tamamlandı. Sabah beşte kalkılıyor, geceleri ikilere, üçlere kadar çalışılıyordu. Filmin bitiminde, yani 12 gün sonra, Tuzla'ya geldi. On gün uyuyakaldım diye anlatacaktı bu çekim sonrası ilk dönemini. Tuzla Piyade Okulu'nda temel eğitimini tamamlayarak aldığı 15 günlük iznin ardından da teslim oldu.

Çekilen kurada kendisine Denizli 11. Piyade Tugayı 73. Piyade Alayı çıkmıştı. Burada yıllarca sürecek bir dostluğun adı olan İbrahimlerle karşılaşacaktı. Denizli'de tugayın revirinde tanıştığı Ege Üniversitesi'nden Dr. İbrahim Öz ile keyifli sohbetlerine *Cumhuriyet* gazetesi okurdaşlığı eklenince aralarında farklı bir yakınlık sağlandı. Tarık, İbrahim'i tanışmalarının ikinci günü çarşıda öğle yemeğine, akşam ise kaldığı Havuzlubey Oteli'ne davet edecekti. Kahvenin zor bulunduğu günlerdi. Tarık Akan, kendi el değirmeniyle çektiği iki pişirimlik kahveyi garsona vererek arkadaşına Türk kahvesi ikram edecekti. Sohbet iyi başladı. Bir ara Dr. Öz'ün

"Cahit Irgat'ı tanır mısın?" sorusuna yanıtı, "Gerçek dostluklar başlar ama bitmezmiş; bizim dostluğumuz başladı İbrahim," olacaktı. Keyifli geçen akşamın sonunda odasındaki boş yatağı işaret ederek otelde kalmasını ve odasını paylaşmalarını önerdiyse de arkadaşı, "Tarık Hocam biz günaşırı askeriye revirine çağrılıyoruz. Siz benim yanıma astsubay orduevine gelin," diyecekti.

Bu dostluğa Doktor Öz'ün davetiyle ikinci bir doktor adaş; İbrahim Astarcıoğlu katıldı. Öz, "Hocam gel, Tarık Akan'la bir yakınlık kurduk. Çok güzel sohbetlerimiz oluyor. Üstelik *Cumhuriyet* okuyor," diye davet etmişti arkadaşını. Astarcıoğlu da Ege Üniversitesi'nden mezun bir cerrahtı. Tugayın askerî hastanesinin genel cerrahi bölümünde operatör cerrah olarak görevlendirilmişti. Üçü de aynı devredendi. Ancak İbrahimler temel eğitimlerini Ankara Mamak'ta tamamlamış ve üçü de kurada Denizli'yi çekmişti.

Tarık, iki İbrahim'le öğle yemeklerinde mevsim gereği tugayın kapalı yemek salonunda buluşuyordu. İbrahimlerle yaşam boyu sürecek bir dostluğa evrilen öykülerinin başlangıç günlerindeydi. İbrahim Astarcıoğlu, o günlerde yeni tanıştığı Tarık'ı anlatırken, "Çok cana yakın, hoşsohbet bir insandı. Kısa sürede arkadaşlığımız ilerledi. Dostluğumuz gelişti," diyecekti.

İbrahim Astarcıoğlu tugayın askerî hastanesinde kendine ayrılan odada kalıyordu. İki doktor Tarık'ı ikna ederek otelden misafirhaneye geçmesini sağladı. Öyle ki Trabzonlu Asteğmen Ali, "Yeter ki Tarık Akan buraya gelsin. Ben yerimi veririm," diyerek odadan ayrıldı. Ancak akşamları ve hafta sonları bir araya gelen üçlünün dostluğu gelişince, Doktor Astarcıoğlu da bir şeyleri kaçırmamak adına revirdeki görece konforlu yaşamı bırakarak misafirhaneye geçti. Artık üç yataklı odanın konukları tamamlanmıştı. Ortadaki yatakta Tarık, sağda Öz, solda Astarcıoğlu kalıyordu.

Bir hafta sonu Yaman Okay, Denizli'ye Tarık'ı ziyarete gelip birkaç gün otelde kalacaktı. Adaş Doktor İbrahim Astarcıoğlu, Yaman Okay ile revirde karşılaştı:

Bir gün revire gittim. Bir adam geldi; Yaman. Adını duymuşum ama kendisini görmemişim. O sırada Ankara Sanat Tiyatrosu'nda oynuyor. Yaman ile bir sohbet, bir muhabbet!.. Aman Yarabbim! Ne diyeyim. Karnımız ağrıyordu gülmekten. Otelde kaldı. İki günlük bir beraberlikti. Yaman'ı öyle tanıdım. Onun da dostluğu devam etti. Ama çok talihsiz bir şekilde çok genç yaşta aramızdan ayrıldı.

Tarık iki İbrahim'i, Yaman'la çıkacağı akşam yemeğine davet etti. İşte o akşam Saray Lokantası'nda yenilen yemek geleceğe aktarılacak güçlü bir dostluğun işaretini verecekti.

Bir başka hafta sonu Tarık Akan, Öz'ü onun Torbalı Yazıbaşı köyünde yaşayan anne ve babasına götürdü. Burada o dönemde İlerici Gençler Derneği (İGD) vardı. Derneği ziyaret ederek gençlerle sohbet etti. Öz, "O gün bu gündür Tarık Akan Torbalı'da efsane bir sanatçıdır," diyecekti. Ertesi hafta sonu İstanbul'a gidecekler, burada İbrahim'i önce ailesiyle sonra da Cahit Irgat'ın kızı Zeynep ile bir araya getirecekti. Ayrıca Yeşilçam'a da götürecek ve Arif Keskiner, Zeki Ökten, Kemal Sunal ile tanıştıracaktı. Dönüşte ise Vasıf Öngören'in *Karanlıktan Aydınlığa* ve *Aydınlıktan Karanlığa* kitaplarını okuması için verecekti. Yolculuk Tarık Akan'ın 34 UF 503 plakalı, çağla yeşili Mercedes arabasıyla yapılıyordu.

Üçlü gruba bir süre sonra Diş Hekimi Nusret Yerli katıldı. Tugayın misafirhanesinde pinpon masası vardı. İbrahim Astarcıoğlu pinpon oynamaya çok meraklıydı. Nusret ise pinpon milli takımında oynamıştı. Tarık raket tutmayı bile bilmiyordu. Pinpon oynarken bir gün, "Ben seni yenerim," dediğinde İbrahim bu iddiaya gülerek, "Tamam," diyecekti. "O kadar acemi ki daha raket tutmasını bile bilmiyor ama hırslı. Tuttuğunu bırakmayan bir karakteri vardı. Giderek de daha iyi oynuyordu." Üç ay kadar sonra İbrahim'in biraz da kötü oynadığı bir gün onu yenecekti. "Bir set almıştı ama baktım arkadaşların tezahüratı arasında, masanın üzerinde tepiniyor. Oradan da benim üstüme! Ben de inadımdan çökmedim ve o dev gibi adamı taşıdım." Daha sonra Nusret, Tarık'ı sabah akşam çalıştırdığını itiraf edecekti.

> Yine bir kış akşamıydı. Pinpon oynadık ve sırılsıklam terledik. Dedi, "Şeye gidelim." "Nereye gideriz oğlum bu saatte?" "Pamukkale'ye gidelim. Orada bir otelde havuza gireriz." "Oğlum hiç üşenmiyor musun?" "Yok be ya! Sıkıldım ben. Bir hava değişimi olur." O zaman çağla yeşili Mercedes bir arabası vardı; atladık, gittik. Zaten tanımayan yok. Dedi, "Biz havuza girmeye geldik." "Oooo Tarık Abi tabii ki!" Kabin falan... Biz havuza girdik. "Ya bir içki olsa ne güzel olurdu," dedim. O da, "İyi olurdu ya," dedi. Otel termal olduğundan havuz da sıcak. Beş dakika geçmedi bir tepsi; içinde iki bardak viski ve yanında bir tabak meyve. Bir adam havuzun içinde bize doğru salıverdi ve tepsi yüze yüze elimizin altına geldi. O kış günü, sıcak havuzda kim duydu? Nasıl oldu? Anlayamadık.

Yaz geldiğinde birlikte gidilen Bodrum günleri, Akyarlar'ın keşfi başladı. Bu keşifte Zeynep Irgat başı çekiyordu. Zeynep, Cahit Irgat ile Mîna Urgan'ın kızıydı. Bodrum sevdalısıydı. Denizli günlerinde, Yaman Okay ile birlikte gittikleri Bodrum'dan Tarık'ı arayıp çağıracaktı. Tarık, bir hafta sonu İbrahimlerle birlikte Bodrum'a Mîna Urgan'ın evine gidecekti. Burada iki arkadaşının aklında kalan, çevirisi yapılacak ve okunacak olan kitapların çokluğu oldu. Zeynep, Yaman ve İbrahimlerle geçirdikleri ilk günün ardından, Balıkçı Dursun'un tavsiyesiyle o günkü adı Kara Toprak olan Turgutreis'i ve ardından bol virajlı toprak yoldan gittikleri Akyarlar'ı keşfettiler.

Aynı yaz, kimselere söylemeden Dr. Öz'den aldığı raporla yalnız başına çıktığı bir Bodrum gezisinde kaza geçirdi. Yanında bulunan Zeynep ve Yaman'la birlikte tam denize uçacakken arabasının burnu, sahilde bulunan hücum botlarının halatlarına takılınca son anda kurtuldu. Ancak bu kazanın basında haber olması, kaçamağın ortaya çıkışına ve on günlük disiplin hapsi almasına yol açtı. Bu olayı kendisine raporu veren Dr. İbrahim Öz şöyle anlatacaktı:

Piyade alayı o zamanlar Amerikan baraka konutlarında ikamet ediyor. Ben revirden Tarık Akan'ın askerlerin başında durduğunu görüyorum. Hemen gelip şapkasını masama çarpıyor. Çay kahve içiyoruz. Türkiye'nin her yerinden genç kızlar arıyor. Ben de telefonu veriyorum. Konuşuyor. Askerler de fotoğraf çektirmeye geliyor. Kimseyi kırmıyor. Ama bu sahneler kısa sürüyor. Üsteğmen geliyor ve, "Tarık Bey eğitime lütfen," diyor.

Turhan Erten Paşa bizim Patnos, 34. Piyade Alayı'ndan Denizli'ye gelmiş. Yani Uğur Mumcu'nun Sakıncalı Piyade Alayı'ndan. Paşa bir gün bu revirin telefonu ne böyle diye fırça atmış. Tarık bir gün moral bozukluğu içinde revire geldi. "İbom bana çabuk altı gün rapor yaz Bodrum'a kaçacağım. Yoksa çıldıracağım." Hiç ikiletmedim. Raporu yazdım. Gitti... Tarık Akan gece vitesi geri diye ileriye almış ve denize doğru fırlayan Mercedes, jandarma hücum botunun iplerinde asılı kalmış. Mercedes'in fotoğrafları çekilmiş ve ulusal basında yayınlanmış. Tarık Akan Denizli'ye alaya döndüğünde on gün Disiplin Cezaevi'ne kondu.

Sabah akşam bazen de öğlen ziyaretine gidiyorum. Cigara en lüzumlu şey. Her türlü yiyecek, ne isterse dışarıdan alıp getiriyorum. Tarık Akan'ın haline bakıyorum. Hiç üzülmüyor. Adamda üzüntü diye bir şey yok. Yaşar Kemal'den *Ortadirek*'i film için istediklerinde bir ara Yaşar Kemal ona; "Tarık adam olmak için dört duvar kitap okumak lazım," demiş. Devamlı kitap okuyor, halinden memnun. Bir gün yine Disiplin Cezaevi'ne gittim. Hava çok soğuktu. Tarık Akan'ın sadece yüzü görünüyordu. Bir uyku tulumu içersinde ve gülücükler atıyordu. "Ya abi bu ne moral? Maşallah sana imreniyorum," dedim. "İbrahim ben bu uyku tulumunu Almanya'da Tuncel Kurtiz'den 25 bin liraya aldım," dedi. Ama çok mutlu anlatıyor. Bir film için Almanya'da bulunuyorlarmış. Bir akşam poker oynamaya başlamışlar. Uyku tulumu için verdiği parayı da Tuncel Kurtiz'den geriye ütmüş. Tulum bedavaya gelmiş. Pek seviniyordu. Bu arada Tuncel Kurtiz'in çok iyi bir arkadaş ve sanatçı olduğunu söylemeyi de ihmal etmiyordu. Tarık Akan'ın raporunu ve Bodrum hikâyesini de bütün Türkiye duymuştu.

Çekimini yaptığı sırada asker kaçağı olarak yakalandığı için geç başlayıp, hızlı bitirdiği *Adak* filmini izleme olanağı bulamamıştı. Askerlerin isteği üzerine cezaevine filmi getirtip, tugay sinemasında adeta gala yapar gibi izleyeceklerdi. Yine bir gün alay komutanı, Dr. İbrahim Öz'e gelerek alayın tamamını muayene etmesini ve bir komando bölüğü çıkarmasını isteyecekti. 12 Eylül öncesiydi ve bu bölük Mamak Askerî Cezaevi'ne gidecekti. "Tarık Akan büyük bir korku, hiddet ve üzüntüyle geldi. 'İbo'm bunlar senin seçtiğin komando bölüğünün başına asteğmen olarak beni yazmışlar.' Hemen alay komutanımıza gidip ağladık, sızlandık ve Tarık Akan'ı anlattık. Komutan bize hak verdi. Tarık Mamak Askerî Cezaevi'ne gitmekten kurtuldu."

Dışarıda olaylar hızlıydı. Askerlik yaptığı dönemde baskılar iyiden iyiye artmış, analar, evlatlarının, eşlerinin ardından ağıt yakar duruma gelmişti. 12 Eylül 1980 Askerî Cuntası'nın faşist darbesi askerliğinin son aylarına denk düştü. 11 Eylül geldiğinde, akşam 17.00'den sonra evlere gidilmeyeceği söylendi. İbrahim Astarcıoğlu o sırada izinliydi. Tarık Akan ile İbrahim Öz hemen bir araya gelerek, alaydaki olağanüstü duruma ilişkin kuşkularını dile getirdi. Tarık, bunun bir askerî darbe olabileceğini düşünüyordu. Sabah 04.00'e kadar adım adım haberleri alacak ve saat dörtte İstiklal Marşı'nı dinleyeceklerdi:

12 Eylül 1980 gecesi, Tarık Akan'ı biraz farklı deli yürek, büyük sanatçı ve büyük bir adam olarak tanıdım. Onunla arkadaş olduğum için büyük gurur yaşadım. O gece saat tam 02.00'de tugayın tankları büyük bir gürültü ile Denizli'ye indi. Tarık çok korkmuş ve üzülmüştü. Bana bir

müddet sarıldı. Sonra cebinden telefon defterini çıkardı ve, "Yaz İbrahim," dedi: "Rutkay Aziz, Zeki Ökten, Arif Keskiner, Atıf Yılmaz, Yavuz Özkan" gibi on beş isim ve telefon yazdırdı. Bu telefon olayından sonra sanki başka bir Tarık Akan gelmişti. İhtilali yapanlara veryansın, küfürlü, kahırlı, sitemli kelimeler söylüyordu. Korku sırası bana gelmişti. Halimizi bir komutan görse ne olurduk? Can havliyle Tarık'ı yere yıkmışım ve ağzını kapatmışım.

Tarık Akan'ın 12 Eylül 1980 gecesi anladığı şeyleri ben 25 yıl sonra anlamıştım.

Akyarlar

1980 yazında ilk kez gidilen Akyarlar, birkaç hane evi ve bir-iki pansiyonu olan, Akyarlar Koyu'nu çevreleyen sessiz, sakin bir sahil köyü idi. O dönemin Bodrum koyları gibi henüz keşfedilmemiş, bakir bir alandı. Arkadaşlarıyla bu köye bağlanacak olan Tarık Akan, çok kalabalıklaşmasına karşın yaşamının son yılına değin Akyarlar sevdasından vazgeçmeyecek ve her yıl tatilini burada geçirecekti.

Askerdeyken keşfettikleri bu köye daha sonra geniş bir arkadaş grubuyla gidecekti. Öyle ki her gelen buraya hayran kalacak ve böylece her yıl haziran ve eylül aylarında gidilen Akyarlar yaşamı başlayacaktı. Üstelik Güler Öktem'in deyişiyle tam bir komün hayatıydı yaşadıkları. İlk yıl Şirin Pansiyon'da, sonra oraya sığmayınca Babadan'a geçen grup, en son Akyarlar Motel'de karar kılacaktı. Bu süreçte; tabii ki keşif sahiplerinden Zeynep Irgat, Yaman Okay ve İbrahim Astarcıoğlu, Yılmaz Okyay ile Güler ve Zeki Ökten, Şeref ve Figen Gür, Savaş Yurttaş, Engin Evin, Erol Özkök, Işıl ve Ali Özgentürk, Rana Cabbar, İsmet Kazancıoğlu, daha sonra Bahar-Savaş Yurttaş, Erol Demiröz, adı öne çıkan tatilcilerdendi. Kimi zaman 35-40 kişiyi bulan bu tatiller, katılanların değişimiyle günümüze değin sürdü. Öyle ki, bir akşam çok iyi yemek yapan Rana Cabbar, tam 35 kişiye yemek hazırlayacaktı. Daha sonra katılanlar arasında; Avni Arbaş, Genco Erkal, Arif

Keskiner, Kadri Yıldırım, Halil Ergün, Semra-Nijad Yazıcı, İhsan Bilsev, Yaman Tarcan, Gül ve Kemal Sunal, Sumru ve Savaş Dinçel, Çiğdem ve Rutkay Aziz, Selma ve Bülent Kayabaş, Nalan-Nuri Dikeç, Sevda Ferdağ, Ercan Yazgan, Eşref Ayaz, Cevat Geray, Ömer Polat, Füsun Topuz da vardı. Akyarlar, tekneyle geçerken uğrayanlarla, günübirlik ziyaretlerle artan bir merkez olma özelliğine sahipti. Burası artık Papirüs'ün yerini alan Çiçek'in adeta yazlık şubesi gibiydi...

Tarık'ın çocukları Barış, Özlem ve Özgür de doğduktan sonra anneleri Yasemin Erkut'la birlikte geldikleri Akyarlar güneşinde ve kumunda yuvarlanarak büyüyecek ve babalarının dostluklarına tanık olacaktı.

Akyarlar'ın karşısında bulunan Yunanistan'ın Kos (İstanköy) Adası çok yakındı. Havanın açık olduğu günler arabalar, evler rahatlıkla seçilir, iyi bir yüzücü adaya yüzerek gidebilirdi. Adada Türkler de yaşıyordu ve ailelerin karşılıklı gidişgelişi olabiliyordu. 12 Eylül 1980'den sonra yakalanıp Selimiye'ye tıkılan Tarık da serbest bırakıldıktan sonra ülkeden kaçış planları yaparken Akyarlar'da çevreyi gözlemliyordu. Yerel halkla çok çabuk dost oldu. "Karşıya dikkat çekmeden nasıl geçerim? Köylülere ve tabii ki jandarmaya görünmeden yüzerek ya da küçük bir botla geçebilir miyim?" gibi sorular kafasını kurcalıyordu. Kuşkusuz bu sorular başkalarının da kafasını kurcalıyordu. Sörfle denize açıldığında jandarma kendisini gözlerini ayırmadan izliyordu. Neden izliyorsun sorusuna verilen yanıt, "Emir böyle," oluyordu.

Babadan Pansiyon'da kaldıkları 1985 yazına gelindiğinde; *Pehlivan* filmi çekilmiş ve film Berlin Film Festivali'nden Mansiyon kazanmıştı. Filmin pehlivanı Tarık ve yönetmeni Zeki Ökten çok mutluydu. Çok konuşkan olmayan Zeki Ökten'in içtenlikli gülümsemesi, gözlerindeki mutluluk tüm grubu saracaktı. Deniz üstünde konumlanan pansiyonun önünde tüm arkadaşların oturduğu bir sırada, Tarık üzerinde pehlivan kıspeti ve vücuduna boca ettiği güneş yağıyla, "Yok mu benimle güreşecek biri?" diyerek odasından çıkageldi. Herkes onun haline gülerken grubun en ufak tefek üyesi, İzmirli Doktor Yılmaz Okyay, "Ben," diye ayağa kalkınca, kumsalda güreş başladı. Koca bedeniyle minyon doktoru savuran ve "lime lime" eden Tarık uzun yıllar konuşulacak çocuksu sevinç içindeydi.

Tarık ilerleyen yıllarda çok sevdiği bu köyde deniz üzerinde bulunan küçük bir taş ev satın aldı. Biraz da Güven Sazak'ın ısrarıyla aldığı evi can yoldaşı Acun Günay, gecesini gündüzüne katarak dekore etti. Bu evi almadan önce arkadaşlarıyla çoktan Aydın Çürük'ün Akyarlar Motel'ine geçmişlerdi. Yeni yerleştiği eviyle motel arasında her zaman saygıyla söz ettiği Güven Sazakların evi vardı. Diğer tarafta biraz ileride Artisan Modaevi ve Galerisi'nin sahipleri Bilge ve Ertan Mestçilerin, köyde Gültin ve Ahmet Kaçmaz ile yine yakın dostları Semra ve Nijad Yazıcı'nın evleri...

Her yıl daha mart ayında balıkçı Kadir'e telefonla kılıç balığı (60-70 kg) ısmarlar, temizletir, dilimletir ve dondurucuda hazirana değin bekletirdi. Sonra da heyecanla haber verdiği dostlarıyla tatil boyunca paylaşırdı. Arkadaşları bu durumu, "Tarık bizi yine kılıçtan geçirdi," diye anlatırdı. Akyarlar'da sabahları elinde balı, zeytin ve peynir tabağı ile Akyarlar Motel'e gelir, hemen önüne getirilen çay ve taze ekmekle kahvaltısını yapardı. Bu arada bakkaldan getirilen gazeteler okunur ve güne başlanırdı. Sabah denizinden sonra tavlalar atılır ki bu tavlaların kazanamayanıdır ve arkadaşları, "Nasıl kazanamam diye oynuyor," der, kitaplar okunur, güncel politik gelişmeler ve okunan kitaplar üzerine yapılan konuşmalarla geçen gün, yüzme ve Tarık için sörf gibi nedenlerle kesintiye uğrardı. Akşamüzeri her yazlık yerde olduğu gibi evlere ve odalara çekilerek, alınan duşlarla denizin tuzu atılır, akşam serinliğine karşı görece kalın giysilerle sahilde buluşulur ve kumlar üzerindeki masanın yemek için hazırlanması beklenirdi. Kimi zaman da köye kahveye gidilir çay ya da adaçayı içilirdi. Bazen de değişiklik olsun diye Kadir'in Yeri, Fener ya da Mehtap Restoran'da yenilirdi akşam yemekleri. En heyecan veren akşamlar ise Tarık'ın kendi elleriyle İzmirli bir balıkçıdan aldığı tarifle hazırladığı kalamarlar olurdu. Tarık günler öncesinden kalamarları ısmarlar, marine eder, motelin mutfağında bizzat başında durarak pişmesini izler ve pişen kalamarları kendi unlu elleriyle servis ederdi dostlarının tabaklarına. Bilge Mestçi'nin evinde pişen patlıcanlı pilav da sevdiklerindendi. Zaten pilav, hiçbir öğününde atlamadığı en sevdiği yemekti.

Son yıllarda, sakatlığı nedeniyle ayrılmak zorunda kaldığı baleden çelloya geçiş yapan sevgili can yoldaşı Acun Günay'ın, Sazakların bahçesini açan evlatları Ayşe ve Sait Öztan'ın ev sahipliğinde verdiği çello resitallerine dostlarının koşarak gelmesi, Tarık'ı çok mutlu ediyordu. 25 yıldan uzun beraberlik yaşadığı Acun'un çello çalmasını hep desteklemiş, öğrenme sürecindeki "tıngırtılarından" hiç şikâyetçi olmamıştı. Acun'un mini resitallerine gelenler arasında; gazeteci, yazar Zeynep ve Ahmet Oral, tiyatro sanatçısı Işık Yenersu, Çiğdem ve Rutkay Aziz, Selma ve Bülent Kayabaş, Nalan ve Nuri Dikeç, Sevda Ferdağ, Ercan Yazgan, İstanbul'dan dostları Handan ve İlker Keremoğlu, İzmir'den İbrahim Astarcıoğlu, Ülkü Karlı ve Yılmaz Okyay, Akyarlar'dan Bilge ve Ertan Mestçi, Gültin ve Ahmet Kaçmaz, Semra ve Nijad Yazıcı da olurdu. Konuklar yemekleriyle katıldıkları bu programda ev sahibine yük olmamaya özen gösterirdi.

Akyarlar Motel'de kalanlar daha çok Tarık Akan'ın dostları olmakla birlikte, her yıl gelen diğer konuklarla da tanışılır, ahbaplık edilirdi. Bunlardan biri de herkesin artık yakından tanıyıp dostluk kurduğu bir İngiliz ailesiydi. Yıllarca aynı yere gelen ve herkesin Momy diye seslendiği, coşkusuyla, sevgisiyle, sıcaklığıyla tüm grubun yakınlığını sağlayan yaşlı bir kadın ve orta yaşlı iki kızı. Akyarlar'a âşık olan Momy'nin yolu gözlenir, geciktiğinde meraklanılırdı. İşte son tatilinden bir yıl önce Tarık, dostlarıyla birlikte sahilde, kumlar üzerine kurulu sofrada akşam yemeğine oturmuş sohbet ederken Momy'nin iki kızı gelecekti. Ancak bu kez yanlarında anneleri yoktu. Yaklaşıp sarıldıklarında, merakla Momy'yi soran Tarık'a ellerinde bulunan kavanozu uzatarak annelerinin "vefat ettiğini ama ona bir şey gönderdiğini" söyleyeceklerdi. Tarık ve dostları şaşkın bir şekilde dinliyordu. Küllerinin bir bölümü bu kavanozda olan Momy, vasiyeti gereği yakılmış ve, "Benim küllerimi, Akyarlar sahiline Tarık Akan döksün!" demişti.

Sevdiği bu diyarda sonsuza değin sevdiği bu diyarda kalmak, Akyarlar'ın havasıyla, suyuyla, kumuyla, balığıyla, yosunuyla buluşmak, kaynaşmaktı son dileği! Bunu da burada tanıdığı ve oğlu gibi sevdiği Tarık Akan'ın yapmasını vasiyet etmişti. Tarık çok şaşkın ve üzgündü, çok da duygulanmıştı. Kendisi için çok zor bir görevdi. Ama yapmak zorundaydı. Çok sevdiği bu yaşlı kadının son arzusunu yerine getirmeliydi. Gerek Tarık için, gerekse o yaz gelen ve bu olaya tanık olan dostları için duygu yüklü, unutulmaz bir akşamdı. Nijad Yazıcı'nın anlatımıyla:

> Tarık ayağa kalktı. Kavanozu eline aldı. Kot pantolonu ve üzerindeki kıyafetiyle, hiç üstünü çıkarmadan denize doğru yürüdü. Su beline kadar geldi. Kavanozu açtı. Dökmeye başladığı anda, akıl almaz bir rüzgâr çıktı ve o küller Tarık'ın saçlarına, vücuduna, yüzüne geldi. O da inanamadı. Bu sefer tekrar dökmeye çalıştı bir kısmını ama yine büyük bir çoğunluğu üzerine bulaştı. O vaziyette korkunç bir duyguyla komple denize girdi ve çıktı. "İnanamıyorum bu an benim için korkunç güzel, duygusal bir an, bunu yaşamak çok olağanüstü bir şey!" dedi. Biz de çok duygulandık. Hatta gözlerimiz yaşardı, kızları da aynı şekilde! Büyük bir sevgi seli vardı o anda ve bu duygu içinde böyle bir olayı yaşadığımız için! Tarık'ın böyle bir olayı yaşaması onun için çok önemli bir olaydı. Benim gördüğüm en duygusal andı...

Tarık Akan'ın çok sevdiği ikinci tatil noktası Saroz'da yaşadığı balık tutma anısı, duygusallığının boyutunu yansıtıyordu. Âşık olduğu Saroz Körfezi'ndeki Küçük Kemikli Koyu'na da sıkça dostlarıyla giderdi. Yine bu gidişlerden birinde arkadaşı Nijad Yazıcı, kibrit kutusu büyüklüğündeki ekmeği katlayıp oltanın ucuna takarak koyda sürü halinde gezen melamur balığından yakalıyor ve arkasındaki kovaya atıyordu.

Ancak, beş-altı balık tuttuktan sonra kovayı alıp eve döndüklerinde içinde yalnızca iki balık görecekti. Sahilde yanında oturan altın kalpli arkadaşı Tarık Akan, balıkların kova içinde çırpınırken çıkardıkları sese dayanamayıp, arkadaşı görmeden onları yavaşça denize atarak özgürlüklerine kavuşturuyordu.

Tarık Akan, otuz beş yılı aşan Akyarlar yaşamında komşusu Sait Öztan'ın hastalığını öğrendiğinde hem çok üzülecek hem de, "Acaba?" kuşkusuyla Acun'uyla birlikte doktora gidecekti. Hastalığını da böylece öğrenecekti. İnanılır gibi değildi ama gerçekti. Akciğerinde görüntülenen karaltının hemen alınması gerekiyordu. Ameliyatının ardından bir yıl daha bakım görecek, belli periyodlarda yinelenen kemoterapi tedavisine karşın her yıl olduğu gibi haziran ayında yine Akyarlar'a gidecek, dostlarıyla buluşacaktı. Bu son gidişinde artık Sait yoktu ama Tarık'ın umudu vardı. Durumunu ailesi ve yakın dostları dışında kimselerin bilmesini istemiyordu. Yılda iki kez gittiği Akyarlar'ın eylül biletlerini de kestirmişti. 19 Eylül'de bir kez daha gelmeyi planlıyordu.

Ancak kısa süren tatilinden döndüğünde gördüğü kemoterapiler de etkisiz kalacak, hastalığının sıçrama yapmasının önü alınamayacaktı. Günlük rutinini bozmamaya çalışıyor yani teslim olmuyorsa da bedeni kendisine isyan ediyordu. Hastalığının sosyal medyada yayınlanması ise onu çok üzecek, durumunu kabullenmesine yol açacaktı.

Yol

12 Eylül Darbesi'nin üzerinden henüz bir bir buçuk ay geçmişti. Ülke cehennemî bir dönem yaşıyordu. Gözaltılar, işkenceler, tutuklamalar, yasaklar, baskılar inanılmaz boyuttaydı. Özgürlükler askıya alınmıştı. Böyle bir dönemde Denizli'de yedek subay olarak askerliğini yapmakta olan Tarık Akan bir telefon aldı. Arayan yönetmen Erden Kıral'dı. Yılmaz Güney'in kendisini İmralı Yarı Açık Cezaevi'ne çağırdığını söylüyordu. Tarık oraya mutlaka gitmesi gerektiğini söyledi. Telefonları

dinlendiği için fazla açık konuşamıyorlardı. Bir kaç gün sonra Kıral'dan bir telefon daha aldı. İş büyüktü. Tarık ilk hafta sonu izninde İstanbul'a giderek Erden Kıral ile buluştu. Kıral, görüşe gittiğinde Yılmaz Güney ondan "Bayram" adını verdiği senaryosunu filme çekmesini istemişti. Senaryo bayram iznine çıkan 12 mahkûmun bir hafta sonra geri dönüşlerini anlatıyordu. Bu kadarını duymak bile Tarık Akan'ı heyecanlandırdı. "Bayram"da oynayacaktı. Erden Kıral çalışmalara başladı, Tarık da askerliği biter bitmez hazırlıklara katıldı.

Yılmaz Güney hastalığı nedeniyle zaman zaman hapishaneden çıkıyor, Cerrahpaşa Hastahanesi'nde ya da Fatoş Güney'in Moda'daki aile evinde kalıyordu. Tarık da bu eve giderek Yılmaz Güney'le çalışıyordu. O dönemde iyiden iyiye ağırlaşan sansür koşullarından kurtulabilmek için çift senaryo yazıldı. Biri bir aşk hikâyesini konu alıyordu. Bu senaryoyu Tarık Ankara'ya götürüp Sansür Kurulu'na sokacaktı. İki kez Ankara'ya giden Tarık, sonunda kurula girmeyi başardı. Burada söz aldığında da senaryonun Yılmaz Güney tarafından yazıldığını, dünyada büyük ses getiren *Geceyarısı Ekspresi* filminde anlatılanların doğru olmadığını, Türk hapishanelerinde mahkûmların izin bile alabildiğini dünyaya anlatan bir aşk hikâyesi olduğunu anlattı. Senaryo, kuruldan oybirliği ile çıktı. Tarık da ertesi günü sevinçle artık Isparta Yarı Açık Cezaevi'nde bulunan Yılmaz Güney'e gitti.

Yılmaz Güney ile yapılan uzun çalışmalardan sonra senaryo hazır hale geldi ve Erden Kıral ile Cunda Adası'nda çalışmalara başlandı. Tarık, Güney ile sürekli iletişim halindeydi. Çok sayıda figüranla mahkûmların cezaevinden çıkış sahneleri çekiliyordu. 17 oyuncunun 15'i tiyatro kökenliydi. Hepsinin de ayrıca işleri vardı. Yani çekimin çok hızlı gitmesi gerekiyor, ancak oldukça yavaş ilerliyordu. Yılmaz Güney kendisine yollanan slaytlardan filmin ilerleyişini; ışık, dekor, kıyafet ve oyuncuları görebiliyordu. Bir gece kocasının yanından gelen Fatoş Güney, tüm ekibi toplayarak eşi Yılmaz'ın talimatını iletti: Film durdurulacak ve İstanbul'a dönülecekti. Öyle ki Tarık bu kararın sıkıyönetim nedeniyle alındığını düşünecekti.

İstanbul'a dönüldükten bir hafta sonra Tarık ve Yılmaz Güney yine Moda'daki evde bir araya geldi. Güney, annesinin hastalığını gerekçe göstererek hapishaneden izinli gelmiş, filmin çekiminden hoşnut olmadığı için yeni bir yönetmen arayışına girmişti. Zeki Ökten, dostlukları sürmesine karşın *Sürü*'den sonra Yılmaz Güney'le film çekmek istemiyordu. Uzun uzun kimin olabileceği konuşulurken Tarık, "Yılmaz Abi, bir tek yönetmen var bu işin altından kalkacak, o da Şerif Gören," diyecekti. Ancak o da hapisteydi. Ayrıca sıkıyönetim sürerken 12 Eylül döneminde filmin nasıl çekileceği de Tarık'ın kafasını kurcalıyordu. Filme bir süre ara verme kararı aldılar. Yılmaz Güney ertesi sabah erkenden Muş'ta yaşayan annesini ziyaret etmek üzere Zeki Ökten ve Fatoş Güney'le yollara düşecekti. Tarık bu yolculuk için arabasını Yılmaz Güney'e bıraktı ve sokağa çıkma yasağı başlamadan evden ayrıldı.

O dönemde gazetelerin akşam baskıları hemen satışa sunulurdu. Yolda aldığı ertesi günün gazetesinde Şerif Gören'in serbest bırakıldığı haberini okur okumaz Yılmaz Güney'i arayarak sabah erkenden geleceğini söyledi. Yine o dönemde belli kişilerin telefonları dinlendiğinden yüz yüze konuşmak istiyordu. Muş seyahati bir gün ertelendi ve Şerif Gören aranmaya başlandı. Oysa henüz cezaevinde bulunan Şerif Gören'in hiçbir şeyden haberi yoktu. Ertesi günün akşamı serbest bırakılacaktı. Gece 23.00 sıralarında evine girerken, kapıda bekleyen Yılmaz Güney'in adamları senaryoyu uzattı. Ertesi sabah Yılmaz Güney, kendisini senaryoyla birlikte verilen adreste bekliyordu.

Sabah Moda'daki eve giden Şerif Gören, senaryodaki 12 mahkûmun sayısının altıya indirilmesini istedi. Kısa sürede 12 mahkûm ile film çekmek kolay değildi. Film, kışın karlar arasında geçiyor ancak yaz geliyor ve karlar eriyordu. Yılmaz Güney aralarında geçen büyük tartışmalardan sonra, "Tamam Şerifçiğim bu senaryo sana ait, istediğin sahneyi yırt at. Ne yaparsan yap, ben yarın yola çıkmak mecburiyetindeyim, ekibini kur hemen ve yola çık!" diyerek senaryoda istediği değişikliği yapma yetkisini Şerif Gören'e bıraktı. Her şey yeniden başladı. Oyuncu olarak Tarık Akan'ın dışında tüm ekip değişti. Üç gün içinde yeni ekip kuruldu. Süre kısa olduğu için sette çalışan Necmettin Çobanoğlu'na da rol verildi ve o bu ilk filmiyle oyunculuğa geçiş yaptı.

Bu arada ekibe Şerif Sezer katıldı. Şerif Sezer bu sırada Devlet Tiyatroları oyuncusuydu. İki tiyatro oyununda rolü vardı. Ona filmde oynama teklifini Tarık Akan götürecekti. Tarık'ın yanında filmin fotoğraf çekimlerini yapacak olan Sinan Çetin vardı. Zaten Şerif Sezer'in fotoğrafını çekip bu filmde oynamasına yol açan oydu. Fimin afişinde kullanılan fotoğraf da Sinan Çetin tarafından çekilmişti.

Şerif Sezer, gelen öneriden onur duymasına karşın kabul edemeyeceğini söyleyecekti. İki oyun için hazırlanırken izin alması olanaksızdı. Hastalansa da, cenazesi de olsa sahnede olmalıydı. Ancak ısrarlar karşısında durumu müdürüne aktaracak, Yılmaz Güney'i çok seven ve saygı duyan Devlet Tiyatrosu Müdürü Raik Alnıaçık, Şerif Sezer'e elinden geleni yapacağını söyleyecekti. Sezer, Alnıaçık'tan gelen çözümle de tiyatrodan izin alarak Tarık Akan'la birlikte yola çıkacaktı.

Uçakla Elazığ'a giden oyuncular şehre indiğinde adeta yer yerinden oynadı. Halk Tarık Akan'ı görmek istiyordu. Bu Şerif Sezer'in alışık olmadığı bir durumdu. İnanılmaz bir sevgi gösterisi vardı. Sonunda Tarık'ı arka kapıdan çıkarmak zorunda kalacaklardı.

Ekip, bir kayak merkezinde konakladı ve burada iki hafta kaldı. Şerif Sezerli bütün sahneler, kayak pistinde ve sağlık ocağında öncelikli olarak çekildi. Filmde Tarık Akan, geneleve düşen karısını öldürmek üzere yola çıkan Seyit Ali rolündeydi. Karısı Ziyne'yi ise Şerif Sezer canlandırıyordu.

Tarık Akan, filmin çekim izinlerini bizzat almıştı. Konya, Adana, Diyarbakır, Bingöl komutanlıklarının izin belgeleri elindeydi. Ancak sıkıyönetim komutanlıkları izin verdikleri çekimlere daha sonra engel çıkarıyordu. Kimi yerlerde gizli çekimler yapıldı. Özellikle de kentten kente giderken.

Diyarbakır'a gelindiğinde ise ekip, gizli kamera ile çekim yapmanın zorluğunu gördü. Bunun üzerine Tarık, Sansür Kurulu'na götürdüğü göstermelik senaryoyu kolunun altına alarak, sıkıyönetim komutanının karşısına çıktı. Filmi anlatarak, iki cemse askerle de korunmalarını istedi. Komutan okumadan karar veremeyeceğini söylediğinde ise senaryoyu bırakıp oradan ayrıldı. Ertesi sabah izinler alınmış ve gizli çekime gerek kalmamıştı. İki cemse asker de hazır bekliyordu. Ancak askerlerin çekimi yasaktı. Ama onlar da önce gizlice sonra açıktan açığa oynatıldı. Yöre halkı tek satır Türkçe bilmese de filmde rol alıyordu. Özellikle Tarık Akan'ın filmdeki atıyla yapılan çekimlerdeki duygusallığı ve hayvan sevgisi nedeniyle film gereği öldürmesi gereken atı öldüremeyişi, bunu bir başkasının, Yılmaz Güney'in yeğeninin yapmasına yol açacaktı. Tarık Akan çekimlerini tamamladıktan sonra İstanbul'a döndü. Ekip ise Gaziantep ve Urfa'da çalışmalarını sürdürdü. Bu arada kısa süreliğine de olsa gözaltına alınan tüm ekip, serbest bırakıldıktan sonra iki-üç hafta gibi bir sürede çekimleri tamamladı.

Son derece gerçekçi bir film ortaya çıkıyordu. Çekimler sırasında negatifler hemen İstanbul'a gönderiliyor, hiç dokunulmadan İsviçre'ye ulaştırılıyordu. İstanbul'a dönen Tarık Akan, bir süre sonra Isparta'ya, Yılmaz Güney'e gitmek üzere bilet aldı. 1981 yılı Ekim'iydi. İstanbul'da konuştuğu bir dostuna Isparta'ya, Yılmaz Güney'e gideceğini söyledi. "Arkadaşın yüzü karıştı. Hık mık etti. 'Sakın ha,' falan diye bir şeyler geveledi. 'Ver bakayım biletini,' Allah Allah... Ben de kuzu gibi çıkardım bileti, gösteriyorum aklım sıra. Aldı bileti, soktu cebine. 'Gitmiyorsun bir yere. Sonra konuşuruz,' diyerek çekti gitti. Ertesi gün gazetelerin baş sayfalarına 'Yılmaz Güney Kaçtı' diye kocaman manşet atılmıştı."

Montajı yurtdışında yapılan *Yol,* katıldığı Cannes Film Festivali'nde (1982) ünlü Yunan yönetmen Costa Gavras'ın *Kayıp* filmiyle birlikte en iyi film ödülü olan Altın Palmiye'yi aldı. Haberi aldığında mutluluktan uçuyordu:

Türkiye'nin sinema tarihinde ilk kez Cannes Festivali yarışmalı bölümüne bir film girmişti ve büyük ödülü kazanmıştı. Haberi aldığım anda çok büyük bir mutluluk, çok büyük bir sevinç duydum. Sabah saat dokuzda Yeşilçam Sokağı'na geldim. Neden buraya geldiğimi bile bilmiyordum. Sinema yaşamımızı simgeliyordu bu sokak, belki de o yüzdendi. Baktım Şerif Gören de karşıdan geliyor. Birbirimizi kutladık, sarıldık.

Bu haberin duyulması üzerine basının ilgisi büyük oldu. Son derece sessiz çekilen filmin çekimini merak ediyorlardı; Sıkıyönetim koşullarında bu film nasıl çekildi? Nasıl sansürden geçti? Nasıl yurtdışına çıkarıldı?

Filmle övünüyorduk, ama gazetecilerin bu coşkumuzu malzeme yapıp hakkımızda yalan yanlış yeni soruşturma nedenleri yaratmalarını da istemiyorduk. Düşündük, taşındık yalnızca mutluyuz demeyi kararlaştırdık. Ertesi günü hiçbir gazete, bizim ağzımızdan "mutluyuz, sevinçliyiz" dışında bir söz yazamadı.

Haberin gazetelerde çıktığı akşam ödül töreni vardı. Törene Yılmaz Güney de katıldı. "Burada bulunamamak, o heyecanı yaşayamamak sanatçının en büyük acısı," diyen Tarık Akan ve Şerif Gören, aynı akşam Şeref Gür, Atıf Yılmaz, Zeki Ökten, Ali Özgentürk, Yaman Okay ve Onat Kutlar ile birlikte ödülün kutlamasını Yeşilçam Sokağı'ndaki bir kebapçıda yapacaktı. Filmin Türkiye'deki gösterimi ise uzun yıllar yasaklandı. Yönetmen ve sanatçıların filmi Türkiye'de izlemesi yine gizlice oldu. Yurtdışından getirilen kopya Moda'da bir evde topluca izlendi.

12 Eylül günleri

Yol filminin çekimlerinin tamamlanmasının ardından Tarık Akan *Hürriyet* gazetesinin düzenlediği Gurbet Kervanı'yla Almanya'ya giderek Berlin'de bir toplantıya katıldı. İstanbul'a dönüşünde ise daha havalimanındayken pasaport kuyruğunda gözaltına alındı. Yanında Müjdat Gezen, Perran Kutman, Gülşen Bubikoğlu, Halit Kıvanç ve o dönemde *Hürriyet* gazetesi yazıişleri müdürü olan Nezih Demirkent vardı. Kendisinin ve yanındaki dostlarının meraklı sorularına karşın verilen yanıt yalnızca "emir var" oldu. Oysaki Almanya'daki toplantıda yaptığı konuşmada suç unsuru olabilecek bir şey söylememişti ancak haber *Tercüman* gazetesinde manşetten, Tarık Akan'a yönelik bir suç atımıyla yayımlanmıştı. Önce sıkı güvenlik önlemleri altında Gayrettepe'de bulunan Emniyet Genel Müdürlüğü Birinci Şube yani Siyasi Şube'ye daha sonra da Selimiye Kışlası'na götürüldü. Yolda giderken Siyasi Şube polisleri merkeze "malı aldık" anonsu geçiyordu. Havalimanında valizini Müjdat Gezen'e teslim etmiş, ayrıca valizdeki telefon defterini saklamasını, bir de ağabeyini arayarak evdeki sol kitaplarla, askerden getirdiği boş mermi kovanını çıkarttırmasını istemişti.

Siyasi Şube'de ayırdına varılmıştı valizinin yanında olmadığı. Tarık, yaptığı tembihler nedeniyle rahat rahat valizini havaalanında Müjdat Gezen'e verdiğini söyleyecekti. Hemen telaşlanan, alarma geçen ekipler Akan'ı da yanlarına alarak doğru Müjdat Gezen'in evine gidecekti. Ancak bir yemek molasından sonra önce Tarık'ın evine yöneldiler. Yol boyunca, "Acaba Müjdat, abime söyledi mi? Acaba abim evi temizledi mi? Evdeki fünye ve kitaplar ortadan kalktı mı? Kalkmadıysa ne söyleyeceğim?" gibi sorularla meşguldü beyni! Eve yaklaştıkça da heyecanı artıyordu. Oysa Müjdat, abisine haber vermiş, abisi de hemen eve gitmiş ancak hangi kitabı çıkarması gerektiğini bilemediğinden bütün kırmızı kitapları bir valize koyarak denize atmıştı. Burada bir şey bulamayan ekipler Müjdat Gezen'in evine yöneldi. Eve vardıklarında Müjdat'ın polislerle konuşmasından yararlanarak valizini açacak ve yerinde duran telefon defterini polislere çaktırmadan halının altına itecekti.

Siyasi Şube'de kimliğinden, adından dolayı aşağılanan ve

işkenceye uğrayan Tarık Akan orada günlerce çok kötü koşullarda bitlerle, pirelerle, tuvalet pislikleriyle dolu hücrelerde tutulacaktı. Sorguya alındığında ise Yılmaz Güney'le arkadaşlığından, namaz kılıp kılmadığına uzanan sorular silsilesiyle karşılaştı. Bir süre sonra Selimiye Kışlası'na götürüldü. Bu kışla da çok farklı değildi. Savcıya çıkarıldığında Berlin'de yaptığı konuşmayla ilgili, "Konuşurken sol yumruğunu havaya mı kaldırdın? Devleti şikâyet mi ettin?" gibi sorular soruldu. Gerek Gayrettepe'de gerekse Selimiye'de bulunduğu süreçe tecrit, baskı ve işkence altındaydı. Ancak buraya getirilen diğer insanlara; gençlere, öğretmenlere, işçilere yani o dönem düşman görülen kesimlere yapılan vahşet boyutundaki zulme, acılara, ölümlere tanık oldu. Onlara olan saygısı nedeniyle, ileriki yıllarda yazacağı *Anne Kafamda Bit Var* kitabında kendi yaşadıklarının çok azını anlatacaktı!

Hakkında tanık ve ihbar mektuplarına dayanılarak dava açıldı. Durum ciddiydi. Serbest bırakıldıktan birkaç gün sonra avukatı Apaydın kardeşlerin yolunu tuttu. Bir kez daha içeri girmek istemiyordu. Avukatlarına durumunu sordu. Mahkûm olup olmayacağını bilmek istiyordu. Onlar da çok üzgündü ve yurtdışına çıkmak isteyen Tarık'a gitme diyemiyorlardı. Kafası çok karışıktı. Bir yandan kalmak istiyor bir yandan da cezaevi olasılığını düşünüyordu. Gitme kararını verdi.

Bu sırada Şeref Abi'den (Şerafettin Gür) film teklifi geldi. Atıf Yılmaz'ın çekeceği *Deli Kan* filminde Müjde Ar ile oynaması isteniyordu. Film tamamen aşk filmiydi ve sansüre takılması zordu. Teklifi kabul etti. Herkesin film çektiğini düşünmesini istiyordu. Bakırköylü arkadaşı Zeki aracılığıyla evdeki eşyalarını ve Mercedes arabasını sattı. Bir başka arkadaşı aracılığıyla da yurtdışına çıkışını örgütledi. Tam bu hazırlıklar tamamlanmıştı ki avukatı Orhan Apaydın arayarak evine davet etti. Apaydın, evinde yaptığı görüşmede dosyada gördüğü kimi açıklardan söz etti. Tanıklardan biri ekiple birlikte Almanya'ya gidip gelen Osman İşmen adlı bir müzisyendi ve hem Siyasi Şube'de hem de savcılıkta aynı ifadeyi vermişti. Kelimesi kelimesine aynıydı ifadesi. Bu da şüphe uyandırıyordu.

Tarık hemen bu müzisyeni bulup görüştü. İşmen ifadeyi baskı altında, hiç okumadan imzalamıştı. Üzgün bir halde olanları anlattı: "Tarık Abi ben senin konuşmanı filan duymadım. Sen sahnede konuşma yaparken, ben alt kattaydım, oraya ses zaten gelmiyordu. Türkiye'ye gelince beni Siyasi Şube'ye çağırdılar. Başladılar, ulan seni asarız, keseriz, imzala lan şurayı, başımda polisler, her kafadan küfür ve tehdit, ödüm koptu valla abi, ben de imzaladım." Osman İşmen, Tarık Akan'dan olayın aslını öğrendiğinde, yeminli ifadesini verebileceğini söyleyecekti.

İmzalı mektuplarda bulunan adresler de Tarık'ın Almanya'da yaşayan yakın arkadaşı Erol Özgür tarafından araştırıldı. Hepsi yanlıştı. Verilen adreslerde dilekçede imzası olan kimse yaşamıyordu. Hepsi sahteydi. Sonuç olarak yurdundan kaçmasını gerektirecek bir durum yoktu. Yurtdışına gitmekten vazgeçti. Gidişine yardımcı olacak dostuna yeni kararını bildirerek hazırlıklarını durdurdu. Atıf Yılmaz ile *Deli Kan* filminin sözleşmesini imzaladı. Evine birkaç parça eşya alarak yeniden çalışmaya koyuldu.

1983 yılında arka arkaya dört filmde oynadı. *Beyaz Ölüm;* Halit Refiğ; *Gecenin Sonu,* Namık Baytan; *Çocuklar Çiçektir,* Yaşar Seriner ve *Derman,* Şerif Gören tarafından çekildi. Özellikle *Derman,* Osman Şahin'in eserinden Ahmet Soner tarafından senaryolaştırılmış bir filmdi. Bu filmde Hülya Koçyiğit, Nur Sürer ve Talat Bulut ile oynadı.

Bu filmlerle ilgili sanatçının değerlendirmeleri:

> *Çocuklar Çiçektir,* Kurtuluş Savaşı'nda geçen, tek bacağı olmayan bir kişinin köydeki çocuklar için verdiği mücadele. Yani bir uzvu olmamasına rağmen onlarca çocuğu sırtında taşıyarak bunu dahi yapabilecek gücüm var manasını taşır. Evet altı iki defa çizilmiş politik bir bakış olmasına gerek yoktur ama mesaj ve içerik olarak doğru bir bakıştır. *Beyaz Ölüm* denildiği zaman da, burada ilk defa bir polisi oynadım. Burada da –ben hep öyle derdim arkadaşlara, hep dalga geçerlerdi o zaman tabii– Pol-Der diye bir polis gücü vardı. Öyle bir polisi canlan-

dırırım diye girdim. Ama orada da galiba pek fazla bir şey olmadı. Her dakika *Sürü, Yol, Derman* gibi projeler bulmak imkânsızdır. Dünyanın her yerinde bir sinema oyuncusunun her an çok iyi bir proje ayağına yuvarlanmaz. Yuvarlandığı zaman da onu çok iyi değerlendirmek gerek. Ben de öyle yapmışım. Diğerlerine baktığın zaman, diğerlerinin içerisinde hem para kazanmışım, hem hayatımı sürdürmüşüm hem de taviz vermeden incecik de olsa içerisinde bir şeyler var.

Barış Derneği yargılamaları

Türkiye Barış Komitesi Derneği, Dünya Barış Konseyi üyesi bir dernekti. Çok sayıda sanatçının katılımıyla aktif barış çalışması yapmak amacıyla kurulmuştu. Başkanı emekli Büyükelçi Mahmut Dikerdem, genel sekreteri ise Enis Coşkun'du. Yönetiminde ayrıca çok sayıda sanatçı, biliminsanı, gazeteci, yazar vardı. Tarık Akan, Semra Özdamar, Meral Taygun, Cüneyt Türel, Rutkay Aziz'le birlikte derneğin 1979 yılında İzmir'de düzenlediği Nâzım Hikmet'in 77. doğum yılına ilişkin anma toplantısına katıldı. Dünya Barış Konseyi içinde aktif bir barış mücadelesi içinde olan Nâzım Hikmet'in anılması onun için çok önemliydi. Nâzım Hikmet büyük bir şair ve barışçıydı. Bu nedenle de bu toplantıya hiç tereddütsüz katıldı.

Ancak ileride bu kuruluşun önde gelen yöneticilerinin sabahın erken saatlerinde evlerinden alınıp çeşitli işkencelerden geçirilerek cezaevlerine tıkılacağı o zaman hiç kimsenin aklına gelemezdi. Ki bu yöneticiler arasında Tarık Akan'ın abisi saydığı yaşını başını almış avukatı Orhan Apaydın gibi dünyanın en büyük barolarından İstanbul Baro Başkanı[1], emekli Büyükelçi Mahmut Dikerdem, çok sayıda öğre-

1. Bu tutuklamalar başladığında Tarık Akan'ın duruşması da sürüyordu. Heyecanla beklediği ve tanıkların dinleneceği duruşma gününden birkaç gün önce, 26 Şubat 1982'de avukatı Apaydın'ın tutuklanması onu çok üzecekti. Apaydın, müvekkilinin 31 Mart günü yapılan duruşmasına katılamayacaktı.

tim üyesi, ressam, şair, yazar, tiyatro sanatçısı, gazeteci ve milletvekilleri vardı. Bu davanın açılması ve gözaltılar, tutuklamalar zaten 12 Eylül travmasını yaşayan ülkenin gündemine bir bomba gibi düştü. Davalar İstanbul Metris'te görülüyordu. Dava süresince avukatlarla birlikte tutuklu aydınların yakınları, dostları duruşmaları aksatmadan izliyordu.

Bu dava sürerken Sıkıyönetim Mahkemesi ikinci bir dava daha açtı. Bu kez birinci davanın avukatları ile etkinliklerine katılan sanatçılar, aydınlar sanık oldu. Tarık Akan da, Rutkay Aziz, Genco Erkal, Sadun Aren, Halit Çelenk, Turgut Kazan, Atilla Coşkun, Yılmaz Onay, Ferruh Yavuz gibi isimlerle birlikte yargılandı. Ancak her iki dava da beraatle sonuçlandı. Ama onlarca barışsever yıllarca cezaevlerinde tutuldu. Kimi orada hastalandı, kimi zaten hasta girdiği için tedavi edilemediğinden serbest bırakıldıktan kısa süre sonra yaşamlarını yitirdi.

Tarık Akan bu dava sürecinde yeni dostlar edindi. Bunlardan biri de Halit Çelenk'ti. Onu Deniz Gezmiş ve arkadaşlarını savunmasından tanıyor ama tanışmıyordu. Duruşmalara Ankara'dan katılan bu yürekli, sevecen, sakin, zarif insan onu çok etkiledi. Yıllar sonra onun ölüm yıldönümü nedeniyle *Öğretmen Dünyası Dergisi* için bir yazı istendiğinde Halit Çelenk'i Barış Derneği Davası anılarına dayanarak anlattı.

Yetmişli yıllardı. İnsanların her gün sokaklarda öldürüldüğü ve bir elin ülkeyi kaosa sürüklediği günleri yaşıyorduk. Dostların aracılığıyla Türkiye Barış Konseyi Derneği'ne üye olmuştum. İstanbul Barosu Başkanı Orhan (Apaydın) Abi ve emekli Büyükelçi Mahmut (Dikerdem) Bey'in ve pek çok aydının, sanatçı arkadaşımın bir araya geldiği bir çalışma içindeydik. Barış diyorduk. Barış içinde kardeşçe yaşamaktan söz ediyorduk ki 12 Eylül faşist diktası geldi çattı. İnsanlar teker teker gözaltına alınıp tutuklanmaya başladı. Barış Derneği Başkanı Mahmut Bey, Orhan Abi ve yönetim kurulu üyeleri de sabah erken saatlerde evlerinden alınıp tutuklanmıştı. Halit Abi açılan Barış Davası'nın avukatlarındandı. Ancak askerî yönetim bir süre sonra dernek yöneticileriyle yetinmeyip üyeleri ve birinci davanın avukatlarını da sanık durumuna düşüren ikinci davayı açtı. Dernek üyesi olarak arkadaşlarımla birlikte benim de dahil edilmemle, ben de duruşmalara çıkmaya başladım. İşte bu duruşmalar sırasında tanıştım Halit Abi'yle. Kendisiyle daha önce tanışmıyordum ama Denizlerin davası başta olmak üzere basından izlediğim birçok davadan ve yazılarından tanıyor, saygı duyuyordum. Birlikte yargılandığım Barış Davası'nda onunla aynı sıralarda oturmak benim için gurur ve de güven vericiydi... O söz aldığında salonda ses çıkmazdı. Sakin ve etkileyici sesiyle, duru Türkçesiyle hukuk ve insanlık dersi verirdi...

Bugünden o günlere gittiğimde yüreğim hüzünle, öfkeyle sıkışıyor. İnsanlara ne çok acı yaşattılar, nasıl kıydılar. Bugün içinde bulunduğumuz koşullara yol açan baskı ve zulüme direnenlere acımasızca saldırdılar. Mahmut Bey, Orhan Abi onurlu bir duruş sergilediler ancak olumsuz koşulların harap ettiği bedenleri dayanamadı.

Burada ilginç bir konuya parmak basmak onun kişiliğini, onurlu duruşunu göstermesi anlamında önem taşımaktadır. Tarık Akan, Barış Derneği yargılamaları başladığında Avukat Atilla Coşkun'la savunması hakkında görüşür. Konuşması sırasında Barış Derneği'ne üye olup olmadığını hatırlamadığını söyler. Bunun üzerine Avukat Coşkun dosyaları araştırırsa da onun üyeliğine ilişkin bir belge bulamaz. Artık iş Tarık Akan'a kalmıştır. Ya üye değilim diyecektir ki mahkemenin üyeliğini kanıtlaması olanaksızdır; çünkü ortada belge yoktur ve muhtemelen beraat edecektir ya da üyeliği kabul edecek ve mahkûm olacaktır. Beklenen gün geldiğinde Tarık Akan, duruşmada derneğe üye olup olmadığını soran hâkime, "Üyeyim," diyecektir.

Pehlivan

Tarık Akan, 1980-1990 yılları arasında, 1986 yılında çekilen yedi filmin dışında, genellikle dört ile altı arası film çektiği bir dönem geçirdi. Filmlerin sayısına karşın özenli bir seçim yapıyordu. Ancak yine de içinde daha çok sevdiği ya da daha çok konuşulan filmler oluyordu.

Ardı ardına beş filmde oynadığı 1984 yılında *Pehlivan* filmiyle öne çıktı. Filmin yapımcısı Şeref Gür'dü. Filmde kendisinin yanı sıra Meral Orhonsay, Yaman Okay ve Yavuzer Çetinkaya oynuyordu. Fehmi Yaşar'ın senaryosu ve Tarık Öcal'ın bestesiyle Zeki Ökten tarafından çekilen filmde eşi, iki evladı ve yaşlı babasına bakmak zorunda olan Bilal'i canlandırdı. İşsiz Bilal Libya'ya işçi olarak gitmek istese de baba mesleği pehlivanlığı yapmak zorundaydı. Yağlı güreşe katılmak için hazırlıklara başlamış ancak bu ata sporu artık gözden düştüğünden ilgi odağı olmaktan çıkmıştı.

Aynı yıl, bu filmdeki oyunculuğuyla Antalya Altın Portakal Film Festivali'nde bir kez daha En İyi Erkek Oyuncu Ödülü'nü aldı. Aynı yıl Ankara Film Şenliği'nde En İyi Erkek Oyuncu Ödülü'yle, Sinema Yazarları Derneği tarafından En İyi Erkek Oyuncu Ödülü verildi. Bu film ona 1985 yılında Berlin Uluslararası Film Festivali'nde Jüri Özel Ödülü'nü kazandıracaktı. Ayrıca İsrail'de düzenlenen film festivaline ve birçok uluslararası spor festivallerine katıldı ve birinciliğe değer bulundu. Tarık Akan ve Zeki Ökten, 12 Eylül döneminin pasaportu ellerinden alınan yasaklılarındandı. Bu nedenle yurtdışına ödüllerini almaya gidemediler. Berlin Film Festivali'ne onların yerine filmin oyuncularından, Tarık Akan'ın dostu Yaman Okay ile filmin yapımcısı Şeref Gür gitti. Filmin çekiliş sürecinde ve Berlin dönüşünde Şeref Abi'yle dostluğu farklı bir boyuta geçti. Bundan sonraki ilişkileri bir çeşit baba oğul ilişkisi gibi olacaktı.

Pehlivan filminin ardından, 1985 yılında Şerif Gören yönetmenliğinde, Osman Şahin'in bir kan davasını işleyen *Kanın Masalı* öyküsünden senaryolaştırılan *Kan*'da Hakan

Balamir ve Serpil Çakmaklı'yla oynadı. 1986'da yine Şerif Gören ile *Adem ile Havva,* 1986'da Ümit Efekan ile Haşmet Zeybek'in, Bekir Yıldız'ın ünlü romanından senaryolaştırdığı *Halkalı Köle* filmini çekti. Zuhal Olcay ile oynadığı bu filmde, kadın erkek ilişkileri ve evlilik kurumunun sorunları düzeyli biçimde ele alınmaktaydı. Film gösterime çıktıktan sonra oyuncularıyla olduğu kadar yönetmeni Efekan için de başarılı bulunacaktı.

Evlilik, babalık ve aşk

Tarık Akan 1985 yılında Yasemin Erkut ile evlendi. Yasemin Erkut sinema dışından, sade yaşamı olan bir kadındı. Bu evlilikten 1986 yılında Barış, 1988 yılında ise ikizleri Özlem ve Özgür dünyaya geldi. Pakize Tarzi Kliniği'nde dünyaya gelen ilk oğluna Barış adını özellikle seçecek, ancak ikinci bir isim daha verecekti. Gençlik dönemlerinden beri sürekli görüştüğü, birçok şeyini paylaştığı dostu "Kozalak" Zeki'nin adını! Barış Zeki'nin doğumundan sonra arkadaşı Zeki'yle birlikte gittiği meyhanede herkese içki ısmarlayacaktı. Zeki, "Çocuklarını çok severdi, annesini ve vatanını da," diye söyleyecekti o günleri anlatırken!

Bu evlilik çok uzun sürmedi. Bir süre sonra Tarık ve Yasemin ayrıldı. Çocuklar annelerinde kaldı ancak hafta sonu babalarıyla birlikteydiler. Yaz tatillerinin bir bölümünü de babalarının Akyarlar'daki evinde geçirdiler. Çocuklarına çok düşkün olan Tarık Akan onların her şeyiyle yakından ilgilenen, iyilikle anılan bir baba olacaktı.

İleriki yıllarda tanışacağı devlet balesi sanatçılarından Acun Günay ile arkadaşlığı büyük bir aşka dönüşecekti. Bu dönemde çocukların düzeni aynen sürecek ve Acun Günay, onların hayatının da bir parçası olacaktı. Acun'la birlikte geçen ve 25 yılı aşan sevgi dolu birlikteliği ölümüne değin sürecekti. Onun gerek evliliği, gerekse Acun Günay ile yıllara dayanan beraberliği süresince hayatını özgürce yaşamasına karşın magazin basınına "düşmemesi" saygın ilişkilerinin sonucuydu. Gazetecilerle karşılaştığında onlara, çok zor koşullar altında çalışan emekçiler olduğunun bilinciyle yaklaşıyordu. Bu samimi ilişki kuşkusuz karşılık buluyordu ve gazeteciler onun özel yaşamına yönelik özenini görüyor, saygı gösteriyordu.

Acun'la yaşamına kattığı bir diğer yönü gezileriydi. Zaman zaman arkadaşlarının da katıldığı bu gezilerde Avrupa'nın kimi çok önemli müzik festivallerini, konserlerini kaçırmıyordu. Klasik müzik merakı onda dinmeyen bir tutku gibiydi. Dışarıdan bakıldığında hiç de belli etmediği bu müzik sevgisi onun yaşamının bir parçasıydı ve Acun ile sanki başka bir boyuta açılıyordu.

Ses

1986'da önüne Fehmi Yaşar'ın senaryosu geldiğinde Zeki Ökten, filminde hiç düşünmeden Tarık Akan'ı oynatacaktı. 12 Eylül işkencelerine uğrayan bir aktörün, işkenceyi anlatan bir filmde oynaması kuşkusuz çok dramatikti. Filmde Tarık ile birlikte Nur Sürer, Güler Ökten, Kamuran Usluer ve Yavuzer Çetinkaya oynuyordu. Filmin konusu güneyde bir sahil kasabasında geçiyordu. Altı yıl hapiste kalan ve işkencelerden geçmiş eski bir mahkûmun duyduğu bir sesle irkilişi ve sesin sahibiyle ilişkisi anlatılmaktaydı. İşkence gördüğü sırada gözleri kapalı olduğu için hafızasında yer eden bu sesin hemen ayırdına varacaktı eski mahkûm. *Ses* filmi Gümüşlük'te çekildi. Filmin yapımcısı Şeref Gür'dü.

Bu filmle Türk sinemasında 12 Eylül dönemi ilk kez eleştiriliyordu. Bu faşist dönemde yaşanan acılar, travmalar çoluk çocuk on binlerce insanı etkilemişti. Film ne olup bittiğinin ayırdında olan ya da olmayanlara yakın tarihin penceresini açıyordu. Henüz 12 Eylül döneminin yaşandığı bir ortamda oldukça cesur, yürekli bir filmdi. Ancak filmde mağduru oynayan eski mahkûmun bu kez işkencecisine yönelik kısasa kısas mantığıyla öç almaya kalkışması filmin eleştirilmesine yol açacaktı.

1987 yılına gelindiğinde Muzaffer Hiçdurmaz'ın yönettiği *Çark* filminde oynadı. Bir cam fabrikasında çalışan dört arkadaşın, kötü çalışma koşullarının düzeltilmesi ve hakları için mücadelesini anlatan filmi Haşmet Zeybek, Bekir Yıldız'ın öyküsünden yola çıkarak senaryolaştırmıştı. Filmdeki oyuncu arkadaşları; Savaş Yurttaş, Erol Demiröz ve Oktay Sözbir idi. Aynı yıl, Halit Refiğ yönetiminde *Kızımın Kanı*, Yavuz Özkan yönetiminde *Yağmur Kaçakları*'nda oynadı. Senaryosunu da Yavuz Özkan'ın yazdığı *Yağmur Kaçakları* da 12 Eylül atmosferinde çekilen bir Türk-Fransız-Alman ortak yapımıydı. Filmdeki diğer oyuncular; Aurellie Toledano, Ann Zacarias ve Ayşegül Aldinç'ti.

Su da Yanar

Tarık Akan, Işıl Özgentürk'ün senaryosunu yazdığı ve Ali Özgentürk tarafından çekilen *Su da Yanar* filminde, büyük şair Nâzım Hikmet'in filmini çekmek isteyen yönetmeni canlandıracaktı. Nâzım Hikmet'i çok seven Akan, bu film ekibine hiç duraksamadan katılmıştı. Türkiye'de ilk kez Nâzım Hikmet'ten söz edilen bir film çekiliyordu. Filmde, şairi çekmek isteyen ancak gerek ekonomik gerekse sanatsal gerekçelerle bunu bir türlü başaramayan yönetmenin bunalımlarını, sancılarını ve özel yaşamındaki girdabı taşıyacaktı perdeye.

Film gösterime girdikten sonra yasaklamalarla karşılaştı ve tüm kopyalarına el kondu. Ali Özgentürk açılan davada Türkiye'nin aleyhine kötü propaganda yapmakla suçlanıyor, hakkında altı yıldan başlayan hapis cezası isteniyordu. Filmde, Nâzım Hikmet'ten ve filmden "illegal örgütlerin sembolleştirdiği, ülkeden Sovyetler Birliği'ne kaçarak orada ölen Nâzım Hikmet isimli şahsı şair olarak niteleyip, onun şiirlerini okuyarak anısını yaşatmak için bir film çekilmesinin amaçlandığı" için suç işlendiği iddia ediliyordu. Ancak bilirkişilerin verdiği raporlara dayanılarak verilen yürütmeyi durdurma kararlarıyla filmin izlenmesi sağlandı. Yönetmen Ali Özgentürk de hakkında açılan davadan beraat etti. Film, Ankara'da ve İzmir'de haftalarca oynadı. Olumlu ya da olumsuz oldukça ses getirdi ve tartışıldı.

Tarık Akan, 1989 yılına gelindiğinde uluslararası bir yapım olan *Leyla ile Mecnun* filminde rol aldı. Tunuslu yönetmen Tayep Lohici'nin yönettiği film, Tunus çöllerinde çekildi. Film; Türk, Fransız, Tunus ve Cezayir ortak yapımıydı. Oyun arkadaşları Arap'tı ve dil sorunu yaşadığı için çok sıkıldığı bu filmden sonra çok istediği halde dış yapımlara pek de sıcak bakmayacaktı.

Yine 1989 yılında Bilgesu Erenus'un senaryosunu yazdığı *İkili Oyunlar,* İrfan Tözüm tarafından çekildi. Tarık Akan bu filmde Zeliha Berksoy ve Erol Demiröz ile oynadı. Macit Koper'in senaryosunu yazdığı *İsa Musa Meryem* filmi ise aynı yıl Faruk Turgut tarafından çekildi ve Akan'ın bu filmdeki rol arkadaşları Meral Konrat ve Oktay Sözbir'di. Ayrıca Orhan Oğuz ile *Üçüncü Göz* filmini çekti. Filmin senaryosu Nuray Oğuz tarafından yazılmıştı. Tarık Akan, "bir deneme filmi" olarak gördüğü bu projeye ortak olacaktı. Yine Meral Konrat ve ayrıca Selçuk Özer, Ferda Ferdağ, Yaman Okay, Aliye Rona ve Yavuzer Çetinkaya gibi oyuncularla oynadı. Bu filmiyle de Antalya Film Festivali'nde bir En İyi Erkek Oyuncu Ödülü daha aldı. Ancak bu film için, "Bana göre hamile kaldığım bir film; erkek olarak kafamda doğurduğum kahraman karşına geldiği zaman mücadele ediyorsun gibi bir şey. Tutturamadık o filmi. Yani olmadı. Bazı filmler olmuyor," diyecekti.

1990 yılında Türkan Şoray'la birlikte Atıf Yılmaz'ın çektiği *Berdel*'de rol aldı. Filmde Doğu Anadolu'da yaygın olan berdel konu ediliyor ve bu çerçevede kadın erkek ilişkileri, kız ve erkek çocuğuna yönelik feodal bakış irdeleniyordu. Film bir yıl sonra Berlin Film Festivali'nde Uluslararası Sanat ve Sinema Konseyi üyelerinin özel ödülünü kazandı.

Taksici Tarık Akan

Artık ülke sineması eskisi gibi ardı ardına film çekmiyordu. Türk sineması durağan bir dönemindeydi. Filmlerin zor çekilebildiği kısır bir ortam yaşanıyordu. Sinemanın yerini televizyon ve televizyon dizileri almaya başlamıştı. Tarık sevdiği, kaliteli bulduğu yapımlarda oynayan, yani işin para boyutundan çok toplumsal boyutuyla ilgilenen biriydi. Zaten iyi filmler güç koşullarda çekiliyordu ve onların da ekonomik getirisi olmuyordu. Gerçekte çektiği filmlerin parasal getirisine bakmasa da artık gençlik yıllarındaki gibi eline geçeni harcayan bir Tarık Akan da yoktu karşımızda. Biriktirdiği 50 bin lirasını, çocukluk arkadaşı ve can dostu Zeki'ye vererek bir yatırıma dönüştürecekti. Böylece iyi getirisi olduğunu düşündüğü taksicilik işine girdi.

İlk taksi 1989 yılında alındı. İşletmesiyle o sırada emlak işleri ve beyaz eşya ticareti yapan arkadaşı Zeki ilgileniyordu. İyi getirisi olduğu için altı ay sonra yani 1990 yılında ikinci bir taksi daha alındı. Ancak 1991 yılında okul kuruluşu nedeniyle bu taksi satıldı. Diğer tek taksinin işletmesi 1993 yılına değin sürdü. Bu sırada bir başka arkadaşı Bakırköy Tren İstasyonu'nun karşısında bir kafe açıyordu. Tarık bu kafeye ortak olmak amacıyla bu ikinci taksinin sahip olduğu yüzde 50 hissesini diğer hissedar olan dostu Zeki'ye sattı. Artık taksi işletmeciliğiyle bir ilgisi kalmamıştı.

Bu parayla, arkadaşı Ahmet Hoşbaş ile Bakırköy'deki Yeşil Kafe'ye ortak oldu. Ancak yaptıkları anlaşma gereğince arada bir uğradığı kafeyi arkadaşı işletecek, kendisi karışmayacaktı. Bu kafe yakın zamanda Bakırköy Meydanı'nın yeniden düzenlenmesi sürecinde kapatıldı. Tarık Akan bu dönemlerini, "Beni kötü filmlerde oynamaktan kurtardı," diye anlatacaktı. Tarık Akan'ın, sinemadan, kameradan uzak kaldığı bu yıllar onu gerçekten de zorlayan yıllardı. Maddi anlamda artık bir sorun yaşamasa da çok sevdiği sinemadan uzak kalmak onun için zordu. Ancak alacağı paraya bakmadan kalite arama lüksünü de seviyordu.

Karartma Geceleri

1990 yılında Yusuf Kurçenli'nin çektiği *Karartma Geceleri*'nde oynadı. Film Rıfat Ilgaz'ın eserinden uyarlanmıştı. *Ses* filminden sonra çekilen ve işkenceyi anlatan ikinci film özelliğini taşıyordu. Tarık Akan bu film için şöyle diyecekti:

> *Karartma Geceleri* muhteşem bir filmdir. Günümüzdeki bir politik, kaçak kişinin filmini çekemediğiniz için, tarihe dönüp benzer bir konuyu işliyorsunuz. İşkence sahnelerini gösteriyorsunuz, eski dönemde yapılıyormuş gibi ortaya koyuyorsunuz. Oysaki eski dönemle o zamanki dönem arasında hiç fark yok. Tabutluklardan tutun, işkence ve işkencecilere kadar hepsi aynıdır. Bu filmde işkence sahnelerinde ilk soyunan erkek unvanını aldım. Bazı gazeteler bundan söz ettiler, filmi görünce bir daha ağızlarına almadılar.

Aynı yıl, bu filmdeki rolüyle Adana Altın Koza Film Festivali'nde En İyi Erkek Oyuncu Ödülü'nü aldı. Filme İstanbul Film Festivali'nde En İyi Film, 40. San Sebastian Film Şenliği'nde Jüri Özel Ödülü verildi.

1991 yılında Hüseyin Karakaş'ın yönettiği *Bir Kadın Düşmanı* filminde oynadı. Senaryoyu Ülkü Karaosmanoğlu yazmıştı. Daha sonra, Mine Çayıroğlu, Yaman Okay, Murat Soydan, Menderes Samancılar, Yılmaz Erdoğan ile birlikte genç yönetmen Şahin Gök'ün çevirdiği ilk Kürtçe dublajlı film *Siyabent ile Xece*'de rol aldı. Film Kürt tarihinde bir aşk hikâyesini anlatıyordu.

Bir yıl sonra aldığı bir televizyon dizisi önerisine sıcak bakacaktı. Anadolu tarihine ve arkeolojiye özel ilgisi olan Tarık'ın bu öneriyi neden hemen kabul ettiğini anlamak zor değildi. Üstelik yönetmeni arkadaşı Yusuf Kurçenli'ydi. Şeref Gür'ün yapımcısı olduğu *Taşların Sırrı* adlı dizide Ayşegül Aldinç'le birlikte oynayacaktı (1992).

Nâzım Hikmet'in tiyatro sahnelerinde defalarca oynanan oyunu *Yolcu,* bu kez Başar Sabuncu'nun senaryosuyla sinemaya aktarılıyordu (1994). Film, cepheye asker götüren ve dönüşte yaralı taşıyan trenlerin geçtiği Anadolu'daki ıssız bir tren istasyonunda geçiyordu. Filmde dört oyuncu vardı; Müjde Ar, Tarık Akan, Halil Ergün ve Berhan Şimşek.

1994'te *Çözülmeler*'de yine Yusuf Kurçenli'yle çalıştı. Nurseli İdiz ve Savaş Dinçel ile oynadı. Filmde, 12 Mart ve 12 Eylül darbelerini yaşayan insanların psikolojik öyküsü anlatılıyordu. Yusuf Kurçenli ile ardı ardına çevirdiği filmler dostluklarını pekiştirecek, ileride ortak film projelerine yol açacaktı. *Aşk Üzerine Söylenmemiş Her Şey*, Zeki Ökten'in 1995 yılında çektiği bir filmdi. Tarık Akan, bu filmde Serap Aksoy'la birlikte oynadı. Filmin yapımcısı Sinema Vakfı'ydı.

1997 yılına gelindiğinde, daha önce *Su da Yanar* filminde birlikte çalıştığı eski dostu Ali Özgentürk'ün yönetmenliğinde *Mektup*'ta rol aldı. Filmin senaryosu Ali Özgentürk tarafından yazılmıştı. Kendisiyle birlikte Zişan Uğurlu, Cüneyt Gökçer, Ahmet Mekin, Güler Ökten, Jassica Campbell, Suna Selen, Nejdet Mahfi Ayral, Erol Demiröz, Arif Keskiner gibi isimler rol aldı. Özgentürk, Nâzım Hikmet'in yakın dostlarından mimar Nail Çakırhan'a da rol vermişti. Tarık Akan filmde, çok küçük yaşlardayken annesiyle birlikte ülkesinden ayrılarak Amerika'ya yerleşen Ragıp'ı canlandırdı. Ragıp bir Amerikalı gibi yetişen ve yine bir Amerikalı ile evlenen bir nükleer mühendisti. Son derece rahat bir yaşamı olmasına karşın, babasını ve ülkesini tanımak istemekteydi. Bu nedenle de ülkesine dönerek babasını aramaya başlayacaktı.

Film birçok festivalde gösterildi. Ali Özgentürk ve Tarık Akan bu film nedeniyle Güney Amerika'ya, Arjantin'e gitti. Buradan geçtikleri Küba'daki Havana Film Festivali'nde Türkiye Büyükelçiliği aracılığıyla kendisine ulaştırılan acı bir haber alacaktı. Tarık, "generalim" dediği babasını kaybetmişti. Özgentürk'ü orada bırakarak hemen İstanbul'a döndü. Yaşar Baba'nın cenaze töreni için Tarık'ın gelişi beklenmiş ve cenaze, Ataköy Camii'nden kaldırılmıştı.

Babasının ölümü üzerine 12 Eylül günlerinde cezaevi çıkışında yaşadığı babasıyla ilgili bir anısını bir kez daha dostlarıyla paylaşacaktı: Serbest bırakıldığında, pireli, bitli, perişan kıyafetiyle Selimiye'den bırakıldığında, şaşkın şaşkın etrafına bakınırken karşısında abisini görür. Birlikte eve doğru yola çıkarlar. Yolda anne ve babasını sorar. Abisinin babasıyla ilgili anlattıkları inanılmazdır. "Sen içeri girdikten kısa bir süre sonra babamı hastaneye kaldırdık, sol tarafına felç geldi. Doktorlar hiçbir şey yapamadı. Sonra bizim Üstün Korugan geldi. 'Yahu şu adamın şekerini ölçün,' dedi. Sonuçlar geldi ki babamın şekeri dört yüz elli! Düşünebiliyor musun, dört yüz elli! Beş gündür babam orada öyle yatıyor da hiçbir doktorun aklına kan şekerine bakmak gelmiyor. Bir insülin yaptılar, hemen kendine geldi. Günler sonra hastaneden yürüyerek çıktık." Bir vefa abidesi ve inanılmaz bir dost olan Üstün Hoca, Tarık'ın çok şey paylaştığı, erken göçmüş bir abisi idi. Babası gibi birçok dostunu yaşama döndürmüş, derin bilgi dağarcığı ve hoşsohbetiyle Tarık Akan'a çok şey katmıştı.

1997 yılı Tarık Akan'ın belgesel çekimlerine başladığı yıl aynı zamanda. İleride anlatacağımız belgesel çalışmalarından sonra uzunca bir süre bir filmde oynamadı. 1999 yılı yazına gelindiğinde, Atıf Yılmaz tarafından çekilen bir 12 Eylül filminde bu kez evlatları için endişelenen bir babayı oynadı. *Eylül Fırtınası,* bu dönemde yaşanan sıkıntıları, acıları, yani bir toplumun travmasını, bir çocuğun gözünden anlatıyordu. Oğlu ve gelininin yakalanarak gözaltına alınması üzerine, torununu yanına alıp Bozcaada'ya evine getiren dedeyi canlandırıyordu. 12 Eylül işkencelerini dolaylı anlatan daha doğrusu hissettiren film, Habib Bektaş'ın romanının Gaye Boralıoğlu tarafından senaryolaştırılmasıyla çekildi.

Ziya Öztan'ın *Abdülhamid Düşerken* (2002) filminde rol aldı. Ziya Öztan'ın senaryosu ve Timur Selçuk'un müziğiyle çekilen filmde dev bir kadro çok sayıda sinema ve tiyatro sanatçısı buluşacaktı. Türk sinemasının 1 milyon dolar ile en yüksek bütçeli filmlerinden olan *Abdülhamid Düşerken,* II. Meşrutiyet'in hazırlık sürecine ve sonraki siyasi gelişmelere bir aşk ekseninde kamera uzatan Nahit Sırrı Örik'in romanından uyarlanmıştı.

Bu filmi sevgili dostu Zeki Ökten'in yönettiği *Gülüm* izledi. Tarık Akan artık sürekli birlikte olduğu dostu Rutkay Aziz'le karşılıklı oynuyordu. Tarık Akan'ın oğlu rolünde Okan Bayülgen, Rutkay Aziz'in kızı rolünde İdil Fırat sorunlu bir karıkocayı canlandırıyordu. Kendi ailesinde sorunlar yaşayan Ali'nin (Tarık Akan), dünürü Salim (Rutkay Aziz) ile yaşadığı içten dostluk, filme damgasını vuruyordu. Filmde canlandırdığı karakteri son derece sade, yalın oynayan Tarık Akan bu filmdeki rolüyle altıncı kez Antalya Altın Portakal Film Festivali'nde En İyi Erkek Oyuncu Ödülü'nü aldı.

Bu arada, sinemanın yerini alan TV dizilerinde de oynayacaktı. Bir Amerikan dizisinden uyarlama olan *Koçum Benim* (2002) adlı gençlik dizisinde rol aldı. Bugün Türk sinemasının ve televizyonlarının birçok yıldızı da bu diziyle sektöre adımını atmış ve tanınır olmuştu.

Bu dizi çekimlerinin ardından onu şaşkına düşüren ancak büyük bir kararlılık ve keyifle reddettiği bir dizi önerisi daha gelecekti. Siyasi anlamda görüşleri uyuşmayan, hatta tam tersi görüşleri savunan bir kanaldan gelmişti öneri. O gün için çok önemli olan, –nakit olarak 1 milyon dolar gibi– bir para söz konuydu. "Müthiş bir keyif aldım bunu reddetmekten. Para önemli bir unsurdur insanın yaşamında. Benim için de önemli. Ama düşüncelerime ters düşecek bir iş için veriliyorsa o parayı reddetmeyi bilirim. Yaşamımda hep inançlarım doğrultusunda gitmeye çalıştım ve bundan hiçbir şekilde taviz vermedim, vermiyorum," diyecekti kendisiyle yapılan bir söyleşide.

Bir yıl sonra ise Yılmaz Erdoğan'dan gelen teklifle *Vizontele Tuuba*'da rol alacaktı. Yılmaz Erdoğan'ın Bodrum Akyarlar'a gelerek yaptığı bu teklif onu çok sevindirmişti. Senaryoyu sahilde kumlar üzerinde adımlayarak okuyacaktı. Gerek Yılmaz Erdoğan'la bir araya gelişi, gerekse filmin konusu onun için heyecan vericiydi. Senaryosu ve yönetmenliği Yılmaz Erdoğan'a ait filmde, bir kütüphaneciyi canlandıracaktı. *Vizontele Tuuba*'da Yılmaz Erdoğan'la oynadı. Altan

Erkekli, Demet Akbağ, Tuba Ünsal, İdil Fırat ve Salih Kalyon filmin diğer oyuncularıydı. Yıllar sonra söyledikleri, filme ilişkin görüşlerini yansıtıyordu; "Proje, çok güzel bir proje! Okuduğum zaman; senaryo bakışı doğru, içeriği doğru, mesajı doğru, her şeyi doğru. O zaman benim orada bulunmam gerekir diyerek girdim."

2004 yılında Mesude Eraslan yönetiminde çekilen bir TV filmi olan *Gece Yürüyüşü*, 2006 yılında, Yağmur Taylan'ın *Ankara Cinayeti*, yine aynı yıl çekilen TV dizisi *Ahh İstanbul* rol aldığı çekimlerdi. Aynı yıl Yavuz Özkan'la birlikte *Hayal Kurma Oyunları*'nı çekecekti. Bu filmdeki rol arkadaşları; Serap Aksoy, Ayşegül Aldinç, Pelin Batu'ydu.

Artık önüne düzgün bir senaryo çalışması konmuyordu. Konulan düzgün senaryolar ise finans sorunuyla karşı karşıya kalıyordu. Ucuza film çekmek kolay değildi. Artık bir filmde oynamamanın getirdiği huzursuzluk içindeyken önüne bir proje geldi. Beğenmiş ve kabul etmişti. Kemal Anadol'un yazdığı *Karşı Yaka Memleket* romanından uyarlanacak filmde Nâzım Hikmet'i canlandıracaktı. Film, Fazilet Çulha'nın uluslararası bir projesiydi. Hazırlıklar yapıldı. Bir makyöz ustasının Tarık Akan'a yaptığı makyajla onu Nâzım Hikmet'e benzetmesi ayrı bir heyecan verecekti. Ancak projenin finans sorununun aşılamaması nedeniyle çekim askıya alınacak ve bu defter bir daha açılmamak üzere kapanacaktı.

2009 yılına gelindiğinde genç yönetmen Murat Saraçoğlu'dan aldığı film teklifi ise ona başka bir mutluluk, başka bir enerji verecekti. Yönetmen Rusya'dan sürgün edilen ve Kars'a yerleşen Malakanların yaşamından bir kesit sunan *Deli Deli Olma* filmini çekecekti. Filmin ana karakterini canlandırmak üzere Tarık Akan'ı ve *Yol*'dan bu yana bir araya gelmeyen oyuncu Şerif Sezer'i bu filmde buluşturmak istiyordu. Filmin diğer bir özelliği ise iki kahramanın gençlik dönemlerini kendi çocuklarının canlandıracak olmasıydı. Tarık Akan'ın oğlu Barış Üregül ile Şerif Sezer'in kızı Deniz Arna bu filmle ilk kez kamera karşısına çıktı. *Deli Deli Olma*, beklenen ilgiyi görmese de Tarık Akan'ın sevdiği, sıcacık bir filmdi.

Sinemadan görece uzak kaldığı bu dönemde üzerinde çalışmakta olduğu bir film pojesi vardı: Nâzım Hikmet'in *Memleketimden İnsan Manzaraları*. Çok zor bir çalışmaydı. Yakın dostlarıyla çalışmasını paylaşıyor, senaryosunu veriyor ve görüşlerini alıyordu. Onu yüreklendirenler kadar, işin zorluğu üzerine uyaran dostları da vardı. Bu proje onun kafasındaki tek proje de değildi ayrıca. Bir piyanistin merkezinde olduğu bir başka proje daha kafasını kurcalıyordu. Bunun için çok değer verdiği Fazıl Say'la da görüşmüş, öyle ki, oyuncu seçimini bile yapmıştı. Ancak bu iki projeyi de rafa kaldıracak ve belgesel çalışmalarına yönelecekti.

Nâzım Hikmet Vakfı kuruluyor

3 Haziran 1990 yılında Nâzım Hikmet'in kız kardeşi Samiye Yaltırım'ın çağrısıyla bir araya gelen aydınların arasındaydı. Samiye Yaltırım, aralarında Mehmet Ali Aybar, Mahmut Dikerdem, Emil Galip Sandalcı, Seyfi Kipmen, Kemal Sülker, Moris Gabay, Yusuf Kurçenli, Rutkay Aziz gibi şairin dostları, yakınları, sanatçı, gazeteci, biliminsanlarının olduğu bu gruba dileğini seslendirdi. Kızı Ayşe Yaltırım'ın önerisi doğrultusunda abisi Nâzım Hikmet için bir vakıf kurulmasını istiyordu.

O gün bu vakfın kurulması için çalışma yapılması kararı alındı ve hemen hukukçu Prof. Dr. Aydın Aybay başkanlığında bir girişim kurulu oluşturuldu. Kurul, vakfın kuruluşu için gerekli hukuki ve maddi hazırlıkları yapacaktı. Görev zordu. Vakfın kuruluşuna destek olanlar kadar karşı çıkanlar da vardı. Karşı çıkanların korkusu koşulların henüz yeterli, elverişli olmamasındandı. Ancak koşulların oluşmasını beklemek yerine oluşmasına katkıda bulunmak gibi mücadeleci bir yol benimsendi.

Vakfın kuruluş amacı, Nâzım Hikmet'e ait yeryüzünde yaygın ve dağınık halde bulunan her türlü bilgi belgeyi bir araya getirmek, Nâzım Hikmet'e yönelik haksızlıkların giderilmesini sağlamak ve hak ettiği yeri alarak gelecek kuşaklara aktarabilmekti. Tarık Akan da bu amaç doğrultusunda vakfın kuruluşu için oluşturulan sekretaryada duraksamadan görev aldı.

Çalışmalar, Prof. Dr. Aydın Aybay'ın başkanlığında başladı. Kimi zaman ayda bir, kimi zaman iki haftada bir toplanılıyordu. Bu toplantılara hiç kaçırmadan katılan üyelerden biriydi. Bütün içtenliğiyle, "Yapılacak görüşmelerde ya da işlerde varlığımla olumlu etki yapabileceğim, kapıların açılmasını sağlayabileceğim her yerde olurum," diyordu. Varlığıyla gerçekten de vakfın anahtar görevini üstlendi. Onun adı duyulduğunda açılmayan kapı yoktu. Sekreteryayı oluşturan Aydın Aybay ve Kıymet Coşkun ile birlikte bir ekip çalışması içine girdi.

Hukuki süreci, bu konunun uzmanı, hocası Aydın Aybay başkanlığında hukukçulardan oluşan bir kurul sürdürürken, ayrı bir ekip de bu sürecin mali boyutunu çözmek üzere yola çıktı. Düzenlenecek etkinliklerle parasal katkı sağlanacaktı. İlk iş olarak büyük bir resim sergisi düzenlendi. Bu kez, Zeynep Oral başı çekiyordu ve yüzden fazla ressam eserlerini bağışladı. Tiyatrocular oyunlarının gişe gelirleriyle, yazarlar, şairler kitap telifleriyle katkıda bulundu. Açık Hava Tiyatrosu'nda düzenlenen bir geceyle de sanatçılar, tiyatrocular Nâzım şarkıları ve şiirleriyle destek verdi bu oluşuma. Girişim kurulunun mucizevi çalışmaları sonunda bir yıl içinde bütün hazırlıklar tamamlandı, gerekli para toplandı ve mahkemeye başvuru yapıldı.

Mahkemeden karar beklenirken Nâzım Hikmet'in yaklaşan 90. doğum yılı kutlamaları için hazırlıklar başlatıldı. Zeynep Oral, Kıymet Coşkun, Nevzat Şenol, Genco Erkal ve Tarık Akan'la birlikte bir kurul oluşturuldu. Vakfın kuruluşuna ilişkin 22 Mayıs 1991 tarihli mahkeme kararı alındığında çalışmalar daha bir hızlandı.

Nâzım Hikmet 90. doğum yılında, kendi yurdunda düzenlenen toplantılar ve gösterilerle ilk kez tüm yönleriyle irdelendi, anıldı. Bu görkemli anma haftasında yine ilk kez kendi şehrinde gezintiye çıktı. Belediye otobüsleri, Lütfü Özkök'ün çektiği bir fotoğrafının İsa Çelik'in yaptığı grafik çalışmasının yer aldığı, kırmızı büyük boy "Nâzım Hikmet Aramızda" yazılı posterlerle donanmıştı. İstanbullu şairimiz otobüslerin camlarından hemşerilerine gülümsüyordu. Haftanın kapanış galası ise bugün yerinde Lütfü Kırdar Kongre Merkezi'nin bulunduğu Spor ve Sergi Sarayı'nda yapıldı. Galaya hiçbir ücret almadan koşup gelen insan hakları savunucusu, 68 gençliğinin idolü Joan Baez'ın yanı sıra, Saim Akçıl'ın Gençlik Orkestrası, Bolşoy Tiyatrosu sanatçıları ve Zülfü Livaneli, Işık Yenersu'nun muhteşem sunumuyla sahne aldı. Gecenin açılış konuşmasını yapan dönemin Kültür Bakanı Fikri Sağlar yaşatılan zulüm ve acılar için ilk kez devlet adına Nâzım Hikmet'ten özür diledi. Bu organizasyonun içinde aktif olarak yer alan Tarık Akan, bu galaya sevgili hayat arkadaşı Acun Günay'la katıldı. Nâzım Hikmet Vakfı'nın kurucu başkanı Nâzım Hikmet'in kız kardeşi Samiye Yaltırım ise evlatları ve torunlarıyla birlikte bu etkinliklerin hepsine ev sahipliği yaptı.

İlk danışma kurulunda 19 kişilik yeni yönetim kurulunun seçilmesi gerekiyordu. Ancak üyeler var olan girişim kurulunun yönetim kurulu üyeleri olarak görevlerini sürdürmesini önerdiler ve öneri oybirliğiyle onaylandı. Başkan Samiye Yaltırım, Başkan Vekili Aydın Aybay'dı. Vakıf, gerek Nâzım Hikmet'e yönelik yasakların ortadan kalkması gerekse yurttaşlık hakkının geri verilmesi için çok çaba gösterdi. Yaltırım, sevgili dostu Müzehher Vâ-Nû ile birlikte yönetim kurulunun hiçbir toplantısını kaçırmıyor ve alınan kararlarda ağırlığını koyuyordu. Toplantılar neredeyse tam katılımlı yapılıyordu. Tarık Akan yine bu toplantıları kaçırmayan üyelerdendi.

Bu arada, Nâzım Hikmet'in yurttaşlık hakkı için kız kardeşi Samiye Yaltırım'ın başvurusuna yanıt verilmemesi üzerine Danıştay'da açılan davanın reddedilmesi, üstelik Nâzım Hikmet'in bizzat başvurması gerektiği gibi bir açıklamanın yapılması oldukça tepki çekti. Vakıf bunun üzerine açtığı imza kampanyasının yanı sıra, yönetim kurulu üyesi Ali Özgentürk'ün önerisiyle niceliksel değil ama niteliksel bir katılımla eylem yapma ve durumu protesto etme kararı aldı. Yönetim kurulu üyeleri kendi mesleklerine göre katılım sağlayacaktı. Tarık Akan'la birlikte sinemacı üyeler Ali Özgentürk ve Arif Keskiner sinema çevrelerine yönelik çalışma yaptılar. 500 civarında bir katılım olmuştu. İstenen de buydu. Sinema, tiyatro, görsel sanatlar alanında çalışan sanatçılar, üniversite hocaları, gazeteciler, sendikacılar, meslek örgütleri temsilcilerinin YURTTAŞ NÂZIM pankartıyla AKM önünden Cumhuriyet Anıtı'na yürümesi basının da yoğun ilgisini çekti. Aynı zamanda hukukçu olan Aydın Aybay'ın konuşmasıyla protestonun Taksim ayağı sona erdi. Birer *Kuva-yı Milliye* kitabı okumaları için ayrımsız bütün Bakanlar Kurulu üyelerine Galatasaray Postanesi'nden postalandı. Bu etkinliklerde Tarık Akan yine hep ön saftaydı. (O günün koşullarında son derece çarpıcı olan bu eyleme çok sayıda gazete ve kanal kamera yolladıysa da Cumhurbaşkanı Özal'ın ölümü nedeniyle medyada yeterince yer alamadı.)

Vakfın unutulmaz başkanı Samiye Yaltırım'ın, bir Paris daveti dönüşünde hastalanıp vefat etmesi üzerine Başkan Vekili Aydın Aybay başkan, Tarık Akan ise Cevat Çapan ile birlikte başkan vekili olarak görevlendirildi. Artık sorumluluğu daha da artmıştı. İlerleyen yıllarda Aydın Aybay, Genel Sekreter Kıymet Coşkun ile birlikte yönetimden ayrılacak, ancak biraz da "demirbaş" gibi görülen Coşkun, özellikle de Tarık Akan'ın ısrarları üzerine bu kez onunla birlikte başkan vekilliği görevini üslenecekti. Rutkay Aziz ise vakfın yeni başkanı olarak Aydın Aybay'dan görevi devralacaktı (2003).

Nâzım Hikmet'in 100. doğum yılı çalışmaları çok önceden başlatılmıştı. Kültür Bakanlığı'na başvuru yapılarak UNESCO'nun 2002 yılını Uluslararası Nâzım Hikmet Yılı olarak dünyaya önermesi kararı alınması sağlandı. Kararın duyurulmasıyla da Nâzım Hikmet tüm dünyada anma programlarına alındı. Vakıf gerek Türkiye'de gerek dünyanın birçok bölgesinde programlar yaptı, yapılanlara katkı sundu, işbirlikleri sergiledi.

Mimar Sinan Üniversitesi Oditoryumu'nda ve salonlarında düzenlenen Uluslararası Nâzım Hikmet Sempozyumu ve Uluslararası Nâzım Hikmet Kitapları Sergisi bunlardan biriydi. Sergi Moskova'da bulunan dünyanın en büyük kütüphanelerinden Lenin Kütüphanesi ve Milli Kütüphane'yle işbirliğiyle düzenlendi. Moskova'dan dünya dillerine çevrilmiş onlarca kitap getirildi. Vakıf arşivinde yer alan farklı ülkelerde, farklı dillerde basılmış kitaplarla birlikte sergilendi. Sempozyuma Türkiye, Almanya, Fransa, İngiltere, Rusya, İsrail, Danimarka, Azerbaycan'dan edebiyatçılar, araştırmacılar katıldı ve bildirilerini sundu. Bu etkinliklerin ilk açılış galası AKM'de Zülfü Livaneli ve Genco Erkal'ın katılımıyla yapıldı. Burada müziğini Fazıl Say'ın bestelediği, Can Dündar yönetmenliğinde hazırlanan vakfa ait *Nâzım Hikmet* belgeseli sunuldu.

Nâzım Hikmet belgeseli

Bu belgeselin hazırlanması kararı yönetim kurulunda alınmış ancak hangi yönetmenle çalışılacağı netleşmemişti. 2000 yılı 3 Haziran'ında vakıf yöneticileri kalabalık bir sanatçı, gazeteci grubuyla Nâzım Hikmet'i anmak için Moskova'ya adeta çıkarma yapmıştı. Toplantıda genç televizyoncu ve belgeselciler de vardı. Başkan Aydın Aybay ile Tarık Akan, Kıymet Coşkun'dan *Nâzım Hikmet* belgeselinin yönetmenliği için Can Dündar'a öneri götürülmesine ilişkin düşüncesini aldı. Can Dündar, o dönemde CNN TÜRK'te program yapıyordu ve vakıf, *Nâzım Hikmet* belgeselini bütün Türkiye'nin izlemesini istiyordu. Vakıfta bol miktarda görüntü vardı. Ayrıca kişisel olarak ama tabii ki vakıf adına Kıymet Coşkun, on yıldır peşinde olduğu özel görüntüleri de bu vesileyle edinebiliriz diye düşünüyordu. Törene katılan diğer yöneticilerin de onayı alınarak Tarık Akan ve Kıymet Coşkun, konuyu Moskova'da Can Dündar'a açtı. Dündar bu öneriyi sevinçle kabul edecekti. Döner dönmez de protokol yapılarak hazırlıklara başlandı.

Gidilecek yerlerin organizasyonu, görüşülecek kişilerin bulunması, randevuların ayarlanması gibi tüm bürokratik işler vakıf tarafından tamamlandıktan sonra ekip yola koyuldu. Moskova'ya birçok kez gidildi. Urallar'a gidildi. Bulgaristan'a ve Azerbaycan'a gidildi. İşin parasal boyutu da vakıf adına Tarık Akan ve Kıymet Coşkun tarafından sponsorlar bulunarak çözümleniyordu. Bu konuda RTİP'nin büyük desteği olacaktı. RTİP, Sovyetler Birliği dönemi sonrasında Rusya'da iş yapan Türk işadamlarınca kurulmuştu. Çoğu sol gelenekten gelen, Nâzım Hikmet'i çok seven ve onun, Rusya ile Türkiye arasında bir dostluk köprüsü kurduğunu düşünen işadamlarının kuruluşuydu. Her yıl Nâzım Hikmet'in ölüm günü olan 3 Haziran'da hem mezarı başında hem de salonlarda işçilerin de katılımıyla toplantılar düzenlemeyi geleneksellleştirmişlerdi. Ayrıca, Kültür Bakanlığı da vakfın kendi şirketi aracılığıyla yaptığı başvuru üzerine az da olsa bir katkı sağlayacaktı.

Moskova'da çekimler başladığında Tarık Akan ve Kıymet Coşkun bir fırsatını yaratıp, Can Dündar'dan ayrılarak vakfın yıllardır peşinde olduğu filmleri saklayan Galina Kolesnikova'nın bir dostuyla buluştu ve söz aldı. Aslında bu filmler için Galina'ya ödeme de yapılmıştı ama filmleri çoktan bu dostuna teslim ettiğinden elinde yalnızca kamerası kalmıştı. Kuşkusuz görüşmede Tarık Akan'ın varlığı ve konuşması işleri kolaylaştırıyordu. Tarık Akan dahil tüm ekip ayrıldıktan sonra Kıymet Coşkun, birkaç gün daha Moskova'da kalarak, Galina Kolesnikova'nın verdiği imzalı bir belgeyle filmleri elden teslim aldı ve maceralı bir şekilde Türkiye'ye getirdi.

Türkiye'ye dönmekle iş bitmiyordu. Filmler çok eskiydi ve yıllarca bir buzdolabında saklanmıştı. 5 mm'lik filmleri aktarmak da kolay değildi. Tarık Akan hemen Necip Sarıcı'yı aradı. Ertesi günü ise Tarık ve Kıymet, filmlerle birlikte stüdyodaydı. Sarıcı büyük bir dikkatle bu filmleri aktararak teslim etti. İki arkadaş çok heyecanlıydı. Bir an önce izlemek istiyorlardı. Ali Özgentürk'le de buluşularak filmlerin tamamı izlendi. Bir kısmı hemen Can Dündar'a yollandı. Can Dündar da çok heyecanlanmıştı. Bir tek cenaze görüntülerine ulaşılamamıştı. Can Dündar'la birlikte iki ayrı koldan Moskova'daki dostlar aracılığıyla görüntülerin peşine düşüldü. Görüntüler geldi ve böylece belgeselin eksik kalan bölümleri tamamlandı.

Azerbaycan ve Bulgaristan'da çekimler yapıldı. Özellikle Azerbaycan'da Tarık Akan, Kıymet Coşkun ve Can Dündar'ın, dönemin kültür bakanı sanatçı Polat Bülbül'le görüşmesi, çekim kolaylığı sağladı. Bu seyahatlerde aynı memleketindeki gibi Tarık Akan'ın sevenleri onu karşılarında görmenin şaşkınlığıyla yanına gelip etrafını sarıyordu. Bazen de eski bir tanıdık ya da bir askerlik arkadaşı karşısına çıktığında şaşırma sırası Tarık Akan'a geliyordu. Çekim için Fransa'ya gidilemedi ancak Paris'te yaşayan Kıymet Coşkun'un dostu Nejad Ferouse, Fransız TV kanallarından bir kameramanla anlaşarak Güzin Dino ve Nâzım Hikmet hayattayken çevirmenliğini de yapan şair Charles Dobzinski'nin çekimlerini yapıp yollayacak ve vakfa destek olacaktı. Belgeselin montajı bittiğinde Can Dündar, Tarık Akan ve Kıymet Coşkun adlarını jenerikte yapımcı olarak mı yazacağını sorduğunda –ki Tarık Akan da Kıymet Coşkun'la birlikte her anlamda filmin yapımcısıydı– Tarık Akan duracak, düşünecek ve, "Kıymet ya! Bizi danışman diye yazsın," diyecekti.

Bu belgesel Nâzım Hikmet'in yurtdışındaki yaşamını, yani hasretini anlatan bir belgeseldi ve vakıf, ileriki yıllarda Türkiye'deki yaşamını da çekmek istiyordu. İşte bu çekime Tarık Akan talip olacaktı. Artık gelirlerini Nâzım Hikmet Vakfı'na bıraktığı belgeseller yönetiyordu. Belgesellerin parasını da kendisi ödüyordu. Yani vakfa hiç yük olmadan bir hizmet sunuyordu. Belgesellerinin senaryosunu Rana G. Mounier yazıyor, eşi Colin Mounier de çekiyordu. Yapımcı firma ise vakfın şirketi Ran Organizasyon Ltd. Şti.ydi.

Rana G. Mounier, Nâzım Hikmet senaryosunun yazdığı

bölümlerini internet üzerinden Kıymet Coşkun'a yolluyor ve senaryo son şeklini alıyordu. Bu arada Tarık Akan, bu yazışmaları hiç karışmadan izliyordu. Bir yandan da başka belgesellerin çekimleri yapılıyordu. Bu çekimler bittiğinde tekrar Nâzım Hikmet'e dönecekti. Zaten çok sayıda kişisel tanıklık çekimleri yapılmıştı ama yine de aceleye getirmek istemiyordu. Ancak Tarık Akan'ın hastalığı nedeniyle diğer belgesel çalışmalarıyla birlikte bu proje de iyileşene değin askıya alındı.

Nâzım Hikmet Vakfı, günümüze değin çok şey yaptı. Ancak hep ekonomik sıkıntılarla boğuştu. Kendisinden sonra kurulan pek çok kültür vakfı birer birer kapanmak zorunda kalırken yine de ayakta kaldı. Bu da başta Tarık Akan olmak üzere birçok üyenin kolektif özverisi ve dayanışmasıyla açıklanabilirdi. Başta Tarık Akan! Çünkü ne zaman zorda kalınsa başvuru kaynağı oydu. (Burada bir parantez açmak isterim. Tarık'ı gerçek anlamda tanımadan önce onun parasal konularda cimri olduğunu duymuştum. Kimden duyduğumu da hiç anımsamıyorum. Ama kendisiyle dostluğumuz ilerledikçe ne kadar haksız değerlendirme diye düşünmüştüm. Cimrilik ne kelime! Onun için söylenecek tek söz "cömert" olmalıydı. Bir kere çok insancıl ve duygusaldı. Kuşkusuz para saçan, para dağıtan biri değildi. Ama gerçekten ihtiyacı olana da sessizce yardımcı olurdu ve bunu kimseye de söylemezdi. Öyle ki yardım ettiği kişinin bile bilmemesi için araya dostlarını koyardı. Hesabını bilirdi. Vakfın harcamalarını da sıkı biçimde takip eder, asla gereksiz harcama yaptırmazdı. Bu yanıyla da Aziz Nesin'i çağrıştırırdı.)

12 Eylül anılarını yazdığı, çok ses getiren *Anne Kafamda Bit Var* adlı tek kitabının ilk baskılarının telif gelirlerini de vakfa bağışladı. Vakfın kuruluş hazırlıklarından başlayarak, ölümüne değin kesintisiz yöneticilik görevini sürdürdüğü iki üyesinden biriydi. Son yıllarda, "Benim gerçek anlamda üyesi olduğum tek bir örgütüm var o da Nâzım Vakfı," diyordu. Yurtdışından davetler aldığında vakfa bağış yapılmasını istiyordu. "Ama seni davet ediyorlar," dendiğinde,

"Para veriyorlar mı?" diye soruyordu ki bu asla kişisel bir soru değildi.

Son yıllarında öncülük yaptığı bir proje ise Nâzım Hikmet Korosu'nun vakıf bünyesine alınması oldu. Vakıf, dünyanın sayılı değerlerinden besteci, piyanist Fazıl Say'ın girişimiyle kurulan 60 kişilik koro üyelerinin, provalarda bile sigortalı çalışmalarının önünü ilk kez açtı.

Eğitimci Tarık Akan

Tarık, bir yandan film, bir yandan da Nâzım Hikmet Vakfı çalışmalarını sürdürürken içinde okuduğu, öğrenim gördüğü Bakırköy'deki okul binasının boş olduğunu öğrendi. Burayı hemen kiralamaya karar verdi. Dostlarının da önerisiyle binayı bozmadan yine okul olarak kullanmaya karar verdi. Özellikle abisi saydığı Şeref Gür'ün manevi desteği ve yönlendirmesi büyüktü. Kendisine yine dostları ve Şeref Abisi aracılığıyla eğitim dünyası içinden ortaklar buldu. Bunun için gereken parayı da işletmekte olduğu taksilerinden birini satarak sağladı. Hızla yasal işlemleri yerine getirerek, okulunu açtı. Önce ilkokulu, daha sonra hazırlık sınıfı işlevini gören anasınıflarını açtı. Sekiz yıllık eğitimin yasalaşmasından sonra orta kısmı da ekleyerek eğitim süresini sekiz yıla çıkardı.

Eğitimciliği okulu açtıktan beş yıl sonra öğrendiğini söyleyen Tarık Akan'ın, her gün gittiği okulunda bir de odası vardı. Çocukların cıvıl cıvıl sesini duymak onu çok mutlu ediyordu. Titizlikle seçtiği müdürüne ve öğretmelerine hiç karışmadan eğitimin kalitesinin yükseltmek için çaba gösteriyordu. Yurtdışına çıkışlarında ne yapıp edip okul ziyaretlerini araya sıkıştırıyordu. Oradaki okullarda görüp de Türkiye'de bulunmayan ne varsa alıp getiriyordu.

Bir dostumun sayesinde eğitimciliğe girdim 1991 yılında. Burada da aşağı yukarı sinema gibi bir serüven vardır. İlk beş yıl eğitimciliği öğrenme süresi olarak geçti. Ondan sonraki beş yılda artık eğitimci olmaya, eğitimcilerin başında olmaya, ciddi bir şekilde karar verdim. O zaman, "Eğitim Türkiye'de nasıl?" onu araştırmaya başlıyorsun. Nereden başlamış, nereye gelmiş, çalışanların eğitime bakış açıları, çocukları topluma kazandırmaya çalışırken önemli olan unsurlar neler, ahlak; etikten bahsediyorum. Hem annesine, babasına hem velisine hem çocuğa karşı yaklaşımda eğitmenin, hangi ölçütleri kullanarak, hangi doneleri kullanarak yaklaşması gerekir, dünya ölçeğindeki olaylar nedir? Bunlar nasıl uygulanır? Bunları uygulamak için eğitmenlerin hangi programlarda eğitilmesi gerekir. Bunlar için ne kadar para ayrılması gerekir ve o anlayışa uygun olan eğitmenleri nasıl bir arada tutabilirsin. Hepsinin aynı noktaya bakmasını nasıl sağlayabilirsin. Ve buradan çıkan bir çocuk, dünyayla olan ilişkisini, her manadaki; yani etik, zekâ, eğitim-öğretim, sevgi manasındaki bütün her şeylerini en üst noktasına kadar nasıl doldurabilirsin gibi çalışmaların sonunda başarılı bir okul kurduk...

Özgür, sorgulayan, doğruları kendisi bulan, özgüveni gelişkin bir genç yetiştirmeyi amaçlayan bu yapının varlığı Tarık Akan'a büyük keyif veriyordu. "Ben herhangi birine örnek olmak için yapıyor değilim bu işi. Kıyıya vurmuş yıldızların, kaç tanesini daha denize döndürürsek, hayata döndürürsek kâr diye bakıyorum," diyecekti tüm içtenliğiyle!

Anne Kafamda Bit Var

Tarık Akan, sahibi olduğu Taş Mektep'teki odasında, okulun eğitim çalışmalarını izlemenin yanı sıra boş da durmuyordu. 12 Eylül zindanlarında yaşadığı tanıklıkları, kendisine saklamak yerine paylaşması gerektiğini düşünüyordu. Hafızası çok güçlüydü ve yazmaya başladı. Kitabında Siyasi Şube'de ve Selimiye Kışlası'nda kaldığı koşulları, karşılaştığı aşağılık uygulamaları, sade bir dille anlatırken, tanık olduğu işkenceleri de gözler önüne seriyordu. Kitap bir anı kitabı olmakla birlikte, edebî boyutu da çarpıcıydı. Oyunculuğuyla ve mücadeleciliğiyle tanıdığımız Akan'ın kaleminin gücü de bu kitapla kendini gösteriyordu.

Anne Kafamda Bit Var, 2002 yılında çok sevdiği Erdal Öz'ün sahibi olduğu Can Yayınları tarafından yayımlandı ve çok ilgi gördü. Kitabın ilk baskılarının gelirini yöneticisi olduğu Nâzım Hikmet Kültür ve Sanat Vakfı'na bıraktı. Vakıf, kitabın satışa sunulması üzerine bir tanıtım kokteyli düzenledi. *Anne Kafamda Bit Var,* 2017 yılına değin 38 baskı yaptı.

Tarık Akan'ın sıkça gittiği ve dostlarıyla buluştuğu Beyoğlu'ndaki Çiçek Bar'ın 20. yılında Karadenizli arkadaşı ressam Alaeddin Aksoy, bir "Çiçek Güzellemesi" hazırladı. Çizimleriyle süslediği bu güzellemede, Kemal Sunal, Zeki Ökten, Hüseyin Baş gibi "Çiçek"çilerle ilgili dörtlükler yer alıyordu. Bu dörtlüklerden biri de *Anne Kafamda Bit Var* kitabına gönderme yapan "Tarık Dostluğu" üzerineydi; "Biriki lafum var benum / Taruk Akan'a / madem başında bit var / git de yıkan hemama."

ÇASOD kuruluyor

70'li yıllarda yapılan büyük Ankara Yürüyüşü sonrasında her alanda örgütlü mücadelenin öneminin ayırdında bir yaşam süren Tarık Akan, 12 Eylül koşullarında kurulan sinema örgütlerinin çalışmalarından hoşnutsuzdu. Bir grup arkadaşıyla birlikte yeni bir yapılanma yoluna gidilmesi kararı aldılar. Yıl 1992'ydi. Aralarında Yaman Okay, Nur Sürer, Fatma Girik, Ahmet Mekin, Erol Taş, Kutay Köktürk, Taner Barlas, Menderes Samancılar, Aytaç Arman, Erdal Özyağcılar, Perihan Savaş gibi sanatçıların da olduğu 33 sanatçı bir araya gelerek Çağdaş Sinema Oyuncuları Derneği'ni kurdu. Tarık Akan bu kuruluş sürecinde, derneğin ilk kurucu başkanı sıfatıyla görev yaptı. Kendisinden sonraki dönem başkanlarına ve çalışmalara destek olmayı sürdürdü.

Aziz Nesin Vakfı

Aziz Nesin ile 1978 yılında yapılan Ankara Yürüyüşü öncesinde düzenlenen basın toplantısında tanıştı. 12 Eylül döneminde zaman zaman bir araya geldi. Nâzım Hikmet Vakfı'nın kuruluş sürecinde ve sonrasında sıkça görüştü. Sivas yangınından mucizevi biçimde kurtulan çok sevdiği Aziz Nesin'in Nesin Vakfı'nı kurması ve yoksul, kimsesiz çocuklara kapılarını açarak umut olması oldukça ilgisini çekmişti. 1995 yılında Aziz Nesin'in ölümünden sonra Nesin Vakfı'nın başına oğlu Ali Nesin geçti. Ancak Ali Nesin, bir süre sonra bu görevi Tarık Akan'a devredecekti. Aziz Nesin'e ve çocuklara olan sevgisi, bu vakfın yoksul çocuklar için yıllardır yürüttüğü özverili çalışma onun bu görevi üslenmesinde başlıca etmen oldu. 2005 yılında devraldığı başkanlık görevini, 2008 yılına değin sürdürdü.

Cumhuriyet gazetesi, Ergenekon, Balyoz davaları

Tarık Akan'ın yaşamında çok önemsediği, değer verdiği, sevdiği isimler vardı. Bunların başında Mustafa Kemal Atatürk ve Nâzım Hikmet gelirdi. Onun düşünsel, felsefi bakışına katkı sunan idolleri arasında İlhan Selçuk, Aziz Nesin, Yaşar Kemal vardı. Kurum olarak Nâzım Hikmet Vakfı ile birlikte *Cumhuriyet* gazetesi onun için çok önemliydi. İlhan Selçuk yani İlhan Abisi ile seviyeli, saygılı bir dostluğu vardı. Dönem dönem kimi zaman ayda bir, akşam yemeklerinde buluşup sohbet ederlerdi. Bu yemekli akşamlara birçok dostuyla birlikte giderdi. Başlarda Arif Keskiner, Ali Özgentürk, Zeki Ökten, Arap Erol'un da (Özkök) katıldığı yemekler, cezaevi ve ardından hastalık sürecinde duraklamıştı. Hastaneden son çıkışında, "Çok özledim," diyerek Tarık'ı çağıran İlhan Selçuk, Maçka'da Tarık, Rutkay ve Zeki (Ökten) ile birlikte son akşam yemeğini yiyecek ve bu buluşma sanatçıların ağabeylerini son görüşleri olacaktı.

Bu buluşmaların sürdüğü dönemlerde İlhan Selçuk'un gözaltına alınarak tutuklanması kuşkusuz Tarık'ı çok üzecekti. Neredeyse Türkiye Cumhuriyeti ile yaşıt gazetenin demirbaşı, duayen gazeteci İlhan Selçuk'un söylemiyle Rutkay Aziz'in seslendirdiği "Tehlikenin Farkında mısınız?" tanıtım filmiyle, *Cumhuriyet* gazetesi adeta yaşanacakların işaretini veriyordu. Öngörüsüne o zamanlar omuz silkenlerin çok fazla olduğu bir dönemdi. Gazete, devletin dinî cemaatler tarafından ele geçirilmesine ilişkin kaygılarını dile getiren yayınlar yapmaktaydı. Dönem kaygılarında ne kadar haklı olduklarını gösterdi. 80'lerindeki İlhan Selçuk, Ergenekon Davası sanıkları arasına alındı. Derin devletin, darbecilerin üzerine gidiyoruz denilerek tam bir kavram kargaşasıyla gerçek darbecilerin önü açılıyordu. Selçuk, darbecilikle suçlandı. Yaşlı bedeni bu ağır koşullara direnemedi. Serbest bırakıldıktan bir süre sonra da hayatını kaybetti. Tarık Akan dostu Rutkay Aziz'le birlikte bu süreçte ardı ardına açılan davalar sırasında Silivri'deki mahkeme salonuna gidiyor, içeri giremese de dışarda sanık yakınlarıyla birlikte en ön saflarda yerini alıyordu.

"Yer Silivri Cezaevi önü. 2012 yılı. Duruşma var. Tutuklu yakınlarının tepkilerini ifade etmeleri ve duruşmaya girmelerini engellemek için barikat kurulmuş. Barikatların aşılması gerekiyor. Bunu yalnız yapmaları zor ama yalnız da kalmıyorlar. Barikatları yıkmaya çalışan tutuklu yakınlarının önünde Tarık Akan." O fotoğraflara ya da filmlere bakıldığında Tarık Akan'ın halkıyla kaynaşması, mücadeleciliği görülüyordu. "İki eliyle barikatları sallıyor, sanki yıkmaya çalışıyordu. Bu, bir film sahnesi değildi. Gerçekten yaşandı ve bu fotoğraf karesi, adaletsizliğin boyutlarını ve direnişi yansıtan bir kare olarak Türkiye'nin hafızasına kazındı."[1]

Yıllar sonra bu davaların kumpas olduğu ortaya çıkacak ve yargılananlar beraat edecek ya da davalar düşecekti ancak

1. Erdem Gül, *Cumhuriyet*, 18 Eylül 2016.

çekilen acılar ve bu acıların yol açtığı kayıplar geri gelmeyecekti. Üstelik yargılanması gereken derin devlet mensupları da bu kargaşadan yararlanarak, cezasız kalacaktı.

Cumhuriyet gazetesi darbe dönemlerini de kapsayacak şekilde her zaman hedef tahtasına oturtulan bir gazeteydi. Gazetenin Genel Yayın Yönetmeni Can Dündar ve Ankara temsilcisi Erdem Gül'ün yaptıkları bir haber nedeniyle tutuklanmalarının 30. gününde Tarık Akan yine sorumluluğunun bilincinde davranıyordu. Genç gazeteciler cezaevinde izledikleri televizyonda onu ve Rutkay Aziz'i gazeteci arkadaşlarının düzenlediği Tünel'deki "30. günde 30 adım" etkinliğinde gördüklerinde, "Kendimizi başka türlü hissettik. Yalnız değildik," diyecekti.

15 Temmuz 2016'ya gelindiğindeyse İlhan Selçuk'un tehlikeyi işaret ettiği öngörüsünde ne kadar haklı çıktığı görüldü. İstanbul'un tepesinde jetler sonik patlamalara yol açan alçak uçuşlarını yaparken Tarık hasta yatağında arkadaşı Kozalak Zeki'yi arayıp nerede olduğunu soracak, Zeki'nin telaşla arkadaşının sağlığını sorması üzerine de, "Ne sağlığı, vatan elden gidiyor oğlum!" diyecekti.

1 Mayıs

2010 yılında Taksim Meydanı yıllar sonra yeniden 1 Mayıs İşçi Bayramı için açılacaktı. DİSK öncülüğünde yapılan kutlama hazırlıkları günler öncesinden başlamıştı. Tarık Akan, arkadaşları Rutkay Aziz, Alaeddin Aksoy, Nuri Dikeç ve Kıymet Coşkun ile birlikte Şişli'deki DİSK Genel Merkezi'nde Başkan Süleyman Çelebi'yi kutlayarak başladı güne! Daha sonra kortejle birlikte Taksim'e kadar işçiler ve sanatçılar birlikte yürüdüler. Taksim Meydanı'nda ise kürsüye çıkarak DİSK korosu ile birlikte 1 Mayıs Marşı söylenecekti. Yıllardan sonra işçiye emekçiye açılan bu alandaki şenlik, yüz binlerin katılımıyla hiç olaysız sürecek ve sona erecekti. Ortalıkta polisin görünmediği etkinlikte, "Çok coşkuluyduk herkes gibi. Tarık da öyleydi. Herkesle kucaklaşıyordu. 1 Mayıs'ı kutlamanın mutluluğu içindeydik. Tarık'la yan yana, omuz omuzaydık. Bir şey çok önemliydi. Kavgasız gürültüsüz gidiyoruz. Niye gidiyoruz? Çünkü polis yok! Polisler sağda solda çay kahve içiyorlar. Küçük bir sıkıntı olsa onu işçi kendi hallediyor. Ama siz biber gazıyla, tankla, copla geldiğinizde olaylar çıkıyor. Bırakın bizi, işçi sınıfını rahat bırakın," diyordu dostu Rutkay Aziz.

Zonguldak maden işçilerinin her zaman yanında olan Tarık Akan maden kazasında yaşamını yitiren işçileri anmak ve olayı protesto etmek üzere DİSK'le birlikte Soma'ya da gitti. Burada DİSK'in eski ve yeni başkanları Süleyman Çelebi ve Kani Beko'yla birlikte yürüdü. Somalı emekçilerin ve ailelerinin acısını paylaştı ve bir daha aynı acıların yaşanmaması adına gerçek sorumlulara hesap sorulması, önlem alınması, koşulların düzeltilmesi ve işçilere de örgütlenme çağrısı yaptı.

Ankara'da da TEKEL işçilerinin direnişi vardı. İşçiler çadırdaydı. Tarık, Rutkay Aziz'e, "Atlayalım gidelim Rutkay!" diyecekti. "Hadi gidelim." Gittiler. Arif Keskiner de yanlarındaydı. Önce çadırlar ziyaret edildi. Daha sonra işçilerle beraber Cebeci tarafından başlayıp Kızılay'a doğru yürüdüler. Ağır ağır yürüyor, zurnalarla, davullarla halaylar çekiyorlardı. Zaman zaman Tarık Akan da halaya davul çalarak eşlik ediyordu. Bu konuda da yetenekliydi. Her yerde, her fırsatta fırlayıp davul çalmayı seviyordu.

Aynı saatlerde Çankaya'da başbakanın sanatçılarla kahvaltısı vardı. Gazetecilerin, "Neden Çankaya'da değilsiniz?" sorusuna, "Biz her zaman emekten yana olduk, onun için emekçinin yanında, olmamız gereken yerdeyiz. Çünkü biz emeğin en yüce değer olduğuna inandık," diye yanıt verecekti üç arkadaş! Öyleydi de! Gerek 1 Mayıslarda, gerekse grevlerde hep emekçinin yanında. Onlarla kol kola, omuz omuzaydı.

2012 Nürnberg Sinema Günleri Onur Ödülü

2012 yılında 17. Nurnberg Türk-Alman Sinema Festivali'nin onur sanatçısıydı. Festival 1982 yılında Cannes'da Altın Palmiye Ödülü verilen *Yol* filminin gösterimiyle açıldı. Festivalin kapanış gecesinde, Nürnberg Belediye Başkanı Dr. Ulrich Maly tarafından "Türkiye'de sinema sanatının gelişimine ve uluslararası alanda tanınmasına yaptığı kalıcı katkılar nedeniyle" kendisine Onur Ödülü verildi. Ödülünü alırken Türkiye'de sanatçıların yaşadıkları zorluklara dikkati çeken konuşmasında, "Bizim ülkemiz gibi ülkelerde sanatçıların işi zordur. Yolumuz zorluklar içindedir. Ölünce kurtuluruz," diyecektir. Ancak bir kara yazgı gibi duran bu saptamaya karşın bu yazgının değişmesi için mücadeleye hiç ara vermeyecekti.

Bir yıl sonra İstanbul'un baharında, gençleri, aydınları tüm İstanbullularla birlikte ayağa kaldıran bir süreç yaşandı. İstanbul'un merkezî konumdaki en önemli meydanında, bir metropol için çok küçük bir yeşil alan olan Gezi Parkı'nda belediye görevlilerince ağaç kesimi başlatıldı. Uzun zamandır parka yönelik hazırlanan imar değişiklikleri nedeniyle bu küçük yeşilliğin betona çevrilmesi endişesini taşıyan İstanbulluların parktaki direnişine Tarık Akan da, sanatçı dostlarıyla katılarak destek verecekti. Polisin halka yönelik engellemelerinin boyutu giderek şiddetleniyordu. Protestolar İstanbul'un her yanına, hatta tüm Türkiye'ye yayılıyordu. Bu duruma yönelik müdahaleler protestoculara gaz sıkılarak dağıtılmaya çalışılmasından öteye geçmeye başlamıştı. İşte o günlerde evinden ekmek almaya çıkan 14 yaşındaki Berkin Elvan polis tarafından atılan gaz fişeğinin başına isabet etmesiyle öldürüldü. Çocuklara yönelik sevgisiyle bilinen Tarık Akan, Berkin'in ölümüne çok üzülecek ve onun için çekilen Berkin Elvan klibinde sanatçı arkadaşlarıyla birlikte yer alacaktı. Bir süre sonra bu çekim nedeniyle açılan bir soruşturmada İstanbul Adliyesi'ne giderek savcılığa ifade verse de soruşturmaya yer yoktur kararı ile dosya kapanacaktı. Yine bu süreçte Eskişehir'de dövülerek öldürülen bir gencin; Ali İsmail Korkmaz'ın adına ailesi ve arkadaşları tarafından başlatılan Ali İsmail Korkmaz Vakfı'nın kuruluş sürecine destek olacaktı.

7 Haziran 2015 yılında yapılacak genel seçimlere ilişkin halkta bir huzursuzluk, güvensizlik vardı. Usulsüzlüklerden korkuluyor önlem almanın yolları araştırılıyordu. Sivil toplum, arayış içindeydi. Tarık Akan da bu endişelerden yola çıkarak Rutkay Aziz, Fazıl Say, Meltem Cumbul, Atilla Coşkun gibi sanatçı dostları ve hukukçu arkadaşlarıyla birlikte seçim güvenliğini sağlayacak bir çalışma içine girdi. "Demokratik Seçim Güvenliği Platformu", sanatçıların kişisel katılımının yanı sıra meslek kuruluşları, sendikalar ve diğer STK'ların katılımıyla oluşturuldu. İlk toplantı 25 Ocak 2015 tarihinde Taksim'de bir otelin salonunda yapıldı. Kürsüde yer alanlar arasında Tarık Akan da vardı. Bu yapılanma da Oy ve Ötesi gibi çalışmalarla birlikte başarılı olacak, seçimin ve sayımın adil olmasını sağlayacaktı.

Belgesel çekimleri

Antika Talanı/Karun Hazineleri ve *Noel Baba Hazineleri* belgesellerini, 1997 yılında Yusuf Kurçenli'yle birlikte çekti. Yönetmen Kurçenli, anlatıcı ise Tarık Akan'dı. Filmin çekimine esin kaynağı *Cumhuriyet*'teki köşesinde yazılarıyla ülkeden kaçırılan tarihi eserlerin peşindeki gazeteci Özgen Acar'dı. Kameraman ise Fransız asıllı Colin Mounier. Filmin çekim sürecindeki tüm hazırlıkları birlikte yaptılar. Gerek Fener Patrikhanesi'nde Patrik Bartholomeos'la ilişkiler, gerekse canlandırmalar için gerekli dekor ve giysilerin, çekimlerde kullanılan kopyaların hazırlanması için sıkı bir çalışma içindeydiler. Filmlerin piyasaya çıkarılması sürecindeki engellemeleri kırma adına belgesellerin gala gecesi Çankaya'da Cumhurbaşkanlığı Köşkü'nde yapıldı. Dönemin Cumhurbaşkanı Süleyman Demirel'in ev sahipliğindeki galaya Tarık

Akan'ın birçok sanatçı dostu davet edildi. Bu gala gecesi, Tarık Akan'ın ve dostlarının Çankaya Köşkü'ne ilk ve son gidişleriydi.

Daha sonra Henkel'den gelen yönetmenlik önerisine sıcak bakacak ve *Perge Lahitleri* belgeselini yönetmen olarak kendisi çekecekti. Bu onun ilk belgesel yönetmenliğiydi.

Yıllar sonra iki bölümlük *Antika Talanı* belgeselinin tüm hakları, vakfın bir dönem yönetiminde bulunan Danışma Kurulu üyesi Yusuf Kurçenli ve Tarık Akan tarafından Nâzım Hikmet Kültür ve Sanat Vakfı'na bırakıldı. Tarık Akan hayattayken 2016 yılında Colin Mounier tarafından başlatılan belgeselin dijitale aktarılması çalışması ne yazık ki ölümünden sonra tamamlanabildi. Tarık Akan'ın ailesi tarafından çoğaltıldı. Nâzım Hikmet Vakfı'nca dağıtıma sunuldu.

Belgesel dünyasına girmiş bir sinemacı olarak 2000 yılında Nâzım Hikmet Vakfı tarafından VCD'si basılan *Nâzım Hikmet Şarkıları*'na Kıymet Coşkun ile birlikte danışmanlık yaptı. Mehmet Eryılmaz'ın yönetmenliğinde, Hasan Özgen yapımcılığında hazırlanan belgesel, şiirleri Nâzım Hikmet'e ait olan yedi şarkının bestelenme ve yorumlanma süreçlerini anlatıyordu. Belgeselde Ruhi Su, Cem Karaca, Zülfü Livaneli, Münir Nurettin Selçuk (İnci Çayırlı yorumuyla), Tarık Öcal (Esin Afşar yorumuyla), Emin İgüs/Ezginin Günlüğü, Tahsin İncirci (Sümeyra yorumuyla) besteleri yer aldı. Proje Kültür Bakanlığı'nın katkılarıyla hazırlandı.

Nâzım Hikmet Şarkıları ve *Nâzım Hikmet* belgesellerinde "danışman" olan Tarık Akan, yönetmenlik yapacağı belgesellerin hazırlığı içindeydi. Zaten *Perge Lahitleri* ile yaptığı ilk yönetmenlik denemesi onun kafasında sonrakileri doğuracaktı. Gerek tarihe ve tarihî değerlere, gerekse Anadolu'nun geçmişini yansıtan zenginliklerin ortaya çıkarılması ve korunmasına yönelik duyarlılığı, onun çalışmalarının doğrultusunu belirleyecekti. Fransız asıllı ünlü kameraman Colin Mounier ve onun kalemi güçlü eşi Rana G. Mounier ile birlikte yapımcılığını Nâzım Hikmet Vakfı şirketi Ran Organizasyon'un üstlendiği belgeseller dizisinin çalışmaları başlatıldı. Artık yönetmen sıfatıyla izleyecekti sevenleri.

Tarık Akan ilk olarak heykeltıraş Mehmet Aksoy'un çalışmalarına odaklanarak *Nâzım Hikmet'in Peşi Sıra Bir Işık Yontucusu* belgeselini çekti. Belgesel, dünya görüşü, düşünceleri ve yazdıklarıyla pek çok aydına evrensel boyutta ışık tutan Nâzım Hikmet'in peşi sıra giden Mehmet Aksoy ve heykellerini konu alıyordu. Tarık Akan, çağına tanıklık eden, tarihsel izdüşümler taşıyan heykellerin yaratıcısı Mehmet Aksoy hakkında bir çeşit "belgesel film denemesi" olarak görüyordu bu çalışmayı. 2010 yılında DVD haline getirilip Nâzım Hikmet Vakfı yararına satışa sunuldu.

Ardından İznik'te yaşayan iki Köy Enstitülü öğretmenin anılarından yola çıkarak *Bir Meçhul Öğretmen* belgeselinin çekimini yaptı. Bu belgeselle, bir dönem çığır açan ve dünyada örnek gösterilen Köy Enstitüleri anlatılıyordu. Bir bombayla acımasızca öldürülen ve milyonların katılımıyla cenazesi kaldırılan gazeteci Uğur Mumcu'nun söyleminden yola çıkıyordu belgesele adını verirken. "Köy Enstitülerinin kurulduğu yerlere birer meçhul öğretmen anıtı dikilmeli ve her kuruluş gününde (17 Nisan) saygı duruşunda bulunmalıyız." Tarık Akan'ın bir eğitimci olarak çok önemsediği bu belgesel 2011 yılında çekildi ve DVD'si satışa sunuldu.

Bunu izleyen proje *Anneye Adanmış Şehir Afrodisias* belgeseli oldu. İmparatorların ana tanrıçası Afrodit'in şehri *Afrodisias* belgeseli, Anadolu'nun tarihine ışık tutması adına başlattığı çalışmanın ilkiydi. Bu belgeselde çellist Çağ Erçağ, *Afrodisias* kazı alanında Alessandro Marcello'nun *Re Minör Obua Konçertosu*'nun 2. bölümünü çelloya uyarlayarak çaldı. *Afrodisias* belgeseli yapım yılı 2012'de DVD olarak satışa sunuldu.

Üç yıl boyunca her yıl bir belgeselle karşımıza çıkan Tarık Akan bir yıl aradan sonra 2014 yılında bu kez yapımcı olarak karşımızdaydı. Colin Mounier yönetiminde çekilen belgesel İznik üzerine oldu. *Hüznün Şarkısı İznik,* Helenler, Romalılar, Bizanslılar ve Osmanlılardan günümüze İznik tarihini ele alıyordu. Aynı yıl büyük bir heyecanla Anadolu tarihine ışık tutacak ikinci belgeseli; *Anadolu'da Romalıların Ayak İzleri*'nin çekimleri başladı. Belgesel, MÖ ikinci yüzyılla, MS üçüncü yüzyıl arasındaki zaman dilimine odaklanıyordu.

Bunu 2015 yılında çektiği *Atatürk'ün Alev Çiçekleri* izledi. Bu belgesel Cumhuriyet'in kuruluş yıllarında kadınlara yönelik reformları ve sosyal yaşamın içindeki, eğitimli ilk Cumhuriyet kadınlarını anlatmaktaydı. Bu son iki filmin de yönetmeniydi. Çektiği bu belgeseller de masrafları kendisi tarafından karşılanmak üzere tüm haklarıyla, öncekilerde olduğu gibi Nâzım Hikmet Vakfı'na bırakıldı. Daha yapılacak çok işi vardı. Kafasındaki projelerin bir kısmının öyküsü yazılmış, bir kısmı da yazılmayı bekliyordu...

Nâzım Hikmet Kültür ve Sanat Evi ve Nâzım Hikmet Kütüphanesi

Nâzım Hikmet Kültür ve Sanat Vakfı kuruluşunun ardından Tünel'de küçük bir daire kiralamıştı. Daire, eski ama şirin eşyalarla döşenerek sıcak bir atmosfer sağlanmıştı. Vakfa ziyarete gelenler, Nâzım Hikmet'in devrimciliğinden yola çıkarak 12 Eylül öncesi gençlik örgütlerinin binaları gibi bir yerle karşılaşacaklarını düşünüyor olmalılar ki, şaşkınlığa düşüyorlardı. Bu yerde beş yılı aşkın faaliyet gösterdikten sonra Taksim'deki tarihî binaya taşınma kararı alındı. Bir azınlık vakfından kiralanan yeni yerin, yıkık dökük halden çıkarılarak onarımı gerekiyordu. Başta Aydın Aybay ve Tarık Akan olmak üzere bir ekip çalışması başlatıldı. Büyük bir seferberlik sonucu imece yöntemiyle bu izbe yer güzel bir kültür merkezine dönüştürüldü. Burası merkezî bir konumdaydı ve yönetim kurulu üyeleri her gün önünden geçtikleri bu binaya daha sık uğruyordu. Tarık Akan da uğrar, ne var ne yok bakar ve yoluna öyle devam ederdi.

Nâzım Hikmet Vakfı, maddi manevi büyük emek verdiği ve yaklaşık 20 yıl faaliyet gösterdiği yerinden 2015 yazında çıkartılarak kapının önüne konacaktı. Dünyanın hiçbir yerinde yaşanmayacak bir durumla karşı karşıyaydı. Ülkeler normalde dünya çapındaki değerlerine sahip çıkar ve onlar için rahat bir çalışma yapılabilecek ortam sağlarken Türkiye'de, İstanbul gibi bir uygarlık kentinde, bir kültür başkentinde kiralık bir binada bir avuç insan, ülkenin büyük bir değerini yaşatmaya çalışıyordu.

Nâzım Hikmet'in ölüm yıldönümünde bina önünde yapılan protesto etkinliğinin en önünde yine Rutkay Aziz'le birlikte Tarık Akan vardı. Çok sayıda Nâzım sever ve çevreci dost kişi ve kuruluşlar bu protestoya bizzat katılarak destek verdi. Deprem riski iddiasıyla, yüz yıllık tarihî yığma bina tadilat amaçlı boşaltılıyordu. Bir yandan hukuksal süreçler yaşanırken yer de aranıyor ancak bulunamıyordu. Her bulunan yere, telefon zinciri kurarak Tarık Akan, Rutkay Aziz ve Kıymet Coşkun, kimi zaman Arif Keskiner'in de katılımıyla gidip bakıyordu. Bu durum çok uzun sürmeyecekti. Bu üzücü duruma dur diyen yürekli bir çıkış Şişli Belediye Başkanı Hayri İnönü'den geldi. Belediyenin elinde bulunan ve o an için henüz işlevsiz duran bir binayı vakıf yöneticilerine gösterdi. Şişli'de bulunan bu binanın kültür merkezi yapılması ve ikinci katının da vakıf tarafından kullanıma açılması üzerinde anlaşıldı. Bu gelişme tüm vakıf yöneticileri gibi Tarık Akan'ı da çok sevindirecekti. Gerekli hukuki süreçlerin ardından çalışmalar başlatıldı.

Büyük bir heyecanla binanın yeniden bir işlev kazanmasına çalışılıyordu. Yapının düzenlenmesi sorumluluğunu değerli sanatçı, tasarımcı Metin Deniz üstlendi. Buraya Rutkay Aziz'in önerisi ve Belediye Başkanı Hayri İnönü'nün de uygun bulmasıyla Şişli Nâzım Hikmet Kültür ve Sanat Evi adı verildi.

Vakıf, kendine ayrılan ikinci katın sorumluluğunu üstlendi. Burada Nâzım Hikmet'in müzelik eşyasının sergileneceği bir Anı Salonu ve Nâzım Hikmet adını alan bir kütüphane kurulacaktı. Tarık Akan, arkadaşlarıyla birlikte sık sık inşaata gidiyordu. İnanılmaz bir enerjiyle her şeyi takip ediyordu. Kütüphane baştan beri Tarık Akan'ın düşüncesiydi. Bu nedenle de özellikle kütüphaneye ayrı bir önem veriyordu. Dolapların yapımından, araç gereçlere ve de kitap sağlanmasına ilişkin özverili bir çaba içindeydi. Masalar, koltuklar, sandalyeler, bilgisayarlar, bilgisayar programları bizzat Tarık Akan'ın çabasıyla sağlandı. Bunların vakıf demirbaşına işlenmesi konusunda çok titizleniyordu. Kütüphanenin kuruluşunun her aşamasının takipçisi oldu. Her şeyin Nâzım Hikmet'e yaraşır biçimde olması için inanılmaz bir özen gösterdi. Her gelişinde ilk girdiği yer kütüphane oldu. Kitap sağlanması için açılan kampanyada kütüphaneci Prof. Dr. Hasan Keseroğlu, Rutkay Aziz, Zeynep Oral, Özcan Arca ve Kıymet Coşkun ile birlikte aktif olarak çalıştı. Son günlerinde, hastane odasında yatarken bile vakfın ve kütüphanenin durumuyla yakından ilgileniyordu.

Kuşkusuz çalışmalar ikinci katla sınırlı değildi. Binanın bütününe yönelikti ve birkaç ay içinde tamamlanıp Nâzım Hikmet'in doğum günü olan 15 Ocak 2016'da açılacaktı. Zaman kısıtlıydı. Metin Deniz'in hünerli, olağanüstü çabası, çalışması belediyenin genç ve çalışkan ekibiyle birleşince mucizeler yaratılıyordu.

Vakfın yeni binası 15 Ocak 2016 günü Şişli Belediyesi Nâzım Hikmet Kültür ve Sanat Evi olarak açıldı. Açılışta Melih Güneş'in küratörlüğünü yaptığı *Nâzım'ın Evinde, Vera'nın Sofrasında* sergisi düzenlendi. Ardından Nâzım Hikmet Korosu ve Timur Selçuk, Nâzım şarkılarıyla, Altan Erkekli ise şiirleriyle yer aldı. Herkes çok mutluydu ancak buruk bir mutluluk. Hiç kimse bilmiyordu ama Tarık Akan hastaydı. Sahneye çıkıp Şişli Belediye Başkanı Hayri İnönü'ye vakıf adına Nâzım Hikmet büstü armağan etti. Onun bu sahneye ilk ve son çıkışı oldu. Çok direndi. Yorgunluğuna karşın hemen hemen bütün toplantılara katıldı. Toplantılar için kemoterapi etkileri hesaplanarak gün belirlenir olmuştu.

O hastalığı ile boğuşurken durumdan habersiz olan çok sevdiği eski bir dostunun yapacağı film önerisi onu umutlandıracaktı. *Maden* ile başlayan çizgisini yine aynı yönetmenle; dostu Yavuz Özkan ile sürdürecekti. Doktorlardan da izin aldı ama bedeni hayır diyordu. Gerçekten de çok heyecanlandı. Ama olmadı.

16 Eylül 2016 günü ölümsüzlüğe uçup gittiğinde, tüm sevenleri, tüm ülke şoka girecek, cenazesine milyona varan katılım gerçekleşecekti. Çiçeklerle, büyük bir sevgi seliyle uğurlanan bu güzel adamın cenazesini her zaman yanında durduğu DİSK üyesi emekçiler ve sevenleri büyük bir vefayla omuzlayacaktı.

Tarık Akan Sineması

TARIK AKAN: BİR YILDIZIN YOLCULUĞU

Rukiye Karadoğan

Yıldız kavramı doğası gereği, güzel ya da özel bir görünüme, çekiciliğe ve etkileyiciliğe, izleyici üzerinde çoğu kez tanımlanamaz bir sihir yaratma gücüne işaret eder. Yıldız, kimi zaman ulaşılmaz bir tanrısal varlık, kimi zaman da herkesin bir gün ulaşma yolunun açık olduğu bir idealdir. Popüler sinemanın en önemli kavramlarından biri olarak "yıldız"; filmin izleyici bulmasını sağlamada ticari bir olgu, özdeşleşme mekanizmalarını harekete geçirerek egemen kültürün ve ideolojilerin yeniden üretilmesini ve güçlendirilmesini sağlamada politik bir araç, kitlelerin bilinçaltı tezahürlerini açığa çıkarmada işlevsel bir simge olarak değerlendirilebilir. Yıldız üretilmiş bir imgedir. Ancak, perdede canlandırdığı karakterlerle, bu karakterleri oynama biçimleriyle ve perde dışında çoğu kez medya gibi yardımcı araçlarla oluşturulmuş bir hayat hikâyesiyle "gerçeklik" duygusunu da sürekli diri tutmak zorunda olan bir imgedir. Yıldıza imgesini korumak ve güçlendirmek için belirli roller biçilir ya da roller yıldıza uygun hale dönüştürülür. Yıldız herkesten farklı, diğer oyunculardan özellikle de hemcinsi oyunculardan farklı olduğu için yıldızdır. İyi bir oyuncudur ancak daha da önemlisi bütün bir filmi onun kılan bir aura yaratabildiği için yıldızdır.

Popüler sinema izleyiciye, olduğu ya da olmak istediği düşsel karakterler sunarken kadın ve erkek yıldızların perdedeki o ışıltılı imgelerinden yararlanır. İzleyici oyuncu ile özdeşleşirken toplumda var olan ancak oyuncunun perdede yeniden kurduğu kadın ve erkek temsilleriyle de özdeşleşmiş olur. Toplumsal cinsiyet rolleri ve cinsel rol kalıpları yıldızlar aracılığıyla yeniden üretilirken özdeşleşme yoluyla izleyici bu rolleri özümser. Bu anlamda hem kadın hem de erkek yıldızların toplumsal yaşamda kadınların ve erkeklerin konumlanışlarına uygun bir temsili sinemaya taşıdıkları söylenebilir. Nasıl bir erkek ve nasıl bir kadın sorularının idealize edilmiş eril yanıtı beyazperdede hayat bulan kadın ve erkek rolleridir. Özellikle erkek yıldızların popüler filmlerdeki rolleri erkeklere nasıl ideal erkek olunacağını, kadınlara ise bu ideal erkeklerin isteyebileceği kadınlara nasıl dönüşebileceklerini öğretir.

Popüler sinemadaki "erkek yıldız" imgesi, belirli ilkeleri olan; vatan, namus, adalet ve benzeri değerler uğruna savaşan; cesur, koruyucu, her zaman iyi olup, iyinin yanında duran, dürüst, sorgulanmaz bir otorite ve karşı konulmaz bir cinsel cazibe ile her haliyle kadınlar tarafından arzulanan bir "ideal erkeklik" kurgusuyla donanmıştır. Zekâyla, cesaretle, güçle, yetenekle, yakışıklılık ve aşkla ödüllendirilmiş olan erkek yıldız, tüm kadınların düşlediği, tüm erkeklerinse olmak istedikleri bir arzu nesnesidir. Popüler sinemanın erkek yıldızı çoğu kez geleneksel kültürün perdedeki bir savaşçısı gibidir. Aslında antikahraman olduğu nadir rollerde dahi geleneksel görevlerinden ve iktidarından vazgeçmez.

Erkek yıldız içinde bulunulan toplumun, tarihsel dönemin ve koşulların etkilediği değer yargılarının bir ürünüdür. Erkek yıldızın, yıldız olarak imgesi, toplumla, sistemle, tarihsel dönemle ister barışık, ister muhalif isterse de karşıt olarak konumlansın, esas olarak erkeklik söylemini harekete geçirmeye ve söz konusu değerleri erkek bilinciyle şekillendirmeye ve eril dille yeniden oluşturmaya hizmet eder. Statik bir yıldızlık imgesine sahip yıldızların yanı sıra hemen her filminde farklı bir karakteri oynayan ve imgelerini hemen her rolleriyle yenileyen yıldızların devingen imgeleri bile –kimi kez kırılmalar yaratsalar dahi– aslında popüler sinemada daima bir alt metin olarak varlığını sürdüren eril söylemin hizmetindedir. Geleneksel eril söylem erkeklerin toplumdaki görünümlerini belirler. Kahramanlık, savaşçılık, cesaret gibi erkek kimliğinin belirleyenlerine dönüşen rol tanımları, kültürel, toplumsal değerlerle bütünleşir. Gerçek bu görüntünün altında bir yerlerde dursa da erkek, yaşamın esas belirleyeni, öznesi olarak tartışmasız varlığını sürdürür.

Esas olarak popüler metinlerin üretildikleri topluma dair anlattıkları önemlidir. Bu metinler aracılığıyla kabaca toplumsal işleyişi okumanın mümkün hale gelmesinin yanında, var olan yapının zaaflarının ve kırılma noktalarının açığa çıkarılabilmesinin olanakları da bulunabilir. Tarihsel ve toplumsal bir sürecin ürünü olarak popüler filmler, kahramanları ve öyküleriyle gerçek yaşam benzeri bir dünya kurarlar. Bu dünyada her şey gerçeklik duygusunu güçlendirme amacına hizmet eder. Filmlerde yaratılan bu gerçek-miş gibi olan dünyanın gerçek-miş gibi olan figürleri sonuç olarak gerçekliği kutsayan, abartan, idealize eden bir misyon yüklenirler. Ancak her koşulda popüler bir metin olarak film, kurduğu gerçek-miş gibi dünya ile üretildiği dönemi, kimi kez o dönemi çok çok aşan bir etkiyle farklı bir zeminde yeniden inşa eder. Bu anlamda da filmsel dünyanın ve o dünyanın figürlerinin işaret ettiği "gerçek" son derece değerli bir hal alır. Popüler filmlerin kadın ve erkek yıldızlarının filmsel dünya içinde geçerli olan kadınlık ve erkeklik hallerini bu gerçeklik çerçevesinde değerlendirirsek, filmin üretildiği toplumsal ve tarihsel yapının kadınlık ve erkeklik kavrayışına dair önemli ipuçları edinme olanağı bulunabilir.

Türk sinemasının erkek yıldızları geleneksel toplumun erkeğe yüklediği tüm anlamları imgelerinde taşırlar. Tarihsel ve toplumsal değişim ve dönüşümlerin yarattığı farklılıklarla birlikte esas olan değişmeye her zaman direnen erkeklik olgusu neredeyse bir stereotip olarak varlığını tüm erkek yıldızlar aracılığıyla bir biçimiyle sürdürmüştür. Türk sinema tarih yazımlarında önemli bir eşik olarak görülen ve sinemanın, tiyatronun, tiyatro oyunculuğunun ve tiyatro yönetmenliğinin etkisinden sıyrılıp kendine özgü bir dil oluşturmaya başladığı dönem olarak tanımlanan sinemacılar döneminin başlamasıyla yeni tip yıldızlar da sinemada görülmeye başlanmıştır. Bu dönemin ilk önemli yüzü Ayhan Işık'tır. Bu oyuncunun sinemaya girişi, Türkiye toplumunun çok partili yaşama geçtiği, kapitalizmin yerleşmeye başladığı bir dönemde gerçekleşmiş ve bu dönemde hem ülke kabuk değiştirip, yeni yüzlerle tanışmış hem de sinema yeni bir yönelimle yeni yüzleri perdeye taşımaya başlamıştır.

Türk sinemasında erkek yıldızlar

Sinemacılar döneminin başlangıcından günümüze uzanan süreçte Türk sinemasında birçok erkek yıldızın izi kalmıştır. Sadece iyi jönleri ve kahraman erkekleri canlandıran oyuncular (Kartal Tibet, Ediz Hun, Göksel Arsoy, Engin Çağlar gibi) değil, Erol Taş, Hayati Hamzaoğlu, Ahmet Tarık Tekçe gibi kötü karakterleri canlandıran oyuncular da zaman zaman yıldızlaşmışlardır. Ancak Türk sinemasını dünden bugüne karakterize eden ve gerek oyunculuklarıyla gerekse de yarattıkları toplumsal etkiyle sinemaya damgasını vuran beş erkek yıldızdan söz etmek gerekmektedir; Ayhan Işık, Cüneyt Arkın, Yılmaz Güney, Kadir İnanır ve Tarık Akan. Türk sinemasının yeni döneminin ilk erkek yıldızı yukarıda da değinildiği gibi Ayhan Işık'tır.

Ayhan Işık kapitalistleşmeye başlayan ülkenin yeni yüzüdür, filmlerinde burjuva değerlerini ve kentli erkeği simgeler. Bir yandan görünümü ve karakteriyle yerli ve ulusal değerlerin taşıyıcısı, öte yandan oynadığı rollerin yarattığı umutlarla Batılı hedeflerin temsilcisidir. Sert erkeği oynar. Geleneksel erkeklik imgesine uygun rolleri başarıyla canlandırır. Suçluyu oynadığı zamanlarda dahi kahramandır. Filmlerdeki imgesi Türk erkeğinin imgesine denk düşer. Ayhan Işık güven verir, koruyucudur, namusu uğruna her Türk erkeğinin göstereceği varsayılan tepkileri gösterir yani katil olabilir. Adildir, haksızlıklara dayanamaz. Âşık olunandır. Filmlerde kadınlar onun için kapışırlar. Yakışıklıdır ve güzel bakar. Yıldız imgesi erkeklik bu bakışların ve aktörün yüzünün yakın çekim görüntülenmesiyle pekişir. Kenar mahalle delikanlısını canlandırdığında da, zengin fabrikatör olduğunda da bir beyefendidir. Seçkin ve sterildir. En yaman kavgalarda dahi fazla hırpalanmaz, yüzü gözü dağılmaz, güzel yaralar alır. Seçkinliği öylesine belirgindir ki şoförü oynasa da esas kız onun asaletine kapılır. Yoksul olması, kenar mahallede yaşıyor olması bile onun aslında ait olduğu üst sınıfı gizlemeye yetmez. Kentlidir ve burjuva değerlere sahiptir ancak geçmişte kaldığı varsayılan adabın ve ince bir nezaketin de son temsilcisidir. Film yıldızlarının imgelerinin oluşturulmasında asalet unvanlarından yararlanıldığı bilinir. Yapımcılar ya da medya tarafından bir asalet unvanıyla onurlandırılan yıldız, izleyici için de diğer yıldızların bir adım önüne geçmiş demektir. Ayhan Işık Türk sinemasının "kral"ıdır.

Cüneyt Arkın'ın oyunculuk serüveni jönprömiye rollerle başladı. Jönprömiye rolleri tanımlayan kavram "aşk"tır. Aşk melodramların ana temasıdır. Âşık olan ve âşık olunan, her zaman yakışıklı ve çekici bir karakterdir jönprömiye. Alt sınıflardan dahi olsa esas olarak burjuva değerlerin taşıyıcısıdır. Cüneyt Arkın jönprömiye oynadığı ilk döneminde klasik melodramların kalıplarına uygun olarak iyi ve olumlu değerlerin temsilcisi olarak görülür. Görüntüsü çok önemlidir. Bu nedenle filmlerde sıklıkla yakın çekimlerde yüzü ve gözleri, kimi zaman da dudakları görüntülenir. Erkek yıldız olmanın önemli özelliklerinden biri bedenin güzel görünmesidir. Cüneyt Arkın perde gerisindeki yaşantısında da spor yaptığı için atletik bir vücuda sahiptir ve söz konusu diğer erkek yıldızlar içinde bedeni bir arzu nesnesi olarak en çok görüntülenen yıldızdır. Arkın'ın kahraman erkeği oynamaya başladığı donemde bedeni yine ön plandadır. Gerek kostümlü avantür filmlerde gerekse de mafya-polisiye filmlerde Cüneyt Arkın bir kahramandır. Düşmana, haine, yanlış yapana ve esas olarak erkekliğin şanına leke süren her ulustan ve her dinden erkeğe karşı mücadele eder. Savaşçı bir erkektir ve hem bedenini hem de her tür silahı mücadelede en başarılı biçimiyle kullanır.

Yılmaz Güney, kente uzak bir coğrafyanın kahramanıdır. Kentin değerleri onu yozlaştırmaz. Kentte yaşamak zorunda kalması bile ruhunun aslında dağlara ait olduğu gerçeğini gizleyemez. Erkekliği cinsellikten çok yiğitlik, fedakârlık, namus, şeref, koruyuculuk ve adalet gibi kavramlarıyla ilişkilidir. Çıplak bedeni asla bir arzu nesnesi olarak görüntülenmez. Yakın plan çekimlerle yüzünün ayrıntıları, cinselliği çağrıştırmak için değil yalnızlığı ve yorgunluğu açık etmek için kullanılır. Bu nedenle de klasik yakın çekimlerden farklı olarak yüzünün hep bir yarısı görüntülenir ve bu yarım yüz, klasik tiyatronun trajedi maskı gibi hep hüzünlüdür. Yalnız bir kahramandır Yılmaz Güney. Yakışıklı, ışıtılı, pırıltılı yıldızların içinde aradan bir yüz ve her durumda "bizden biri"dir. Yılmaz Güney varlıklı ve eğitimli birini oynayabilir ancak Ayhan Işık'tan farklı olarak o her zaman alt sınıfların, kıyıda kalmışların kahramanıdır. O da bir kral gibi yaşar. Ama halktan üstün bir asaletten değil halktan yana bir adaletten gelir krallığı. "Çirkin Kral"dır. Ancak buradaki çirkin tanımı halkın bir yıldızı kendinden saymasının erdemli sıfatına dönüşmüştür. İzleyici Yılmaz Güney'le perdede kendisini bulmuştur. Hem görüntüsüyle halktan biri, hem de düzene karşı çıkabilen, umutsuzluğun ve çaresizliğin içinde bile onurlu kalabilen, Anadolu insanının hak ve namus kavramlarını hayata geçiren, paylaşan bir adalet savaşçısı olarak halktan yana bir kahramandır. Varlığı ve sözü bir değer taşımayanların perdedeki temsilcisi, simgesidir. Öfkelidir ve ne yaşıyorsa neredeyse gerçek yaşamında da onu yaşar.

Kadir İnanır, tüm erkeklik göstergelerini abartılı bir vurguyla üstünde taşıyan ve hem yıldız imgesi ile hem de özel yaşamından yansıttıklarıyla sert-maço erkek tipini her durumda hayata geçiren bir oyuncudur. O sıklıkla Türk kadınının en çok arzuladığı erkek tipi olarak sunulur. Polisiye-mafya filmlerdeki rolleriyle "gerçek erkek" imgesi güç kazanır. Sert bakar, iyi dövüşür, yumruklarını ve tokadını kullanır. Bağırır, sesi ürkütücüdür. Hem sesi hem de bakışları yıldız imgesinin en önemli alametleridir. Bütün erkek yıldızlar kadınları döver ancak en çok onun dayakları akılda kalır. Aşkı "erkekçe" yaşar. Yani duygularını çok açık etmez, kadının anlamasını bekler. Aynı zamanda kadından sadakat ve vefa bekler. Tipik Türk erkeği prototipidir. Ait olduğu toplumsal sınıfın göstergeleri çok önemli değildir. Hangi sınıftan olursa olsun varlığının en önemli belirleyeni erkek kimliğidir.

Türk sinemasına birçok yıldız kazandıran *Ses* dergisinin açtığı yarışmayla sinemaya giren Tarık Akan, yarışmadan hemen sonra uzun boyu, yeşil gözleri ve güzel gülüşüyle aşk ekseninde gelişen Yeşilçam melodramlarının ve aile komedilerinin aranan yüzü olur. Uzun bir dönem görsel özelliklerine dayalı bu filmlerde rol alır. Bu dönemde özellikle hayatı hafife alan, deli dolu, sorumluluktan kaçan, çapkın delikanlı rolleriyle perdede görünür. Bu uçarı delikanlının filmlerde erkekliğe (erkek sorumluluğu ve ciddiyetini taşımaya başlamak anlamında) geçişi hep bir aşk acısıyla mümkün olur. Kartpostal çocuğu imgesi dışında özel yaşamına dair bir gizemi her zaman korumayı başaran aktör sinemadaki gerçek kimliğini ise daha sonraki yıllarda rol almaya başladığı toplumsal filmlerde bulur.

Bir oyunculuk serüveni: Tarık Akan

I. ROMANTİK AŞKIN PRENSİ (1971-1977)

Tarık Akan, sinemadaki ilk yıllarında rol aldığı filmlerde esas kızın aşkını kazanmaya çalıştığı âna kadar, hayatın tadını çıkaran bir ergendir. Filmin o ânında yaşanan aşk acısı, erkekliğe geçiş ayini gibi birdenbire büyümek ve hayatın gerçekleriyle yüzleşmek zorunda bırakır oyuncuyu. Sorumluluk ve ciddiyet "gerçek aşk"ı elde etmek için gerekli koşullardır.

Hiç şüphesiz aşk, yıldızların hem perdedeki imgelerini

hem de gerçek yaşamöykülerini parlatan bir duygudur. Tarık Akan, bir jön olarak girdiği sinemada ilk zamanlar oynadığı aşk filmlerinde âşık olan ve âşık olunan erkek, iyi aile çocuğu, uslu ya da yaramaz çapkın, bir Don Juan ya da acemi bir âşık da olsa aslında hep bir tamamlanma, büyüme beklentisi içinde olan kişileri canlandırmıştır.

Yeşilçam melodramlarında kadın ve erkek yıldızların rol kalıpları aşağı yukarı aynıdır. Erkek aşk konusunda belirli bir deneyime sahiptir. Yanlış anlamalar, dış etkenlerden kaynaklı sorunlardan dolayı aşk ertelenir. İlişki bir sınamadan geçer ve bu süreçte özellikle kadın yıldızın bir şeyi kanıtlaması gerekir, sadakatlerini, iffetini ya da aşkını. Melodramın erkek yıldızı ise bu arada atıl durumda bekler. Hikâye kadının verdiği sınav üzerinden ilerler. Tarık Akan'ın rol aldığı melodramlarda ise genel olarak öyküde kadın ve erkek yer değiştirmiş gibidir. Aşkını kanıtlamak zorunda olan bunun için bir sınav vermek zorunda kalan genellikle erkek oyuncunun kendisidir. Fedakârlık yapmak ve aşk için bir şeylerden vazgeçmek (ailenin sağlığı, maddi güvenceden, mirastan, hayallerinden, işinden, can güvenliğinden vs.) erkeğe düşmüştür. Öykünün başında tatlı bir hayat yaşayan karakter aşkla birlikte kimi zaman para kazanmak zorunda kalarak, kimi zaman öylesine aldığı eğitimin insanlara ne kadar yararlı olabileceğini deneyimleyerek, kimi zaman ailenin sağladığı güvenli ortamı terk ederek bir büyüme sürecinden geçer ve gerçek aşka, esas kızın aşkına ancak o zaman ulaşır. Klasik melodram karakteri değişir, öğrenir ve büyür. Bu tür filmlerde oyuncu kahramanlık yapmaz. Anlatılan hikâyeler çoğunlukla daha sıradan, hayatı öğrenmeye çalışan, bir yanıyla hep bir mizahı barındıran kişilere dairdir.

Kalabalık kadrolu filmlerde ise (Arzu Film komedilerinde olduğu gibi) sinemanın kolektif yüzü devreye girer. Yıldız kendisi gibi birçok oyuncuyla birlikte bu tür filmlerde rol alır. Klasik yıldız kavrayışında filmin öyküsü yıldız üzerine kuruludur ve her hikâye yıldızın ışıltısını biraz daha artırmayı amaçlar. Ancak Tarık Akan'ın rol aldığı kalabalık kadrolu komedilerde ve aile melodramlarında ön plana çıkan öyküdür. Akan, bu filmler çekilirken yıldız bir oyuncu olmasına rağmen ölçülü ve asgari bir oyunculukla daha geri planda kalmaktan kaçınmaz. Bu filmlerin hikâyelerindeki ana tema dayanışma, güven, sadakat ve birlikte var olabilmektir. Filmlerin temel karakteri, tek bir organizma gibi hareket eden ailedir. Ailenin bireyleri hikâyenin bir yerinde aldıkları derslerle esas olanın aile olduğunu kavrarlar. Acılara ve sorunlara karşı birlikte mücadele eder, mutlulukları birlikte yaşarlar.

Daha sonraki yıllarda gerek kendisi gerekse yıldızın oyunculuğuna dair yorum yapanlar için Akan'ın sinemadaki ilk yılları kayda değer nitelikte görülmez. Tarık Akan bu dönemde yapılan filmler için sadece güzel bir yüz, parlak bir yıldız olarak değerlendirilir. Ancak yıldızın oyunculuk serüveni bütünüyle dikkate alındığında, bu ilk dönemde çalıştığı yönetmenlerden, oyunculardan ve içinde yer aldığı projelerden kendisini geliştirmek adına çokça faydalandığı görülebilir. Ve yine bu dönemde oyuncu, en şablon rollerde dahi yarattığı küçük farklılıklarla oyunculuğunun kalıplaştırılamayacağını göstermiştir. Örneğin Cüneyt Arkın ve Kadir İnanır için geçerli olan statik rollerin oyuncuları oldukları gerçeği Tarık Akan için ne bu yıllarda ne de daha sonraki yıllarda geçerli değildir.

Tarık Akan sinemadaki ilk yıllarında belirli bir sınıf ya da topluluğun simgesi olarak ortaya çıkmaz. Zengin babanın şımarık oğlu olur, bir sonraki filmde yoksul bir geçmişin içinden okuyarak sınıf atlamış ancak değerlerini yitirmemiş bir küçük burjuvayı canlandırır, daha sonra yoksul bir işçi ve bir sonraki filminde de işsiz bir kenar mahalle delikanlısını oynayabilir. Bu anlamda herhangi bir sınıfın değerlerinin simgesi değildir.

Yine bu dönemdeki filmlerinde mutlak dürüst, adil, sadık bir klasik erkeği değil zaman zaman aldatan, kimi zaman parayı aşka tercih eden bir erkeği de oynar. Bu durum erkek yıldızlığının özellikleri söz konusu olduğunda yıldızın oyunculuğunda bir kırılma ve farklılaşma noktası sayılabilir.

Akan'ın bu ilk dönem filmlerinin ortak paydası erkek yıldızın kentli olması ve öykülerin kentte geçmesidir. Rollerin sınıfsal aidiyetleri değişkenlik gösterse de esas olarak erkek kahraman kentin farklı kesimlerinde yaşayan kişileri canlandırır. Bu kentler (genellikle İstanbul'dur) ve oyuncunun canlandırdığı karakterler ülkenin batısına aittir. Bu durum oyuncunun ilk dönem yıldız imgesinin oluşumunda önemli bir özellik olarak ortaya çıkmaktadır. Yıldızın yine bu ilk dönem filmlerinde, Yeşilçam melodramlarına uygun olarak genellikle bir tarihsel fon yoktur. Hikâyeler filmlerin gerçek zamanlarında yani 70'li yıllarda geçmektedir. O dönemin aktif politik ortamı, örneğin *Hababam Sınıfı* filmlerinde ve aile melodramlarında pek hissettirmezken yıldızın kimi filmlerinde dönemin koşullarına açık göndermeler yapılarak yaşanılan dönem film hikâyesinin içine sızdırılır. Ancak bu filmlerde dahi Akan'ın canlandırdığı karakterin politik özellikleri yoktur. Karakter çoğunlukla işine ya da eğlencesine bakan, kendi dünyası içinde yaşayan apolitik biri olarak çizilir.

Tarık Akan'ın ilk dönem filmlerinde yıldız imgesinin oluşturulması sürecinde oyuncunun yüzü ön plandadır. Filmlerde çoklukla oyuncunun yüzü yakın plan görüntülenir. Muntazam dişlerin göründüğü bir gülümseme ve yeşil gözler, yıldızın hem filmlerinde hem de kartpostal ve posterlerinde en çok yer alan görüntüsüdür. Bu filmlerde aktör genelde boyunun uzunluğu nedeniyle özellikle kadın oyuncularla bir arada olduğu sahnelerde boy plan çekimlerle görüntülenmez.

Oyuncunun ilk dönem perdeye taşıdığı erkek imgesi çocuksu, delikanlıdır. Cinsellik oyuncunun bu dönemdeki yıldız kimliğinde ön plana çıkmaz. Önemli olan romantik aşktır. Bütün çıplaklığına rağmen film karakterinin seyircide uyandırdığı izlenim duygusallığın ve romantik aşkın büyüsüdür. Bu özellikten dolayı Akan'ın diğer erkek oyunculardan daha farklı bir izleyici kitlesine örneğin daha fazla sayıda kadın izleyiciye ulaşmış olma ihtimali bulunmaktadır.

Tarık Akan *Ses* dergisinin yarışmasıyla sinemaya adım attığı için oyuncunun ilk dönem yıldız imgesinin oluşturulmasında bu derginin önemli etkileri olmuştur. Desteklediği yıldızları "sultan, kral, baba" gibi sıfatlarla onurlandıran derginin Tarık Akan için uygun bulduğu sıfat "veliaht prens"tir.

KADERİMİN OYUNU
Yönetmen: Orhan Aksoy
Senarist: Safa Önal
Oyuncular: Hülya Koçyiğit, Tarık Akan, Nihat Ziyalan, Şükriye Atav, Osman Alyanak
Yapımevi: Erman Film (Hürrem Erman)
Yapım Yılı: 1972

Bülent Akman (Tarık Akan) ailesini yitirdikten sonra kendisini yetiştiren ailenin gemilerinde üçüncü kaptanlık yapmakta ve Selma'yı (Hülya Koçyiğit) sevmektedir. Son bir sefere çıktıktan sonra Selma ile evlenecektir. Ancak gemi batar ve haberi radyodan dinleyen Selmaların evinde tam o anda bir deprem olur. Semra annesini ve babasını bu depremde yitirir. Kendisine hamilik yapan bir cami imamı sayesinde İstanbul'a gelen Selma burada Bülent'in manevi annesiyle tanışır. Bülent'in ölümüyle sarsılmış, öz oğlunun çapkınlıklarından ve serseriliğinden yılmış olan anne, oğlunu Selma ile evlendirmeye karar verir. Bu arada Bülent kazadan sağ olarak kurtulmuştur. Tam nikâh günü eve döner ve manevi kardeşinin evleneceği kadının Selma olduğunu görür. Selma'nın kocası birini öldürür ve kendisine de ölü süsü vererek ortadan kaybolur, ancak Selma'yı ziyaret etmeyi sürdürür. Selma kocasına söz verdiği için kimseye olaydan söz etmez. Bir süre sonra hamile olduğu ortaya çıkan Selma ve sorumluluğu üstlenen Bülent köşkten kovulurlar. Çocuk doğduktan sonra her şey ortaya çıkar ve Selma'nın kocası öldürülür. Selma ve Bülent kavuşurlar.

Klasik bir melodram olan *Kaderimin Oyunu* yanlışlıklar üzerine kurulu bir hikâyeye sahiptir. Hikâyenin ana kişisi aslında kadın karakterdir. Selma dini bütün bir kadındır. Onu yalan söylemeye iten kendisine zor zamanında kol kanat geren imamın söyledikleridir. İmam Selma'ya evlendiği gün şu sözleri söyler: "Evlilikte birinci şart kocaya mutlak itaattir. Ne söylerse itiraz etmeden yerine getireceksin. Unutma ki kocaya verilen söz, edilen yemin en büyük yemindir. Sevgili Peygamberimizin Hadis-i Şerif'i malumdur: Ey kadın kullarım! Size Allah'tan başka birine secde etmenizi söyleseydim kocalarınızın ayaklarına kapanmanızı isterdim." Bu sözleri kocası kendisini yalan söylemeye zorladığında anımsayan Selma verdiği sözü tutar. Bülent ekmeğini yediği aileye ihanet etmez. Her zaman gelinlerine aşkla bağlı olduğu halde saygısını korur. Açıklanamayan hamilelik ortaya çıktığı zaman Selma'nın, ölü sanılan kocaya, manevi anneye ve sabırla bekleyen kendisine ihanet ettiğine inandığı halde onu korumaya ve sahiplenmeye devam eder. Üstelik manevi annenin sevgisini, güvenini, işini ve kendisine sağlanan serveti kaybetmeyi göze alarak. Vefa, sadakat ve sonsuz aşk Bülent'in en önemli özelliğidir. Ve bu özellikleri nedeniyle hikâyenin sonunda mutlulukla ödüllendirilir.

TATLI DİLLİM
Yönetmen: Ertem Eğilmez
Senarist: Sadık Şendil
Oyuncular: Filiz Akın, Tarık Akan, Zeki Alasya, Metin Akpınar, Kemal Sunal, Hulusi Kentmen, Suna Keskin, Münir Özkul, Halit Akçatepe, Nedret Güvenç
Yapımevi: Arzu Film (Ertem Eğilmez)
Yapım Yılı: 1972

Basketbol takımının yakışıklı ve çapkın oyuncusu Ferit (Tarık Akan) takımının kamp yerine ulaşmaya çalışırken bir köy öğretmeni olan Emine'nin (Filiz Akın) saman arabasına çarpar ve aralarında bir ilişki başlar. Kamp sonrasında da köyde kalan Ferit, Emine'yle köy usullerine göre evlenir. Ancak kısa bir süre sonra sıkılarak kendisini ziyaret eden arkadaşlarıyla birlikte eski sorumsuz hayatına döner ve Emine'yi unutur. Emine aradan çok zaman geçip de Ferit dönmeyince onu aramak için kente gelir ve Ferit'in babasından gerçekleri öğrenir. Sorumsuz ve havai Ferit'e bir ders vermek için baba ve Emine bir oyun kurarlar. Emine tüm görüntüsünü değiştirerek "Emine'nin kötü ikiz kardeşi Mine" kimliğiyle Ferit'le tanışır ve onu kendisine âşık eder. Mine, Emine'nin tam karşıtıdır: bencil, sorumsuz, insanları hafife alan ve dalgacı bir kadın. Ferit Mine'ye âşık olduğunu Emine'ye söylemek için köye döner. Bu sırada köy çocukları arasında kuşpalazı salgını vardır ve tıp öğrencisi olan Ferit, Emine ile birlikte çocukları kurtarmak için uğraş verir. Bu süreçte asıl âşık olduğu kişinin Emine olduğunu fark eden Ferit, Mine'den ayrıldığını söylediğinde her şey açığa çıkar ve film mutlu sonla noktalanır.

Film Tarık Akan'ın klasik melodram karakteriyle başlar. Çapkın, sorumsuz, çocuksu ve eğlenceli Ferit, film içerisinde Emine'ye duyduğu aşkla kendisini keşfeder. Ve o güne kadar ciddiye almadığı eğitimi ve mesleğiyle insanlara ne kadar yararlı olabileceğini, yardım ettiği insanların minnet duygularının verdiği mutluluğun ne kadar değerli olduğunu görür. Bencil, uçarı, sorumsuz halleriyle kendisine benzeyen Mine'nin değil, çalışkan, vefakâr, ahlaklı Emine'nin aşkının daha değerli olduğunu anlar. İnsanlara yararlı olmayı ve gösterişsiz ancak gerçek olan aşkı tercih eder.

UMUT DÜNYASI
Yönetmen ve senarist: Safa Önal
Oyuncular: Tarık Akan, Necla Nazır, Şükriye Atav, Halit Akçatepe, Mine Sun, Atıf Kaptan, Bülent Kayabaş, Faik Coşkun
Yapımevi: Akün Film (İrfan Ünal)
Yapım Yılı: 1973

Matbaa işçisi Ahmet'in (Tarık Akan) en büyük hayali Avustralya'ya işçi olarak gidebilmektir. Bu amaçla para biriktirmeye çalışan Ahmet'in bütün hayatı evi ve işi arasında geçmektedir. Yağmurlu bir günde camının önünde düşüp bayılan Zeynep'in hayatına girmesiyle bütün planları değişir. Zeynep'le birlikte hayallerini paylaşır ve onunla evlenir. Zeynep'in bebeğini düşürüp evi terk etmesi üzerine umutlarını tekrar kaybeder. Ahmet güçbela topladığı parayla tam Avustralya'ya gidecekken Zeynep'i iskelede görür ve gitmekten vazgeçer.

Film sıradan yoksul insanları ve bu insanların hayatlarını değiştirmeye dair kurdukları hayallerini, umutlarını anlatmaktadır. Ahmet hayaline çok çalışarak ve hayalini gerçekleştirmek yolunda okuyup, araştırıp belli bir çaba göstererek ulaşmayı amaçlar. Matbaadaki iş arkadaşları ise, totodan milyoner olmayı ya da zengin bir kadınla evlenerek kurtulmayı tasarlamaktadır. Ahmet, Zeynep için umutlarından vazgeçer. Kendi gidebileceği parayı biriktirmişken, yetimhanede büyümüş kimsesiz bir kız olan Zeynep için de para biriktirmeye başlar. Daha sonra biriken tüm parayı, bebeğini kaybeden Zeynep'in kendini daha iyi hissetmesi için harcar.

CANIM KARDEŞİM
Yönetmen: Ertem Eğilmez
Senarist: Sadık Şendil
Oyuncular: Tarık Akan, Halit Akçatepe, Kemal Sunal, Adile Naşit, Metin Akpınar, Kahraman Kıral
Yapımevi: Arzu Film (Ertem Eğilmez)
Yapım yılı: 1973

Bir gecekondu bölgesinde yaşayan yoksul üç kişinin öyküsü. İşsiz, umutsuz ve yalnız insanlar. Küçük kardeşi ölümcül bir hastalığa yakalanan Tarık, arkadaşıyla beraber kardeşini mutlu etmek için çeşitli yollar bulmaya çalışır. Çocuğun en çok istediği şey bir televizyondur. İki arkadaş çocuğun mutlu olabilmesi için bir televizyon edinmenin çarelerini ararlar. Çeşitli olaylardan sonra bir televizyon çalarlar ve ona sürpriz yapmak isterler. Televizyonu kurduklarında küçük çocuk ölmüştür.

Etkileyici bir İstanbul fonu üzerinde yine yoksul ve umutsuz bir insan hikâyesi. Bu filmde yoksulluk can yakacak kadar trajik olaylarla (kanını satanlar, kan satın alanlar) anlatılmaktadır. Hikâye bir gecekondu bölgesinde geçer ancak çevre estetize edilmiş, romantize edilmiş değildir. Filmde yalın ve yakıcı bir gerçekçilik vardır. Bu filmdeki rolü Tarık Akan'ın ilk ciddi oyunculuk başarısı sayılmaktadır. Güldürü öğelerine de yer verilen filmde hikâye izleyicide asıl olarak acı bir gülümseme yaratmaktadır.

OH OLSUN
Yönetmen: Ertem Eğilmez
Senarist: Sadık Şendil
Oyuncular: Tarık Akan, Hale Soygazi, Halit Akçatepe, Münir Özkul, Hulusi Kentmen, Kemal Sunal, Adile Naşit, Serap Olguner, Nevin Güler
Yapımevi: Arzu Film (Ertem Eğilmez)
Yapım Yılı: 1973

AH NEREDE
Yönetmen :Orhan Aksoy
Senarist: Sadık Şendil
Oyuncular: Tarık Akan, Gülşen Bubikoğlu, Hulusi Kentmen, Halit Akçatepe, Adile Naşit
Yapımevi: Azu Film (Ertem Eğilmez)
Yapm Yılı: 1975

Ustabaşının kızı ile fabrikatörün oğlunun aşkını anlatan *Oh Olsun* filminin en önemli özelliği sınıflar arası farkın belirginleşmesi ve dönemin siyasal ortamına gönderme yapan grev görüntülerinin kullanılmasıdır. Her ne kadar grev işten çıkarılan ustabaşını desteklemek için yapılan bir dayanışma grevi olsa da günün koşullarına dair bir anıştırma yapılıyor olması önemli bir özelliktir. Hale Soygazi'yle gizlice evlendikten sonra, kızın hamile kalması üzerine onu evin çatı katına yerleştiren Tarık Akan ailesinin kendisini iş anlaşmaları gereği başka bir zengin kızla evlendirme girişimini engelleyemez. Karışan işler filmin finalinde oyuncunun kardeşleriyle birlikte grev gözcüsü gömleğini giyerek babasına karşı grevci işçilerin yanında yer almasıyla ve babanın torununun hatırına çocuklarını affetmesiyle tatlı sona bağlanır.

Oh Olsun ve *Ah Nerede* filmlerinin ortak paydası, yumuşatılmış bir sınıf çatışmasının ve dönemin siyasal ortamının izlerinin görüldüğü filmler olmalarıdır. *Oh Olsun* filminde Tarık Akan fabrikatörün ilk başlarda sorumsuz ve dalgacı oğludur. Babası tarafından akıllanması için fabrikada çalışmak zorunda bırakılır. Babasının sert ve otoriter tavrı karşısında bir çocuk kadar savunmasızdır. Babasına karşı çıkıp yaşam tarzını savunacak güçlü bir karakterden yoksundur. Babaya ve onun gücüne bağımlıdır. Aşkı hayattaki tavrını netleştirmesini sağlar. Filmin finalinde her şey çözüme ulaşır ve sınıf çatışması bir sorun olmaktan çıkar.

Ah Nerede filminde Ferit (Tarık Akan) iki kardeşiyle birlikte İstanbul'da okumaya gelmiştir. Zengin bir çiftlik sahibinin oğludur ve tıp fakültesinde okumaktadır. Ancak çapkınlıktan ve kadınlarla ilgilenmekten derslere pek zaman ayıramamaktadır. Diğer iki kardeşten biri kumar, diğeri siyasetle meşgul olmaktan dolayı öğrencilik yapamamaktadır. Ferit hayatında ilk kez Zehra'ya (Gülşen Bubikoğlu) gerçekten âşık olur. Tam o sırada baba aniden çocuklarını ziyarete gelince oğullarının ne işler çevirdiğini öğrenir. Siyasetle ilgilenen çocuğunu karakoldan almaya giden baba çocuğuna bağırıp, "Memleketin idaresi size mi kalmış ulan? Komiser bey iyice dövdünüz mü bunu?" diye sorar. Komiser, babaya, "Bizde dayak yoktur," yanıtını verince, baba Hulusi Kentmen oğlunu komiserin önünde, "Al sana siyaset..." diyerek evire çevire döver. Diğer oğlunu kahvehanede kumar oynarken yakalayan baba onu da kahvehanede döver. Eve dönünce Ferit'i de çapkınlığından dolayı döver. Çocuklar akılları başlarına gelsin diye çiftlikte çalışmaya götürülür. Ancak çocuklar çalışma koşullarına dayanamaz. Ferit, Zehra'nın aşkını kazanmak ve babasına kendisini ispatlamak için kardeşleriyle birlikte kente döner. Babadan harçlık almadan, kendi başlarının çaresine bakmaya çalışırlar. Türlü olaylardan sonra Ferit Zehra'ya aşkını ispatlamak için intihara teşebbüs eder ve bunun üzerine babası ve Zehra tarafından affedilir.

Oh Olsun filminde olduğu gibi oyuncu, *Ah Nerede* filminde de babaya bağımlı bir çocuk gibidir. Öyle ki babadan dayak yer, azar işitir, istemediği bir yerde, kol emeğiyle çalışmak zorunda bırakılır. Her iki filmde de sıradan bir işçi olarak çalışmak bir cezalandırma biçimi olarak kullanılır. Yine iki filmde de oyuncu ancak gerçek aşka ulaşma yolunda kimliğini ortaya koyma, yetişkin bir erkek gibi davranma ve baba otoritesine karşı çıkma cesaretini gösterir. *Ah Nerede* filminde siyasetle ilgilenen kişi Ferit'in kardeşidir. Filmde siyasete dair göndermeler bu kardeş üzerinden yapılır. Ferit apolitik biridir. *Oh Olsun* filminin finalinde grev yapan işçilere verilen destek, politik ve sınıfsal tavır değil kişisel bir sorunla ilgilidir.

ESİR HAYAT
Yönetmen ve senarist: Lütfi Ömer Akad
Oyuncular: Tarık Akan, Perihan Savaş, Turgut Boralı, Hulusi Kentmen, Suna Selen, Kamran Usluer, Süha Doğan, Güner Sümer
Yapımevi: Erman Film (Hürrem Erman)
Yapım Yılı: 1974

Tekstil mühendisi olan Aydın (Tarık Akan) Kıbrıs Barış Harekâtı sonrası adada yatırım yapan bir grup zengin işadamıyla çalışmaktadır. Patronlardan Rıza Bey'in Paris'te desinatörlük eğitimi almış kızı Alev'le aralarında bir yakınlık oluşur. Ancak Alev en büyük iş ortağı ve adanın en güçlü adamı olan Ali Rıza Bey'le nişanlıdır. İmkânsız bir aşk için mücadele eden çifti adanın yerlisi iki ihtiyar destekler ve iki sevgili tekneyle kaçarak adadan uzaklaşırlar.

Esir Hayat filminde Tarık Akan çok baskın bir rolde değildir aslında. Film, savaş sonrası Kıbrıs'ta, "Kuvvetle kurtardığımızı iktisatla korumalıyız," diyen Ali Rıza Bey ve onun gibi bir grup sermayedarın faaliyetini anlatmaktadır. Ulusal değerler ve ulusal kültür üzerine Aydın'ın Alev'e anlattıklarıyla filmin bir başka ekseni ortaya çıkar. Alev Paris'te eğitim almıştır. Ülkesine yabancıdır. Aydın Türkiye'den geldiği halde Kıbrıs'a ve kültürüne dair geniş bir bilgiye sahiptir. Alev'e Kıbrıs'ı anlatır. Ayrıca desinatör olan Alev'in çizimlerinin yabancılığını eleştirerek, memleketin yerel çizgilerinin kullanılması gerektiğini söyler. Alev'in Paris'teki hocasının sözlerini aktarması üzerine de, "Paris'teki hocanız insanlar derken Fransızları kasteder ve Fransız olmaya özenenleri," diyerek yabancı kültür özentisine eleştiri getirir. *Esir Hayat* filminde örtük bir "işbirlikçi sermaye" vurgusu da vardır. Nişan partisinde Ali Rıza Bey'e yöneltilen, "Geminize neden Panama bayrağı çektiniz?" sorusunu Ali Rıza Bey, "Sermayenin bir özelliği de her bayrak altına girebilmesidir," sözleriyle yanıtlar.

Ulusal sinema etkileri taşıyan *Esir Hayat* bazı yönleriyle milli sinema örneği olan *Memleketim* filmini anımsatır. Her iki filmde de ulusal değerlerin ve ulusal kültürün önemi vurgulanır. Yine her iki filmde de aldıkları Batılı eğitimle ulusal kültürlerini yitirmiş, Batı kültürüne hayranlık duyan kadınlar, ulusal kimliklerini, kültürlerini ve milli değerlerini kendilerine yol gösteren bir erkek (her iki filmde de Tarık Akan) aracılığıyla yeniden keşfederler.

HABABAM SINIFI
Yönetmen: Ertem Eğilmez
Senarist: Umur Bugay (Rıfat Ilgaz'ın eserinden)
Oyuncular: Münir Özkul, Tarık Akan, Kemal Sunal, Adile Naşit, Halit Akçatepe
Yapımevi: Arzu Film (Ertem Eğilmez)
Yapım Yılı: 1975

Dönemin bütün hasılat rekorlarını kıran Arzu Film'in bu klasik komedi serisinin ilk iki bölümünde rol alan Tarık Akan, sınıfın haylaz öğrencilerinden Damat Ferit'ı canlandırır. Damat Ferit, filmde yakışıklı, çapkın, tembel, sorumsuz bir öğrencidir ve sınıfın elebaşlarından biridir. *Hababam Sınıfı*, sürekli sınıfta kalmaktan dolayı lise öğrencisi olmaktan çok, artık birer yetişkin olan ve okulun demirbaşı haline gelmiş bulunan bir grup öğrencinin maceralarını anlatmaktadır. Bu öğrenciler paragöz müdürün velilerden gelen paralardan vazgeçememesi nedeniyle okulda kalmayı sürdürmektedir. Eğitim sisteminin sorunlarını bir okul yöneticisinin beceriksizliği ve açgözlülüğünden kaynaklanan sorunlara indirgeyen yaklaşımıyla *Hababam Sınıfı* öğrencilerin hocaları işletmeleri, birbirleriyle eğlenmeleri çerçevesinde gelişen bir komedidir. Ülke gençliğinin kaynadığı bir dönemde dış dünyadan tamamen yalıtılmış bir yatılı okulda geçen olaylar ne gençlik sorunlarına ne de eğitim sorunlarına dair göndermelerde bulunur. Damat Ferit'in filmin ilk bölümünde evli ve çocuklu olmasının film öyküsü içinde dramatik bir sürpriz etkisi yaratmak dışında herhangi bir önemi yoktur. Hatta bu durumun filmin başında çizilen Damat Ferit portresiyle çeliştiği de söylenebilir.

BİZİM AİLE
Yönetmen: Ergin Orbey
Senarist: Sadık Şendil
Oyuncular: Münir Özkul, Tarık Akan, Adile Naşit, Halit Akçatepe, Itır Esen, Ayşen Gruda, Şener Şen, Saim Alpago, Cengiz Nezir
Yapımevi: Arzu Film (Ertem Eğilmez)
Yapım Yılı: 1975

Film, çok çocuklu iki dulun evlenmesiyle artan ev nüfusunun eğlenceli hikâyelerini ve birbirini tanımayan üvey kardeşlerin tanışma sürecinde yaşadıkları olayları anlatmaktadır. Ailenin büyük oğlu Ferit (Tarık Akan) zengin bir fabrikatörün kızına âşıktır. Bu aşkı engellemeye kararlı olan kızın babası türlü yöntemlerle aileyi yıldırmaya çalışır. Ancak aile, hem birlik ve beraberlikle tüm olayların üstesinden gelir hem de kızın zengin babasına insanlık ve sevgi dersi verir. Arzu Film'in, bu tür kalabalık aile ve mahalle filmlerinde genel olarak sevgi, birlik ve beraberlikle her sorunun üstesinden gelinebileceği konu edilir. Bu iyimser yaklaşım küçük topluluğun her tür ideolojiden ve politikadan arınmış dostluk ve sevgi bağlarına dayalı ilişkileriyle desteklenir. Bu filmlerde yenilen hep maddi değerler ve geleneksel bağlarından kopmuş insanlardır. Kazanan ise dayanışma içinde olan küçük insan topluluğudur. Bu topluluklar özellikle saf, iyi niyetli ve iyilik timsali insanlardan oluşmaktadır. Film hikâyelerinde aslında sınıfsal temelde kurulan çatışma, hikâyedeki sorunlar duygusal zeminde bir çözüme ulaştığında tamamen ortadan kalkar.

BARAJ
Yönetmen: Orhan Aksoy
Senarist: Safa Onal
Oyuncular: Türkan Şoray, Tarık Akan, Nasır Melek, Günfer Feray, Suzan Avcı, Bilge Şen
Yapımevi: Akün Film (İrfan Ünal)
Yapım Yılı: 1977

Bursa genelevinde çalışan Cihanyandı Aysel (Türkan Şoray) ile üçkâğıtçı, dolandırıcı Orhan'ın (Tarık Akan) bir baraj inşaatında kesişen hayatlarını konu edinen filmde Tarık Akan, Orhan rolü ile yıldız imgesinde tam bir kırılma yaratmaktadır.

Orhan, dolandırdığı müteahhide borcunu ödemek için onun baraj inşaatında çalışmak zorunda bırakılır. Çalışmaya pek gönlü yoktur. İnşaatın sorumlusu Nazım Usta sürekli Orhan'ı döverek çalışmaya zorlar. Orhan, Nazım Usta'dan intikamını onun yalnızlığıyla dalga geçerek almaya çalışır. Nazım Usta, yalnızlığından kurtulmak için bir gazetenin yalnız kalpler köşesinde Aysel'le yazışmaya başlar. Aysel bir genelevde çalışmaktadır ancak Nazım'a bu durumu bildirmez. Nazım Usta gönderdiği fotoğrafta Aysel'ın güzelliğini görünce karşılık olarak kendi fotoğrafını göndermek yerine daha yakışıklı olduğu için Orhan'ın fotoğrafını gönderir. Evlenmek için inşaata gelen Aysel'e Orhan'ı Nazım Usta olarak tanıtırlar. Ancak Orhan, Aysel'le birlikte olduktan sonra, hem onunla ilgili gerçeği bildiğini hem de kendi oynadıkları oyunu anlatarak Aysel'i aşağılar. Nazım Usta'nın her şeye rağmen Aysel'le evlenmesi üzerine de düğünü basıp Nazım Usta'yı öldürür. Aysel de Orhan'ı öldürür. Orhan bu filmde hiçbir iyi değerin temsilcisi değildir. Aysel tarafından "sadece kendi için yaşayan, başkalarını düşünmeyen biri" olarak nitelendirilir. Ahlaksız, dolandırıcı ve kötüdür. Filmin sonunda da katil olur. Akan bu rolüyle klasik yıldız oyuncu kalıplarının dışına çıkıp karakter oyuncusu olma yoluna girdiğinin ipuçlarını verir. Tarık Akan'ın yeni bir oyunculuk anlayışı ve kimliğiyle ortaya çıktığı ilk filmlerden biri olarak *Baraj*, aktörün oyunculuk serüveninde yeni başlayacak dönemin de bir habercisidir.

II: İYİ FİLMLERİN İYİ OYUNCUSU (1977-2003)

Tarık Akan'ın oyunculuk serüveninin ikinci dönemi kendisinin de yeni bir başlangıç saydığı *Maden* filmiyle başlar. Yeni başlayan dönemde sanatçı öncelikle istediği filmleri seçme ve istediği rolleri oynama özgürlüğünü edinmiştir. Oyuncunun yeni dönem yıldız imgesindeki en önemli farklılık kimliğinin politik bir nitelik kazanmasıdır. Akan hem sinemada hem de sinema dışındaki yaşantısında politik aidiyetlerini açık etmekten kaçınmaz. Artık oynadığı rollerin sınıfsal ve toplumsal konumları daha nettir. Bu dönemin en temel farklılıklarından birisi yıldızın artık sadece kentte geçen öykülerde, kentli karakterleri oynamamasıdır. Yeni dönem film karakterlerinin birçoğu alt sınıflardan ve farklı bölgelerdendir. Öyküler genellikle Doğu'da geçer. Bu değişim yıldızın görüntüsüne de yansır. Aktör yakışıklı yüzünü geri plana iten saç, sakal ve bıyıkla yeni bir görünüm kazanır. Artık uzun boyu daha az sorun olur. Kimi filmlerinde oynadığı rol gerektirdiği için kilo alır (*Pehlivan*). Daha derinlikli karakterleri, kendisini zorlayacak rolleri seçer. Daha sıradan ve gerçek karakterleri canlandırır. Türkiye sinemasının başyapıtı sayılacak filmlerde oynar. *Maden* filmiyle başlayan bu yeni dönemde oyuncunun, 80'lerin ortasında yaptığı bir grup film (erkek filmleri olarak da adlandırılan polis-mafya filmleri) dışarıda tutulacak olursa genel olarak belirli kaygıları ön planda tutan, hayata dair bir derdi ve söyleyecek sözü olan filmlerde oynadığını belirtmek gerekmektedir.

1977'den günümüze uzanan çizgide Tarık Akan'ın sinemadaki erkek yıldız imgesinin en önemli özelliği yıldızın iyi filmlerin iyi aktörü olarak kabul görmesidir. Oyuncunun bu dönemdeki erkek temsilinde çeşitlilik göze çarpar. Özel yaşamıyla iyice geri plana çekilmiş olan aktörün yıldız imgesi, artık sadece sinemada canlandırdığı roller aracılığıyla gelişmekte ve değişmektedir. Akan, bu dönemde Doğulu, yiğit ve feodal erkek (*Sürü, Adak, Yol, Derman, Kan* gibi filmleri), polis-mafya filmlerinde adaleti ve düzeni kendi kurallarına göre sağlayan polis ya da kanunla sorunu olan sert erkek (*Beyaz Ölüm, Damga, Kayıp Kızlar, Yosma, Alev Alev, Paramparça, Tele Kızlar* gibi filmler), toplum tarafından anlaşılmamış aydın erkek (*Su da Yanar, Kimlik, Üçüncü Göz* gibi filmler), özellikle 12 Eylül filmlerinde kendisiyle ve toplumla hesaplaşmalar yaşayan devrimci erkek (*Ses, Karartma Geceleri, Çözülmeler* gibi filmler) rolleriyle değişken erkek temsillerini perdeye taşır, 90'ların ortasından itibaren artık oyunculuğunun olgunluk dönemi ürünlerini vermeye başlayan aktör, bu dönemdeki filmlerinde tekrar kentli karakterleri canlandırmaya başlar.

MADEN
Yönetmen ve senarist: Yavuz Özkan
Oyuncular: Cüneyt Arkın, Tarık Akan, Hale Soygazi, Meral Orhonsay, Halil Ergün, Baki Tamer

Yapımevi: Maden Film (Arif Keskiner)
Yapım Yılı: 1978

Bir maden ocağında işçiler düşük ücretlerle çalıştırılıp iş güvencesi sağlanmadan madene indirilmektedir. Bunun sonucunda ölümler meydana gelir. Bu sömürü sistemine sürekli karşı çıkan, sınıf bilincine sahip bir işçi olan İlyas (Cüneyt Arkın) arkadaşlarını da bilinçlendirmeye çalışır. Başlarda onu destekleyen işçi Nurettin (Tarık Akan) bir süre sonra yakınlara gelen bir çadır tiyatrosunda çalışan Şükran'a ilgi duyar ve bu süreçte yürütülen sınıf mücadelesinin uzağına düşer. İlyas'tan kurtulmayı amaçlayan sendika ağaları ve patronlar onu kurşunlatırlar ancak susturamazlar. Son çare olarak da arkadaşlarıyla birlikte başka bir madene gönderirler. Bu madende meydana gelen göçükte İlyas ölür, ancak işçiler bu ölümün çevresinde bir araya gelirler.

Akan'ın yeni döneminin ilk filmi sayılan *Maden* oyuncu için, bir başka çok ünlü erkek yıldızla birlikte başrolü paylaşması açısından oldukça önemlidir. Bu durum aktörün artık nasıl bir oyunculuk istediğinin göstergesidir. Sanatçı kendi seçtiği filmlerde, kendi istediği ve yaşam görüşüne uygun rollerde oynamak istemektedir. Sınıfsal konumu net ve filmin sonu itibarıyla politik tavrı net bir işçiyi canlandıran Akan, bu filmde artık giderek yetkinleşen oyunculuğunun bir örneğini veriyor.

KANAL
Yönetmen: Erden Kıral
Senarist: İhsan Yüce
Oyuncular: Tarık Akan, Meral Orhonsay, Tuncel Kurtiz, Kamran Usluer, Baki Tamer, Menderes Samancılar
Yapımevi: Irmak Film (Erden Kıral)
Yapım Yılı: 1978

Film Çukurova'daki çeltik ağalarına karşı köylülerin yanında mücadele eden kaymakamın hikâyesini anlatmaktadır.

Kaymakam Mehmet Özer (Tarık Akan) yeni atandığı görevinde çeltik işiyle geçinen toprak ağaları ile ağaların önlem almamasından dolayı çeltik sulamasından kaynaklanan sorunlarla boğuşan köylülerin mücadelesinin ortasına düşer. Başlangıçta sorunu ve bölgeyi tam bilmemesinden dolayı ağalara suyu kiraya veren kaymakam yörenin idealist, aydın kadın doktoru Zeynep'in (Meral Orhonsay) desteğiyle problemi kavramaya başlar. Gerekli önlemler alındıktan sonra sulamaya izin verilmesi gerektiğini söyleyen Zeynep'in önerisiyle çeltik ağalarıyla yapılan anlaşmayı bozar. Bu durum üzerine ağalar türlü oyunlarla düzenlerini eskisi gibi yürütmeye çalışırlar. Kanalları açmalarını engelleyen ve toprağını onlara satmayan köylü Abuzer'i öldürtürler. Köyleri insansız gibi gösterip istediklerini yapabilmek için köylülerden toprakları satın almaya başlarlar. Ancak Abuzer'in ölümüyle köylüler, kaymakamın yanında yer alırlar. Ağalar Ankara'ya bir dilekçe gönderip kaymakamın vatan haini ve komünist olduğunu aynı zamanda da doktorla ilişki kurduğunu ihbar ederler. Kaymakam sürgün edilir ancak yöreden ayrılırken halk büyük bir sevgiyle kaymakamı uğurlar.

YOL
Yönetmen: Şerif Gören
Senarist: Yılmaz Güney
Oyuncular: Tarık Akan, Şerif Sezer, Halil Ergün, Necmettin Çobanoğlu, Semra Uçar, Hikmet Çelik, Hale Akınlı, Enver Güney, Osman Bardakçı, Erdoğan Seren, Hikmet Taşdemir
Yapımevi: Güney Film\Cactüs Film
Yapım Yılı: 1982

Beş mahkûm İmralı Yarı Açık Cezaevi'nden bayram iznine çıkarılır. Seyit Ali (Tarık Akan) aldığı mektuplardan karısı Zine'nin kendisine ihanet edip geneleve düştüğünü öğrenmiştir. Töreler gereği Zine'nin öldürülmesi gerekmektedir. Mehmet Salih (Halil Ergün) birlikte katıldıkları soygunda kayınbiraderini beklemeden kaçtığı için onun öldürülmesine neden olmuştur. Bu nedenle karısının ailesi ondan nefret etmektedir. Mehmet Salih çok sevdiği çocuklarını ve karısını yakınına almak ister. Ancak trende küçük kayınbiraderi tarafından karısıyla birlikte öldürülürler. Mevlüt (Hikmet Çelik) izinde nişanlısıyla birlikte vakit geçirmeyi ister. Ancak tutucu görenekler gereği bir türlü baş başa kalamazlar. Bu durumdan şikâyetçi olmasına rağmen, evlendikleri zaman daha beter bir baskıyı nişanlısına uygulayacağının işaretlerini verir. Yusuf (Tuncay Akça) karısının özlemini duymaktadır. Ancak izin kâğıdını yitirdiği için tekrar hapse döner. Ömer (Necmettin Çobanoğlu) sınırdaki köyüne geldiğinde kaçakçılık yapan köylülerle birlikte abisinin de jandarmalar tarafından öldürüldüğünü görür. Ailenin tek geçim kaynağı kaçakçılık olduğundan bu sorumluluk artık Ömer'in sırtına binmiştir. Cezaevine dönmeyecektir.

Seyit Ali karısı Zine'yi, babasının evinde bir ahıra bağlanmış, sadece ekmek ve su ile beslenirken bulur. Karısını öldürmeyi düşünmemektedir. Ancak töreler gereği kadının ölmesi gerekmektedir. Seyit Ali köye gelmeden birkaç gün önce bir köylü kadının kasaba yolunda donarak öldüğünü duyar. Uzun köy yolunda Zine'nin ölmesini umarak, oğlu ve Zine ile birlikte yola düşerler. Yolda donmak üzere olan Zine'nin yalvarmaları ve oğlunun çığlıkları sonucunda pişman olur ancak iş işten geçmiştir. Zine donarak ölür.

Cannes'da Altın Palmiye Ödülü'nü *Missing* filmiyle paylaşan *Yol,* beş mahkûmun ülkenin batısından doğusuna uzanan yolculuğunun öyküsünü anlatır. 1980 Darbesi'nin hemen sonrasında çok zor koşullarda çekilen filmde sıkıyönetim ortamının bütün baskısı hissedilmektedir. *Yol,* törelere, kadın erkek ilişkilerine, ahlak ve namus kavramlarına, kadının töreler karşısındaki hiçliğine, yoksulluğa ve çaresizliğe dair bir filmdir.

Seyit Ali, törelerin kendisine yüklediği görevi içine sindirerek kabul etmez aslında. İzne çıktıklarında yol arkadaşı Mehmet Salih'e ailesinden gelen mektubun bir kısmını okuturken, "Benim aklım bana düşman... Yüreğimin bir köşesinde acıma var bir köşesinde nefret," diyerek yerine getirmek zorunda olduğu töreye karşı duygusal tepkisini ve çelişkisini dillendirir. Zine'ye elini sürmeyeceğine dair yemin eder. Ölümü onun elinde olmayacaktır. Ancak karısını göz göre göre ölüme sürüklemekten de kaçınmaz. Son anda duyduğu pişmanlıkla Zine'yi kurtarmaya çalışır fakat geç kalmıştır. Seyit Ali bir taraftan yerine getirmek zorunda olduğu, koşulları ve konumu gereği değiştirmeye ya da karşı koymaya gücünün bulunmadığı bir töreyi uygulamanın zorlu çelişkisini yaşarken, diğer yandan da öldürmek istemediği, belki hâlâ sevdiği ancak kendisine en ağır şekilde ihanet etmiş kadının ölmesini istemek fakat bu ölümde de doğrudan bir dahli olmasını istememek gibi insani bir çelişkiyi yaşamaktadır. Sonuç olarak Seyit Ali içinde bulunduğu toplumsal koşulları değiştirme gücüne ve bilincine sahip değildir. Ancak bu koşullara sahip olunsa bile belki de içinden çıkılması en zor olan çelişki Seyit Ali'nin insani bir duyguyla (feodal bir topluluğun üyesi olan bir erkek olarak bile değil) uğradığı ağır ihanete karşı öldürme de dahil olmak üzere herhangi bir şey yapma arzusunu duyacak olmasıdır. Filmde Seyit Ali'nin ihanete karşı fazla belirginleşmeyen öfkesi ve kırılmışlığı törelerin dayattığı cezanın ağırlığı ve şiddeti ile iyice görünmez hale gelmektedir.

DAMGA
Yöntmen: Osman F. Seden
Senarist: Erdoğan Tünaş
Oyuncular: Tarık Akan, Yaprak Özdemiroğlu, Yusuf Sezgin, Salih Kırmızı, Sümer Tilmaç
Yapımevi: Uzman Film (Ferit Turgut)
Yapım Yılı: 1984

Cengiz (Tarık Akan) ve Alev (Yaprak Özdemiroğlu) nişanlı bir çifttir. Alev, bir kadın ve üç erkek tarafından oyuna getirilerek kaçırılır ve tecavüze uğrar. Cengiz intikam almak için mücadeleye girişir. Ancak tecavüzcüler bir mafya örgütünün elemanlarıdır. Cengiz örgütün faaliyetlerini fotoğraflar ve nişanlısına tecavüz edenlere karşılık bu fotoğrafları vereceğini söyler. Alev yeniden kaçırılır. Cengiz kurtarmaya giderken yakalanır. Cengiz herkesi öldürür ve polis olaya müdahale eder.

Damga, ağırlıklı olarak 80'lerin ortasında çekilen bir grup "erkek" filminden biridir. Türün genel özelliklerini bu filmde görmek mümkündür. Öncelikle bu filmde de, diskolarda çılgınca eğlenen ve hayatın tadını çıkaran sorunsuz ve sorumsuz bir gençlik resmi çizilir. Kanundışı kişiler ve örgütler toplumun içine sızmıştır. Belirsiz bir nedenle Alev'in peşine düşerler ve kızı tuzağa çekmek için planlar yaparlar. Cengiz polisin olayı çözeceğine inanmaz, "Bırak polis bu işi halletsin," diyen gazeteci arkadaşına, "Kendi namusumu kendim temizlerim ben," der. Film, kadının yaşadığı travmadan çok erkeğin yaralanan egosunu tamir etmenin önem kazandığı bir intikam hikâyesine dönüşür. Kadını sahiplenip destekler gibi görünen Cengiz aslında, "Şerefim bu, benim namusum," diyerek olayı kişiselleştirir. Geleneksel olarak erkeğin "namusu ve şerefi" olmak dışında bir varlık nedeni bulunmayan kadın tüm film boyunca, "Beni kirlettiler, mahvettiler," sözleriyle değersizliğini vurgular.

BİR KÜÇÜK BULUT
Yönetmen: Faruk Turgut
Senarist: Cemal Şan
Oyuncular: Tarık Akan, Füsun Demirel, Osman Alyanak, Nurettin Şen, Zeynep Irgat, Tuncer Sevi, Enver Dönmez, Erol Şen
Yapımevi: Uzman Film (Kadir Turgut)
Yapım Yılı: 1990

Saycan karısı, oğlu ve yaşlı babasıyla birlikte oğlunun daha iyi okullarda okuyabilmesi umuduyla İstanbul'a göç eder. Çalışkan ve dürüst bir insandır. Çalıştığı lokantada sevilir. İş arkadaşı Mehmet'in siyasi olaylarla ilgilenmesinden dolayı bir polis baskınında o da gözaltına alınır. Gözaltındayken aile ekonomik sıkıntılar çeker ve yaşlı baba memleket hasretinden ölür. Saycan'ın çıkmasına yakın kanundışı işler yapan kuzeni İlyas aileye bir miktar maddi destek sağlar. Saycan gözaltından çıktıktan sonra işten atılır. İş konusunda yardım almak için İlyas'ı arar ve onun kadın pazarladığını görür. İlyas'ı yaptığı işten dolayı döven Saycan, İlyas tarafından bıçaklanarak öldürülür. Saycan'ın oğlu Seyit Ali okuyup babasının arzu ettiği gibi bir insan olur.

Bir Küçük Bulut kente göç eden bir ailenin öyküsünü anlatır. Yaşlı dede hep memleketini, memleketteki saygınlığını ve doru atını özler. Oğlu Saycan değerleri olan bir insandır. Karısıyla birlikte aileyi mutlu etmek ama en çok da kendi çektiklerini çekmesin diye oğlunu okutmak ister. Seyit Ali dünyanın tüm pisliklerini temizlemek için mahalledeki bütün süpürge ve kürekleri toplar. Yaşlı baba ve Saycan'ın gücü kentte yaşamaya yetmez ama ana oğul birlikte mücadele ederek kente tutunmayı başarırlar.

GÜLÜM
Yönetmen: Zeki Ökten
Senarist: Fatih Altınöz
Oyuncular: Tarık Akan, Rutkay Aziz, Okan Bayülgen, İdil Fırat, Güler Ökten, Nebahat Çehre
Yapımevi: Film Pop (İsmet Kazancıoğlu)
Yapım Yılı: 2002

Ali (Tarık Akan) ve Salim (Rutkay Aziz) iki iyi dosttur. Ali'nin oğlu Sinan (Okan Bayülgen) ve Salim'in kızı Aslı'nın (İdil Fırat) evli olmaları iki ihtiyarın dostluğunu pekiştiren bir başka nedendir. İki arkadaşın bütün arzuları torun sahibi olmaktır. Ancak Aslı ve Sinan'ın evliliğinde işler yolunda gitmemektedir. Sinan'ın sürekli aldattığı ve ihmal ettiği Aslı mutluluğu internette tanıştığı kişilerde aramaktadır. Durumu bilmeyen Ali ve Salim çocukların ilişkilerini düzeltmek için bir yemek düzenlerler ancak bu yemekte çıkan tartışmanın ardından Aslı ve Sinan babalarıyla bir hesaplaşma yaşarlar. Filmin finalinde Aslı'nın ve Sinan'ın ilişkileri belirsizliğini korurken Ali kendisini terk etmiş olan eşinin yanına gider.

Ali, yaşlı, sakin, içine kapanık, kızıyla paylaştığı bir sırdan dolayı kızının ölüm nedenini kimseye söyleyemeyen ve bu nedenle de eşi ve oğlu tarafından onun ölümünden sorumlu tutulan bir banka emeklisi. Mahalledeki engelli çocukla ve eşcinsel delikanlıyla iyi bir arkadaşlığı var. Ancak oğluyla iletişimi zayıf. Sadece kuşaktan değil yaşam tarzları da oldukça farklı. Karısı tarafından terk edilmiş. Ancak ölümünden sorumlu tutulduğu kızıyla oldukça yakın bir ilişkisi varmış. Gül yani Ali'nin kızı hamile olduğunu ve çocuğu aldırmak istediğini bir tek babasıyla paylaşıyor. Ve bir estetik ameliyat olacağı yalanına babasını da ortak ediyor. Kürtajda ölen Gül'ün ölümünden Ali'yi sorumlu tutan karısı Ali'yi terk ediyor.

Tarık Akan'ın canlandırdığı Ali karakteri, oyuncunun olgunluk dönemindeki yetkinleşen ve giderek sadeleşen oyununa iyi bir örnek olarak verilebilir.

Sinemaya romantik âşık rolleri oynayarak başlayan, 80' lerin ortasında sert erkeği, önceki ve sonraki yıllarda köylü, kentli, cahil, aydın, sıradan ya da önemli çok sayıda farklı erkeği perdeye taşıyan Tarık Akan'ın sinema serüveni boyunca sürekli değişkenlik gösteren erkeklik temsillerinden biri Ali karakteridir. Daha nahif, aslında eril kavramlardan arınmış gibi duran bir karakterdir Ali. Hem mahallenin dışlanmışlarıyla (zihinsel ve bedensel engelli çocuk ile eşcinsel genç) hem de ailesiyle iktidar ilişkisi içinde değildir. Öğreten, müdahale eden, dayatan bir kişiliği yoktur. Hayata karşı tavrı da daha kabullenmeye dayalı bir tavırdır. Bu tavrından dolayı oğlu onu, "Efendi adam derler ama aslında ne etliye ne sütlüye karışır, gururlu, kibirli, korkak, suskun, pısırık biri," sözleriyle değerlendirmektedir.

BİR YÜZÜN İKİ HALİ: TARIK AKAN

Ali Karadoğan

Sinema nasıl bir anlatım biçimi kullanırsa kullansın her zaman gücünü öykü anlatma yeteneğinden almıştır. Anlatılan her öykü bir olaylar zinciri ve nedensel ilişkiler ağı gerektirdiğinden, izleyiciyi de her zaman bu zincirin halkalarından biri haline getirmiştir. İzleyici çoğu zaman bu nedensellik içerisindeki bir önerme olarak var olmuştur; öyküdeki olaylar bir diğerinin nedeni ve sonucu olarak ilerlerken her şey aslında bir tek şeyin nedeni olarak sürüp gider; izleyicinin mutluluğu. Anadamar sinema bu mutluluğu daim kılarken, nedensellik ağının dışında bir de izleyiciye onlarla özdeşleşebileceği "kişilikler", "karakterler", "roller" sunar. Bütün bunları da "yıldızlar" aracılığıyla yapar. Yıldızlar, sinemanın yarattığı sinematografik birer kurmaca olmanın ötesinde, aslında içinden çıktıkları toplumun pek çok özlemini, hayalini ve yaşanmışlığını da bünyelerinde taşıyan toplumsal olgulardır. Toplumsallık içinde bulundukları sanat alanının pek çok özelliği gibi çoğu zaman onların dönüşümlerinde etkili olan önemli faktörlerdendir. Yıldızların "kurmaca" ile "gerçek" arasında gidip gelen, hatta bu ikisi arasında "sıkışıp kalmış" olan imgeleri çoğunlukla kişiliklerini de çizen temel çelişki olarak karşımıza çıkar. Bu sıkışıklık hali zaman zaman onlara bir özgürlük tanırken zaman zaman da kendilerine ait olan "asıl imge"nin iyiden iyiye belirsizleşmesine yol açar. Bunu başarabilen oyuncu "kalıcı", "iyi oyuncu" olarak sinema tarihinde yerini alırken, başaramayan "unutulan"lara karışmaktadır. Yıldızı yıldız yapan temel gerilim bu iki ruh hali arasındaki medcezir ilişkisinde yatar belki de. Bu ilişki her yıldızın kimliğinde farklı biçimlerde gerçeklik kazanır. Türk sinemasında bir yıldız olarak Tarık Akan ele alındığında da bu ilişkiyi görmek mümkündür.

Sinemaya *Ses* dergisinin açtığı "yıldız yarışması"nda birinci olarak 1971 yılında başlayan Akan ilk zamanlar oynadığı temiz yüzlü, iyi aile çocuğu, zengin çocuk, kızların gördükleri zaman kendilerinden geçtikleri yakışıklı delikanlı rollerinde kısa sürede sinemada kendine inanılmaz bir yer edindi. Sinemaya girdiği ilk üç yıl da aralarında *Solan Bir Yaprak Gibi, Asrın Kadını, Beyoğlu Güzeli, Sisli Hatıralar, Aşkların En Güzeli, Sev Kardeşim, Üç Sevgili, Yalancı Yarim, Bebek Yüzlü, Oh Olsun, Umut Dünyası, Canım Kardeşim* gibi filmlerin bulunduğu toplam yirmi bir filmde rol alır. Akan'ın bu dönemi 1978 yılında *Maden* filmini çekinceye kadar devam eder. Bu filmden sonra Akan sinema hayatında yeni bir döneme başlamıştır. Bu dönemde *Demiryol, Kanal, Sürü, Yol, Adak, Derman, Kan, Pehlivan, Su da Yanar, Üçüncü Göz, Karartma Geceleri, Çözülmeler* gibi filmlerde rol almıştır. Akan'ın *Maden* filmine kadar olan dönemini onun "kurmaca" dönemi, *Maden* filmiyle başlayan ve süregelen dönemi ise onun "gerçek" dönemi olarak adlandırmak mümkündür. Bu iki dönemin en belirgin farklılığı ise oyuncunun birinde kendisine sunulan rolleri kabul etmek zorunda kalması, diğerinde seçme şansının olmasıdır. Aslında oyuncunun ikinci döneminde de bazı "zorunluklar" karşısında oynadığı filmler –*Beyaz Ölüm, Kayıp Kızlar, Skandal, Tele Kızlar, Paramparça* vb.– vardır. Ancak bu dönemin temel belirleyicisi yine de oyuncunun tercihlerinin hâkim bir konumda olmasıdır. Bu yazıda Akan'ın "gerçek" döneminde Şerif Gören'le çektiği filmler üzerinde durulacaktır.

Gören filmlerinde öykü çoğunlukla popüler filmler ve anlatılarda olduğu gibi başı, ortası ve sonu belirli olan bir olaylar dizisi olarak, karakterler aracılığıyla gelişir, Gören'in öyküden çok "kişiye dayanan"[1] anlatılar olan bazı filmlerinde bu yüzden önemli olan kişilerin başından geçenlerdir. Ancak bu tarzda öykünün kişilere ve kişilerarası ilişkilere dayandırılarak anlatılması, filmin ana çatışma ve çelişkilerinin kişisel düzeye indirgenerek işlenmesi zorunluluğunu getirmiştir. Bu durum da anlatıların verili ideolojik kalıplar içerisinde kalarak, "doğallaştırma" ve toplumsal formasyondaki çelişkileri "gözden uzak tutma" gibi işlevlerini yerine getirmesi için elverişli bir ortam sağlamıştır. Ancak öykünün daha çok tekil bireyler etrafında şekillendiği Gören filmlerinde bu çelişkiler tam olarak gizlenmez. Tarık Akan'ın rol aldığı *Nehir* (1977) filminde öykü Tarık Akan'ın canlandırdığı "Sinan" karakteri üzerine kurulmuş gözükür, ancak burada Sinan daha çok "köylüler" ile rafting yapmaya gelmiş olan şehirli gençler arasında bir köprü gibidir. Gençlerin köylülerden, dolayısıyla "halktan" kopukluğunu belirginleştirmek için anlatıyı hareket ettiren figürdür. Bu durum filmin sonunda daha da belirginleşir; şehirli gençler kendilerini kurtarmış olan Sinan'ı ihbar ederler ve vurulmasına neden olurlar. Çekildiği zaman John Boorman'ın *Kurtuluş/Deliverance* filminden esinlenildiği söylenen, ancak Tarık Akan'ın "Sinan Cemgil'in hayatından bir kesit" olduğunu söylediği[2] filmin Tarık Akan'ın kendi oyunculuk çizgisini değiştirmeye başladığı 70'li yılların sonuna tekabül etmesi Akan filmografisi için önemlidir. Çünkü film şu anda var olan kurgusuyla değil, farklı bir biçimde kurgulanmış ancak yapımcıların ticari ve politik kaygıları nedeniyle şimdi var olan kurguyla gösterime girmiştir. Filmin şim-

1. Oğuz Onan, "Türk Sinemasında Anlatı Üstüne Bir Deneme", *25. Kare*, 1994, Sayı: 8, s. 30.

2. Tarık Akan'la 5 Şubat 2005 tarihinde İstanbul'da yapılan görüşme.

diki kurgusu güneşlenen, yüzen, motorlu teknelerle gezen, spor arabalarda yüksek sesle müzik dinleyen gençlerin görüntüsüyle açılır. Film içlerinden ikisi yabancı olan, bir grup gencin gezmek için Doğu'ya gitmeleri, burada sallarla Fırat Nehri üzerinde bir yoluculuk yapmaları ve bu yolculuk sırasında karşılaştıkları -hem doğadan hem de insanlardan gelen– zorluklarla mücadele etmeleri üzerine kuruludur. Gençler gezmek için uğradıkları köyde sallarla dolaşmak isterler. Fakat salı kullanabilecek ve rehberlik edebilecek tek bir kişi vardır. O da jandarmadan kaçan Sinan'dır (Tarık Akan). Fakat Sinan, "Anlamsız şeylerle harcayacak zamanım yok," diyerek onların teklifini reddeder. Köylülerin kendisine jandarmaların geldiğini haber vermeleri üzerine apar topar gençlerin teklifini kabul eder ve sallarla yolculuk başlar. Yolculuk sırasında bir yandan Fırat Nehri'nin zorluklarıyla uğraşmak zorunda kalan gençlerin başına bir de dağda onlara saldırıp kızlara tecavüz etmeye yeltenen üç kişi musallat olur. Sinan'ın yardımıyla bu kişiler öldürülür. Sonunda bir baraj inşaatına gelerek kurtulurlar. Burada kendilerini bekleyen jandarmaları gören Sinan suya atlayıp karaya çıkar. Fakat gençlerin kendisini ihbar etmeleri üzerine vurulur.

Nehir filminde her şeyden önce İstanbullu gençlerle köylülerin yaşama bakış açıları arasında bir karşıtlık kurulmuş ve bu karşıtlık daha çok onların ahlaki değerleri üzerinden anlatılmıştır. Köylülerin Sinan'a yardım etmeleri, onu jandarmadan saklamaları ve onunla dayanışma içinde olmalarına karşılık gençler Sinan'ı hiç sevmezler, onu sürekli aşağılamaya çalışırlar ve en sonunda da –kendilerine yardım etmiş olmasına rağmen– jandarmaya ihbar ederler. Gençler, köyde hazırlanan yemekleri yerken yüzlerini buruştururlar, yere oturduklarında ayaklarının uyuştuğundan şikâyet ederler. Bu tarz kültürel kodlarla ifade edilen karşıtlıklar iki yaşam biçimi ve iki topluluk –köylüler ile şehirliler– arasındaki farklılıkları değerler anlamında karşılaştırır. Bu anlamda filmin finalini dikkate aldığımızda olumsuzlanan değerler şehirlilere ait olanlardır.

Filmde şehirli değerlerin –ve zenginliğin dolayısıyla da burjuvazinin– temsilcisi olan gençler çoğu zaman olumsuz özellikleriyle temsil edilirler. Kendi arkadaşlarından biri –her ne kadar içlerinden yabancı olan olsa da– kendilerine saldıranlardan birini öldürdüğünde onu, "Bize ne o vurdu," diyerek jandarmaya teslim etmek isterler. Kendileri için en önemli şey "babalarının şerefi, çevreleri ve gelecekleri"dir. Hem psikolojik hem de fiziksel anlamda güçsüzdürler. Güvensizlik, zayıflık, ahlaki yozlaşma vb. özellikler burjuvaziye ait olduğu varsayılan ve pek çok yerli filmde sıklıkla ortaya çıkan kültürel kodlardır. Bunun sinemasal kodlanışı ise daha çok, garip dansların, hippi görünümlü gençlerin, bol alkollü eğlence partilerinin görüntülenmesiyle gerçekleştirilir. *Nehir* filminin başında gençlerin içinde bulundukları ortam bize tanıtılırken hızlı yarış arabalarıyla yarıştıkları, denizde hızlı motorlarla gezdikleri, yüzdükleri, spor arabalarının içinde yüksek sesle müzik dinledikleri gösterilir. Bu görüntüler kesmelerle birbirine eklenen ardışık bir kurgu ile verilir. Gençler köye vardıktan sonra, kız, erkek elbiseleri ile bütün köylülerin bakışları arasında suya atlarlar. Ve herkesin kendilerine baktığını fark ettiklerinde bundan rahatsız olurlar. Böylece bu davranışlarının olumsuzluğu görsel olarak vurgulanmış olur.

Salla gezmeye çıkan grubu metaforik olarak kendi içinde de çatışmalar yaşayan (bu çatışmalar daha çok psikolojik temellidir), çelişkileri olan ve her an dağılmaya uygun bir "topluluk" olarak değerlendirmek mümkündür. Monolitik bir yapıya sahip olmayan topluluk, bir taraftan tabiatla "doğal" bir mücadele halindeyken diğer taraftan da "dışarı"dan kendisini yok etmeye yönelmiş bir tehditle karşılaşır. Zaten kendi içinde de bir "suçlu" bir "kaçak" barındırmaktadır. Tehdit moral anlamda bir tehditken önce –tecavüz teşebbüsü olarak ortaya çıkar daha sonra varoluşsal bir hal alarak fiziksel varlıklarına yönelir– topluluk kendisini savunur ve topluluktaki "kaçağın" ve "yabancıların" da yardımıyla tehlikeyi zayıflatır. Onu tamamen ortadan kaldırmak ise "kaçak" olana düşer. Doğa ile mücadele bir kişinin ölümüne neden olur, bir kişiyi de saldırganlar öldürür. Gençler ise Sinan'ı ihbar ederek onunla birlikte iki saldırganın da ölümüne neden olurlar. Bu paralellik içinde doğa, saldırganlar ve burjuvaziyi temsil eden gençler eşitlenmiş olur. Bir topluluğun içindeki suçlular da en az topluluğa dışardan saldıranlar kadar tehlikelidir. 1970'li yılların popüler-muhafazakâr politik söylemi ve ortamı düşünüldüğünde filmin metaforik yapısının öğeleri daha da belirginleşir. 1970'lerin –hâlâ süregelen– "dış mihraklar" söylemi ve ülkenin istikrarsız hali filmin yapısına uygun düşmektedir. Filmde salın emniyetsizliği, nehrin tehlikeli ve güvensiz oluşu ile 70'lerdeki Türkiye'nin politik ortamı arasında benzerlik kurmak mümkündür. Filmde örtük kalmış ancak filmin başlangıç senaryosunda bulunduğu "sezilen" bu vurgu, Akan'ın canlandırdığı kendi içine kapanık, köye dışarıdan gelenlerle çok fazla iletişim kurmayan ancak köylülerle iyi ilişkiler içindeki Sinan karakterinin psikolojik durumuyla da pekiştirilir. Tarık Akan'ın *Nehir* filminde canlandırdığı Sinan karakterinin özelliklerine bakıldığında her şeyden önce "suçlu" biri olduğu görülür. Sinan içinde bulunduğu topluluğa "dışarıdan" gelenlerle iletişim kurmayan, kendini gizleyen, içine kapanık, suskun bir karakterdir, geçmişine dair hiçbir bilgi yoktur.

Filmin anlatı yapısı nehirdeki yolculuk gibi düz bir gelişim çizgisi izler. Filmde anlatı, yolculukla başlar ve yolculuk bittiğinde kapanma ile sona erer. Klasik anlatı yapısında olduğu gibi çizgisel bir olay örgüsü vardır ve filmdeki yolculukla paralellik taşır, bir noktadan başlar, bazı uğraklardan geçerek bir başka noktaya varır. Bu ritmik bir yapıdır; hareket eder, durur, hareket eder, durur. Aynı şekilde filmin kurgusu da bu yapıya paralel bir gelişim izler. Bu anlatı yapısının taşıyıcısı ise Sinan karakteridir. Nedensellik ilişkisi içinde bir çatışma etrafında –hatta iki çatışma etrafında– kurulan anlatı yapısının çözümü de filmin finalinde gerçekleşir. Filmdeki dramatik gerilim bir taraftan doğaya karşı diğer taraftan ise saldırganlara karşı mücadele ile kurulur. Bu her iki rakiple de Sinan mücadele eder. Ayrıca gençlerin Sinan'ı ele verip vermeyeceği ise bir diğer gerilim öğesi olma potansiyeli taşımasına rağmen çok fazla işlenmeden bırakılmıştır.

1981 yılında çekilen *Herhangi Bir Kadın* filmi temelde toplumsal konumları birbirinden çok farklı olan Bozovalı Cemal'le (Tarık Akan) Yıldız (Hülyü Koçyiğit) ve Yıldız ile aynı toplumsal konumu paylaşan bir işadamı olan Murat (Cihan Ünal) arasındaki ilişkiyi konu edinir. Bu ilişki zaman zaman güldürü öğeleri kullanılarak verilmeye çalışılmıştır. Filmin konusu sinemada çokça işlenmiş olan üçlü bir aşk öyküsünü anlatır. Büyük bir işadamı olan Osman Nuri Şahin'in (İhsan Yüce) kızı Yıldız, "hayatı tanımak", "kişiliğini ispat etmek", "bir fotoğraf sergisi açmak" hatta "belki bir roman yazmak", "minibüsün, otobüsün ne olduğunu öğrenmek", "çamura basmak", "sıradan bir insan", "herhangi bir kadın gibi" yaşamak istediği için ama en önemlisi, "Bir kişiliğim var, Osman Şahin'in kızı olarak yaşamaktan bıktım," dediği için evden ayrılmaya ve yalnız yaşamaya karar verir. Yolda Yıldız'ı görüp çok beğenen fabrikatör Murat (Osman Nuri Şahin'e göre küçük bir işadamıdır) peşine takılarak onunla tanışır. Aynı zamanda Yıldız'ın aldığı eşyaları eve taşıyan hamal Bozovalı Cemal de (biraz da arkadaşlarının "kışkırtma"sıyla) Yıldız'a "sevdalanır". Cemal, kendisine ilgi gösteren, selam veren, konuşan hatta kaldığı bekâr odasına gelip resimlerini çeken Yıldız'ın kendisini sevdiğini düşünür. Yıldız'ın Murat'la evleneceğini söyleyip düğün davetiyesi vermesinden sonra arkadaşlarıyla konuşup kızın "zorla" evlendirildiğine hükmeden Cemal, Yıldız'ı köyüne kaçırır. Filmin finalinde Murat ile Cemal, aralarındaki kavganın sonucuna göre Yıldız'ı kimin alacağına karar vereceklerdir. Yıldız için kavga ederler. Araya giren Yıldız, Cemal'e "Beni yanlış anladın, ben Murat'ı seviyorum," diyerek kavgaya son verir.

Filmin asıl önemli noktası filmin kişilerinin "bir toplumsal/sınıfsal konum"[1] içinde verilmiş olmasıdır. Murat, filmin

1. Atilla Dorsay, *12 Eylül Yılları ve Sinemamız*, İnkılâp Kitabevi, İstanbul, 1994, s. 145.

başında, "Bu dünyada bütün canlılar hem av hem avcıdır. Hayat da zaten bir av değil mi," sözleriyle bu konumu anlatır. Bu belirlemenin örtük olarak Türkiye'de yerleştirilmeye çalışılan ekonomik ve siyasal koşullara bir gönderme olduğu söylenebilir. Bir "av" olarak ifade edilen bu ortamın "avları" ise kimi zaman küçük sermaye sahibi işadamları (Murat gibi) ama çoğunlukla işçilerdir (küçük sermayeyi temsil eden Murat sonunda büyük sermaye ile el ele vermiştir). Kişilerarası ilişkilerin arka planında iki işadamının serbest piyasa koşulları içinde birbirleriyle acımasız savaşı vardır. Osman Nuri Şahin kendi holdingine ait pazar payını artırmak için aynı işkolunda kendisine rakip olan Murat'ın fabrikasını, fiyatlarda büyük indirimler yaparak iflasa sürükler. Bunun karşısında hiçbir çıkış yolu kalmayan Murat işçilerini "daha çok çalışıp daha ucuza mal etmek" için Osman Nuri Şahin'in büyük gücüne karşı "sizin birliğinizi öneriyorum", "güzel günler bizim olacak" diyerek onları fabrikaya ortak ettiğini söyleyip, işçilerle birlikte üretimi yeniden başlatır. Atilla Dorsay filmin bu içeriğinin "24 Ocak Kararları'nın 12 Eylül'ün toplumsal/siyasal plandaki desteğiyle de pekiştirilen özünü bilinçli bir biçimde yansıttığını" vurgularken[1] Korkut Boratav "sermayenin karşı saldırısı olarak nitelediği 1980'lerin ilk yarısı boyunca emekçi sınıfına karşı yoğun bir ideolojik saldırı olduğunu ve bunun burjuva ideolojisini" öncelikle ekonomik konularda toplum hayatına önceki dönemlerle karşılaştırılamayacak kadar egemen olduğunu söylemektedir.[2] Filmde "Kalkınma İçin Acil Tedbirler" başlıklı bir konuşma yapan Osman Nuri Şahin'in söyledikleri ile 24 Ocak Kararları arasında tam bir benzerlik vardır. Tasarruf önlemleri ile kemer sıkma politikası öneren, özel ve yabancı sermayeye kapıların açılmasını ve yardımcı olunması gerektiğini söyleyen, istikrarlı bir ekonomik politika isteyen Osman Nuri Şahin 24

1. Age.

2. Korkut Boratav, *Türkiye İktisat Tarihi*, Gerçek Yayınları, İstanbul, 1995, s. 119-139.

Ocak Kararları olarak adlandırılan ekonomik önlemleri dile getirir. Böylesi ekonomik bir arka plan üzerinde yükselen filmin sermayenin ekonomik politikasını eleştirirken dayandığı nokta küçük işletmeci ile işçilerin birlikteliğidir. Büyük sermayenin saldırısı karşısında Murat kurtuluşu işçileri fabrikaya ortak etmekte bulur. İşçilerin önünde başka hiçbir alternatif yoktur. Ya işsiz kalacaklar ya da emeklerini sermaye ile birleştireceklerdir. Boratav'ın 80'li yıllarda "alternatif yoktur" iddiası ile kamuoyuna sunulduğunu söylediği ekonomik modelin eleştirisi başka bir biçimde "alternatifsizliği" yeniden dile getirir. Örneğin sermayeler arasındaki bu rekabetten en çok etkilenmesi gereken kesim olan işçilerin ne kadar etkilendiği fazla vurgulanmaz. Filmde savaşın onlar üzerinde herhangi bir kötü etkisinin olduğuna dair hiçbir iz yoktur, aksine iyi sonuçları vardır, fabrikaya ortak olmuşlardır.

Filmin bu arka planı üzerinde hareket eden kişiler çok iyi çizilmişlerdir. Fabrikatör Murat 80'lerin ortaya çıkardığı "bir yaşam ve tüketim biçimini de içerdiği için toplumun diğer kesimlerinin de özlemlerini, tüketim kalıpları ve ideolojisini etkileyen. Hatta zaman zaman belirleyen"[1] genç, dinamik, hırslı, rekabetçi, eğitimli yuppie tipinin tipik bir temsilcisidir. İş yaşamında, küçük bir fabrikası olmasına karşın büyük holdingler karşısında başarılı olacak kadar rekabetçi olan Murat. Galatasaray mezunu, her sabah jogging yapan, sürekli aynı yerde kahvaltı eden yani çalışmak kadar yaşamayı ve sevmeyi de bilen biridir. Aynı şekilde Osman Nuri Şahin de her zaman aynı yerde kahvaltı eden, jogging yapan, kalkınma konusunda konferans verebilecek kadar işi bilen büyük sanayicidir. Yabancı sermayenin ve özel teşebbüsün desteklenmesinden yanadır, insanların sağlık ve eğitim gibi hizmetlerden yeterince yararlanamamalarını anarşinin kaynağı olarak görür. Bu iki kişi belirgin olarak çizilmiş olan toplumsal ve sınıfsal karakterleri ile toplumsal ortama tam anlamıyla otururlar.

1. Hayri Kozanoğlu, *Prensler, Yuppiler ve Bizim Kuşak*, İletişim Yayınları, İstanbul, 1993, s. 8.

Buna karşın Cemal farklı bir toplumsal ve kültürel konumun temsilcisidir. Galatasaraylı Murat'ta ne varsa Bozovalı Cemal'de o yoktur. Eğitimli değildir, Murat küçük bir fabrikayı büyütmeye uğraşırken Cemal hamallıktan seyyar kasetçiliğe terfi etmeye uğraşır. Yıldız'ın tanımıyla "saf, temiz, dürüst biri"dir. Bir taraftan Yıldız'ın gönlünü kazanmak için "travolta" tipi saç yaptırırken, diğer taraftan bıyığına dokundurtmayacak ve Yıldız'la evlendiğinde onun çalışmasına izin vermeyecek kadar ataerkil değerlere bağlıdır. Murat iyi bir avcı iken, Cemal iyi kaval çalar. Kavga ettikleri sırada Murat yumruklarını kullanırken, Cemal güreşir. Aslında bu nokta iki kişi arasındaki kültürel farkı somutlamak için önemli bir noktadır. Eğitimli Murat öğrenilmiş ve doğal olarak da güreşmeye göre daha üstün bir durumda olan yumruklarını kullanmayı biliyorken Cemal sadece Murat'ı yere yıkmayı düşünür. Cemal'in tarzı daha kaba (hatta geleneksel denebilir) iken Murat'ın tarzı daha profesyonelcedir. Yıldız ise filmde içinde bulunduğu toplumsal koşullardan rahatsız olan tek kişidir. Bu yüzden evden ayrılır ve yalnız yaşamaya karar verir. Fotoğraf sergisi açmak ya da bir roman yazmak gibi amaçları vardır. Yıldız'ın kişiliğinde önemli olan nokta Cemal'le ilişkisinin kuruluş tarzıdır. Yıldız, Cemal'e sadece "fotoğraflanabilir" bir nesne olarak bakar. Cemal, Yıldız'ın varlıklı yaşamını reddetmesine neden olan isteklerinin temsili gibidir, "sıradan", "otobüse binen", "çamura basan" biridir. Yıldız'ın Cemal'i fotoğraflamasının arkasında bu isteklerini gerçekleştirmek istemesinin büyük bir önemi vardır. "Bir şeyi fotoğraflamak demek ona sahip olmak demektir."[1] Yıldız bu yüzden onu sahiplenir, Yıldız sahip olmadığı bir yaşamla Cemal aracılığı ile ilişki kurar. Her ne kadar Yıldız, "sıradan biri" olmak istese de, bunun olmayacağı açıktır. Fotoğraf bu noktada Yıldız için önemlidir; çünkü fotoğraf yaşama katılmanın, kendisini orada hissetmenin, yaşama müdahale etmenin bir yolu-

1. Susan Sontag, *Fotoğraf Üzerine*, çev. Reha Akçakaya, Altıkırkbeş Yayınları, İstanbul, 1993, s. 18.

dur. Zaten amacı da bu fotoğrafları konusu Cemal olan bir sergiye dönüştürmektir.

1983 yılında çekilmiş olan *Derman* ise doğa-insan çatışması üzerine kuruludur. Film zorunlu hizmet nedeniyle Ağrı'nın Aladağ köyüne tayini çıkan Mürvet Ebe'nin (Hülya Koçyiğit) kar nedeniyle bu köye gidemeyip Yakınca köyünde kalması ve bu yörede yaşadıklarını anlatır. Mürvet Ebe zorlu kış koşulları nedeniyle gitmesi gereken köye gidemez, başka bir köyde mahsur kalır. Muhtarın evinde konuk olarak kalan Mürvet bir süre sonra kar yağışının biraz durması sonucu tayin edildiği yere gitmek ister. Bir kanun kaçağı olan Şehmuz'un (Tarık Akan) liderliğindeki bir kızakla yola çıkarlar fakat yolda kar yağışının artması sonucu geri dönerler. Bir süre sonra bir taraftan Mürvet'e tutulan, diğer taraftan ise Şehmuz'un yiğitliğine özenen Tahsin (Talat Bulut) gaz almak için kasabaya gitmeye çalışırken donarak ölür. Bu esnada doğum yapmak üzere olan Tahsin'in karısının kasabaya götürülmesi gerekir. Şehmuz ve Mürvet Ebe'nin katılımıyla zorlu bir yolculuktan sonra gelin kasabaya yetiştirilir. Şehmuz da teslim olur ve hapse girer.

Derman, temel olarak geri kalmış bir yörede kış aylarında yaşanan zorlukların üzerinde durur. Bu yanıyla Türkiye'nin doğusunda yaşanan ekonomik geri kalmışlığı, feodal-geleneksel yapıları ve insanların bunlar karşısındaki çaresizliğini anlatır. Ancak bu geri kalmışlığın nedenleri üzerinde yoğunlaşıp, gösterilenin altında yatan asıl sorunları irdelemekte yetersiz kalır. Film bu zorlukları eksenine, insan ve doğa arasındaki çatışmayı temel alarak işler. Bu çatışmanın temelinde ise hayatta kalma mücadelesi vardır. Bu mücadelede çözüm insanların hâkimiyeti ile sonlanır ancak her defasında kurbanlar verilir. Bu karşıtlığın bünyesinde barındırdığı başka bir karşıtlık daha vardır. İnsanlık-zalimlik karşıtlığı. Bu karşıtlığın zalimlik yanını doğa temsil eder. İnsanlık kutbunu ise "dışarıdaki bir dünyadan" gelmiş olan Mürvet temsil eder. Hayat kurtaran, iyilik yapan, "uygarlığın" temsilcisi ve modernleşmenin taşıyıcısı durumunda olan Mürvet bu karşıtlığın insanlık kutbunu temsil ederken aynı zamanda geleneksel olanın da karşısında yer alır. Bu noktada da Mürvet geleneksel/modern karşıtlığını billurlaştıran bir etkendir. "Hayat alan" zalim doğanın karşısında "yaşam kurtarmaya" çalışan modern/uygar dünya vardır.

Doğa, bir taraftan tehlikeli, acımasız ve kısıtlayıcı olarak tanımlanırken, diğer taraftan kaçak Şehmuz'un özgürlüğünü de içinde barındırarak özgürce yaşama olanağı sunan bir ortamdır. Doğanın özgürce yaşama olanağı sunması sadece Şehmuz'la bitişik olarak verilir. Doğa ancak kendisi ile başa çıkabilen, kendisini yenebilen birine özgürce yaşama olanağı sunar. Bunu başaramayan diğerleri ise yaşamlarını kaybederler. Bu noktada, kanun ile doğa arasında da örtük olarak bir karşıtlık vardır. Doğa, "bir yere bağlı olmayan" Şehmuz'a özgürce yaşama olanağı sunarken kanun, onu tutsak eder, denetim altına alır, eylemlerini kısıtlar.

Doğayla ilişkili olarak tanımlanan bir diğer şey ise "yiğitlik"tir, Tahsin, Şehmuz'dan bahsederken, "Yiğit adamdır, ayıdan, kurttan korkmaz, karın altını üstünü iyi bilir," diyerek onun yiğitliğine vurgu yapar. Bir başka yerde ise Tahsin karısının, "Onun gibi olmak ister miydin?" sorusu karşısında, "Öyle yiğit olmak isterdim," diye yanıt verir. "Sen de yiğitsin," diyen karısına ise, "Öyle değil o hiçbir şeyden korkmaz," karşılığını verir. Burada Şehmuz ile bitişik olarak tanımlanan "yiğitlik"te referans alınan doğa karşısında mücadele edebilme ve dayanabilme gücüdür. Ancak burada Şehmuz'un bilgisi, "işinin ehli" olması önemli bir noktadır. Şehmuz içinde yaşadığı koşulları tanıyan, geleneksel bilgisi ve sezgisi ile tam anlamıyla rasyonel olmasa da bir "birey"dir. Fakat Tahsin Mürvet'e, "Sana gönül düşürmüşem," diyerek aşkını ilan edince babası ona, "Yiğit kısmı evine gelmiş misafire uçkur çözmez, Hüda'nın misafirine nefis bozulmaz," diyerek yiğitliği geleneksel eril kodlarla tanımlar. Tahsin ise, "Yiğitlik bu havada misafire gaz alıp gelmektir," diyerek zor durumda olan birine yardım etmeyi yiğitlik sayar.

Film kadınlar açısından ele alındığında, onları doğa karşısında temelde güçsüz olarak temsil eder. Bilgisinden ve mesleğinden dolayı iktidarı kabul edilmiş olan Mürvet de doğa karşısında güçsüz olarak tanımlanır. Karlı havada tayini çıkan köye gitmek istediğinde köy ihtiyar heyeti "kadın başı ile onca yolu yürüyecek değil ya" diyerek güçsüzlüğünü vurgular. Yolda kızağın takılıp kaldığı bir anda kızaktan inip kızağı çekenlere yardım etmeye kalkınca Şehmuz, "Kadın işi değildir," diyerek onu yerine oturtur. Aynı zamanda Mürvet geleneksel toplumdaki kadın temsiline uygun olarak temsil edilir. Şehmuz, içinde bulunduğu kültürün kadını, algılayışının ifadesi olarak Mürvet'e, "Senin sahibin yoktur?" diye sorar. Filmde bu soruya, karlar üstünde koşan beyaz bir at ile ilgili olarak anlatılan bir hikâyeden sonra geçilir. Şehmuz, "Süvari Halil'in atı, Halil bu dağlarda donmuştur, kaç yıl olmuştur şu kar beyaz at sahibini arar durur," dedikten sonra, Mürvet'e, "Senin sahibin yoktur?" der. Mürvet erkekle karşıtlık içinde ele alındığında ise "hiçbir şeyden korkmayan" Şehmuz'un korkusunun kaynağıdır. Şehmuz, Mürvet yüzünden köye bağlandığı zaman korkmaya başladığını söyler ve filmin sonunda Mürvet'in ikna etmesiyle kanuna teslim olur.

Osman Şahin'in senaryosundan yola çıkılarak çekilen *Kan* filmi kan davası sorununu ele alıp konuyu yerel motifler ve ritüeller çerçevesinde, bu türün pek çok örneğinde olduğundan farklı bir bakış açısıyla işler. Kan davasını sadece bir öç alma olarak değerlendirmeyen film, sorunun toplumsal sonuçlarından çok bireyin psikolojisindeki etkilerine dikkat çeker.

Pencereden yağmurlu, gök gürültülü ve şimşeklerin çaktığı bir geceyi gösteren kameranın geri kaydırmayla Haydar Ali'yi (Tarık Akan) görüntülemesiyle başlayan *Kan*, Haydar Ali'nin gözüne takılan bir nazar boncuğu (babası Seyit Ağa'nın atının kuyruğundaki nazarlıktır) ile açılan bir geriye dönüşle (bu yaklaşık 45 dakikalık blok bir geriye dönüştür) gelişir. Seyit Ağa (Tarık Akan)[1], huysuz ve sağı solu belli ol-

1. Filmdeki baba Seyit Ağa'yı da oğul Haydar Ali'yi de Tarık Akan oynamaktadır.

mayan biri olduğu için yöredeki diğer ağalar tarafından sevilmemektedir. Mahmut Ağa'nın, olay çıkarmasından korktuğu için oğlunun sünnet düğününe davet etmediği Seyit Ağa, düğüne gelip havaya silah sıkınca tatsızlık olmaması için zoraki de olsa düğüne davet edilir. Düğün sırasında oğlu Haydar Ali'nin cirit oyununda yenilmesine kızan Seyit Ağa, cirit oynamak için atını ister. Fakat getirilen atın kuyruğunun kesilmiş olduğunu görür. Törelere göre aşağılanmış, küçük düşürülmüş ve onuru kırılmış sayılan Seyit Ağa, "Üç kılın töresini bozdun," diyerek Mahmut Ağa'yı vurur. Bundan sonra; Önce Seyit Ağa vurulur, daha sonra ise bir Seyidilerden bir Mahmut Ağa'nın aşiretinden (Kelgürekliler) olmak üzere bir sürü insan birbirini vurur. "Kanın da bir namusu vardır," denmesine rağmen zamanla geleneksel kurallar da ihlal edilmeye başlanır; çocuklar vurulur, ölülerin bıyığı kesilir, ölüler yakınlarına verilmez, günlerce ağaçta çürümeye bırakılır. Öldürmeler, Mahmut Ağa'nın oğlu Battal'ın (Hakan Balamir), Seyit Ağa'nın oğlu Haydar Ali'yi vurmasına sıra gelinceye kadar devam eder. Haydar Ali'yi hemen öldürmenin "sırayı" Seyidilere geçireceğini bilen Battal, bu işi uzatıp Haydar Ali'nin "yüreğine ölüm korkusu düşen Salman'ın onu "öldürmekten daha beter edeceğini" düşünür. Psikolojik bir savaş yürüten Battal'ın karşısında Haydar Ali, artık ölümün nereden geleceğini bilmeden her an ölüm korkusuyla yaşamaya başlar. Ölüm korkusuna yenik düşen Haydar Ali çaresiz kaderini kabullenir.

Ölüm korkusu geleneklerin, törelerin önüne geçer, Haydar Ali, törelere değil ölüm korkusuna boyun eğer ve bu korkudan kurtulmak ister. Bunun için kurbanlık koyun gibi kendisini düşmanı Battal'a sunar ve karların ortasında öldürülmeyi bekler. Haydar Ali Battal'ı vuramaz, çünkü kan alma sırası Battal'dadır. "Kanın namusu"na göre öç almalar sırayı takip etmek zorundadır, bir aşiretten iki kişi üst üste vurulmaz, sıra beklenir, vurma sırası hangi taraftaysa o vurabilir. Kan davasında; "öldürmenin de, öldürme biçimi ve yerinin de acımasız kalleşçe değil, aşiret düzeninin gereğince, törelerce saptanmış koşullarda usul usul, kendine özgü yöntemlerle"[1] sürdürülmesi gerekmektedir. Bu nedenle Haydar Ali düşmanı Battal'a teslim olur, çünkü sıra kendisindedir. Battal'a kalan ise, bu defa da onu her yerde takip edecek olan ölüm korkusudur.

Film temel olarak ölüm –öldürülme– korkusu üzerine kuruludur. Gerilimi yaratan da bu korkunun kendisidir. İnsanın düşmanı tarafindan yok edileceği ya da en azından, zarar verileceği duyusundan kaynaklanan korkunun, belirli bir şeye yöneldiği ve bir nesneye bağlı olduğunu söyleyen Walter Schulz'a[2] karşı Konrad Lorenz, korkunun aynı zamanda da bir "gerçeklikle" ilişkili olduğunu belirtir[3]. Haydar Ali'nin Battal'ın varlığından ve tehdidinden kaynaklanan korkusu ve bu korkunun şekillendirdiği yaşamı (aşiretinden uzakta ve bir mağarada yaşamak zorunda kalması) Lorenz'in verdiği "kafesteki hayvan" örneğindeki gibi kapatılmışlıktan ve yalnızlıktan ötürü büyür ve sonuçta teslimiyeti getirir.

Ölüm korkusunun bireyin psikolojisindeki etkileri üzerinde duran film, buradan yola çıkarak törelerden doğan bir çatışmayı bireyler arasındaki bir çatışmaya ve bireyin kendi iç çatışmasına dönüştürür. Geleneklerin, törelerin bireyler üzerindeki baskısını, bireyler arasındaki bir çatışma aracılığıyla açığa çıkarır. Toplumsal ve kültürel olanın zorlayıcılığının –zaman zaman da ekonomik olanın– bireyler arasındaki çatışmaya dönüştürülerek verilmesi Gören sinemasının bir özelliğidir. Ancak *Kan*'da bireyler arasındaki çatışmanın temelinde "şerefin korunması"nı amaçlayan bir "iktidar mücadelesi" vardır. Olaylar "şeref kodu" olarak adlandırılabilecek bir toplumsal olgu çerçevesinde biçimlenir ve iktidar bunun üzerinden kurulur. İktidarın sürmesi şerefin korunmasına bağlıdır. "Kolektif şeref"[4] kavramının işaret ettiği "şeref sorumlulukları"

1. Burçak Evren, *Türk Sinemasında Yeni Konumlar*, Broy Yayınevi, İstanbul, 1990, s. 92.

2. Walter Schulz, "Çağdaş Felsefede Kaygı Sorunu", *Korku ve Kaygı*, (Yay.haz.) Hoimar Von Ditfurth, çev. Nasuh Barın, Metis Yayınları, İstanbul, 1991, s. 8.

3. Age., s. 22.

4. Sefa Şimşek, *Törelerin Aynasında Doğu ile Batı*, Asa Kitabevi, Bursa, 1998, s. 34.

gereği, bireyin ailesi, klanı, aşireti ya da ait olduğu grupla özdeşleşmesi kaçınılmaz olmaktadır. Aşiretin, ailenin ya da grubun hem şeref sorumluluklarını hem de şeref kazanımlarını paylaşmaları demek olan kolektif şerefin korunması, yaşatılması veya ona leke sürülmüşse bu lekenin temizlenmesi tüm bireylerin sorumluluğunda ve bireysel çıkarlann üstündedir. Bu nedenle *Kan*'da Seyit Ağa'nın atının kuyruğunun kesilmesi, sadece bireysel bir aşağılama değil aynı zamanda da Seyidilerin kolektif şerefine yöneltilmiş bir aşağılama sayılacağından, feodal topluluklarda şerefin korunmasının meşru araçlarından "kan davası" söz konusu olmaktadır. Kan davası, "Kolektif şeref mücadelesinin en keskin aracı, bir bakıma bu mücadelenin en güzel somut ve en gerçek olan yanıdır."[1] Kolektif şeref karşı taraftan birini öldürerek yeniden kurulur.

Filmin biçimsel olarak iki ana bölümden oluştuğunu söylemek mümkündür. Haydar Ali'nin sığındığı mağaradaki geri dönüşle açılan film, 45 dakikalık bu geri dönüşten sonra normal akışına döner. Filmin ilk bölümü tempolu ve hareketli bir akışa sahipken ikinci bölümde bu tempo düşer. Fakat bu düşük tempo ikinci yarısında oluşturulmaya çalışılan psikolojik gerilime, karamsar, kasvetli ve kaderci havaya uygundur. Çünkü Haydar Ali'nin ölümü beklemesinin yarattığı gerilim, hem filmin ağır ritmi hem de görsel öğeler aracılığıyla oluşturulmuştur. Filmin ağır ritmi Haydar Ali'nin bekleyişini daha da trajikleştirirken, sığındığı mağara onun yalnızlığını ve çaresizliğini vurgular. Filmin sözel metni zamam zaman kadere ve alın yazısına itiraz eder gibi görünse de filmin söylemi ve finali kadercidir. Haydar Ali de babası Seyit Ağa da kadere lanet okumalarına rağmen yine de ölümün kaçınılmaz olduğunu düşünüp, kendilerini kurban olarak düşmanlarına sunarlar.

1986 yılında çekilen *Beyoğlu'nun Arka Yakası*, Beyoğlu'na, "yarı-belgesel" çekmek istediklerini söyleyen film ekibinin spikerinin, "İyi röportajcı Beyoğlu'na söver, ben kötü

1. Age., s. 55.

röportajcıyım. Beyoğlu'nu öveceğim," demesinde ilk ifadesini bulan nostaljik bir bakışla yaklaşan bir filmdir. Karısı ile sorunları olan Haydar (Tarık Akan) bir kavga sonucunda evden çıkar ve gece yarısı Beyoğlu'nda dolaşmaya başlar. Beyoğlu'nun bugünkü haline Haydar'ın yaşadıklarıyla tanık olurken diğer yandan da film içerisinde çekilmekte olan bir Beyoğlu "yarı-belgeseli" ile Beyoğlu'nun geçmişini öğrenme olanağı buluruz. Film Beyoğlu'nun bugünü ile dünü arasında bir karşıtlık kurarken bugünü olağanüstü bir "yozlaşma" içerisinde gösterir. Bu yozlaşma içerisinde Haydar'ın istediği tek şey de yatmak istediği bir "orospu" bulmaktır. Ancak Haydar "orospu"nun ve onun pezevenginin kurbanı olur ve yeni aldığı memur maaşının hepsini çaldırır. Sokaklarında adam öldürenlerin, uyuşturucu kullananların, muhabbet tellallarının, eşcinsellerin, travestilerin kol gezdiği; otellerinde fuhuşun sıradan bir şey haline geldiği Beyoğlu'nda iyi ve güzel tek şey belgeselde koşan ve Haydar'ın gözlerinin takılıp kaldığı bembeyaz giyinmiş kızdır. Filmde söylendiği gibi, "Kızın bembeyaz giyinmiş olmasının hiçbir anlamı yoktur," demek doğru değildir. Önemli olan şey beyaz giyinmiş kızın temsil ettiği Beyoğlu'nun "geçmişi"dir. Haydar onu fahişe kılığında gördüğünde, (yine filmin içindeki filmin senaryosu gereği kız beyazlar içinde ama dekolte bir kıyafetle bir dans salonunda oturmaktadır) "Bu rolde oynama bu rol sana yakışmamış," diyerek kavga çıkarır ve kızı satın almak ister. Bunlar aslında beyazlı kıza değil, Beyoğlu'na söylenmiş sözlerdir. Oynadığı "rol" Beyoğlu'na yakışmamaktadır. Yönetmenin fahişelik ile mekân (Beyoğlu) arasında kurduğu bu bağlantı birleşerek bir eğretilemeye, yozlaşan bütün değerlerin temsil edildiği bir eğretilemeye dönüşür.[1] Aslında bu eğretilemenin göndermede bulunduğu şey Beyoğlu ile birlikte

1. Diğer yandan ise beyazlar giyinmiş kız ile Beyoğlu'nun "geçmişi" arasında bir eğretileme kurulur. Tarihin, kültürün ve nostaljinin yer aldığı bu alanda bugüne ait pek çok şey yoktur. Ancak o kadar da masum değildir Beyoğlu'nun geçmişi; bembeyaz elbiseler içinde koşan kızları, balo salonlarına (hâlâ beyaz giysiler içinde de olsa) "orospu" yapacak kadar da suçludur Beyoğlu.

bütün bir kültürel alandır; gece boyunca Pezevenk Çarli'nin (Erdal Özyağcılar) arabasında ve gidilen bütün barlarda, birahanelerde çalınan arabesk müzikle karakterize edilen bütün bir kültürel alan. Kültürel alana gönderme yapan mekân ile fahişelik arasındaki bağlantı Beyoğlu'nun labirentimsi sokaklarıyla daha da anlamlı, hale gelir. Haydar nereye giderse gitsin hep dönüp dolaşıp aynı yerlere gelir, aynı kişilerle karşılaşır. Tıpkı dönüp dolaşıp her yerde aynı şarkıyı dinlediği gibi, aynı yozlaşmayı yaşadığı gibi. Bu kültürün kuşatıcılığı o kadar güçlüdür ki kaçacak hiçbir yeri yoktur. Nereye gidilirse gidilsin eninde sonunda yine onun kucağına düşülür. Tıpkı filmin bağıra çağıra karısı ile kavga ettikleri bir sahneyle açılıp yaşadığı onca şeyden sonra yine (hem de karakolda) bağıra çağıra kavga ettikleri bir sahne ile bitmesi gibi. Filmin içindeki ekibin tarih ve kültür ağırlıklı nostaljik bir yarı-belgesel çekmekte karar kılmış olan yönetmen ve senaristi Beyoğlu'nun bir gece belgeselini çekerken aslında kendileri de mekânın ve fahişeliğin oluşturduğu o eğretilemenin tuzağına düşerler. Haydar'ın beyazlı kızı orospu kılığında görüp kavga çıkardığı ve bıçaklandığı sahnede yönetmen ve kameraman çekime devam ederler ve "harika" şeyler yakalarlar.

Filmin yapısı Haydar'ın öyküsü dikkate alındığında geleneksel anlatının kalıplarına göre gelişir. Haydar'ın başından geçenler neden sonuç ilişkisine göre birbirine bağlanırlar. Ama geleneksel anlatıdaki öykünün merkeziliği burada yerini (çağdaş anlatılara özgü bir şekilde karaktere değil) Beyoğlu'nun içinde bulunduğu duruma bırakmıştır. Filmde aslında önemli olan ne öyküdür ne de başkişisi Haydar. Önemli olan Beyoğlu'nda yaşanan yozlaşmadır. Filmde Beyoğlu'na bakılır, geçmişi ve bugünü (1980'lerdeki hali) karşılaştırılır ve bugünün (80'lerin) içinde bulunduğu çöküntü sergilenir.

BİR TILSIMI VARDIR...

Hakan Savaş

Yan yana duran iki fotoğrafına da uzun uzun baktım. Biri genç, yakışıklı, "jön"; öbürü "ihtiyar oldum bugün" diyen iki fotoğraf... Jön halinde de ihtiyarlığında da değişmeyen şey gözleriydi... Yaşlandıkça gözlerindeki mahcubiyetle karışık o toy sevecenlik demlendi; içten, dürüst, onurlu, yiğit, kararlı bir bakışa dönüştü. Tarık Akan, sonlu insan yaşamına sonsuzluğu sığdırdı.

Şeytanın Gör Dediği'ni gören Çetin Altan yazmıştı, bir tılsımı olmalı, "Bir Tılsımı Vardır Hayatın". Duyguları körelmiş, heyecan duymayan, hevesleri küflenmiş, isteksiz-bıkkın, ürkek-korkak, pörsümüş yaşamlara inat; hayatın özünü, o özdeki tılsımı arayan ne varsa o yazıda, şimdi hepsi Tarık Akan'ın tek bir bakışında toplanmış, tekrar hatırlatıvermişti... Neyi unuttuğumuzu, neyi-kimi kaybettiğimizi ve belki de en önemlisi ailenin en yakışıklı, en güzel oğlunu, Tarık Akan'ı ne çok sevdiğimizi...

Nasıl hayatın bir tılsımı olmalıysa, varsa; sinemanın da bir tılsımı olmalıdır, vardır. Hatta sinemanın kendisinin büyülü bir dünya, bir düş olduğu hep söylenegeldiği için daha kolaydır, hayat için söyleneni sinema için de söylemek-yazmak...

Ama henüz her evde bırakın televizyonu, radyonun bile olmadığı, hareketli görüntü ile karşılaşmanın şaşkınlığını ekranda değil perdede görerek yaşayan, yazlık sinema sevgisiyle-sevinciyle büyüyen çocukların gözünde, gönlünde bambaşka bir anısı, anlamı vardır sinemanın... Günahıyla sevabıyla, "Yeşilçam" ne yalnızca film şirketlerinin, yapımcıların yazıhanelerinin bulunduğu sokağın adıdır ne de yalnızca sinema kültürümüzü imleyen bir sözcüktür.

Yeşilçam âşık olmanın, küsmenin, susmanın, nefretin, dostluğun, düşmanlığın, kederin, merhametin, ayrılığın, kavuşmanın, gülmenin, korkmanın kısacası hayata ilişkin "ilk deneyimler"in duyumsandığı, yaşandığı yerdir, zamandır. Burada, bu yerde ve zamanda önceki çağların, geçmiş yüzyılların hiç bilmediği, "sinemadan çıkmış insan" adlı, kısa ömürlü bir yaratık yaşar. Yusuf Atılgan'ın *Aylak Adam*'ı şöyle anlatır bu insanı:

> İki saat sonra kalabalığın içinde, sinemadan dar bir sokağa çıkan sanki başka birisiydi. Düşünüyordu: Çağımızda geçmiş yüzyılların bilmediği, kısa ömürlü bir yaratık yaşıyor. Sinemadan çıkmış insan. Gördüğü film ona bir şeyler yapmış. Salt çıkarını düşünen kişi değil. İnsanlarla barışık. Onun büyük işler yapacağı umulur. Ama beş on dakikada ölüyor. Sokak sinemadan çıkmayanlarla dolu; asık yüzleri, kayıtsızlıkları, sinsi yürüyüşleriyle onu aralarına alıyorlar, eritiyorlar.[1]

Sinemadan çıkmış insanlar için, nasıl yaşanıldığını ya da yaşanılacağını filmlerden görerek, öğrenerek büyüyen çocuklar için sinema ne yalnızca eğlencedir, ne yedinci sanattır ne de hayaldir. Gündelik yaşamlarının, kendilerinin bir parçası, yine kendilerine özgü bir sahiciliğin, hakikatin, gerçeğin ta kendisidir. Değilse, Yılmaz Güney'i sırtından sinsice vur-

1. Yusuf Atılgan, *Aylak Adam*, YKY, İstanbul, 2000, s.18.

maya kalkışanı gördüğünde silahını çekip perdeye ateş eden ve, "Seni arkandan vuracak, dikkat et!" diye bağıran izleyicinin yalnızca bir film izlediğini kim düşünebilir?

Tıpkı Yılmaz Güney gibi, Türkan Şoray'dan Ayhan Işık'a, Belgin Doruk'tan Ediz Hun'a, Ekrem Bora'dan Fatma Girik'e, Filiz Akın'dan Hülya Koçyiğit'e, Sadri Alışık'tan Fikret Hakan'a Yeşilçam yıldızı olarak tanıdığımız adların hepsi yalnızca yıldız, aktör, "artist" değil, sinemayla birlikte büyüyen çocukların hayranlık duydukları, benimsedikleri, içtenlikle sevdikleri insanlardır. Bugün televizyon ekranlarında izlediğimiz, tekrar tekrar izlemekten bıkmadığımız, sıkılmadığımız Yeşilçam filmlerinde dünde kaldığı ya da yitirildiği düşünülen değerlere, dünün dünyasına, o dünyanın içten, sıcak insanına/yaşamına duyulan tarifsiz bir özlem vardır. Sofraya konulan alüminyum tenceredeki kuru fasulyeye hep birlikte iştahla ekmek banılan, odun-kömür olmasa da birbirine sarılan insanların; kardeşliğin, dostluğun, komşuluğun, sevdanın sıcaklığıyla camları buğulanan basma perdeli evlerin zamanıdır yaşanan... Çocuğunun çamaşırını çinko leğende yıkarken alnından gözlerine doğru süzülen teri koluyla silen, çamaşırı bahçedeki ipe sevinçle mandallarken yüzü çocuk gibi gülen babanın; karısı hasta yatağına düştüğünde bardağındaki rakıyı üzüntüden kahrolurcasına yudumlarken gözleri dolan kocanın; çökmüş omuzlarında eğreti duran eprimiş paltosu, elinde eğip büktüğü kasketiyle hakkını aramak için patronun karşısına çıktığında dik duran emekçinin; kravat bağlamasını bilmeyen, beceremeyen ama öksüz çocuğun önlük yakasını zarafetle iliklemeyi bilen ellerin; üç-beş parça ev eşyasını, kırık dökük karyolayı, somyayı kamyonete birlikte taşımak, yüklemek için koşan komşuların, o kamyonet bozulup yolda kaldığı zaman birlikte omuz vermelerin; kendi yağı ile kavrulan insanların zamanıdır; bizim zamanımızdır yaşanan.

Tarık Akan'ın sinemayla tanışmasının ve kısa sürede ünlenip, sevilmesinin nedeni yalnızca uzun boyu, güzel yüzü ya da yakışıklı olması değildir... Yeşilçam'ın "ideal" dünyasında senaryo yazarının, yönetmenin kendisine uygun gördüğü yere çok yakıştığı için sevilir. Gönül hırsızıdır, haytalığında, çapkınlığında, küstahlığında bile sevimli bir içtenlik, nahiflik vardır; sevinince gözlerinin içi güler ama en hoyrat gülüşünde dahi çocuksu mahcubiyetini saklayamaz. Salon filmlerinin, romantik komedilerin, melodramların Tarık Akan'ını tek bir sözcükle özetlemek istersek, kötünün, kötülüğün karşıtı olan "iyi"nin, iyiliğin sinemamızdaki en etkileyici, en yakışıklı halidir diyebiliriz. Halk onu bu haliyle benimsemiş, sevmiştir ve artık yapımcının, senaristin, yönetmenin yapabileceği hiçbir şey yoktur! Yoktur çünkü, Batı sinemasından farklı olarak sinemamızın, Yeşilçam'ın ayırt edici özelliği izleyicisidir, izleyicinin istediği şey ne ise onun belirleyici olmasıdır. Engin Ayça'nın dile getirdiği gibi, Batı sinemasında neyin ne olacağına karar veren yönetmendir, sinemacıdır ve bir oyuncu her filminde izleyicinin karşısına farklı bir kimlikle, farklı bir kişiyi canlandırarak çıkabilir. Oyuncu, gerçekten iyi bir oyuncu ise her rolü oynamalıdır ya da oynayabilir kuralı Yeşilçam'da işlemez çünkü izleyici kabul etmez, istemez. Dolayısıyla oyuncu hep aynı kişiyi oynamak zorunda kalır ve başka başka karakterlerin, kişiliklerin değil, tek bir "tip"in oyuncusu olup çıkar.

Sait Faik'in yıllar öncesinin Beyoğlu'su, Cadde-i Kebir'i için yazdıkları, Yeşilçam Sokağı içinde geçerlidir:

> Beyoğlu bir alemdir. Beyoğlu, yaşayan, cıvıldayan, kaynaşan, rahatlayan, gülen, eğlenen, yalnızlığa çare bulan, ışıklı, hem şıkır şıkır hem koku gibi buram buram, nefis bir caddedir. Uyuyan koca şehrin ortasında, iki üç yüz metre içinde, geceleri atan tek bir yüreği vardır İstanbul'un. Çıkarın, ölüversin.[1]

1. Güven Taneri Uluköse, *Sait Faik: Prens Adaları'nın Dünya Edebiyatına Armağanı*, Cinius Yayınları, İstanbul, 2014, s. 81-82; ya da, Sait Faik Abasıyanık, "Beyoğlu-Röportaj" *Resimli İstanbul Haftası*, 25 Nisan 1953.

Benzer şekilde, uzunca bir dönem çıkartılırsa ölüverecek tek bir yüreği vardır sinemamızın, Yeşilçam... Ancak edebiyatımızdaki, hele hele Sait Faik öykülerindeki insan, karakter, kişilik mahşerinden farklı olarak Yeşilçam öncelikle binlerce emekçiye ekmek kapısı açan bir ticarethanedir ya da sinemanın ticaretinin yapıldığı yerdir. Dolayısıyla Yeşilçam'ı besleyen kan da sanat kaygısı değil, piyasa kuralları, arz talep dengesidir. Tefeci-bezirgân yapının tekelci finans kapitalizmle gerdeğe girdiği bir sosyoekonomiden kültürün her alanı kendine düşen payı alır, ancak sanat söz konusu olduğunda en büyük pay da sinemaya, Yeşilçam'a düşer. Vedat Türkali, 1974'te kendisi ile yapılan bir söyleşide, Yeşilçam'ın kültürel yapısı üzerine şunları söyler:

> (...) yarı feodal, yarı prekapitalist ilişkilerin, tefeci-bezirgan'ın finans kapital'le bütünleşmesinden doğan bu garip sosyo-ekonomik bünyenin üst yapısı olarak ülkede görülen fikir karmaşası aynen vardır bugün Yeşilçam'da.[1]

Bu söyleşiden üç yıl sonra ise "Türk Sinemasında Düzen Değişikliği" başlığı altında şunları yazar:

> Sinemamızda büyük sermeye birikimi olmamıştır. Artı değer yığını işletmeci denen aracılar, tefeciler, sinemacılar (arsa-mülk sahipleri ya da kiracıları), ithalatçılar, karaborsacılar, star denen, sistemin parlak resimlerince kapışılıp talan edilmiştir bugüne dek. (...) Kazandıklarını mirasyedice harcayıp tüketen hovardalara haraç yediren bir sömürü alanıdır Türk Sineması. Kanı sürekli dışa akıtılır...[2]

Düzenin gerektirdiği kesin kuralların dışına çıkmak şöyle dursun böyle bir şeyi aklından geçirmeye yeltenen bile en

1. Vedat Türkali, *Bu Gemi Nereye / Yazılar-Konuşmalar-Soruşturmalar*, Cem Yayınevi, İstanbul, 1985, s.64.

2. Age., s. 122.

acımasız şekilde cezalandırılır. En kolay ve sık kullanılan ceza sansürdür. Lütfi Ömer Akad'dan Metin Erksan'a, Yılmaz Güney'den Şerif Gören'e *auteur* olarak adlandırılan, yani sinemamıza değer katan özgün, yaratıcı yönetmenlerimiz, yaratıcılıklarının büyük bir kısmını bu sansürle baş edebilmek için kullanır. Sözgelimi, senaryosunu Bedri Rahmi Eyüboğlu'nun yazdığı, Âşık Veysel'in hayatını anlatan *Karanlık Dünya* (1952) Metin Erksan'ın ilk filmi olmasının yanı sıra, Türkiye'de tümüyle yasaklanan ilk filmdir. Sansür Kurulu, Âşık Veysel'in çiçek hastalığı nedeniyle kör olmasını, tarladaki ekinlerin cılızlığını, köylünün ayağında ayakkabı olmamasını, dolayısıyla Batı'nın gözünde ülkemizi "kötü" gösterdiği gerekçesiyle yasaklamıştır filmi... Kavruk tarlalar Amerikan filmlerindeki gürbüz, sarı başaklarla dolu bereketli tarla sahneleriyle değiştirilse de ne fayda, *Karanlık Dünya*'nın tılsımı açıkça sansürün karanlığına gömülmüş, yitip gitmiştir.

Ancak işin ilginç yanı da şudur ki, çok az sayıdaki yönetmen, sinemacı için sansür aşılması gereken bir sorundur, eziyettir. Çoğunluk, daha doğrusu kendi tekelini kurmak isteyen ve çıkarından başka şey düşünmeyen sinemacılar sansüre karşı değil, tam tersine sansürden yana bir duruş, tavır içindedir. Vedat Türkali'nin bu konuya ilişkin saptaması şöyledir:

> Büyük sermaye birikimi olmayınca büyük tekelci kurumların varlığı da söz konusu olamaz kuşkusuz. Gerçekten de sinema alanımızda, başka alanlarda egemen olan ölçüde büyük şirketler, holdingler görülmez. Yalnız, tefecilik, aracılık, ithalatçılık, karaborsacılık gibi işleri de birlikte yürütüp palazlanan bazı yapımcılarla, yağmada uyanık birkaç girişimcinin büyük kentlerde, özellikle İstanbul'da, büyük sinema bağlantılarını ellerinde tutanların tekelinden söz edilir. Kendileriyle ortak büyük tekeller oluşmayınca, ülkemizin tekelci egemen güçleri ellerinin altındaki Sansür Kurumu ile denetler sinemayı. (...) Bu çıkarcı kesim sansüre gerçekten borçludur. Tekellerini oluşturacak koşullar sansürün küçük üretici-

leri kırımından doğacaktır. Sansürde uygulanan tüzük tekelci ideolojiyi somutlaştırır. Polis kafasıyla uygulanan tüzükteki bir sürü kaypak madde elini kolunu bağlar sinemacının, her şeyi yasaklar. Halkınızı gönlünüzce sevemezsiniz, emekçilerin dertlerini yansıtamazsınız, insancıl duyguları işleyemezsiniz, ileri bir düşünceyi savunamazsınız.[1]

Aslında ülkenin yazgısı için verilen savaşım ile sinemanın yazgısı için verilen mücadele, savaşım aynıdır. Ya tekelci sömürü, soygun, talan sürecek ve sinema da bu düzenin bir parçası olarak işlevini yerine getirecek ya da... Ya da Vedat Türkali'nin yukarıdaki satırları yazdığı yılın hemen ertesinde, yani 1978'de Yavuz Özkan'ın senaryosunu yazıp, yönetmenliğini yaptığı *Maden* filmi çekilecek ve halkın ilgisini, beğenisini, sevgisini kazanacak "başka" bir sinemanın mümkün olduğu kanıtlanacak ve bu film Yeşilçam için bir milat, dönüm noktası olacaktır. Tarık Akan, filmin senaryosunu okurken bebek yüzlü piyanistin, cici çocuğun, fabrikatör oğlunun, Damat Ferit'in, romantik salon çapkınının, bir tipin/tiplemenin "iyi"liğinin ötesinde başka bir iyinin/iyiliğin peşindedir. Kişisel eylemleriyle, oyunculuğuyla, sanatıyla, sinemasıyla "insan olmanın değerini koruma"yı başarabildiği, bu uğurda mücadele edebildiği sürece iyi olmayı ya da iyi olmaya çalışmayı kafasına koymuştur. Kendisini "uzun oğlum, güzel oğlum, üçüncü oğlum" diye seven ve gerçekten de Tarık Akan'ı oğlu gibi gören Ertem Eğilmez ile, dolayısıyla beş yıldan fazla çalıştığı Arzu Film'le bağlarını koparır. Ertem Eğilmez salon filmlerinde ya da *Hababam Sınıfı* serisinde oynamak istemeyen Tarık Akan'ın aklını çelmek için elinden geleni yapar. Hevesini alsın, sonra nasıl olsa kaldığımız yerden filmlerimizi çekmeye devam ederiz düşüncesiyle *Canım Kardeşim*'de (1973) jönü değil, kanser hastası kardeşini iyileştirmeye çalışan ağabeyi oynamasına izin verir. Kardeşinin öleceğini bilen

1. Age.

abinin üzüntüden, çaresizlikten kahrolurken çektiği acıyı gizlemeye çalışan halleri Tarık Akan'ın oyunculuğuna, yeteneğine ilişkin her şeyi özetler gibidir. Duygu sömürüsüne dönüşmesi çok kolay olan bir konunun müzikleriyle, diyaloglarıyla, oyunculuğuyla, dramatik yapısıyla gerçekçilikten taviz vermeden kotarılması başlı başına bir ustalıktır ve Ertem Eğilmez ustadır; isterse Yeşilçam'ın basmakalıp kurallarını çiğneyebilecek, yerle bir edebilecek deneyime sahiptir. Öte yandan yine deneyimiyle, sezgisiyle bilir ki, Yeşilçam kurallarının dışına çıkan bu filmin gişede iş yapıp yapmayacağı, para kazandırıp kazandırmayacağı belirsizdir. Önemi, değeri yıllar sonra daha iyi anlaşılacak olan film gişede neredeyse Arzu Film'i iflasa sürükleyecek bir başarısızlıkla, hüsranla sonuçlanır. *Canım Kardeşim*'i yıllar sonra televizyon ekranından oğluyla birlikte izleyen ve film bittiğinde ağlayan, "Allah benim belamı versin! Nefret ediyorum bu filmden!" diye bağıran Ertem Eğilmez'e göre, sinemacının hem izleyicisinin cebinden para alıp, hem de sinemadan böylesine mutsuz ayrılmasına izin vermemesi gerekir. Sinema okuyan, yönetmen olmak isteyen oğluna verdiği öğüt, yönetmenlikten önce yapımcılığı öğrenmesidir, dürüst bir yapımcı olmaya çalışmasıdır çünkü yapımcının kimsenin parasını batırmaya hakkı yoktur. Tarık Akan ise paradan daha önemli, değerli şeyler olduğunu düşünür. O şeylerin, o değerlerin bilgisini ise hocası, arkadaşı olan Vasıf Öngören'den edinir, öğrenir. Beş yıl boyunca ondan dersler alır ancak yalnızca oyunculukla ilgili dersler değildir bunlar, sanatın/sanatçının taşıması gereken sorumluluğu, muhalif duruşu, insanla, toplumla, hayatla, içinde yaşadığı coğrafya ve kültürle nasıl bağ kuracağını, bu bağı hangi dünya görüşüyle, ideolojiyle sağlamlaştıracağını da öğrenir. Tarık Akan, Vasıf Öngören'in hayata bakışı ve kişiliği üzerindeki etkisini şöyle anlatır:

> Hayatımda ufkumu açan hocaların en önemlisidir Vasıf Öngören. Vasıf Abi ile Beyoğlu'na çıkardık. Beyoğlu'nda karşıdan gelen adamı bana gösterir ve o adama bakıp kıya-

fetinden, duruşundan, halinden hangi yöreden olduğunu, hangi mesleği yaptığını, kültürünü tahmin etmemi isterdi. Sonra o adamı çevirip konuşurduk ve yanlış tahminler yaptığımı anlardım. Bir adamı bu şekilde tanıma şansı verirdi. Bu bakıp tahmin etmelerin her biri bir kişiyi sinemada canlandırmanın içine girer... Yani dağdaki bir çobana smokin giydir ve bak. O smokinle nasıl oturup kalkıyor, bak. Gerçek smokin giyen insanla aradaki farkı hemen anlarsın.

Sinemanın aynasında kendi yüzüne, duruşuna bakan Tarık Akan gördüğü suretten memnun değildir, daha doğrusu yapay/yapmacık, sahte Tarık Akan'ı silerek özünü aramak ister. Özü denizi on dört yaşında gören, çocukluğu Erzurum'da, Kars'ta, Kayseri'de geçen, Bakırköy'ün gerçekten de İstanbul'un bir köyü olduğu yıllarda geceleri okula giden, gündüzleri çocukluk arkadaşı Kozalak Zeki'yle (Zeki İrfanoğlu) plajda kayık kiraya vererek, stadyumda gazoz satarak, işportacılık yaparak harçlığını çıkaran, kısacası salon filmlerindeki Tarık Akan'la uzaktan yakından ilgisi olmayan birisidir. Dahası, hocasının, Vasıf Abisinin sözü de hep aklındadır: "Kartpostal çocuğu Tarık Akan, genç kızlar büyüdüğünde biter. Sanatçı her zaman muhalif olmalı"dır. *Hababam Sınıfı Sınıfta Kaldı*'dan sonra Arzu Film'den ayrılır, bildiği yolda tek başına yürümeye kararlıdır. Fakat yalnızca Arzu Film değil, o dönemin sayısı yedi-sekizi bulan tüm büyük yapımcıları (Erman Film, Acar Film, Melek Film vb.) Tarık Akan'a kapılarını kapatmakla kalmaz, küçük film işletmeleriyle iş yapmasını da engellerler. Oyunun kuralını kabul etmemenin, kuralı değiştirmeye çalışmanın cezası yalnız bırakılmaktır, işsizliktir, yoklukla/yoksullukla, geçim derdiyle terbiye edilmektir. Neyse ki, Yeşilçam'daki terbiyeli yıllarından edindiği birikim vardır da onu harcayarak idare eder, biraz da borç harç denkleştirip satın aldığı ticari taksiyi yine arkadaşı Kozalak Zeki ile birlikte işleterek geçimini sağlar. İşte tam da bu sıkıntılı günlerinde Yavuz Özkan'ın *Maden* filminin senaryosunu okur, terbiyesizliğin dik âlâsını yaparak bu filmi hayata geçirmek için elinden gelen her şeyi yapar. Cüneyt Arkın'ı filmde rol alması için ikna eder, kendi adının nereye yazıldığı önemli değildir, önemli olan iki yıldızın aynı filmde oynamasıdır ki, daha önce görülmemiş bir şeydir bu... İstanbul dışında, Anadolu'da ne kadar irili ufaklı film şirketi varsa, hepsini tek tek dolaşır, onlardan senet alır ve aldığı, topladığı senetleri kırdırarak film için gereken bütçeyi bulur. Ankara'ya giderek dönemin enerji bakanlığını yapan Deniz Baykal ile görüşür, *Maden*'in Tunçbilek'te çekilmesi için gerekli izni alır ve kendilerine her türlü kolaylık sağlanır. Filmi yine Ankara'ya, Sansür Kurulu'na götüren de kendisidir ve İzmit'ten geçerken aklına Yılmaz Güney'i cezaevinde ziyaret etmek gelir. Bu ziyareti şöyle anlatır Tarık Akan: "O güne kadar Yılmaz Abi'yle tanışmamıştım, hatta karşılaşmamıştım da. Hiç unutmam, girişteki uzun koridorun başında Yılmaz Abi göründü. Kollarını açtı ve yanıma gelinceye kadar hiç kolunu indirmedi ve müthiş bir şekilde sarıldı bana."

Yılmaz Güney, *Maden*'in Ankara'ya, sansüre gittiğini öğrenince filmi hemen izlemek ister. Tarık Akan şaşırır, "Yılmaz Abi, hapishanede nasıl izleyeceksiniz?" dediğinde, aldığı yanıt, "Sen karışma, ben makine bulur getirtirim. Bu filmi akşam seyretmek istiyorum," olur. Sinemanın tılsımı cezaevinde, koğuşun duvarına gerilen çarşafta olanca gücüyle, güzelliğiyle beliriverir. Koğuştaki tutuklular büyük bir heyecanla filmi ayakta alkışlar. Yılmaz Güney filmi izlemiş ve çok beğenmiştir. Tarık Akan bu ilk tanışmanın ardından hemen her hafta İzmit Cezaevi'ne ziyarete gider ve bu ziyaretler *Sürü*'nün (1979) Şivan'ını Tarık Akan'ın oynamasına giden yolu açtığı gibi, *Yol*'un (1982) Seyit Ali'sini de Tarık Akan'ın oynaması için ilk tohumu atar.

Maden'in olağanüstü bir başarı kazanması Yeşilçam'ı altüst eder. Tarık Akan ilk defa bu filmle birlikte yalnızca kadınların, genç kızların değil, erkeklerin de, yaşlısıyla genciyle toplumun her kesiminin, herkesin, halkın sevgilisi olup çıkmayı başardığı için mutludur. İzleyicinin daha önce jön ya da hep esas oğlan rolüyle gördüğü Tarık Akan'ı ve Cüneyt

Arkın'ı maden işçisi olarak; narin, masum küçükhanım rolleriyle tanıdığı, bildiği kadını (Hale Soygazi'yi) ise orospu olarak görmesine rağmen sevmesi, benimsemesi neyle, nasıl açıklanabilir? Filmde bir adı dahi olmayan, panayır çadırının müşterilere halka attıran "halkacı kadın"ının, hakkını hukukunu aramayı yeni yeni öğrenen, cılız da olsa ses çıkartması, karşı çıkması, direnmesi gerektiğini anlayan Nurettin'e, yani Tarık Akan'a bağırmayı öğretmesi trajiktir. "Tabii orospuyum. Orospuyum. Kim orospu değil ki lan? Kim orospu değil ki!" diye bağıran Hale Soygazi'nin sesinde yalnızca halkacı kadının, maden işçisinin değil, düzenin alınıp satılır bir meta, mal haline getirdiği herkesin, insanlıktan çıkan her insanın haklı isyanı vardır. *Maden*, aslında izleyicinin kendi içinde bastırdığı, susturduğu bu haklı isyanın sesini korkmadan, avazı çıktığı kadar, bas bas bağırmaya cesaret edebildiği ve bağırdığı, duyurduğu için tutulur, sevilir. Dahası bağırmakla kalmaz, kader, kısmet, alın yazısı denilen şeyin aslında "patronun yazısı" olduğunu ve bu yazının/yazgının ancak direnerek, mücadele ederek, örgütlenerek değiştirilebileceğini de gösterir. Tarık Akan'ın yazgısını değiştiren de bu filmdir, *Maden*'dir.

Bertolt Brecht, insanlık tarihinin her döneminde sanattan anlayanların, sanatın önemini/gücünü bilenlerin az olduğunu, azınlık olduğunu fakat sanatın/sanatçının asıl meselesinin de bu azınlığı çoğunluğa dönüştürmek olduğunu ifade eder. Brecht estetiğini tiyatromuza ilk kez taşıyan ve uygulayan arkadaşı, hocası Vasıf Öngören'den bu düşünceyi duymuş, öğrenmiş midir bilinmez ama, Tarık Akan'ın sanatıyla, sinemasıyla artık tek bir amacı olduğu söylenebilir. Ne yapıp edecek, sanatın, sinemanın tılsımına dokunan/duyumsayan azınlığı çoğunluğa dönüştürmenin mücadelesini verecektir. Öğrencisi olduğu ortaokulu satın alıp Taş Mektep'e dönüştürmesi de, Anadolu uygarlıklarını, memleketinin tarihini, insanını konu alan belgeseller yapmak için verdiği uğraş da aynı mücadelenin bir parçasıdır. *Sürü, Yol, Derman, Pehlivan, Kan, Halkalı Köle, Suçlu, Üçüncü Göz, Su da Yanar, Bir Avuç*

Cennet, Karartma Geceleri, Berdel, Siyabend, Eylül Fırtınası ve daha onlarca film bu çabanın, mücadelenin ürünüdür.

Sinemamızda pek çok yetenekli, başarılı, değerli oyuncu vardır var olmasına... ve bu oyuncuların her biri adı Yeşilçam olan o yapıya göz alıcı bir tuğla, bir taş daha koymuştur. Ama sinemamızda yalnızca iki isim; Tarık Akan ve Yılmaz Güney, kendilerini ortaya koymak, kendi tılsımlı taşlarını var edebilmek için o yapıyı tamamen yıkmayı göze almış ve yıkmıştır.

"Bir filmin montajını yapmak, kişileri bakışlarla birbirine ve nesnelere bağlamaktır," der sinemanın Dostoyevski'si olarak anılan Fransız yönetmen Robert Bresson, Tarık Akan bakışlarını olağanüstü ustalıkla kullanan bir oyuncu olmanın ötesinde, idealleriyle, emeğiyle, kişiliğiyle, içimizi ısıtan, yalnızca kişilere-nesnelere değil, hayata, insana daha içten, daha sıkı sıkı sarılmamızı sağlayan eşsiz bakışın sahibidir. Vefatının ardından, tıpkı ilk karşılaşmalarında olduğu gibi, Yılmaz Güney yine kollarını açıp kocaman sarılmıştır belki ona... Belki incecik bir hüznün bakışında dinlenirler ama, belki değil mutlaka, Tarık Akan içten, kararlı bakışına eşlik eden sağlığındaki son sözleriyle bir kez daha seslenir bize: "Mücadele hiç bitmeyecek. Mücadeleye devam!"

Eğitimciliği

TARIK AKAN VE EĞİTİM

Dr. Ali Akdoğan
Özel Taş İlköğretim Okulları Müdürü

Tarık Akan, 1991 yılında bir zamanlar kendisinin de öğrencisi olduğu Bakırköy'deki Taş Mektep'i yeniden düzenleyip eğitim öğretim faaliyetine açtığında otuzlu yaşlarını henüz geride bırakmıştı. Sinema çevresinde Yeşilçam'ı geride bırakmış, yönetmen sinemasında zirveye oynayan, çalışkan, idealist bir oyuncuydu. "İşte benim asıl büyük işim," dediği okulunu gururla ve zorluklarla açtığı yıl dört film birden bitirmişti. *Yol* filminin Seyit Ali'si, *Derman*'ın Şehmuz'u, *Pehlivan*'ın Bilal'i, *Maden*'in Nurettin'i işte şimdi kafasındaki gerçek toplumsal uyanışı kendi kadrajına ve önceliğine almış, çocuk yetiştirmeye başlamıştı. Akan'ın Taş Mektep'i kurma macerası aslında 70'li yılların sonlarından itibaren topluma bakış açısının değişimiyle de yakından ilgilidir. 1884 yılında yapılmış olan tarihî Taş Mektep binasını ilk önce sanatın yedi dalında eğitim yapacak bir kurum olarak hizmete açmak ister fakat binanın "dokunulmaz" oluşundan dolayı bu fikrinden cayar ve yoğunluğunu daha geniş çaplı bir düşünceye aktarır. Akan, uzun yıllardan beri, ulusal eğitimin olduğundan daha kaliteli bir şekilde yapılması gerektiğine inanmaktadır. Onun eğitim ile ilgili fikirlerinin temelini aslında bir görünüp bir kaybolan, zaman zaman silikleşen Atatürkçü ve laik eğitim anlayışı belirler. Tarık Akan'a göre eğitim öğrenciye soru sormayı teşvik eden, buna kapı aralayan zorlu, ustalıkla ele alınması gereken bir süreçtir. Ona göre bu zorlu süreçte demokrasinin kazanımlarından ve Atatürk ilkelerinden asla taviz verilemez. Bu düşüncelerini kendisi ile yapılan konuşmalarda, söyleşilerde sık sık dile getirir ve hâlâ gündelik yaşamda eksikliğini duyduğumuz duyarlılık, empati, yaratıcılık, düşünme, üretim gibi birçok ayrıntıyı kendi okulunda hayata geçiriyor olmaktan da bilhassa gurur ve mutluluk duyar.

Akan'ın birçok konuşmasında, özellikle çeyrek yüzyılı geride bırakmış olan okulunun mezuniyet törenlerinde iyi eğitime örnek olarak Köy Enstitüleri'ni gösterdiğine şahit oluruz. Ona göre, ne yazık ki kısa sürmüş fakat etkisini kısmen de olsa yirmi birinci yüzyılda hâlâ devam ettirmekte olan Köy Enstitüleri dönemin koşulları göz önünde bulundurulduğunda, hayli zorlu, özveri gerektiren fakat bir anlamda da topluma mal olmuş işlevsel bir süreçtir. Köy Enstitüleri'nin çoklu beceri kazandırma modelini her zaman iyi bir örnek olarak görür ve benimser. Müzikten resme, tarihten matematiğe, spordan fen bilgisine, birbirinin içine geçmiş disiplinler üstü eğitim yaklaşımının iyi bir örneği olarak anar. Yıllar geçtikçe, okul daha bir kimlik kazandıkça ve yeni eğitim modelleri üzerinde duruldukça Taş Mektep'in yapılanmasını da bir nevi Köy Enstitüleri modeli olarak görür Akan. Bu bakış açısı, aşırı romantik ya da nostaljik bir atıftan çok ilerici ve mücadeleci bir tavırdır Akan için.

Taş İlköğretim Kurumları'nın uzun yıllardır yürüttüğü Uluslararası Bakalorya, İlk Yıllar Programı (International Baccalaureate, Primary Years Programme) bu anlamda öğrencileri kaliteli sorular sormaya yönlendiren, hayatı sorgulatarak becerileri geliştirmeyi amaçlayan güçlü, demokratik, idealist bir programdır. Tarık Akan, bu anlamda öğretmen eğitiminin de en az öğrencilere sunulan kadar önemli olduğunun farkındadır. Bu sebeple eğitici eğitimine de yaşamı boyunca büyük destek vermiştir. Gerek yurtiçinde gerek yurtdışında öğretmenlerin mesleki eğitimlerinin bir süreç dahilinde, programlı ve sistematik bir şekilde ele alınmasını hep önemsemiştir. Bir okul kurucusu olarak eğitim öğretim işlerini tamamıyla güvendiği kadrosuna bırakmasıyla beraber bu kadronun da onun eğitim anlayışını yansıttığını görmek onu her zaman mutlu etmiştir.

Akan, okulda elde edilen başarının adresini şu cümlelerle belirler:

> Elde ettiğimiz başarı, bu işe emek veren öğretmenlere aittir. Evet, ben bu okulun sahibiyim ama eğitimci değilim. Eğitimciliği eğitimciler yapar. Ben bu okuldaki herkesin bir hedefe, aynı noktaya bakmasını sağlarım. O noktayı da ben belirlerim. Amacım budur. O hedefe nasıl ulaşılacağını ise öğretmenlerime bırakırım. Bu yüzden de elde ettiğimiz başarının tamamı öğretmenlerime aittir.

Başarının rastlantısal değil, sistematik bir örüntü dahilinde geldiğini ise şu sözleri ile dile getirir:

> Okulumuzun bir sistemi, yazılmamış bir anayasası var. Bu anayasa değişmez. Herkes bu anlaşmaya uymak zorundadır. Sadece öğretmenler değil, önce ben ve diğer çalışanlar da tabii. Sistem de aynı düzenle kendi kendine çalışır.
>
> Benim muhatap olduğum bir idari kadro vardır okulda. Bütün kararlar bu kurulda, yöneticilerde birikir. Ben matematikteki gibi, sonuçlara bakarım. Böylece yorum yapmak, geneli görmek kolaylaşır. Okul müdürünün, idarenin altındaki seviyede neler olduğu, müdürün sorumluluğundadır. Benim buradaki görevim ise, bu sistemin çalışması için gerekli kaynakları yaratmaktadır; çalışanların emeklerinin karşılığını vermektir. Benim gördüğüm, personel de okulu kendi okulu gibi sahipleniyor ve seviyor. Emeklerinin sonuçlarını görünce daha çok bağlanıyorlar. Bu, para ile satın

alınabilecek bir şey değil. Bu okula herkes kolay kolay giremez. Ancak giren de kolay kolay ayrılamaz.

Tarık Akan ezber eğitime karşı da bir duruş sergilemektedir. Ona göre ezbercilikten demokratik ve sorgulayıcı bir tavır asla üretilemez. Kültürü ve bilinci dürüstlüğün ana unsurları olarak görür ve belirler.

> Bizim okulumuzda ezbere dayalı olmayan, sorgulamaya dayalı bir eğitim öğretim modeli mevcut. Koyduğumuz önemli bir hedef bu. Böyle bir eğitim, ezbere dayalı bir sınavda da çok iyi sonuçlar veriyor. Bizde yalana dayalı hiçbir şey yok. Yalan ve sahtelikler üzerine kurulmuş sistemlerde başarı olmaz. Bunun karşıtını uyguladığınızda, hangi alanda olursa olsun, başarı gelir. Dürüstlük, kültür ve bilincin sonucudur.

Öğretmenlere ve onların duruşlarına saygıyla yaklaşırken, Akan kendi rolünü de en ince ayrıntısına kadar belirler. Başarı ona göre kişisel değil, toplulukla ilgili bir meseledir. Bu da onun toplumsal mücadeledeki duruşunu belirler:

> Bizim öğretmenlerimiz, önce çocuğu iyi analiz eder. Onun gramajını, eksiklerini belirlerler. Buna göre eklenmesi gereken ne varsa, eklerler. Bu iş matematik gibidir ve başarı bu şekilde gelir. Tek bir çocuğun dereceye girmesini tüm okula mal etmek yanlış olur. Bu, onun kişisel başarısıdır. Aklının, kültürünün, bilincinin sonucudur. Biz hiç Türkiye birincisi çıkaramadık. Amacımız da bu olmadı. Biz bütün bir başarıdan bahsederiz. Önemli olan tek kişinin başarısı değil, herkesin başarısını sağlayabilmektir. Bizim de hedefimiz bu.

Tarık Akan'ın toplumsal duyarlılığı kendi kurmuş olduğu okulu yönetme biçimine de güçlü bir şekilde yansımıştır. Evet, bir patron kimliği vardır ama bu kimlik okulun yapısını, büyük fotoğrafını tamamen eğitim kadrosunun düşünce yapısına, yıllardır sürekli gelişen eğitim altyapısına bırakmıştır. Yönetimde kimliklerin değil süzülmüş düşüncelerin ön planda olması esastır. Bunu kendi sözleri ile şöyle açıklar:

> Patron okullarında ve genelde patron müesseselerinde işler çok zordur, patron-çalışan çatışmaları çok yaşanır. Her yerde patron hâkimiyeti vardır. Patron ne derse o doğrudur. Ancak bu durum, çoğu zaman iki tarafı karşı karşıya getirir. Patronu ile tartışamayan çalışan köleleşir, fikirlerini paylaşamadığı için yalancı olur, hırsızlaşır. Dışarı vuramasa da nefret ve kızgınlık oluşur. Bizim okulumuzda böyle bir durum söz konusu değil. İlanlarda reklamlarda dahi okulun kurucusu olduğuma dair ismim geçmez. Bu ülkenin sevilen bir sanatçısı olmama rağmen benim ismim geçmez.

Akan'ın kurmuş olduğu Taş İlköğretim Kurumları'ndan her yıl altmış öğrenci mezun olmakta ve çocuklar eğitimlerine ülkenin en önemli kurumlarında devam etmektedirler. Şimdiye kadar yaklaşık 1.000 mezun veren Taş İlköğretim Kurumları mezun öğrencileri ile de irtibatı korumakta, mezunlarının taşıdığı ve hayata yansıttığı değerler, Tarık Akan'ın taşıdığı idealinin kuşaklarca devamının en güzel örneği olarak görülmektedir.

Yazılar

ATAOL BEHRAMOĞLU

Tarık Akansız Türkiye

Hiçbir dostun, arkadaşın, kardeşin, sevgilinin yokluğuna kolayca alışılamaz.

Fakat yine de kaçınılmaz olarak avuntular bulunur.

Birlikte yaşanmışlıkların anısı, fotoğraflar vb.

Bu dost, bir sanatçıysa, onu yapıtlarıyla anımsar, yeniden yaşarsınız.

Tarık Akan'ın yokluğu bu iki örneğe de uymuyor.

Onu hiç kuşkusuz ortak yaşanmışlıkların anılarıyla ve yanı sıra da filmleriyle anımsıyoruz, anımsayacağız...

Fakat yetmiyor.

Arkadaşlığını, dostluğunu, kardeş sesini, esprilerini, dostça takılmalarını, utangaçlık ve hınzırlık karışımı gülümseyişlerini özlüyoruz ve özleyeceğiz elbette. Yokluğunu hep duyumsayacağız...

Fakat söylemek istediğim tam olarak bu da değil.

Onun bir eylem adamı, bir aydınlık savaşımcısı olarak, kişisel varlığıyla artık aramızda olmayışı, hepsinin üstünde, yeri doldurulamayacak büyüklükte, benzersiz, avuntusuz bir kayıptır.

Pek çoğunda birlikte olduğumuz eylemlerdeki Tarık Akan'ın yokluğunu en derin bir acıyla, giderilemez bir yoksunluk duygusuyla hissetmemek mümkün değil.

Onu, Silivri Mahkemesi ve cezaevi denilen cehennemin önündeki bariyerleri omuz vuruşlarıyla yıkarken gösteren fotoğraf, en az filmlerinde canlandırdığı karakterler kadar uzun ömürlü olacak.

Orada bayraklaşan, efsaneleşen ve bence ölümsüzleşen bir Tarık Akan var.

Böyle bir fotoğraf karesinin kahramanı olmak, şu dünyada gelmiş geçmiş çok az sanatçıya nasip olacak, hiçbir sanatsal başarının ulaşamayacağı yücelikte bir gerçekliktir...

Tarık Akansız Türkiye derken düşündüğüm de tam olarak budur...

Onsuz eylemler öksüzleşmiştir.

Eşsiz yakışıklılığı, sadeliği, insanlığı, onurlu ve kararlı duruşuyla bambaşka bir güven duygusu estirdiği eylemler onsuz kalmanın kederini yaşıyor...

Bu satırları derin ve onulmaz bir yürek acısıyla yazıyorum.

Bu güzel adamı; benzersiz, yiğit omuzdaşımızı aramızdan çekip alan kör ve duygusuz doğaya lanet okuyorum.

Sevgili Tarık'ımızı, yoldaşımı, kardeşimi; hiç eksilemeyecek, küllenmeyecek, gölgelenemeyecek sevgimle kucaklarken ortak ideallerimiz için bütün eylemlerde onunla hep omuz omuza olacağımız duygusuyla yokluğuna alışmaya çalışıyorum.

15 Ağustos 2017, Foça

MURAT BERK

Gerçek Bir Sanatçı ve Ustayı Tanımak!

Tarık Akan'ı tanımam, onun hayat arkadaşı sevgili Acun sayesinde oldu. Kendisi bir balerin ve çello âşığı bir sanatçıdır. Onunla çello derslerine başladık; mekân Sıraselviler'deki Nâzım Vakfı. Oraya girdiğimde gözlerinden ışık, akıl ve sevgi fışkıran bir dev gördüm; Tarık Akan. O, her şeyi ile gerçek bir devdi.

Yaklaşık on yıl, genelde çarşambaları Acun ile çello derslerinden sonra Arif Abi'nin Sinema Sanatçıları Derneği'ne giderdik. Orada Tarık Abi ile konuşmak, okuduğu kitapları, dinlediği müzikleri paylaşmak ve sevdiği arkadaşları ile olmak benim için büyük bir hayat deneyimi idi. Her zaman hayranlıkla izledim ve çok güzel şeyler öğrendim.

O ilk önce kalbi ve adaleti ile yurdumuzdan çıkan ve her şeyini paylaşan, yararlı, gerçek bir sanatçıydı.

NURDAN BEŞERGİL

Bu Dünyadan Bir Tarık Akan Geçti

... ve Tarık Akan, onu tanıyanların hayatından, arkasında büyük ama aydınlık bir boşluk bırakarak geçip gitti.

Onu karanlık ve kasvetli bir özlemle düşünmek mümkün değil. Çünkü Tarık Akan'la ilgili her şey, yalnız filmleri, yer aldığı projeler, belgeseller değil, Taş Mektep'i de hep aydınlık. Dost olduğu, tanış olduğu insanlarla kurduğu ilişki bile, herkesin keyifle emek verdiği, emeğinin karşılığını aldığı, paylaştığı, çoğaldığı bir ütopyanın aydınlığıyla parlıyor. Özlemi güler yüzlü olan bir adam; bu yüzden onu gülümsemeden hatırlamak mümkün değil.

Kocaman kalbiyle hayatlarına dokunduğu herkes biliyor ki Tarık Akan'ın o sırada elindeki proje neyse ona, ya da belki sana, evet, sana duyduğu inançla dolup taşan heyecanının yerini başka bir şey tutmayacak. Samimiyetinden mahrum kalmanın, inandığı ve güvenliği herkese ve her şeye sadakatle bağlı olmasından ilham, umudundan destek alamayacak olmanın boşluğunu başka bir şey doldurmayacak. Sinemaya, sahne sanatlarına ve sanatın büyüsüne, gücüne, verdiği sorumluluğa inanan sanatçılara nasıl da güvendiğini anlatması, büyük ama aydınlık bir boşluğa dönüştü.

Bu dünyadan bir Tarık Akan geçti ve Tarık Akan, Tarık Akan'ı zarafetle taşıdı; bir yük olarak sırtında taşıdı, bir nişan olarak yakasında taşıdı. Yeşilçam'ın koridorlarından, Yılmaz Güney'le yoldaş olduğu engin çayırlardan, 1980 sonrasının dehlizlerinden geçip bugüne gelirken, yaptığı işler ve olduğu insan arasında ikilem yaratacak şekilde bölünmedi. Tarık Akan olarak hem parçası hem tanığı olduğu bir geçmişi hiç sendelemeden ve ağırlaşmadan içine sığdırdı. Yetmedi, içine insanları, sevinçleri ve dertleriyle birlikte sığdırdı. Hayranlarının fotoğraf çektirmek için sıraya girdiği Tarık Akan'la, sansür engellerini aşmak için Ankara'nın bürokrasi koridorlarını, dostları uğruna hapishanelerin bekleme odalarını aşındıran Tarık Akan aynı adamdı; içine şöhretin peri masalıyla gerçek dünyanın sivri köşelerini aynı anda sığdırdı. Hayal kurmadan Tarık Akan olmak mümkün değil; Tarık Akan, hayallerini ve hayal kırıklıklarını bile içine sığdırdı.

Kalabalıklarda ön plana çıkmadı ama gören gözler onu hemen tanıdı. İnançla parlayan bakışları, güven veren gülümsemesi ve dimdik duruşuyla "orada" oldu; yanımızda, aramızda. Keskin ve sivri değil, kararlıydı. Anacaddelerde topla tüfekle ya da ödülle birincilikle yazılan tarihe geçti. Ama Tarık Akan, ön saflarda ne yaşanırsa yaşansın, arka bahçelerde olgunlaşan armutları toplamak zorunda olan insanların küçük hayatlarıyla yazdığı başka bir tarih kitabını da satır satır yaşadı.

Tarık Akan benim için mavi gözlü beyaz saçlı bir devdi. Şimdi dönüp baktığımda anlıyorum ki, onunla tanışmış olmak yokluğunun yasını tutmaya değdi.

GÜNAY ÇAPAN

Bir Dostun Arkasından

Söyleyecek çok sözünüz olsa da bir dostun arkasından konuşmak zordur. Dudaklarınızdan dökülecek sözcükler boğazınızda düğümlenir. Çaresiz hissedersiniz. Dil de çaresizdir, sözcükler de. Yaptıkları ve geride bıraktıklarının büyüklüğüne ayak uyduramaz çünkü söylenecek hiçbir söz.

Gerek var mı Tarık Akan'ı anlatmaya?

Yine de bir not düşmek gerekirse; o, eserleriyle, aldığı ödüllerle, dik duruşuyla, halkına duyduğu sevgiyle kendisini milyonlara tanıtmış ve halkının kalbinde yer edinmiş bir kişidir.

Tarık Akan sevgidir. Cenazesine katılan, arkasından gözyaşı döken, onun kaybıyla yüreği sızlayan milyonlarca insanı birleştiren sevgi. Dünyayı kurtaracak olan sevgi.

Tarık Akan aydındır. İçinden geldiği toplumu ve gerçeklerini unutmamış, yüzünü halka dönmüş, onlara hiçbir zaman sırtını çevirmemiştir. O sadece beyazperdenin değil, halkının demokrasi, eşitlik, özgürlük ve laiklik mücadelesinin de başrol oyuncularından olmuştur.

Tarık Akan sanatçıdır. Aldığı ödülleri canlandırdığı karakterlere hediye edenlerden.

Tarık Akan ustadır.

Demokrattır, ilericidir, devrimcidir. Cumhuriyetçidir.

Tarık Akan örnektir, yediden yetmişe tüm kuşaklara.

Hayatta bizi şanslı kılan çeşitli olaylar ve birliktelikler

vardır. Tarık Abi ile tanışmam, onunla zaman geçirme fırsatı yakalamış olmam hayatın bana tanıdığı bir şanstır. Tarık Akan benim ve çocuklarımın Sevgili Tarık Abisidir.

Almanya'da bir avuç insan, ülkemiz için bir şeyler yapmaya çalışırken her zaman elini uzatmış, bizlere destek olmuştur. On binlerle buluşmamıza yardımcı olmuştur, Uğur Mumcu'yu, Nâzım Hikmet'i anarken.

20 yıl süren tanışıklığımızda Türkiye'de ve Almanya'da ortak anlarımız, anılarımız oldu. Her biri değerli ve anlamlı anlar, anılar. Kişiselleştirmeden iki anımı paylaşmak isterim:

Tarık Abi'yi aramızdan alan amansız hastalığa yakalandığında, kendisine tedavisini Almanya'da sürdürmesini teklif ettiğimde, "Yavrum tedaviye Türkiye'de başladım. Bu hastalığı yenmem için benimle birlikte yola çıkan doktor arkadaşlar var. Bu, onlara güvenmediğim anlamına gelir. Onlara ne diyeceğim, onların yüzüne nasıl bakarım, ben bunu yapamam, sana teşekkür ederim," demişti. Bu, Tarık Abi gibi insanların verebileceği bir cevaptı. Bu, vefa duygusuydu. Bu, arkadaşlarına ve kendi insanına olan güvenin ifadesiydi. Bu, her kalbin konuşamayacağı bir dildi.

2016 yılında Almanya'da gerçekleştirdiğimiz Nâzım Hikmet etkinliğinin destekçileri ve konukları arasında Tarık Abi de vardı. Etkinliğimize geldi. Kendisini yorgun ve yıpranmış gördüm. Kendisi bir şey söylemedi. Hayat arkadaşı, sevgili eşi Acun'dan, gördüğü tedaviden dolayı yorgun olduğunu, aslında sağlının bu seyahat için çok da uygun olmadığını öğrendim. "Abi, çok üzüldüm, keşke gelmeseydin," dedim. "Günay, sana söz verdim, nasıl gelmem, seni nasıl yalnız bırakırdım," dedi. Bu sözleri, bu davranışı tarif etmeme gerek var mı? O, sadece sanatıyla mücadelesiyle değil, insanlığıyla da örnek oldu, öğretici oldu. O amansız hastalık ile mücadele ederken dahi sevdiklerini düşündü, mücadelesini bir an için bile bırakmadı.

Tarık Akan bir aydından, bir sanatçıdan, bir büyükten, bir kardeşten, bir dosttan, bir arkadaştan fazlasıdır.

Tarık Abi'yi, Mustafa Kemal Atatürk'ün, Nâzım Hikmet'in, İlhan Selçuk'un, Uğur Mumcu'nun yanına gönderdik. Onlara emanet ettik. O, emin ellerde. Sıcaklığını hâlâ hissediyoruz. Biliyoruz ki, eserleriyle yaşayacak. Bizlere bıraktığı mirasıyla yaşacak.

Tarık Akan'ı kaybettiğimizde; onu, onun eserlerini, genç ve yeni kuşaklara, geleceğe taşıyacağız diye söz verdik. Sözümüzde duracağız.

Onu sevgi ve saygıyla her zaman hatırlayacağız.

ARZU ÇERKEZOĞLU

"Halkın Savaşçısı"

"Yoldaşımız!" diyerek uğurladık onu, 18 Eylül 2016'da Harbiye Muhsin Ertuğrul Sahnesi'ndeki vedalaşma töreninde. Sahnede kırmızı şapkalarıyla DİSK'li işçiler açtıkları pankartta dünden, bugünden ve gelecekten böyle sesleniyordu Tarık Akan'a...

"Tarık Akan kimdir," dendiğinde, birçok güzel şeyin en üstüne belki de şu yazılmalı: Ömrü boyunca, "toprakta karınca, suda balık, havada kuş kadar çok" olanlarla aynı yolu yürüyen, mücadele arkadaşı olan ve işçi sınıfının yoldaşı olarak uğurlanan bir sinema emekçisi...

Yoldaş olmak kolay değildir... Yollar kesilse de, karanlıklar bastırsa, tuzaklar kurulsa da aynı göğün altında aynı yolu yürüme iradesiyle kazanılır. İşte Tarık Akan karanlıklardan, tuzaklardan ve kesilen yollardan yakınmadan, bildiği yolda başı dik, alnı açık biçimde yürümeye devam ederek, yaşamı ve sanatıyla işçi sınıfına yoldaş oldu.

Türkiye işçi sınıfı tarihinin kritik uğraklarında, Tarık Akan'ın varlığından söz etmeden geçemeyiz. 1970'lerde hızla yükselen sınıf mücadelesinde, aklıyla ve yüreğiyle DİSK saflarında yer alan Tarık Akan, 1 Mayıs 1977'de DİSK/Sine-Sen kortejinde yerini almış, yükselen sınıf mücadelesini durdurmak için tertiplenen katliamın tanığı olmuştu.

İşçi sınıfının örgütlerini dağıtarak ve haklarını yok ederek patronları güldüren 12 Eylül Darbesi'nde aldığı iki buçuk ay hücre hapsi de Tarık Akan'ı yolundan döndürmedi. 1990'da Zonguldak'ta maden işçileri özelleştirme politikalarına karşı greve çıkıp büyük yürüyüşlerine hazırlanırken, yanlarında Tarık Akan'ı gördüler. Maden işçileri, 12 yıl önce çekilen *Maden* filminde tanıştıkları "Nurettin" ile kol kola yürüdüler.

2009'da TEKEL işçileri özelleştirmeyle birlikte dayatılan güvencesiz çalıştırmaya karşı direniş çadırlarını kurduklarında yanlarında yine Tarık Akan'ı buldular. DİSK pankartının en önündeki uzun boylu adam, aynı yolda yürümeye devam ettiğini kararlı adımlarıyla gösteriyordu.

Zonguldak'tan tam 25 yıl sonra, madenlerdeki özelleştirmenin en acı sonuçlarına Soma'da tanık olduk. Maden şirketlerinin, devletin, sarı sendikanın kıskacında ölümüne çalıştırılan maden işçileri 301 arkadaşlarını kaybettiklerinde yanlarında yine Tarık Akan'ı gördüler. Protokole aldırmadan, yanı başındakilerin onu fark ettiklerinde yaşadıkları şaşkınlığa tebessümle karşılık veren işçi sınıfının "en meşhur jönü", sinema ile gerçek hayatı bütünleştirerek yürüyüşlerdeki yerini almıştı. Soma katliamdan üç ay sonra Soma Meydanı'nda işçilere ve işçi ailelerine seslenen Tarık Akan, işçi sınıfının mücadele deneyiminden süzdüklerini şu sözlerle anlatıyordu: "Sarı sendika işçiyi mahveder. Soma'da DİSK olsaydı bu facialar yaşanmazdı. İşçilerin hepsi DİSK'li olsun Türkiye ayağa kalkar."

Sonra bir çay bahçesinde Somalı maden işçileri ve aileleriyle birlikte *Maden* filmini izlemişti Tarık Akan. Maden işçisi Nurettin'in bilinçlenme süreci ve bir direnişçi olarak yeniden doğuşu, Somalıların sık sık filmi bölen alkışları eşliğinde izlendi. Filmin ardından söz Tarık Akan'da idi. *Maden*'in çekilmesinin üzerinden 36 yıl geçtiğini hatırlatan Tarık Akan işçilere sordu: "36 yıldır madenlerde ne değişti?" Yanıtı yüzlerce kişi aynı anda verdi: "Hiçbir şey."

Bu yanıtın ardından Tarık Akan işçilere değişim için tek yolun ne olduğunu söyledi: "Örgütlenmek, doğru bir sendikada örgütlenmek." Maden işçilerinin ve ailelerin az önce

Nurettin olarak izleyip, şimdi can kulağıyla dinledikleri Tarık Akan, verdikleri ve verecekleri mücadelenin sadece kendi yaşamlarını değil ülkeyi de değiştireceğini anlatıyordu: "Toplumun daha demokratik, daha özgürlükçü daha güzel bir toplum olması için yapılacak şey örgütlenmek. Emekçinin ve işçinin görevi bu."

Hümanist bir sanatçı duyarlılığının sınırlarında Soma Katliamı'nın "mağdur"larına seslenmiyordu Tarık Akan. Aksine, kendi yaşamlarını ve ülkenin kaderini değiştirecek olanlarla konuşuyordu. Yoldaşça konuşuyordu, Nurettince konuşuyordu...

Onu uğurlayan kırmızı şapkalı DİSK'li işçilerin açtıkları "yoldaş" pankartının ve "Sarayın değil, halkın sanatçısı" sloganlarının anlamı buydu...

Sevgi ve saygıyla...

HALİL ERGÜN

Uzun Yol Arkadaşım

Tarık, kardeşim...

Bir yılı dolduruyor ayrılışın... Yani dönüşü olmayan ayrılık! Canımız Kıymet senin için yaptığı bir hazırlığa benim de katılmamı istediğinde, önce tıkandım... Böyle mi olacaktı yani, seni andığımızda burnumuz sızlayacak, gözümüz yaşaracak mıydı? Erkenden! Sonra, bir mektup gibi uzanmak istedim sana!

Güzel Tarık'ımız... Bir süre kafa sesiyle konuştum seninle! Şimdi ikinci köprüden geçiyorum: Yanımda kimseler yok!.. Memleketimiz ve büyük yalnızlık!

İlk tanışmamızı hatırla: *Maden* çekimi için yola çıkmıştık, senin arabanla! Tavşanlı, Tunçbilek'e doğru! Bir gece yolculuğu... Yanımızda genç bir oyuncu; Şevki'ydi adı. Boyuna konuştuk. Çok değerli birlikteliklerimizin başlangıcı oldu... Sonra *Yol* filmi, sonra *Yolcu* filmi!.. Yolculuklarımız... "Çiçek"te akşam buluşmalarımız... Dostlarımızla!.. Canımız Zeki'miz... Atıf Abimiz... Daha kimler!

Hep birbirimizi biriktirdiğimiz...

Henüz gece yarılarına varmamıştık be kardeşim...

Ne miydi birikenler? Yeniden yazmayayım... 2005 yılında senin için yazdıklarım var. Bir vesileyle! Aynen tekrarlıyorum sevgili arkadaşım:

Uzun yolculuklar denenmiş arkadaşlıklarla yapılabilir ya da

anlam kazanabilir. Tarık Akan uzun yol arkadaşımdır. Bağrında gelgitleri olan, gelişmeyi ve değişmeyi besleyen bir arkadaşlıktır bu. Aynı safta buluşmanın zenginliğidir. Bu buluşmada ortak acılar, ortak başarılar, ortak öfkeler, ortak diyetler vardır.

Sevgili arkadaşım Tarık Akan bu ülkenin, ben de "yaşadım" adam gibi, diyebilen insanlarındandır. Övülmesi, sevilmesi, alkışlanması, bana hep gurur veriyor. Daha yaşanası günler için koşumuz ötelere olsun Tarıkcığım. Gözlerinden öperim.

Kalbimizde, düşüncemizde, hatıramızda, hep aynısın! Hep varsın! Hep varsın bu ülkede! Hep yaşıyorsun... Bütün berraklığınla!

Bizlere veda etmeden bir-iki gün önce telefonlaşabilmiştik. Canım diyebildik karşılıklı birbirimize... Eskilerin deyimiyle helalleşmişiz sanki. İyi ki konuşmuşuz canım kardeşim...

Bizi bekle...

Biz sana geleceğiz.

Gözlerinden öperim.

TURGAY FİŞEKÇİ

Sanatlar Arasında

Rastlantıya bakın, bu yılın ilk ve son kısacık dinlencesinde bir dolu dostun arasında buldum kendimi: Avni Arbaş, Tarık Akan, Zeki Ökten, Kıymet-Atilla-Başak Coşkun... Ülke, dünya sorunlarının altından girip üstünden çıktık.

Sizlere bu buluşmadan söz etmemin nedeni ise başka: Ünlü oyuncumuz Tarık Akan'ın yazmayı neredeyse bitirdiği romanını okudum. Kendi yaşamından bir kesit anlattığı; 12 Eylül döneminde, asılsız bir ihbarla gözaltına alınış, Gayrettepe ve Selimiye'de geçen günler...

Dikkatimi çeken şu oldu: Bu anlatım sırasında salt bir özyaşam sunmuyor yazar. Kendi dünyasını aktarmasının yanında, oralarda karşılaştığı farklı toplumsal katmanlardan insanları da derinliğine betimleyip yansıtabiliyor. 12 Eylül cinnetiyle bir yüzleşmeye sürüklüyor okuru. Bir ara Yılmaz Güney'le *Yol* filminin çekimi sırasında yaşadıkları türlü engeller, olmadık işlere de değiniyor. Ülkemizin bugüne dek Cannes Film Festivali'nde kazandığı tek Altın Palmiye Ödülü'nü getiren bu ilginç filmin ne çilelerle gerçekleştiğinin bilinmesi de okurlar ve sinema tarihimiz için önem taşıyor.

Bir yazar için en önde gelen niteliklerden biri, bildiğiniz gibi dil özellikleridir. Kendi dilini bulamamış bir yazarın, yazarlık kişiliğinden söz edebilmek güçtür. Okuduğum metinde, yazarın bu güç işin de altından kalktığını gördüm. Gerçekçi edebiyatımızın geleneğinden beslenen, tok sesli, küçük betimlemeler, ayrıntı zenginlikleri, kısa cümlelerle çok şey anlatan, anlattığı temaya uygun bir dil yakalamış. Hem rahat okunuyor, hem de çarpıcı gerçekçiliği ile okuru tedirgin eden bir dil.

Ne ki, sanatçımızı bu yapıtıyla ilgili olarak ikircim içinde gördüm: Bir edebiyat yapıtı olarak mı yayımlasın, yoksa senaryoya dönüştürüp sinema filmi mi yapsın, kararsız gibi geldi bana. Bence ikisini de yapsın. Hem edebiyat okurlarını bu ilginç yapıttan yoksun bırakmasın, hem de sinemamız yeni bir ürün kazansın.

Bu olayın beni böylesine heyecanlandırmasının nedeni ise sanat dalları arasındaki ilişkileri, sanatçıların farklı alanlarda ürünler vermesini önemli bulmam.

Tiyatrocuların, ressamların, yazarların, kendi sanat dalları dışındaki ürünlerle ilgilendikleri pek görülmez. Yaratılarını kendi sanat dalları içinde hapsetmişlerdir neredeyse. Şiir okuyan ressam, tiyatroya giden yazar sayısı giderek azalmıştır. Müzik sanki şiirin kardeşi değilmiş gibi, konserlerde günümüz şairlerine rastlamak zordur. Oysa sanata ilişkin temel kurallar aşağı yukarı aynıdır. Her sanatçı, yaratısıyla özgün ve biricik olmayı amaçlar. Sanat eleştirisi, sanat felsefesi, estetik kuralları ortak temel yapılar üstünde oturur. Sanat dalları dil ve teknikleriyle birbirinden ayrılır.

Rönesans döneminde, "Rönesans insanı" diye bir kavram ortaya çıkmıştı. Bu kavramı ortaya atanlar, insanın gelişme yeteneğinin sınırsız olduğunu ve bütün bilgileri edinmesinin olanaklı olduğunu kabul ederler. Bu insanın en parlak örneği de bilindiği gibi, pek çok sanat dalında verdiği ürünlerle üstün yeteneğini kanıtlamış olan Leonardo da Vinci'dir.

Günümüze dönersek, sanat dalları arasında ilişkiler kurabilmek, dahası farklı sanat dallarında ürünler verebilmek, sanatçıyı da sanatları da geliştirecek bir olgudur. Sanatçılarımız böylesi aşılardan yaratı dünyalarını yoksun bırakmamalı.

Cumhuriyet, 10 Ekim 2001

ZEYNEP IRGAT

Sevgili Tarık'a Kısa Bir Mektup

Seninle tanışıp dost olduğumuzda ikimiz de gencecik-tik. Seni ve bir ortak arkadaşımızı Akyarlar'a ilk kez ben götürmüştüm. O zamanki Akyarlar'da sadece köy evleri, biri lokantalı iki pansiyon, bir bakkal, küçük bir jandarma karakolu ve bir cami vardı. Sen o rüya gibi köye görür görmez vurulmuştun.

Önce Bodrumlu bir arkadaşımın kırık dökük taş evinde kalmıştık ama ertesi gün eve bir yılan girince pansiyona geçmiştik. Eve yılanın girdiğini görüp, "Tarık eve yılan girdi!" diye haykırmamla birlikte hemen dibimizdeki jandarma karakolundakiler, "Eve Yunan girmiş!" diye köyü birbirine katmıştı.

Gün boyu saatlerce yüzüyor, tavla oynuyor, kitap okuyor, çalıların arasına saklanıp analarının peşinden giden sıpaları kucaklayıp gülüşüyorduk.

Sonra bir gün sahile yanlarında rüzgâr sörfleriyle, Alman bir çift geldi. Biz o güne kadar sörfü yalnızca televizyonda görmüştük. Senin çekingenliğin tuttu gidip ben konuştum onlarla ve sana biraz sörf kullanmayı öğretmelerini rica ettim. Denizle ilgili konularda o kadar becerikliydin ki, o gün birkaç dersten sonra, düşe kalka sörf ustası kesildin başımıza. Sonraları sen de bir sörf edindin ama ne zaman rüzgârı yelkene doldurup uzaklaşsan, jandarmalar senin Istanköy Adası'na geçeceğini düşünüp telaşlanıyorlardı.

Kaldığımız lokantanın sahibi balıkçıydı. Lohoslar, ahtapotlar getirirdi bize. Akşamları yanına bir kadeh rakını alıp, onları pişirmek en büyük zevklerinden biriydi. Balıkçının hanımı nefis suböreği yapardı, koca bir tepsiyi tek başına bitirdiğin olurdu.

Hayvanların da hayatında ayrı bir yeri vardı. Bir akşam arkadaşlarla Bakırköy'deki evine gelmiştik. Yeni doğurmuş bir kedi ve yavrularına, kendi kapının önünde bir kutu hazırlamıştın. Biz geldiğimizde anne kedi yoktu ortalıkta. Sen hışımla ön camı açıp: "Nerdesin namussuz karı, yavruların burada aç biilaç seni bekliyorlar! Hava karardı! Sen hâlâ nerelerde geziyorsun?" diye bağırmıştın. Seni tanıyan dışarıdaki insanların neler düşüneceği umurunda bile değildi o an!

Tarıkçığım, beni hâlâ gülümseten birkaç anıyı hatırlatmak istedim sana. Seni biraz bilenler sinema ve eğitime ömrünü adamış, gözüpek, cesur, külyutmaz, yobaz düşmanı, cumhuriyetçi, mütevazı, merhametli, vicdanlı, güzeller güzeli bir adam olduğunu biliyorlardır zaten.

Gidişin sessiz sedasız oldu ama uğurlanışın pek kimselere nasip olmayacak kadar görkemliydi.

Bana yaşadığım en zor ölüm acılarından birini yaşattın ama iyi ki arkadaş olmuşuz. Hoşça kal Tarıkçığım. Seni çok göreceğim geldi.

HAYRİ İNÖNÜ

Sevgi ve Şükranla Anıyoruz!

Tarık Akan'ı anlatmak, onunla ilgili düşüncelerimi aktarmak benim için büyük bir onur. Çağdaşım olan Akan ile tanışmış olmak da onu anlatırken beni ayrıca duygulandırıyor.

Tarık Akan deyince zihnimde sade bir sinema sanatçısı, bir jön değil; bir düşün insanı, sinema emekçisi, bir aydınlanma savaşçısı geliyor. Türkiye aydınlanma hareketi bütün dünyada olduğu gibi ülkemizde de müzikten edebiyata, düşün dünyasından sinemaya kadar geniş bir alana yayılmış sancılı bir süreç. Türk sineması da bu sürecin en önemli kilometre taşlarını döşedi kanımca. Salon filmlerine, abartılı komedi filmlerine sıkışmış sinemayı gerçekçi hayata, sahte büyülü bir ekrandan toplumsal çelişkilerin, sınıf çatışmalarının da aktarıldığı devrimci ruha ve görselliği yüksek gerçek bir şölene dönüştürme gayretinde Yılmaz Güney, Tuncel Kurtiz, Tarık Akan gibi sinema emekçilerinin katkısı son derece önemli. Sinemaseverler olarak bu açıdan çok şey borçluyuz bu sinema emekçilerine.

Tarık Akan'ın yüksek popülaritesinde oynadığı salon filmlerinin etkisi de büyük kuşkusuz. 70'li yılların yazlık sinemalarında kadınların en sevdiği aktördü Akan. Türk sinemasının en Avrupai görünümlü jönüydü o. Pek çok hayranı da o filmleri ile hatırlıyor. Ben Tarık Akan'ın bu dönemini de son derece önemli buluyorum. Çünkü bu, onun yolunun başlangıcıydı ve hatırlıyorum da bütün o filmlerinde de hep dürüst ve dik duruşluydu. Tarık Akan'ın salon filmlerinin aranan jönü olmaktan gerçekçi bir aktör olmaya doğru aldığı yolu da büyük bir hayranlıkla izledim. Büyük usta Yılmaz Güney imzalı *Yol* ve *Sürü* gibi filmler ile artık başka bir Tarık Akan izlediğimizi anlamıştık sinema seyircisi olarak. Bu gerçekçi sinema akımı ve Tarık Akan gibi güçlü aktörler, Türk demokrasi tarihine altı çizilecek önemli kilometre taşları döşedi. Türkiye demokrasi hareketi çok sancılı dönemler yaşadı ve hâlâ da yaşamaya devam ediyoruz. Bu uzun soluklu bir mücadele... Önümüzde de zorlu bir süreç var hepimizin tahmin ettiği gibi. Tarık Akan da bu mücadele içinde toplumsal dayanışma ruhunu korumuş, devrimci kimliğini yaşamına ve sanatını yansıtmış bir sanatçı. Kuşkusuz bunun sonucunda oldukça zor dönemler de yaşadı. Ancak o, bütün zorluklara rağmen, bütün baskılara karşın gerçek bir aydın olarak hiç eğilmedi, hiç susmadı; doğru bildiklerini söylemeye devam etti.

Kendisiyle Şişli Belediyemizin Nâzım Hikmet Kültür ve Sanat Evi açılışında bir araya gelmiştik. O güzel günde pozitif enerjisi, güler yüzüyle sohbetimize ve açılışımıza ayrı bir enerji kattı. O sohbette hissettiğim en önemli şey güçlü kişiliğinin, sağlam karakterinin açıkça göründüğüydü.

Tarık Akan için hissettiğim tek üzüntü verici nokta ise bu kadar başarılı bir aktörün dünya çapında kitlelere ulaşamaması. Kanımca Akan, Türkiye'de değil de, sinemanın çok daha gelişmiş olduğu Batılı bir ülkede sanat yapma olanağına sahip olsaydı eminim bugün, sadece Türkiye'de değil, bütün dünyada ardından saygı ve sevgiyle bahsedilen bir sanatçı olacaktı.

Ancak her şeye rağmen Tarık Akan onurlu bir yaşam yürüyüşünün ve sanat hayatının ardından önemli değerler bıraktı. Onu yaşamımıza kattığı değerler ve bütün emekleri için sevgi ve şükranla anıyoruz.

ŞERİF GÖREN

"Güller Bırakıldı Kapılarının Önüne"[1]

Sevgili Tarık,

Ses dergisinin kapağından fırladığında
Genç kızların sevgilisi oldun,
Poster olup duvarlarına yapıştın,
Çiçekler kurutuldu defterlerin arasında,
Mektuplar yazıldı, köşeleri yakılarak,
Güller bırakıldı kapılarının önüne,
Telefonlar açıldı gece yarıları,
Kadehler kaldırıldı şerefine,
Kavgalar edildi senin için,
Kalpler kırıldı.

SEN,
bebek yüzün,
uzun favorilerin,
geniş paçalarınla girdiğinde
beyazperde de,
geliştin,
serpildin,
olgunlaştın,

1. Ali Karadoğan (haz.), *Bir Yüzün İki Hali Tarık Akan*, Dünya KİV Yayınları, Ankara, 2005.

Sürü'de Şivan,
Yol'da Seyit Ali,
Derman'da Şehmuz oldun...
Karakterleri öyle benimsedin ki
Oyunculuğun doruğuna çıktın.
Jürilerin parmakları senin için kalktı,
Ödül oldu...
1982 Mayıs'ı
Cannes Film Festivali
Yol
Altın Palmiye Ödülü kazandı...
Bir gün sonra Yeşilçam Sokağı'nda karşılaştığımızda,
Nasıl da sarılmıştık birbirimize,
tek kelime söylemeden,
gözlerimizde sevinç
VE
gözyaşları akarken...
Kadehimi senin için kaldırıyorum.
Şarap sonsuz hayat kaynağıdır, iç
Gençlik sevincinin pınarıdır, iç
Senin kaygılarını yakar eritir ateş gibi
Sağlık sularında şifalıdır, iç...

HASAN KESEROĞLU

Tarık Akanlı Kütüphaneler

Çocukluğumun *Hayat* ya da *Ses* mecmuasının bir sayısında ipince, çok yakışıklı bir genç olarak fotoğraflarıyla anımsıyorum Tarık Akan'ı. Sonra romantik filmleri: zengin, yakışıklı ve durmadan sevgili değiştiren genç, *Hababam Sınıfı*, 1970'li yılların sonlarında *Sürü, Maden* gibi siyasal içerikli filmleri.

Tarık Akan'la tanışmam 1996 yılında Nâzım Hikmet Kültür ve Sanat Vakfı'na katılmamla başladı. Özellikle de vakıf yönetim kurulu üyesi olduktan sonra hemen her toplantıda karşılaşmaya başladık. Yönetim kurulu başkanımız Rutkay Aziz, bugüne kadar da yardımcıları Tarık Akan, Cevat Çapan, Kıymet Coşkun, Zeynep Oral ve Turgay Fişekçi oldular. Vakıf 2015 yılına kadar önce Tünel'de, sonra da Sıraselviler girişinde kiralık bir dairede hizmet üretti. Genellikle hazırlanan Nâzım ajandalarının getirisiyle ayakta durmaya çalışıyor, kirası ve çalışanlarının aylık ödentilerini karşılamakta da zorlanıyordu. Öncelikle ve özellikle yönetim kurulu üyeleri para sorununu ceplerinden karşılamaya çalışıyorlardı. Bu noktada vakıfı hiç bunaltmayan, en son ânında elini cebine atıp gerekli parayı karşılayan kişi Tarık Akan oluyordu.

Vakıf, arşiv ve kütüphanesinin düzenlenmesi konusunda dört öğrenci getirecektim ama bilgisayar yeterli değildi. Kullanılacağı süre için Tarık Akan, okulu "Taş Mektep"ten hemen sağlayıveriyordu. Vakıf adına yapılacak hemen her iş ve işi kolaylaştıran hamlede Tarık Akan vardı.

Vakıf yönetim kurulu üyesi olduktan sonra en çok şaşırtan şey Rutkay Aziz ve Tarık Akan gibi kişilerin dışarıda kısa sürelerde çok ciddi paralar kazanmaları söz konusuyken Nâzım Hikmet adına bir işçi bir emekçi gibi vakıfta çalışmaları; her yönetim kurulu toplantısında hazır olmaları ve olası her iş için duraksamadan telefonlarıyla ya da ilgilileri arayıp giderek görüşmeleri ve bir kuruş beklentiyi bırakalım, sürekli de ceplerinden para harcamalarıydı. Gerçek yurtseverlik örneği de bu olmalıydı.

Tarık Akan için vakıf kütüphanesi özel bir önem anlam taşıyordu. Öncelikle Sıraselviler'de iki ayrı odadaki kitapların düzenlenmesi için dört öğrencimi getirmiş, işlemleri yapmıştık. Çalışmalarda kullanılacak bilgisayarlar Tarık Akan kanalıyla Taş Mektep'ten gelmişti.

Tarık Akan, Şişli Belediyesi'nin vakıfa yer vermesi ardından kütüphane için sağlanan geniş alan için özel marangozuna neler yaptırabileceğimizi, çalışacak destek eleman olarak öğrencilerin parasal gereksinimlerinin ne kadar olacağı (ki cebinden karşılıyordu) konusunda desteğini sonuna kadar sunuyordu. Vakıf yönetim kurulu üyeleri olarak Zeynep Oral, Kıymet Coşkun'un ve Arif Keskiner'in oldukça ciddi kitap bağışları yanında gelen kitaplar öncelikle Nâzım Hikmet adına açılacak kütüphane için olsa da Tarık Akan, Rutkay Aziz, Kıymet Coşkun, Zeynep Oral'ı tanıyan ya da onların özel görüşmelerine bağlı olarak yayınevleri, vakıf üyesi ve dışındaki kişiler kitaplar bağışladılar. Bugünkü Nâzım Hikmet Kütüphanesi dermesinin oluşmasında adı geçenlerin başında her zaman Tarık Akan vardı.

Tarık Akan'ın kütüphane ve okumaya ilişkin duyarlığı ve çabalarını gazetelere Taş Mektep öğrencileri tarafından okunan kitap sayısı ve sayfasıyla (milyonlara ulaşıyordu) ilan vermesi bir göstergedir. Ayrıca Türkiye'nin eğitim tarihinde kendine özgü yüzüyle ve okuma konusundaki olağandışı başarısıyla Köy Enstitüleri konusunda yönetmenliğini yaptığı, *Köy Enstitüleri: Bir Meçhul Öğretmen* belgeseli önemli bir kanıttır.

ARİF KESKİNER

Tarık'ın Emekleri

Tarık, Zeki'nin en iyi arkadaşıydı. O nedenle hep beraber oluyorduk. Gerçi onlar ayrı bir gruptu aslında! Tarık, Yeşilçam'da fazla kalmazdı. Genellikle Bakırköy'e giderdi. Ama bizimle özellikle Ankara Yürüyüşü hazırlıkları sırasında ve sonrasında biraz daha kalmaya başladı. Tarık, Yavuz Özkan, Semra Özdamar, hazırlıklarla ilgileniyor, valiliğe müracaat ediyor, izin alıyorlar... Ben de o arada Yavuz'la ideolojik olarak çok yakındım. Sinemanın içindeydim.

Her zaman gittiğimiz bir yer vardı Papirüs diye, eski Kulis'ten kaynaklı. Biz orada toplanıyoruz. Akşamüstü herkesi bulabilirsin Papirüs'te. Tarık da gelir ama demin de söylediğim gibi fazla kalmazdı. Akşam olunca hemen işi yoksa doğru kendi arkadaşlarının yanına giderdi, çocukluk arkadaşlarının. Kozalak Zeki'nin yanına. Onlarınki çok güzel bir dostluktu. Vefalı.

77 yılıydı, *Kapıcılar Kralı* filminden ödül aldık. Moskova'ya gittik, geldik Zeki'yle. Aynı yıl sinemada çok önemli bir olay oldu. Bu olay meşhur Ankara yürüyüşüydü. Ankara yürüyüşünün yapılmasının uygun olduğuna karar verilmiş. Tarık Akan, Cüneyt Arkın, Semra Özdamar, Yavuz Özkan, Vedat Türkali var. Yavuz da benim çok yakın arkadaşım. Film yapmayı düşünüyoruz.

Sonra Ankara Yürüyüşü gerçekleşti. Müthiş güzeldi. Ankara Yürüyüşü bizim her şeyimizi değiştiren bir yürüyüştü. Yani dayanışmayı da sağlayan bir olaydı. Ben arabamla katıldım. Kardeşim de arabasıyla geldi. O, İzmit'ten gece Ankara'ya haber götürdü. İstifalar olmuştu. Ümit Utku'nun, "İşte komünistler yürüyor," demesi üzerine. Akşam, İzmit'teyiz. Salonda televizyon açık! Televizyonda da hem bizim yürüyüşlerden haber hem de Ümit Utku'nun beyanları var. Aramızda Filmsav Vakfı'ndan insanlar var. "Komünistler," deyince onlar çok alındılar. Hemen istifalarını verdiler. İstifa dilekçelerini aldı kardeşim, götürdü Ankara'ya! Yani sabah haberlerine girsin diye. Biz; ben ve Zeki, önden gidiyoruz. Fatma Girikler de öndeler.

Bolu Dağı'nın çıkışında bütün otobüsler, kamyonlar durduruldu. Hepsine beyannameler dağıtılıyor. Orada yemekler yendi, açıkta. Sonra Kızılcahamam'da Türkan Şoray, Kadir İnanır Eskişehir'den gelerek katıldılar. Ekip birleşti, müthiş heyecanlıydı yaşadıklarımız. Orada yemek salonunda birdenbire hocayı, Vedat Türkali'yi kürsünün üstüne çıkardılar. Vedat Hoca bir konuşma yaptı. Sendikalaşma üzerine çok güzel bir konuşmaydı. Çünkü bu yürüyüş dayanışmayı hazırlayan bir şeydi. O da sendikalaşmayla olacak bir şey. Amaç oydu zaten. Hak aramak adına!

Ankara'da bizi Atatürk Orman Çiftliği'nin orada TRT' den Neslihan Gence, Işık Yenersu, –o zaman Köy-Koop'ta fotoğrafçılık yapan– Sinan Çetin karşıladı. Güzel röportajlar yaptılar. Mülkiye'nin önünde buluştuk ve oradan yürüyüşe geçtik. Oraya CHP'liler de geldi. Aslında bütün partililer bizi desteklemeye geldi. "Aman biz sanatçılar önde yürüyoruz." Minibüsün üstünde ben konuşuyordum. Bildiriyi okuyorduk. Kadir'i de aldık yukarıya çıkarttık, minibüsün üstünde, önde gidiyoruz. Anıtkabir'e gidiyoruz.

Biz, benim arabanın içinde oturduk. Yavuz Özkan, ben, Zeki Ökten, Şerif Gören, Tanju Gürsu. Gidecek ekibi tespit ettik Ata'nın huzuruna gitmek için. Siyah beyaz film şeritlerinden bir çelenk yapılmıştı. Onu içeriye almadılar. Anıtkabir'e siyah çelenk konulmazmış. Oraya girecekleri tespit ettik; altı-yedi kişi. Fikret Hakan, Zeki Ökten, Tarık Akan –

hatta ben ceketimi çıkardım verdim Zeki'ye! Onun da düğmesi düşmüş o kalabalık yürüyüş sırasında. Komik bir şeyler de var o günden kalan. Kravat aldık, taktık. Zeki'yi öyle süsledik–. Bir de yazılı not verdik. Anıtkabir Defteri'nin protokol yazısını! "Bunu Türkan Hanım'a ver," dedik. "Anıtkabir'de saygı duruşunda bulunduktan sonra deftere yazılacak. Türkan bir adım öne çıksın ve yazsın."

Ertesi günü de Meclis'e gideceğiz. O kadronun içinde de Fatma Girik var. O zaten çok aktif. Yürüyüşün bir nevi yüzü. Kadroda Müjde Ar olacak. Süreyya Duru, Temel Gürsu, Yavuz Özkan ve ben. Sabah Demir Film'de buluştuk. Muammer Aksoy bizi Meclis'te bekliyor. Alacak Senato başkanına götürecek. Biz gelmek isteyen arkadaşlara da açıklama yaptık; biz hiçbir şeye angaje değiliz. Ne CHP'ye angajeyiz, ne Adalet Partisi'ne. Biz ekibi götürdük Meclis'e.

Bu arada bir taraftan Süleyman Demirel, bir taraftan Ecevit bekliyor bizi! Süleyman Demirel iktidarda, Ecevit de muhalefette. Biz, "İkisine de gitmeyiz," diyoruz. CHP'li milletvekilleri var yanımızda, arkadaşlarımız yani. Biz diyoruz ki, "Gitmiyoruz artık. Ona da gitmiyoruz ona da. Meclis başkanı ve Senato başkanına gideceğiz." Sonra Meclis başkanı gelmemişti. Biz de Senato'ya gittik. Dilekçemizi verdik, döndük geldik.

Hemen iki-üç gün sonra Küçük Sahne'de, tiyatroda bir toplantı yaptık. Sıcağı sıcağına sendikalaşma hareketinin oluşması adına. Konuşmalar yapıldı. Vedat Türkali uzun bir konuşma yaptı. Bu toplantı, müthiş dayanışmanın sonucunda Sine-Sen'in kuruluşunu sağlayan toplantı oldu.

Bir yandan da biz Yavuz'un senaryosu üzerinde çalışıyoruz. Ama kadroyu Yavuz kuracak. Yavuz Tarık'la anlaşmış. Her şey tamam ama öbür adamı da Cüneyt oynayacak. Olamaz olan bir şey! Bir araya gelmeleri çok zor. Orada tabii Tarık'ın şeytanlığı var. Tarık senaryoyu alarak, "Ben bunu Cüneyt'e veririm," dedi ve o arada Cüneyt'e verdi. "Sen hangi rolü istiyorsan al," dedi. Cüneyt de sendikacıyı tercih etti.

Sonra çekler, senetler! Bölge ilişkilerimiz var. Onlarla toplantılar. Aldığımız senetlerden –ki 20.000 liraya yakın bir senet– yürüyüşün otobüs paraları ödendi. Biz ödedik, yani *Maden* filmi ödedi onu. Yani biz onu kazançlarımızdan vermiş gibi olduk. Ama film sonra çok büyük iş yaptı.

Film bitti. Filmlerin kopyaları basılmış yani. Sezonu bekliyoruz. Çünkü film, yazın bitti. Kış sezonuna çıkılıyor. Bir gün bir genç geldi. Dedi ki, "Abi ben Yalova'da sinemacıyım." Gencecik bir çocuk! "Ben sizin *Maden*'i oynatmak istiyorum." "*Maden* sezonda oynayacak," dedim ama çocuk yalvarıyor, yakarıyor. "Abi ben 3.000 lira veririm." Yalova'nın ilk oyununda alacağımız para 1.500 lira. Çocuk 3.000 lira teklif ediyor. 4.000-5.000 lira..

Çok büyük para bizim için. Yani hayatımız boyunca Yalova'dan böyle bir parayı alamazdık; "5.000!" "Oğlum," diyorum, "orda bir olay olursa bu filmi yakarız. Hepimiz yanarız." "Abi," diyor, "yazlık sinemada oynatacağım. Bana güvenebilirsiniz. Ben CHP'liyim." O kadar zor bir karar ki bu benim vereceğim karar. Herkesin hayatıyla oynayabilirim. Bir küçük olay çıksa, bir daha hiçbir yere giremezsin filmi. Bir taraftan da filmi denemek istiyorum yani sessiz sedasız. Az da gitse müşteri, bileyim istiyorum. Ve 5.000 liraya tamam dedik. İki gün oynayacaklar ve filmi getirecekler.

Avansı aldık. Filmi gönderdik. İki gün geçti, hiç haber yok! Üç gün geçti, dört gün geçti, telefon yok! Yalova'dan haber gelmiyor. Dördüncü ya da beşinci gün İsmet telefon etti. O genç yani! İsmet Kazancıoğlu, "Abi buradaki gösterimi bitti. Kumla'dan istiyorlar filmi,"dedi. Kumla'da –300 liralık bir gösterim– "2.000 liraya," dedi. "Çok para! Ver," dedim. Avansını aldık. Bir de borçlar var. Pazartesi günü getirdi İsmet filmleri. Paraları verdi. Kumla'nın parasını da verdi. Sonra, "Şu 2.000 lirayı da aldım. İyi para kazandım ben," dedi ve teşekkür etti. Birdenbire sekiz-dokuz bin lira para gelmiş oldu. Çok ciddi bir para o zamana göre. Helal olsun! Biz hepimiz çok mutlu olduk sonuçta.

Ortadirek

Zeki, Tarık ve ben. Aklımız *Ortadirek*'te! Yaşar Abi, Yaşar Kemal benim yakınım. Zeki'yi de çok sever, Tarık'ı da çok sever zaten. Bir gün ağzından *Ortadirek* sözünü aldık. Yaşar Abi Türk yönetmenlerine güvenmiyordu. Fakat Zeki'ye de çok sevgisi var, onun da işlerini beğeniyor. Böyle bir sözü ağzından aldık, hemen atladık arabaya ve doğru gittik Uludağ'a! 15 gün senaryo çalıştık. Kabaca bir şeyler hazırladık, geldik.

Yaşar Abi bu sefer –neden olduğunu tam bilemiyorum ama sonradan– ille bir yabancı yönetmen olsun diye tutturdu. İsimlerini de verdi. Ben Nikita Mikhalkov'la konuştum. Nikita Mikhalkov'un ortağı vardı Azeri. O benim arkadaşımdı. Onunla konuştuk. Onlar da ortak film yapıyorlar Nikita'yla. Şirketleri var. İtalyanlarla yaptılar. Türkiye'de de yapacağız. Ben gittim Rusya'ya, konuştuk. Nikita, "Beş yıl süreyle bu işi yapamam," dedi.

90'lı yıllar. Strasbourg'dayız Tarık'la beraber. Faruk Günaltay'ın her yıl yaptığı film haftası var. Gece gaza geldik ve, "Yapalım bu filmi," dedik. Nikita Mihailkov da o ara Berlin Festival Komitesi başkanı. Gece karar verdik, sabah uçağıyla gideceğiz. Ben arada Türkolog Vera Feyenova'yı aradım, dedim ki, "Mustafayev'in evinde sandığın içinde bir *Ortadirek* çevirisi olması lazım. Onu ordan, –Mustafayev ölmüştü– karısından al, götür Nikita Mikhailkov'a ver." Ama olmadı. Mikhailkov, ödül törenine katılmamış, onun üzerine biz de gitmedik. Bir türlü yapamadık yani sonuçta.

Halet Çambel

Osmaniye'nin çok önemli bir sit bölgesi var. Eski bir şehir. Efes büyüklüğünde olan bir şehir. Kazı yapılmıyor, öyle duruyor. Halet Çambel Hoca duymuş ki, "Sit alanının bir bölümüne çimento fabrikası yapılacak." Bana telefon ettiler. Kalktım gittim Osmaniye'ye! 30'a yakın sivil toplum kuruluşu toplanmış. Ben de girdim onların içine, imza kampanyaları yaptık, dosyalar hazırladık Halet Abla'nın asistanıyla. Sonra dava açtık. O imza kampanyalarının içinde Türkan Saylan, Tarık Akan, Yaşar Kemal, Rutkay Aziz, sinema dernekleri, Sinema Sevenler Derneği de var. O toplantılara Rutkay'ı aldım götürdüm. Rutkay konuşmalar yaptı. Tarık'la gittim. Tarık konuşmalar yaptı. Yürüyüşler yaptık. Sonuçta oradan bunları kaçırdık.

Bu sefer gittiler Yaşar Kemal'in köyünün arkasına. Orada bir Aşağı Bozkuyu diye bir yere! Tarık'la Osmaniye'deki toplantıya katıldık. Tarık da konuşma yaptı. Burası için de dava açtık. Önceki kazandığımız davayı emsal göstererek. Adana'daki ağır cezada yargılandılar. Sonuçta mahkeme karar verdi ve o mahkeme kararını aldım Halet Abla'nın doksan altıncı yaşgününde Mimarlar Odası'na götürdüm. Yaşar Kemal de vardı. Götürdüm, Halet Abla'ya verdim. Onda, bundan böyle Çukurova'da çimento fabrikası kurulamaz kararı yazılıydı. Yani Tarık'ın buradaki emekleri sonsuzdur.

ZÜLFÜ LİVANELİ

Gemileri Yakan Tarık

Kuzey Afrika'dan İspanya'ya geçerken gemileri yakan Tarık Bin Ziyad gibi, bir "Tarık"ımız oldu bizim de... Şöhreti, parayı, korumalarla çevrili, her yere araba konvoyuyla giden, adım attığı yerde yüzlerce flaş birden patlayan bir star hayatını elinin tersiyle itip, başına bir kask giyerek maden ocaklarına inen, Pervari'deki kan davalarında acı çeken, "namusu kirlenmiş" karısını aşkla omuzunda taşıyıp karlı Anadolu ovalarında donmasını izleyen bir büyük sanatçıya dönüştü.

Kolayı değil, zoru seçti. Nâzımların, Yaşar Kemallerin, Orhan Kemallerin, Yılmaz Güneylerin çileli, dikenli yoluna girdi. Tarık'ı bana Vasıf Öngören tanıtmıştı. Yeşilçam'da ününün doruğundaydı o sırada ama tam da başka ve hakiki bir sanat yoluna girmek üzereydi.

Maden filminin müziğini yaparken tanıştık Tarık'la, dost olduk, kardeş olduk. Sonra *Sürü*'de ve *Yol*'da birlikte çalıştık. Yaşar Abisinin "uzun oğlan" diye sevdiği, halkın bağrına bastığı, devrimci, dürüst, alçakgönüllü bir yürek atmıyor artık. Ama hep söylediğim gibi bazıları toprağa gömülür, bazıları halkın kalbine.

Tarık artık sonsuza kadar bu halkın, emekçinin kalbindedir. Tarık Akan'ın dersler çıkarılması gereken hayatını belki de en iyi Robert Frost anlatmıştı.

İç geçirerek anlatacağım bunu ben,
nice yaşlar nice çağlar sonra bir yerde:
bir ormanda yol ikiye ayrıldı, ve ben –
ben gittim daha az geçilmişinden
ve bütün farkı yaratan bu oldu işte.

İyi ki de öyle yaptın be Tarık! İyi ki de gelip geçici şöhret, para, popülerlik tuzaklarını aşıp bu halkın Yunuslardan, Hacı Bektaşlardan, Nâzımlardan bu yana akan ulu, aydınlık ırmağında yıkandın. Bırak sıkıyönetimleri, iktidarları, linç kampanyalarını ölüm karşısında bile dimdik durdun.

Helal olsun sana kalıbının adamı arkadaşım, helal olsun sana.

COLIN MOUNIER

Belgesel Odamız Sensiz Çok Sessiz! (1)

Tarık'la 1990 yılında Yusuf Kurçenli'nin yönettiği, *Karartma Geceleri* filminin çekimi sırasında tanıştım. Çekimden bir gün önce bana, filmin başrol oyuncusu Tarık Akan, demişlerdi. Ve Türkiye'nin en önemli starlarından biri olduğunu da eklemişlerdi. Ben de, çalıştığım her star için söylediğim gibi, hazırlıklar tam olarak tamamlandıktan sonra, mümkün olabilecek en geç saatte sete gelmesini söylemiştim. Beklemekten yorulmasınlar diye başrol oyuncusu filmin starları için hep öyle yaparım. Ve zaten o güne kadar sete erkenden gelen bir stara da rastlamamıştım. Ama sonradan anlayacaktım ki Tarık hiç de öyle değildi! Film sektöründe kendini bir stardan çok, bizler gibi bir sinema çalışanı kabul ederdi. Ve sete herkes gibi daha hazırlıklar sırasında gelirdi. Yine öyle olacaktı... Zaten sanırım dostluğumuzun temelini de bu iş disiplini ve yapılan işe duyulan saygı oluşturdu.

Karartma Geceleri çekiminin ilk günü, ben dekorda kamerayı tavana asmak için daha oradan buradan ipler geçirerek hazırlık yaptığım sırada, sanırım oldukça erken bir saatti, birden kapı açılmış, içeriye Tarık girmişti. Beni öyle görünce, "Fransız bir kameramanla çalışacağımı söylemişlerdi ama bakıyorum sen bizim Türklerden daha Türk'sün," diye bir kahkaha atmıştı. Ben de gülmüştüm... İşte böyle başlamıştı dostluğumuz. Ve 20 yıldan fazladır her zaman en güç çalışma koşullarının üstesinden bile gülerek geldik.

O yıl *Karartma Geceleri* Altın Portakal yarışmasında En İyi İkinci Film Ödülü'nü aldı.

Tarık da En İyi Erkek Oyuncu Ödülü'nü. Ve yaptığı ilk iş, gelip bana teşekkür etmek oldu.

Çok daha sonraları yakın dostum olacak ve bana, "İlk zamanlar, Türkiye'ye yerleştiğini gazetelerden öğrenmiştik ve balinaların çekimiyle uğraşmış biri Türk sinemasının feleğin çemberinden geçmiş oyuncularıyla nasıl başa çıkar ki diye düşünmüştük," diyerek bir de samimi itirafta bulunacaktı.

Karartma Geceleri'nin hemen ardından yine Yusuf Kurçenli'nin yönetmenliğiyle *Çözülmeler* filminde devam etti iş arkadaşlığımız. Ama işten başka konular da girmişti gündemimize. Tarık, tanıdığım, memleketine gerçekten âşık insanlardan biriydi. Vatansever demiyorum, o başka bir şey. Tarık her şeyden önce Türkiye'nin değerlerine, kültürel zenginliğine hayrandı. 20'li yaşlarında Denizli'de askerliğini yaptığı dönemde nasıl Afrodisias antik kentine gidip kazı başkanı arkeolog Kenan Erim'le tanıştığını uzun uzun heyecanla anlatmıştı bana. Kenan Erim, *Ses* dergisi birincisi, genç yaşına rağmen Türk sinemasının en aranan jönü olmuş, çok yakışıklı bir adamın arkeoloji tutkusuna ve dikkatle kendisine sorular sorup dinlemesine çok şaşırmış, sonra da dost olmuşlardı. Zaten Tarık'ın akıl almaz yerlerde, akıl almaz iyi dostları vardı. Birlikte belgesel filmler yapmaya başladıktan sonra bu dostluklar en önemli yardımcılarımız oldu.

Belgesel film çalışmalarımızın ilk başlangıç tarihi yine 1990 yılları. Fikir, Tarık'tan çıkmıştı. Gazeteci Özgen Acar'ın Uşak bölgesinden yurtdışına kaçırılmış, Lidyalılar dönemine ait çok değerli buluntular hakkında bir makalesini okumuş ve çok etkilenmişti. Türkiye'den yurtdışına kaçırılmış hazineler hakkında bir dizi belgesel film yapmak istiyordu. Yeşilçam filmleri mesleğiydi ama Türkiye'nin zenginlikleri konusunda, herkesin anlayacağı dilde belgesel filmler yapmak tutkusuydu. Yusuf Kurçenli, Tarık ve ben hemen kolları sıvadık ve Anadolu'daki antika talanını konu alan birkaç filmlik bir proje hedefledik. Tarık güvendiği kişilerden çok iyi bir ekip oluşturmuştu. Dekoratör arkadaşı Serdar Günbilen akıl almaz bir hızla döneme ait gereken malzemeleri hazırladı. Ve bir yıl gibi kısa bir zamanda senaryo, aksesuvarlar, dekor, çekim tüm çalışmaları tamamladık. Ancak bu projenin yalnızca iki filmini gerçekleştirebildik; Karun hazineleri ve Noel Baba hazineleri.

Sonra maddi sorunlar nedeniyle projeye elveda demek zorunda kaldık. Ama çok geçmeden inanılmaz bir fırsat çıktı karşımıza...

Henkel firması, sosyal sorumluluk çalışmaları kapsamında Antalya'dan yurtdışına çıkarılmış Herkül lahitini Türkiye'ye iade etme kararını almıştı. Ve bu konuda çok özel bir davetli grubuna gösterilecek bir belgesel film yaptırmak istiyorlardı. Filmin yapımını ve yönetmenliğini Tarık'a teklif etmişlerdi. Dedim ya, Tarık'ın hiç akla gelmeyecek yerlerde yakın dostları vardı ve insan ilişkilerinde sanırım tanıdığım en başarılı kişiydi!

Yapılacak belgeselin gerçekleştirilme süresi de, bütçesi de çok kısıtlıydı ama olsun! Tarık'la her zaman uzun uzun konuştuğumuz Türkiye'nin kültürel zenginliklerine ilişkindi konu.

Hemen harekete geçtik...

Filmin senaryosunu zaten işi metin yazarlığı olan eşim Rana kaleme aldı. *Perge Lahitleri* idi adı. Ve galiba böylece bizim "Belgesel Odası" fikrimizin de ilk kez temeli atılmış oldu...

RANA G. MOUNIER

Belgesel Odamız Sensiz Çok Sessiz! (2)

2010 yıllarında ekmek parası, hayat gailesi derken akıp giden zamanın bir yerlerinde kendimizi İstanbul'dan kaçıp İznik'e yerleşirken bulmuştuk. Ve Colin de, ben de artık 50'li yaşların üstündeydik. Unumuzu eleyip eleğimizi duvara asmayı seçebilirdik tabii. Ama insan yedisinde neyse yetmişinde de odur dedikleri doğruymuş.

Üretmeden, araştırmadan, koşuşturmadan öylece durarak mutlu olacaklardan değildik biz. Ve bunu galiba en iyi bilen ve anlayan da dostumuz Tarık Akan'dı. Üçümüzün birlikte ilk işi, Henkel firması için yaptığımız *Perge Lahitleri* belgeseli oldukça beğenilmiş ve biz, çok zor koşullarda da olsa bir elden çalışmaktan çok keyif almıştık.

Kendimizi emekli edip İznik'e yerleşmeye karar verdiğimizde, yalnızca bahçe ile uğraşmak size yetmeyecek, dedi Tarık. Birinizin yazmak, diğerinizin film çekmek, mesleklerinizden gelen hastalık olmuş sizde! Tabii sözleri şakaydı ama içinde gerçek payı da yok değildi. Ve yine fikir ondan çıktı. "Niye Nâzım Hikmet Vakfı adına DVD gelirini vakfa bağışlayacağımız belgesel filmler yapmayalım?"

Böylece hep birlikte, nasıl olduğunu anlamadan İznik'teki evin bir odasını kitaplar, kâğıtlar, notlar, çekim, montaj, seslendirme malzemeleri ile doldurur bulduk kendimizi. Ve sonra hep birlikte o odaya bir isim koyduk: Belgesel Odası!

Önce uzun araştırmalarla başlıyordu her proje. Sonra görüntüler metni ya da tam tersi metin görüntüleri izliyordu. Gönlümüze bir proje fikri düştüğü zaman Tarık tüm başka işlerini bırakıp İznik'e geliyor, batan güneşe karşı hep birlikte oturup tartışıyorduk. Sıcacık sohbetler sırasında kendimize sanki bir misyon çizmiştik. Özellikle gençlere aydınlık kapılar aralamak için köklerine ilişkin belgesel filmler yapma görevini üstlenmiştik gönüllü olarak. Çünkü diyorduk ki, ancak bilinen, tanınan ilgi uyandırıp sevilir. Çünkü ancak sevilene, benimsenene sahip çıkılır, korunur, böylece geleceğe taşınır. Ve bu ülkenin değerleri gerçek bir hazinedir ve geleceğe taşınmalıdır. Çünkü ancak sahip çıkıldıkça değerler yok olmaz, kök salar ve yeni kuşaklara aydınlık kapılar açar.

Denizde bir damla olarak kalsa da, Türkiye'nin unutulmaması gereken değerlerine ilişkin hiç olmazsa bazı konularda farkındalık yaratmaya katkıda bulunmayı kedimize iş edinmiştik! Karar vermiştik, işte bundan böyle üçümüzün ortak uğraşı olacaktı bu! Hepimiz emeğimizi bir hobi gibi koymuştuk ortaya.

Bir projenin gerçekleştirilmesi aşamasında, bazen tek bir plan için mevsimlerin geçmesini bile beklediğimiz oluyordu: Ve sonuç olarak her bir belgesel filmin yapımı aylar ve aylar alıyordu! Ama biz çok eğleniyorduk! Belgesel Odamızda bazen seslerimiz çok yükseliyor ama mutlaka ortak bir noktada birleşiyorduk ve hiçbir zaman kahkahamız eksilmiyordu. Ve Tarık, Anadolu'nun her köşesindeki her çekimde etrafımızı sarıp onunla fotoğraf "çektirmek" isteyen hiçbir hayranını geri çevirmemesiyle beni her seferinde şaşırtmayı başarıyordu.

Böylece Nâzım Hikmet Vakfı adına altı belgesel film çektik. Konuları hep Türkiye'nin sosyal değerlerine ve kültürel zenginliklerine ilişkindi.

Üç kişilik koca bir ekip olmuştuk! Yönetmen, yapım elemanı, kameraman, senarist, montajcı, set işçisi ve diğer her şey yalnızca üçümüz idik. Bir de seslendirme ve oyuncu olarak her zaman bizlerle birlikte olan Işık Yenersu, Rutkay Aziz, Bülent Kayabaş gibi sanatçı dostlarımız! Ve tabii Tarık'ın daha başka birçok dostu!

Onlar olmasaydı kuşkusuz yarım kalırdık...

Ve şimdi Belgesel Odamız sensiz çok sessiz Tarık! Seni çok özlüyoruz...

YILMAZ OKYAY

Sen Dostluğun Resmini Yapabilir misin?

Yıl galiba 1981, aylardan Ağustos, belki de Eylül. Uzun, atletik, fazlaca yakışıklı bir adam sörf tahtasını denize indiriyor, –mesela benim asla beceremediğim– becerikli, çevik bir hareketle dar gövdenin üzerinde ayağa dikilip, rüzgârla konuşmaya başlıyor. Sonra bir bakıyoruz, İstanköy'le Akyarlar arasında bir yerlerde Poseidon'la yarışmakta... Çünkü içinde merak eden, bilmek, tanımak, öğrenmek isteyen tutkulu, inatçı bir çocuk var. Artık gözle seçilemez olduğunda, aklımdaki düşünceyi eyleme dönüştürüyorum. Kıyıda bizlerden başka birkaç asker var. Kumsalda bir topun peşinde koşuşturuyorlar. Gözlem kulesindeki nöbetçi bazen onlara dalıp gidiyor, sonra toparlanıp yine denize çeviriyor elindeki dürbünü. Beni yanında görüverince irkildi. Nereye baktığını sordum, temiz bir sesle, "Tarık Abi'ye" dedi. "Neden?" "İşte Tarık Abi, şey yani bey, İstanköy'e kaçmaya kalkarsa..." diye kekeledi. "Bak bakalım nerede şimdi?" O heyecanla göremedi sanırım ve telaşla, "Siz aşağıya inin, benim haber vermem gerekiyor," deyince, "Verme," dedim. "Çünkü az sonra dönecek." Asker buna inandı. Çünkü Tarık Abisini –sezgisel bir şekilde– tanıyordu. Kolaylıkla tahmin ettiğiniz gibi, bu güzel askerin ve aşağıda top oynayanların Tarık Abisi, Tarık Akan'dı. Her yeni gelen asker için de öyle olmayı sürdürdü. Onlarla keyifli voleybol maçları yaptı. Birkaç yıl sonra bir yaz baktık, gözleme kulesi yoktu. Kumsalda top oynayan askerler yoktu. Sonra bir güz günü baktık, Tarık Akan yoktu...

Yokluk, kişi artık düşlerde, düşüncelerde, meraklarda, kuşaktan kuşağa aktarılan anlatılarda, kitaplarda, ekranlarda resim veremediğinde oluşur. Sözgelimi sizler, bizler iki kuşak boyunca düşlerde, üç –bilemedin dört– kuşak kadar anlatılarda, beş kuşak kadar da, ara sıra bakılan resimlerde ufak roller alabiliriz. Ama bu bazıları için geçerli değil. Burada canlı, taze bir öykücük aktarayım diyorum. Tarık'ı birinci yılında anmak için, onunla tanışmama yol açan ortak dostumuz Dr. İbrahim Astarcıoğlu ile nefes nefese kabrine gidiyoruz. Kendimizi metrodan Bakırköy'e attık. Sıradaki taksinin şoförünü zar zor bulduk. Ben taksiye bindim, İbrahim dışarı da elli-elli beş yaşlarındaki, biraz aksi görünümlü şoföre, "Zuhurat Baba Mezarlığı," diyor, beriki öyle bir yerin olmadığında ısrar ediyor. Direksiyona oturan hafif kızgın adama, İzmir'den geldiğimizi, Tarık Akan'ın kabrine gitmek istediğimizi, acelemiz olduğunu söyledim. Hafif yan dönüp, "Ha şöyle desenize yahu," dedi. Bu benim deminden beri geveleyip durduğum şeylerin özeti belki de... Bu düşünceyle lafı kısa kesmek istiyorum, ama konu Tarık olunca anlatımı kısa tutmak, Tarık Akan'ı kısaltmaya çabalamaktan pek farklı değil. Diyeceğim şu ki, bu konuda Tarık kadar şanslı olmak fazlaca kişiye nasip olacak bir şey değil. Düşünsenize bir; *Yol*'u gelecek yıllarda da bir "*Sürü*" insan izleyecek çünkü. *Maden*'i ve daha nicelerini... O ekranda gülümsediğinde, insanlar onun içindeki sıkılgan çocuğun resmini de göreceklerdir. Mahallesinden hiç kopmamış, hafif külhan, cankurtaran delikanlınınkini de, dayanıklı, dirençli, inançlı, hep halkının insanı olmayı başarmış, hep ilerici kalabilmiş olgun, sevecen eğitimciyi de, Nâzım Hikmet Vakfı'nın maddi, manevi büyük destekçisi devrimci yürekli adamı da...

"İçindeki çocuğu kaybetme," diye bir zamanlar neredeyse sloganlaşmış bir laf vardır. Sanki hepimizin içi hep neşeli, gülümseyen, dürüst, cesur, akıllı, güvenli, becerikli çocuklarla doluymuş gibi. Sanki ağlamaya hazır, üzgün, sevgisiz, korkak, yalancı, güvensiz, beceriksiz çocuklar hep başkalarındaymış gibi... "İçindeki çocuğu elinden geldiğince iyi büyüt," bana daha gerçekçi geliyor. Tarık bunu başarmış biri. İçindeki karanlık bölgeye bakmayı, aydınlattığı yerleri görmeyi, tanımayı oradan öğrendiklerini –korkmadan– daha iyi bir Tarık için kullanmayı sezmiş ve bunu başarmış bir sanatçı o. Hem de çok iyi bir sanatçı. Zaten kendi karanlık tarafıyla yüzleşmeden iyi sanatçı olunmuyor.

İşte bir gün bu askerliğini "aslanlar" gibi yapmış genç adam, denizine, kumuna, havasına, doğasına, dinginliğine hayran olduğu Akyarlar isimli kıyının "burada hiçbir şey yetişmez" denilen kumsalına bir tohum bıraktı yıllar önce. Onun isteği, tutkusu, inadı, kararlılığı, ama ille de o güzelim dost yüreği olmasaydı, hiçbir şey yetişemezdi o kumsalda. Ama yetişti; onun keyifli gülümsemesiyle ağaca, ağaçlara dönüştü. Doğanın en büyük armağanı olduğunu hâlâ kavrayamadığımız güzel ağaçlara. Sayımız giderek arttı. Onun dışındakiler de bu aydınlık, gülümseyen insanların çoğalmasına katkıda bulundularsa da, Tarık olmasaydı bu bolluk, çeşitlilik ve keyif asla olmazdı. Onun kaç kilo kılıçbalığı aldığını, kalamarları hazır ettiğini, yerlerimizi ayırttığını bildiren telefonunu beklemenin tadı, biliyorum ki hep gülümseyerek, sevgiyle, özlemle, bazen de hüzünle anımsayacağımız, bir karmaşık duygular dalgası olarak çarpacak belleklerimizin kıyılarına.

Tarık'ın oyunculuğundan söz etmek bana düşmeyeceğinden, ben onun dostluğundan söz edeyim diyorum. Nasıl başarırdı bilmiyorum ama, dostluğunu size dokunan bir el gibi hissederdiniz. Birini sevip sevmediğini ustaca saklayan insanlardan değildi. Mesela eski mahalle arkadaşlarıyla olan dostluğunun derinliğini siz bile hissederdiniz. Şeref Abisini, Zeki Abisini, büyük baba Orhan Çağman'ı, İlhan Selçuk Abisini, Rutkay Aziz'i, Bülent Kayabaş'ı ve elbet Acun'u da severdi ama çocuklarının ilk sırayı kaptırdığını hiç görmedik. Sevdikleriyle şakalaşmayı da severdi, onlara küfretmeyi de... Küfürlerinin bile sıcak bir dokunuş olduğunu anlamak pek zor değildi ve sanırım bundan nasibini almamış pek az dostu vardı.

Onu fotoğraf makinesinin arkasında çok az gördüğüm geliyor aklıma. Ama *Afrodisias* belgeselini çekerken, nasıl olup da bir heyecanı bu denli canlı tutabildiğini düşünmüş, kamera arkasındaki Tarık Akan'ın başka bir kimliğe dönüştüğünü görmüşlüğüm de var. Fotoğraf makinelerinin önündeyse o kadar çok gördüm ki onu; "Aaa Tarık Akan!" nidasından sonra gelen fotoğraf çektirme isteklerinde –huzurda bulunduğum için– çekim elemanlığı yapma sayım hiç de az değildir ve kendini bu görevin içinde bulmayan arkadaşı da yoktur demek, abartı olmaz. Hiç yorgunluk ya da bıkkınlık içeren görünümünü anımsamıyorum. Bunun hastalığı sırasında bile değişmediğini, adını koyamadığım bir duyguyla anımsıyorum şimdi. Yaşlılara özellikle daha sıcak davrandığı, çocukları kucağında tuttuğu, kedilerle, köpeklerle sohbet ettiği resimler geçiyor gözümün önünden. Tarık Akan'ın gülüşünü, büyük bir özenle mükemmel bir lezzet kattığı kalamarları elleriyle dağıtışını sevmemek ve anımsamamak ne mümkün. Çok sevdiği Nâzım Hikmet, "Sen dostluğun resmini yapabilir misin?" diye sorsaydı; bir Tarık resmi, çok iyi bir yanıt olurdu kanımca.

Bu halk seni çok sevdi Tarık Akan, hâlâ seviyor ve sevmeye devam edecek. Çünkü sen Türkiye'nin Alain Delon'u olmaya gönül düşürmeyip, sıradan, yoksul, dertli halkının hikâyelerini anlatan değerli filmlerin usta sanatçısı olmayı, yani başlarda söylediğim gibi, içindeki çocuğu iyi büyütmeyi başardın. Seninle gururlanıyor ve seni çok seviyoruz. Çok da özlüyoruz ama aklımızdaki, dilimizdeki, bize bıraktığın eserlerdeki resimlerin, "yokluğu" sana yaklaştırmıyor, yakıştırmıyor. Seni kıskanıyorum sevgili dostum.

ZEYNEP ORAL

Canım Kardeşim Tarık...

Canım Kardeşim Tarık... Son konuşmalarımızdan biriydi... Telefondaydık... Sen İstanbul'da bir hastane odasında... Ben Bodrum'da evde... Eylül ayının 8'inden bir ya da iki gün sonraydı...

"Kız beni amma da yüceltmişsin. Okurken hem ağladım hem de mahcup oldum... Sahi bütün bunları yaptım mı ben..." diye soruyordun... O çok sevdiğin *Cumhuriyet* gazetesinde 8 Eylül'de yayımlanan yazım için söylüyordun...

Kahkahalarla gülüyorduk telefonun iki ucunda... Yüceltmek mi? Az bile yazmışım... Arkadaşım olduğun için hakkını bile yemişliğim olmuştur... İtiraz ediyorsun... Sesin yorgun, çoook yorgun...

Hiç inanmasan da o ışıklı sesin sana ihanet etse de, "İyiyim, iyiyim," diyorsun...

"Bakarsın Bodrum'a bile geliriz eylül sonu..."

Aklın sıra beni kandırıyorsun canım kardeşim... İkimiz de biliyoruz oysa... Günler çoktan kısalmaya başladı... Karanlık gitgide sarmakta çevremizi... O yazıya ne çok, ne çok aşk, sevgi, iyi dilek mesajları geldi. En çok da tedavi önerileri... Mucize yöntemleri... Oysa... meçhule giden gemi çoktan bu limandan yola çıkmıştı...

* * *

"Yaşamak ne güzel şey / Anlayarak, bir usta kitap gibi / Bir sevda şarkısı gibi / Bir çocuk gibi şaşarak yaşamak..." diyor ya o çok sevdiğin şair...

İşte canım kardeşim, sen, tüm yaşamını anlayarak, bir usta gibi yaşadın. O nedenle Zonguldak'ta ya da Soma'da maden işçilerinin yanında yürüyordun.

O nedenle Barış Derneği davasında ya da Fazıl Say yargılanırken mahkeme kapılarında, duruşma salonlarındaydın.

Silivri barikatlarında ya da 1 Mayıslarda Taksim'deydin.

Tüm yaşamını bir sevda şarkısı gibi yaşadın. Senin sevda şarkın aydınlık bir Türkiye'ydi. O nedenle eğitime onca yatırım yaptın.

Bir çocuk gibi şaşarak yaşadın 66 yılını canım kardeşim...

Kötülüğün, kin ve öfkenin veba salgınından beter yayıldığı ortamda sen çocuk masumiyetini koruyarak dünyayı, ülkeyi, insanları daha çok öğrenmeye çalıştın...

Belgeleyerek, göstererek, örnek olarak, iyiliği, güzelliği, doğruluğu, sevgiyi yaydın...

Ve sen gittikten sonra kitlelerin ardından bunca gözyaşı dökmesi bundandır...

* * *

Canım kardeşim, hatırlar mısın, 2012'de Almanya'da Nürnberg'de, sana Türkiye'de sinema sanatının gelişimine ve uluslararası alanda tanınmasına yaptığın katkılar için Onur Ödülü veriliyordu ve ben sana uzaktan çiçekler yollamıştım (bana da okurlar anımsattı).

Bugün de son yolculuğunda sana yeryüzünün tüm çiçeklerini yolluyorum canım kardeşim benim:

Kır papatyaları: sinema sanatına yaptığın katkılar için.

Mor, eflatun hercaimenekşeler: tüm sanatların gücüne inandığın için.

Kucak dolusu kırmızı karanfil: her daim emekçilerin, mağdur olanın, haksızlığa uğrayanın yanında olduğun için.

Kırmızı güller: çocuklarına harika babalık yaptığın, can yoldaşına iyi bir eş olduğun için.

Tonlarca gelincik: eğitime katkıların ve yatırım için.

Her renk laleler: sahici, gerçek bir Atatürkçü olduğun için.

Mavi ve pembe ortancalar: yıllar boyu eğilmeyen başın, ödün vermeyen dik duruşun için.

Rengârenk krizantemler: direnme gücünü hiç ama hiç yitirmediğin için.

Sarı, beyaz, mavi kardelenler: meslek yaşamınla, meslek dışı yaşamını birbirinden ayırmadığın, aynı sevgi ve saygıyı buluşturduğun için.

Bembeyaz orkideler: daha güzel bir dünya umudu, daha adil Türkiye özlemiyle, var olma biçimini bütünlediğin için.

Mor ve eflatun orkideler: düşüncelerinle söylemini, söyleminle eylemini bir kıldığın için.

Muhteşem manolyalar: inandığın ilkeler doğrultusunda çalışan STK'lara yaptığın yardımlar ve katkıların için.

Avuç avuç mis kokulu yaseminler: aydınlık insan örneğini oluşturduğun için.

Bodrum yarımadasının tüm bugenvilyaları: dostlukların değerini bildiğin için.

Bütün bu çiçeklere bir tutam ışık ekliyorum: insanlık onurunu her daim savunduğun için, canım kardeşim... HOŞÇA KAL CANIM KARDEŞİM TARIK...

NEBİL ÖZGENTÜRK

Gönüllerde Başrolde

Tarık Abi'nin cenaze törenini hatırlayın... Muhsin Ertuğrul Salonu'nu, sokakları, Bakırköy Mezarlığı'nı... Ekranları, gazete sayfalarını, sosyal medyada yazılanları.. Şairin dediği gibi "böyle bir sevmek görülmemiştir!" gerçekten. Akan, Attilâ İlhan'ı da pek severdi sahi. Ki *Sanatımızın Hatıra Defteri* belgeselimizde bir Attilâ İlhan oluvermişti ki yaşatmıştı adeta büyük şairimizi. Kimi insanlar vardır ki bu dünyadan göçüverse de, ellerden kayıp gitse de yaşadığını görürsünüz yine. İşte,Tarık Akan, sevgili Tarık Abi, gitse de göçse de, ölse de öldüğünde kalandır! 45 yıllık meslek ömrüne mucizevi dönüşüm sığdırmış, bin bir renkli bahçe işlemiş Tarık Akan'ımız binlerce yıla kalacak evet...

Yazılsın bir kez daha. Tarık Akan, hayata kalan... Binlerce yıla kalan! Evet. İstanbul'daki cenazesinin ardından bir buçuk ay geçmişti, Köln'de toplanmıştık bu kez. Çok sevgili arkadaşı Günay Çapan'ın girişimleriyle Köln Üniversitesi'nde bir anma töreni daha yapılmış ve Avrupa'nın dört bir yanından (yüreği Tarık Akan sevgisiyle dolu) binlerce insan, saatler boyu gözyaşı dökmüştü her karede, her sahnede, her notada! O yaş döken gözlerin tanığıyım! Sonra... aylar sonra, Moskova'da Nâzım'ın mezarı başında buluşmuştuk. Rutkay Aziz, Nâzım'a saygı sunarken konuşmasının arasında, can dostuna Tarık Akan'a getirivermişti sözü. Nâzım sevdalısıydı ya Tarık Akan zaten. İşte, Moskova'daki o mezar başında toplananlar, "Tarık" adını duyduklarında iki kez hüzne boğulacaklardı. Hayata kalan düşünce ve edebiyat devlerinin mezarlığında, Nâzım'ın mezarı başındaki kalabalık, "sürgünde ölen bir şair"le, "erken ölen bir aktör"e içli içli gözyaşı döküyordu. Sarsıcı bir durumdu. Rutkay Abi, titreyen ve tok sesiyle, "Tarık'ın mezarından bir avuç toprak Nâzım'a. Nâzım'ın mezarından da bir avuç toprak Tarık'a," dediği anda, hem kendini önleyemedi hem de dinleyenleri. Toprağı değiştokuş etmeyi öneren Nâzım Komitesi Başkanı Ali Galip Savaşır da, Bakırköy'den alınan toprağı Nâzım'ın mezarına küçük elleriyle döküveren (Tarık Abi'nin kızı kadar sevdiği) Melissa ve Ceren de Rutkay Abi de kalabalıkla birlikte damla damla bir hüzün gölüne karışıvermişlerdi toprakla birlikte! Tanığıyım! Fotoğraflar anlatamaz bu duyguyu! Ülkenin dört bir yanında, dünyanın herhangi bir köşesinde değişmiyordu demek ki. Öyle ya sevgi de bulaşıcıydı çünkü! Evet. Bizim insanımızın şaşırtan bir sağduyusu ve vefası var ki "Ferit'ten Seyit Ali'ye uzanan bir yol çizmiş", yolundan şaşmamış, yolundan dönmemiş Tarık Akan'ı, adını, filmlerini bin yıl yaşatacak!

Evet evet, çünkü, Tarık Akan, öldüğünde kalandır! Ve... şöhrete değil, kalıcı olmaya gönül verendir.

20'li yaşlarında dahi, yani kendi yaşıtlarının "şöhrete giden yol"u aralamaya heyecanla çalıştığı zamanlarda, en yakışıklı, en yeşil gözlü, en güzel bakışlı, en uzun boylu oluşuna aldırmayandır. Ki bir arkadaşının ısrarı ve gizli eliyle "artist yarışması"na kattığı delikanlıdır..

Ama fiziğini ve yeteneğini çiçeği burnundayken kanıtlayandır. Üçüncü filminde rakipsiz "Yeşilçam'ın prensi" olandır.

10, bilemediniz 15. filminde, (kapakların, manşetlerin pop figürü olduğu bir dönemde) içi içine ve kabına sığmayıp, komşu gezegene sıçramaya çalışandır. Ki sonsuz inandığı yönetmenine, Ertem Eğilmez'e ısrar üstüne ısrar ederek dönemin mimli ve namlı sosyalist yazarı Rıfat Ilgaz'ın *Hababam* eserini sinemaya taşınmasını sağlayandır. Aynı yönetmene iki yıl sonra, "Eyvallah, bana yine yol göründü," diyendir. Ve işsiz kalmayı, parasız kalmayı, şöhretinin biteceği o riskli yola giren, deyim yerindeyse bembeyaz, süslü püslü salonlara veda edip yerin dibinde film çekendir... "Delikanlım yıldızlara iyi bak, bir daha onları göremezsin" dizeleri heybesinde *Maden*'den çıkıp *Sürü*'nün önüne atılandır...

Kurallarıyla nam salan Yeşilçam büyüklerine inat, kural dışılığıyla ünlü Yılmaz Güney'e kardeş olmayı seçendir. Yılmaz Abisini büyüğü saymaktır. Ülkede kan gövdeyi götürürken, kurşun adres sormazken, namlular körken, filmlerinin oynadığı salonlar bombalanırken *Yol*'undan yine dönmeyendir...

Ve yurtdışında olduğu bir haftada, ülke bir darbenin orta yerinde can çekişirken, fırsat bu ya dönmemek varken, kendinden emin ülkesine gelip aylar süren sorgu odalarına tıkılmaktır. Ve gözü dönmüş 12 Eylül 1980 zalimlerine "tek bir dostunu şikâyet ve eyvallah etmeyip" kendi doğrularına devam edendir.

O 12 Eylül zalimliği ki yazana çizene göz açtırmazken, çokçaları göz açıp ses etmezken, çok sevdiği ülkesinin bahar yarınlar görmesi için, acılardan, baskılardan aydınlığa uzanması için "cesur yürek"li dostlarıyla bir dilekçeyi gözü kapalı imzalayandır. Bir kez daha sorgu odasına girmeyi, yargılanmayı göze alandır. Ve yıllar yılı o zalimleri, o darbecileri meydanlarda, salonlarda, yazdığı kitaplarda teşhir edendir. Sonraki kuşaklara "darbenin ibret belgesi"ni bırakandır... Evet. Tarık Akan... Yine yol yakınken, yine şöhretinin doruğundayken, yine eski konforlu zamanlarına dönmek varken, Feritlerden ve Muratlardan, aldığı ödüller koltuğunun altındayken, Şivan'a ve Seyit Ali'ye ve Mustafa Ünal'a yol arkadaşlığı yapmaya devam edendir... Şivan rollerinin olamadığı zamanlarda taksiciliğe soyunan ve bir başka Seyit Ali'nin gelişini bekleyendir.

Taksilerinden, "Taş" gibi bir "Mektep" çıkarandır. Taş Mektep'ten pırıl pırıl çocuklar yetiştirendir.

Çocukluğunda gizlice okuduğu Nâzım'a önce filmleriyle, ardından vakıfla gönül verendir.. Gönül verdiği Nâzım Vakfı'na gelir sağlamak için hiç hesapta yokken belgesel yönetmeni olandır. O belgesellerin ki sponsoru olan, üretilen DVD'lerin satışı için de dosta arkadaşa telefon üstüne telefon edip vakfın hesabını işaret edendir.

Tüm bu çabanın ortasında, en baba zamanlarında, tüm bu sivil ve sosyal sorumluluk telaşının içinde Barış'ına, Özgür'üne Özlem'ine "babaların en güzeli" olmaktır.

Gazi'nin ilkelerine sıkı sıkıya sadık olduğunu haykırarak barışı arzulayandır, Gezi'de selam durandır, 2005-2007 yılının FETÖ kumpaslarından Silivri'ye atılan mağdurlara dayanışma gösterendir.

Bin yılın yakışıklısı, bin yılın şöhreti, bin yılın aktörü namına aldırmadan kalabalığın arasında panzere dipçiğe, copa göğüs gerendir... Beyaz saçlarını çeken ve omuzundan asılana hadsizlere içeri girmeyi göze alıp, "Utanın!" diyendir. Tarık Akan... Bildiğini okuyan, bildiğinden şaşmayan, inandıklarını savunmaya devam eden, dik duruşlu sağlam iradeli bir Türkiye aktörüdür...

Yıllar var ki en Çiçek'inden bir köşede, en sakininden bir atmosferde, en tevazusundan oturmayı çok sevendir. "Aziz" dostlarıyla, hayat ve kıymetli yol arkadaşlarıyla yârenlik etmeyi özleyendir.. Arif olanın anlayacağı bir muhabbet sofrasında bazen kahkahaya boğulan, bazen gözyaşı döken, bazen çocuk olandır.

Ve 2015'in soğuk ve puslu yıl zamanlarında hayat damarlarından birine saplanan iblis bir tümöre, sevdiği kadın Acun'un, taptığı çocuklarının ve o muhabbet sofrasındaki can dostlarının telkin ve dayanışmasıyla da az biraz kendi kozası içinde adım adım mücadele verendir.

Mücadele ederken, kemoterapi yorgunuyken hiç yangın yapmayan, aksine "inadına yaşamak" diyen Nâzım için, Gazi için, Cumhuriyet için, hiç durmadan yürüyendir; yine yollara düşendir...

Ve o yolun bir köşesinde, ne yazık ki en hüznünden hayata veda edendir...

Veeee... Hayatı terk etmesinin ardından, ışığıyla, biriktirdiği sevgiyle kalanlara umut verendir...

Tarık Akan, öldüğünde kalandır... Tarık Akan yüreklere kazınandır... Hep özlenecek adam gibi adamdır...

YAVUZ ÖZKAN

Efsane

Tarık'la 1977 yılında tanıştık. Ankara Sinema Yürüyüşü öncesinde ve sırasında verilen mücadelenin içinde yer aldık. Daha sonra *Maden* filmiyle, hemen ardından da *Demiryol* (1979) filmiyle yola devam ettik.

80 Darbesi'nden sonra ben Fransa'ya gittim ve yedi yıl hiç gelmedim. Tarık iki kez Paris'e geldi. Orada görüştük.

1987 yılında Türkiye'ye döndüm. Türk, Fransız, Alman ortak yapımı *Yağmur Kaçakları* isimli filmi çektik.

Sonra uzun yıllar Tarık'la çalışmadık.

1999 yılında *Hayal Kurma Oyunları* isimli filmde Tarık'la yeniden buluştuk.

Yine aradan yıllar geçti. *Efsane* isimli bir film çekmeye hazırlanıyordum. Tarık'ı düşündüm. Ama hastaydı. Hastalığın bu kadar hızlı gelişeceğini hiç düşünmemiştim. Senaryoyu gönderdim. Aynı gün heyecanla aradı, "Tamam oynarım," dedi. Senaryo üstüne konuşurken eşi Acun da aynı fikirdeydi. Bir film çekmenin ona çok iyi geleceğini fark ettim.

Tarık'ın oynayacağını duyurduk. Zaman zaman hastanede yatmak zorunda kalıyordu. O zaman hastanede görüşüyorduk. Her şey yolunda gibiydi. Bu görüşmelerden birinde doktorları odaya çağırıp durumu anlattık. Bir sorun çıkar mı diye sorduk. Hiçbir sorun çıkmayacağını, filmi çekebileceğini, hatta çekimler sırasında sık sık sete geleceklerini söylediler. Çok sevindik. Aynı gün bıyık bırakmasını istedim.

üç-dört gün sonra gittiğimde bıyıkları için, "Yavaş uzuyor, aldığım ilaçlardan olabilir," demişti.

Biz hemen çekim hazırlıklarına başladık. Hiç beklemediğimiz bir anda onu kaybettiğimizin haberini aldık.

1977 yılında başlayan dostluğumuz yine bir film çekmeye hazırlanırken noktalandı.

ALİ GALİP SAVAŞIR

Ortak Sevdamız Nâzım

Kendimi tanırken onu da tanıdım sinemada. Onu izlerken sadece gözlerine bakardım, her zaman sevgi vardı bakışlarında.

O bilmezdi ama o ve ben aynı kişiymişiz gibi hissederdim. Bazen kızardım haylazlıklarına oynadığı rollerde. "Bu olmamış Tarık!" derdim içimden. Onun gibi uzatmak isterdim saçlarımı ama polis kolejinde saçlarımız sıfır numara gezerdik. Yaz tatillerinin sonuna doğru biraz kıvama gelir, saçlarımı ona benzetebilirdim.

70'li yılların sonunda yollarımız daha da yakınlaştı birbirimizi görmeden. 12 Eylül döneminde her an ne olacağım korkusuyla yaşarken, aynı korku ve eziyetleri o başka yerlerde yaşadı. İki farklı hayat yaşıyorduk ama mücadelemiz birdi. Kendine seçtiği yolu her zaman takdir ettim. Onun yolu hepimize örnekti, kuşağımız için bir önderdi.

Yıllar sonra Nâzım sevdamız bizi birleştirdi. Moskova'da düzenlenen Nâzım Hikmet'i anma etkinliklerinin organizsyonunda görev aldığım ilk yıldan sonra tanıştık. Yıllarca birbirimizi görmemiş olmanın boşluğunu ilk sohbetimizde kapattık. Onu hiç görmemiş olsam da neden bu kadar sevdiğimi ilk anda anladım. Doğallığı ve içtenliği insanı kavrıyordu.

Nâzım Hikmet Vakfı'nda Rutkay Aziz'le birlikte verdiği mücadele ve katkıları her şeyin çok ötesindeyken, bana bir gün, "Nâzım için ne güzel şeyler yapıyorsun kardeşim," diyecek kadar alçakgönüllü ve ilgili biriydi. Vakıf yönetimi, Nâzımsız geçen 50. yılda yaptığımız anma etkinliğine Türkiye'den 100'e yakın sanatçı, yazar, gazeteci katılımı sağlamıştı. Kendisini Moskova'da son misafir edişimiz olduğunu bilmeden 55. yılı konuşmuştuk, yine böyle bir katılım yaparız, demişti.

Taş Mektep'te yaptıklarını öğrendiğimde gönlümde daha da yücelmişti. Okulu görmek için beni davet etse de bir türlü denk getirememiştik. Son görüşmemizde okulun eğitim sistemini ve çocuklarının başarılarını anlattıkça keyifleniyordu. Anma etkinliklerimizin sessiz destekçisiydi. 2016 etkinliklerinin programını ona sundum ve onayını aldım. "Yapabileceğim bir şey var mı?" diye sordu. Vedalaştık.

Cenaze törenindeki kalabalık, Tarık Akan'ın ölümsüzlüğüdür.

FAZIL SAY

Tarık Akan'ın Dostluğu

Tarık Akan, tanıdığım en iyi, en güzel, en aydın insandı! Onun sanatçılığı, aydın ruhu, eğitime olan inancı, hiç ödün vermediği duruşu hepimiz için çok önemli bir misaldi...

Tarık Abi, bazen yurtdışındaki konserlerime sürpriz yaparak gelirdi. Her zaman dertleşirdik. İnanılmaz mütevazı kişiliği ile bana büyük bir güven ve koruyucu his verirdi.

Fransa, Belçika, İsviçre'nin müzik festivallerinde birlikte zaman geçirdik. Tarık Abi'nin en sevdiği şeylerden biri klasik müzikti. Birçok şeyi merak eder, sorar, provalara da katılırdı...

Nâzım Oratoryosu'nun 2001'de Ankara'daki ilk seslendirilişinde başlayan dostluğumuz, onu kaybettiğimiz âna kadar içtenliğinin artışı ile devam etti. Benim için Tarık Akan'ın dostluğu hayatıma en fazla anlam kazandıran olgulardan biriydi...

Tarık Abi, uzun yıllar Nâzım Hikmet Vakfı'nın yöneticisiydi, vakıf ile birlikte büyük usta Nâzım'ı 21. yüzyıla taşıyan, yeni nesillere tanıtan projelere de imza attılar.

Bir oyuncu olarak Tarık Akan, 1970'lerden itibaren Türkiye'nin Alain Delon'u olmuştu. En çok seyredilen ve sevilen filmlerde başrol oyuncusu olarak rol aldı. Büyük Usta Yılmaz Güney'in *Yol* filmindeki performansı ile Cannes Festivali'nde büyük ödülü kazandılar. Bu büyük başarı Türkiye için bir "ilk" oldu...

Tarık Akan'ın cenazesine yüz binlerce insan katıldı, o kadar çok seviliyordu.

Karşılıksız ve içsellikle seviliyordu...

Işıklar içinde yatsın, canımız Tarık Akan'ımız...

BERİN UYAR

Bir 12 Eylül Anısı

Yıl 1981. Tam da bu zamanlar. İstanbul Gayrettepe'de Birinci Şube'deyiz. Kardeşimle birlikte 30 Ağustos'ta gözaltına alındık. Burada 91 gün kaldık. Ayrı hücrelerde tutuluyoruz. Kadınların kaldığı iki hücre var zaten. Diğerlerinde erkekler tutuluyor. Zerrin, benden sekiz yaş küçük olduğu ve doğduğunda bana teslim edildiğinden olsa gerek inanılmaz bir üzüntü ve merak duyuyor, uçan sineğin kanadından haber almaya çalışıyorum. Benim kaldığım hücre, tuvaletlere yakın ve nöbetçi polisin oturduğu odanın önünden geçen, ayrıca falakadan dönenlerin ıslak zeminde yürütüldüğü ve akşamüstleri kan içinde kalan koridoru da yarım yamalak görüyor. Bu koridor, her gece bir "gözaltı" tarafından paspaslanıyor. Paspas işi o kadar büyük bir avantaj ki. Tüm hücrelerle konuşabilirsin, biraz nefes alır, uyuşmuş kaslarını hareket ettirirsin. Biz kızlara bu iş hiç verilmiyor. Ben ve bir-iki kız arkadaş daha hücreden sadece işkenceden dönen, ayak tabanları ya da bedenlerinde herhangi bir yerleri patlamış olanlara pansuman yapmak için çıkarılıyoruz. Ben kana bakamam hiç ve hâlâ da öyle. Ama orada bu işi nasıl yaptım bilmiyorum. Gözyaşlarımın arasından buğulu buğulu seçebildiğim, yarılmış deriden fırlamış kanlı et parçaları hala gözümün önünde ve cerahatli kan kokusu hâlâ burnumdadır.

Eğer hücre kapımızın üzerindeki küçük mazgalı biraz insafı olan bir nöbetçi açık bırakmışsa, gelen geçeni görüp selamlaşmamız mümkün. Tabii ki, benim bu mazgala yetişmem için hücredeki ahşap banka çıkmam gerekiyor. Polis, yatak diyor buna. Üzerinde şilte olmayan tahta bir sıra. Altı boş. Yiyeceklerimiz, boş süt kaplarımız (nöbetçi tuvalete çıkarmazsa diye saklanıyor) ve giysi torbalarımız duruyor orada. Pire ve sarı hamamböceklerinin cirit attığı, tozlu pis bir zemin.

Hücrede sekiz kişi kalıyoruz. Hücrenin eni kapı genişliğinde. Boyu ise ben yattığımda ancak sığabileceğim kadar yani taş çatlasa 1.55 belki 1.60 falan. Bankta sıkışırsak beş kişi yan yana oturabiliyoruz. Diğerleri ayakta duruyor. Sonra yer değiştiriliyor. Uzun bacaklı birisinin bacakları duvara dayanır. Hani uçaklardaki koltukların önü kadar dar hücre. Uyumak mümkün değil. Oturarak, ya da ayakta uyuyabilirsen uyu... Ben hücreye atıldığım ilk gün, gözlerim karanlığa alışıp, hücredekilerle tanıştıktan sonra bu bankın altına hırkamı serip uyudum. Beynimin yeni bir duruma adapte olması sürecini ben uyuyarak geçiririm. Tam 24 saat, deliksiz. Çok pire vardı ama beni ısırmıyorlar nedense. Kalktığımda sanki yıllardır burada yaşıyormuşum gibi bir his vardı içimde.

Eğer nöbetçi mazgalı kapatırsa, boğulacak gibi oluyoruz ve ancak kapının altından nefes alabiliyor, ışık görebiliyoruz. Tüm koridor, kan, ter, sidik kokuyor. Eğer gece nöbetçisi bir insansa, hücre kapılarını sırayla açıyor, nefes alabiliyor; kaçamak da olsa karşı ve yan hücrelerde kalanlarla bakışabiliyor hatta konuşabiliyoruz (O dönemde, Maden-İş Sendikası' ndan çok arkadaş vardı diğer hücrelerde, okuyorlarsa hatırlayacaklar). Ne yazık ki Zerrin'in kaldığı hücre en dipte. Onu sadece, bazen tuvalete giderken görebiliyorum. Tanıyanlar bilir o yıllarda zaten çöp gibi zayıftı. Mazgaldan gördüğüm kadarıyla çok bitkin ve solgun. Ona sesleniyorum geçerken, hatta bazen mazgaldan şarkı da söylüyorum. Beni duysun, morali bozulmasın diye. Gelip kapatıyor mazgalı nöbetçi. Diğer arkadaşlara haksızlık olmasın diye onlar, "Hadi Berin," derlerse sesleniyorum oradan. Bazen yiyecek alışverişi de yapabiliyoruz.

Ailemizin dışardan temiz çamaşır getirmesine izin var. Ama hemen kirleniyoruz. Ayrıca herkesin ailesi de malzeme getiremiyor. Her şeyi ortak kullanıyoruz. Bazı acil ihtiyaçlarımızı giderebilmek için giysilerimizi tuvalete götürdüğümüzde soğuk suda elle yıkıyor ve arka koridordaki pis iplere asıyoruz. Oradan gelen çamaşırların hepsi bitli oluyor. Eğer giysileri hücreye, bitleri ayıklamadan alırsak, hem bize hem de diğer giysilere bulaşıyor bit. Gece nöbetçileri biraz daha toleranslı. Kapı açık kaldığında benim görevim, tüm giysileri kapının önünde gözden geçirmek ve bit kırmak. Bit, çok pis kokuyor. Önce midem bulanıyordu ama koğuşun en yaşlısı olarak (31 yaşındaydım o zaman) bunu kendime iş edindim nedense.

Sabahları kız erkek karışık, gözlerimiz pis kanlı bez parçalarıyla bağlı, birbirimize tutunarak yukarıya, sorguya çıkarılıyoruz. Akşama kadar gözlerimiz bağlı, yerde oturarak, gelen geçenin tekmesini ve hakaretini yiyerek bekletiliyor, akşam mesai bitiminde hücremize getiriliyoruz. Bazen günlerce hücreden çıkarılmıyoruz. Hücremizden sabah alınmış ve akşam işkenceden getirilmiş kızların teselli ve tedavisi bize kalıyor. Bazen de tedavi edilen sen oluyorsun elbette.

Bu kadar lafı neden anlatıyorsun diyeceksiniz, biliyorum.

Akşam Tarık Akan getirildi.

Bir gece mazgalımız hiddetle kapatıldı. O kadar hiddetle çarpıldı ki, mazgal kapağı tekrar açıldı ve biz mazgalın önünden geçirilen gözleri bağlı çoook uzun boylu birini gördük. Şimdiye kadar oturduğumuz yerden hiçbir baş görememiştik doğrusu. Bir arkadaş, "Tarık Akan bu," dedi. Hiç ihtimal vermedik doğrusu. Hatta kızcağızla, "Yan hücrede Marlon Brando var, arkada da Frank Sinatra," diye dalga bile geçtik (Arka koridordan çok güzel bir erkek sesi geliyordu bazen. Adını Frank Sinatra koymuştuk). Sabaha karşı nöbetçiyi çağırdık. Üç arkadaşın ve benim tuvalete gitmemiz gerekiyordu. Tuvalete yalnız gitmiyorduk hiç. Yan yana bir kaç tuvalet vardı ama kapıları yoktu. Bize daha fazla eziyet etmek istediklerinde, kapının önünde sırtı sana dönük bekliyordu nöbetçi. Sen, bu lanetli her an geri dönebilir endişesiyle yapıyordun işini. Nöbetçi geldi. Pis bir sırıtmayla, "Hiişşt!" diyerek kapıyı açtı. Tuvalete götürdü bizi. Kapıda, pis sigaralı nefesini duyabileceğimiz kadar yaklaştırıp suratını, "Bir bilmecem var, kim geldi, biliyor musunuz?" diye sordu. Biz nerden bilelim deyince, ağzından baklayı zevzek zevzek çıkardı ve akşam Tarık Akan'ın getirildiğini söyledi. Onu mutlu etmemek için üzülmüş gibi bile yapmadık. Ama hücremize döndüğümüzde...

Böylece Tarık Akan da bizim rutinimize katılmış oldu. Ne kadar kaldı hatırlamıyorum ama o süre içinde ona çok kötü davranan, hakaret eden lanetliler olduğu gibi, nöbetlerinde onu dışarı çıkaran ve hatta paspas işini veren nöbetçiler; hiç işi olmadığı halde gece yarısı aşağıya gelip onu görmek isteyen memurlar da oldu. Bakalım bu "O" çocuğu nasıl bir meretmiş diye geldi bazıları. Daha da çok ama meraklı ve hayran kadın sesleri, parfüm kokusu... Bence onu aşağılayanlar bile hayrandı Tarık Akan'a. Onu da gündüzleri sorguya çıkarıyor, bekletiyor, geri getiriyorlardı. Onunla aynı ekipte sorguya çıkarıldığımızı, üst katlardaki telaşlı koşuşturmalardan ve kadın polislerin fısıltıyla, "Koşun Tarık Akan geçiyor," diyen seslerinden anlıyorduk.

Bir gece, mazgalımız açıkken paspasa çıkarıldı Tarık Akan. Bizim hücrenin önünden paspas yaparak geçerken, "En dipteki kadın hücresine selam götür, kardeşim orada," dedim alçak sesle. Kafasını çevirmeden yan gözle baktı bana, geçti gitti. Bir on dakika kadar sonra, bu kez ters tarafa geçerken, gülerek, "Zerrin selam söyledi," diye seslendi. O kadar mutlu oldum ki, kardeşimden birkaç gündür haber alamamıştım. Sanki Zerrin serbest bırakılmış gibi sevindim. Bunu hiç unutmam.

Yıllar sonra Tarık Akan'la bu kez özgür bir ortamda karşılaştık. Öğrencilerimle yaptığım gezilerden birinde, 2003 veya 2004 olmalı, İstanbul'da Nâzım Hikmet Vakfı'nı ziyaret ettik. Vakfın yöneticilerinden arkadaşım Kıymet Coşkun'dan, öğrencilerimin konuşup sorularını sorabilecekleri bir sinema oyuncusu, yazar veya tiyatrocu olsa orada diye rica ettim. Kıymet kırmadı beni araştırdı. O tarih için sadece Tarık Akan, seve seve gelirim demiş. Öğrenciler deliye döndüler mutluluktan, ben de elbette. Tarık Akan erken gelmiş, bekliyordu vakıfta bizi.

Öğrencilerimden birinin sonra yaptığı bir yorum hâlâ aklımda, "Hocam bu kadar kocaman ve güzel bir insan nasıl bu kadar alçakgönüllü olabilir?" demişti. Sorularına yanıt verdi çocukların, onların anlattıklarını ilgiyle dinledi, karşı sorular sordu. Bizi, öğrencilerimi ciddiye aldı. Orada ben de ona bu 12 Eylül anısını sordum. Hemen hatırladı. Ben, "Kardeşimden haber getirmiştiniz," dedim, o renkli gözlerini kocaman açıp, "Zerrin," dedi. Çok şaşırmıştım. Sonra Almanya'ya dönünce kardeşime de anlattım bu buluşmayı. Nasıl heyecanlanmış, "Hemen bir mektup yazayım," demişti. Yazdı mı bilmem.

Ama ben bugün yine hüzünlüyüm.

Tarık Akan bizim güzel yüzümüzdü.

Gençlerimiz onun filmleriyle büyüdü. Benden bir yaş büyükmüş. Birlikte büyüyüp, aynı yollardan geçtik sayılır. 1 Mayıslarda, sendikal harekette... Hafızamızın bir tahtası daha söküldü gitti işte. Güzel insanlar gidiyor. Eksiliyoruz. Fotoğraflarda, filmlerde, satır aralarında, renkli tuvallerde, siyah beyaz resimlerde, şarkılarda eksiliyoruz. Yerlerini doldurmak zor. Dolmaz da zaten. Onlar bir ılık rüzgârdı tenimizi okşayan, değip geçtiler işte.

Güzel uyu Tarık Akan, seni unutmayacağız.

16 Eylül 2016

ÖZLEM ÜREGÜL

Seni Çok Seviyoruz

Babam, muhteşem bir insandı, muhteşem bir baba oldu. Sizin Tarık Akan'ınız, benim babam, canım babam.

Onca film, belgesel, şöhret arasında bizimle hiç aksatmadan tüm sevgisiyle ilgilendi.

Babam ne düşünüyorsa onu yaşadı, hayattaki duruşunu özel hayatına da yansıtırdı. Biz üç kardeşiz. En değer verdiği şey kardeşler arası eşitlikti. Hepimizi ayrı ayrı çok sevdi, her konuda eşit davrandı. Eşitlik duygusunun ailede başladığını öğretti bize! Önce kardeşler olarak eşittik biz, sonra toplumdaki bireyler olarak.

Türkiye, biz büyük bir aileyiz ve hepimiz sevgide birleşiyoruz. En güzel örneği ise babam, her kesim, her yöreden insan Tarık Akan'ı sevdi.

Babam Türkiye'nin her yöresini çok iyi bilirdi. Çocukluğunu Erzurum, Kayseri gibi Anadolu'nun şehirlerinde geçirdi, son filmi Kars'ta olmak üzere Türkiye'nin birçok şehrinde film ve belgeseller çekti. Türkiye insanının gerçek dert ve sevinçlerini filmlerine aktardı, sizlerin, hepimizin sözcüsü olmaktı amacı.

Babam yaptığı her işte, attığı her adımda, Türkiye'nin daha iyi bir geleceği olması için uğraştı. Bizlere daha güzel bir Türkiye nasıl olur onu göstermek istedi. Sevenlerinin, sizlerin sevgisini daima kalbinde, gücünü de yanında hissettiğini bilin.

Biz, hepimiz, babamı kaybetmedik, kazandık. Türkiye Tarık Akan'ı kazandı. Düşünceleriyle, yaptıklarıyla, eserleriyle bizlere yol gösteren, sevgisiyle, o kocaman yüreğiyle önce insan olmayı sonra hayat duruşu ile bize yol gösteren babam.

Şimdi babam bu bayrağı bize devretti. Birdi üç oldu, hatta milyonlar oldu. Bu bayraklar, çoğalarak devam edecek.

Benim güzel babam, sevgiyle sonsuzluğa...

Seni çok seviyoruz.

Muhsin Ertuğrul Tiyatrosu
18 Eylül 2016

IŞIK YENERSU

Omzunda Ağlayabildiğim Dost

Seni anlatabilmek... Seni!
En sevgili,
en değerli,
en yürekli,
en güçlü, en alçakgönüllü dost, bükülmeyen bilek;
kelebek kanadından incinebilen yürek!..

"İNSAN; TARIK AKAN"

Dünya ölçütlerinde büyük bir

"AKTÖR; TARIK AKAN"

Birbirine hiç benzemeyen karekterleri yaratıp, sahici kılıp, sinemamıza birer kilometre taşı gibi çakan benzersiz yürek, eşşiz sinemacı Tarık Akan.

"Cehalete" karşı açtığı savaşta; en doğru, en güçlü silahı "eğitim"i seçip yoksulları okuttuğu "Taş Mektep"i kuran.

"EĞİTİMCİ; TARIK AKAN"

Ülkenin en karanlık döneminde hücrelerde yaşadıklarını müthiş şiirsel bir ironiyle anlattığı *Anne Kafamda Bit Var* kitabıyla.

"USTA YAZAR; TARIK AKAN"

Korkusuz, güçlü ve üretken devrimci kişiliğiyle de örnek.

"AYDIN; TARIK AKAN"

Çektiği birbirinden önemli ve değerli belgesel filmleri: seçtiği konular ve kişileriyle gelecek kuşaklara armağan niteliğinde!..

Birikimini ve yüreğini cömertçe koyar yaptığı her işe!..
O nedenle benzersizdir, eşizdir.

"YÖNETMEN; TARIK AKAN"

Ne mutlu! Ne mutlu bana! Omuzunda ağlayabildiğim sevgili dostum o benim!
En kötü günlerimde omuz başımdaydın hep!
En güzel günlerde de!
1 Mayıslarda... Direnişlerde... Yürüyüşlerde... Festivallerde... Anma toplantıları... protestolar vs. vs...
Büyük mutluluk tüm belgesellerine sesimi vermiş olmak!
Sana sonsuz bir güven, sınırsız bir sevgi büyük bir hayranlık duyuyorum.
Seni anlatabilmek! Seni! Hiç kolay değil!
Bunu yapamayacağım.
Kıymet beni bağışlar...

FİLMOGRAFİ

SOLAN BİR YAPRAK GİBİ
1971/35mm/Renkli
Yönetmen: Mehmet Dinler
Senarist: Mehmet Dinler
Görüntü Yönetmeni: Kriton İlyadis
Oyuncular: Fatma Girik, Tarık Akan, Muzaffer Tema, Münir Özkul, Melek Görgün, Ömercik
Yapım/Yapımcı: Melek Film/Şahan Haki

MELEK Mİ ŞEYTAN MI (ASRIN KADINI)
1971/35mm/Renkli
Yönetmen: Mehmet Dinler
Senarist: Burhan Bolan
Görüntü Yönetmeni: Kriton İlyadis
Oyuncular: Türkan Şoray, Tarık Akan, Süleyman Turan, Muzaffer Tema, Metin Serezli, Yalçın Gülhan, Nubar Terziyan, Danyal Topatan, Vahit Volkan, Haydar Karaer, Sedat İnci, Hasan Ceylan
Yapım/Yapımcı: Melek Film/Şahan Haki

BEYOĞLU GÜZELİ
1971/35mm/Renkli
Yönetmen: Ertem Eğilmez
Senarist: Sadık Şendil
Görüntü Yönetmeni: Cahit Engin
Oyuncular: Hülya Koçyiğit, Tarık Akan, Münir Özkul, Mürüvvet Sim, Müfit Kiper
Yapım/Yapımcı: Arzu Film/Ertem Eğilmez

EMİNE
1971/35mm/Renkli
Yönetmen: Orhan Aksoy
Senarist: Sadık Şendil
Görüntü Yönetmeni: Cahit Engin
Oyuncular: Filiz Akın, Tarık Akan, Ekrem Bora,Şükriye Atav, Osman Alyanak, Süha Doğan, Serpil Seren
Yapım/Yapımcı: Arzu Film/Ertem Eğilmez

VEFASIZ
1971/35mm/Renkli
Yönetmen: Orhan Aksoy
Senarist: Orhan Aksoy
Oyuncular: Hülya Koçyiğit, Tarık Akan, Ülkü Özen, Altan Karındaş
Yapım/Yapımcı: Erman Film/Hürrem Erman

AŞKLARIN EN GÜZELİ
1972/35mm/Renkli
Yönetmen: Nejat Saydam
Senarist: Nejat Saydam
Görüntü Yönetmeni: Melih Sertesen
Oyuncular: Tarık Akan, Deniz Gökçer, Tanju Gürsu, Orçun Sonat, Tunç Oral, Ali Şen
Yapım/Yapımcı: Acar Film/Murat Köseoğlu

AZAT KUŞU
1972/35mm/Renkli
Yönetmen: Orhan Elmas
Senarist: Vural Pakel
Görüntü Yönetmeni: Çetin Tunca
Oyuncular: Hülya Koçyiğit, Tarık Akan, Yıldırım Önal, Ömercik, Nazan Berk, Şükriye Atav, Handan Adalı, Orhan Elmas, Muammer Gözalan
Yapım/Yapımcı: Özer Film/Enver Özer

FERYAT
1972/35mm/Renkli
Yönetmen: Orhan Elmas
Senarist: Sadık Şendil
Görüntü Yönetmeni: Erdoğan Engin

Oyuncular: Emel Sayın, Tarık Akan, Memduh Ün, Halit Akçatepe,
Şükriye Atav, Mürüvvet Sim, Handan Adalı, Nezihe Güler
Yapım/Yapımcı: Arzu Film/Ertem Eğilmez

KADERİMİN OYUNU
1972/35mm/Renkli
Yönetmen: Orhan Aksoy
Senarist: Safa Önal
Görüntü Yönetmeni: Mike Rafaelyan
Oyuncular: Hülya Koçyiğit, Tarık Akan, Nihat Ziyalan, Şükriye Atav, Osman Alyanak
Yapım/Yapımcı: Erman Film/Hürrem Erman

PARA
1972/35mm/Renkli
Yönetmen: Memduh Ün
Senarist: Erdoğan Tünaş, Memduh Ün, Safa Önal
Görüntü Yönetmeni: Mustafa Yılmaz
Oyuncular: Tarık Akan, Perihan Savaş, Yalçın Gülhan, Sevda Karaca, Tijen Doray
Yapım/Yapımcı: Akün Film/İrfan Ünal

SEV KARDEŞİM
1972/35mm/Renkli
Yönetmen: Ertem Eğilmez
Senarist: Sadık Şendil
Görüntü Yönetmeni: Cahit Engın
Oyuncular: Hülya Koçyiğit, Tarık Akan,Münir Özkul, Hulusi Kentmen, Turgut Boralı, Adile Naşit, Halit Akçatepe, Nedret Güvenç, Zeki Alasya, Ayşin Atav, Mürüvvet Sim, Feridun Çölgeçen, Necdet Yakın
Yapım/Yapımcı: Arzu Film/Ertem Eğilmez

SİSLİ HATIRALAR
1972/35mm/Renkli
Yönetmen: Nejat Saydam
Senarist: Bülent Oran (Kerime Nadir'in romanından)
Görüntü Yönetmeni: Melih Sertesen
Müzik: Sadettin Öktenay
Oyuncular: Türkan Şoray, Tarık Akan, Metin Serezli, Yalçın

Gülhan, Nazan Adalı, Erdoğan Seren
Yapım/Yapımcı: Acar Film/Murat Köseoğlu

SUÇLU
1972/35mm/Renkli
Yönetmen: Mehmet Dinler
Senarist: Burhan Boları
Görüntü Yönetmeni: Kriton İlyadis
Müzik: Metin Bükey
Oyuncular: Tarık Akan, Bahar Erdeniz,Yalçın Gülhan, Fatma Belgen, Atıf Kaptan, İ. Hakkı Şen, Mümtaz Alpaslan, Renan Fosforoğlu
Yapım/Yapımcı: Melek Film/Şahan Haki

TATLI DİLLİM
1972/35mm/Renkli
Yönetmen: Ertem Eğilmez
Senarist: Sadık Şendil
Görüntü Yönetmeni: Erdoğan Engin
Oyuncular: Filiz Akın, Tarık Akan, Zeki Alasya, Suna Keskin, Kemal Sunal, Hulusi Kentmen, Yalçın Boratav, Münir Özkul, Cemil Can Bıçakçı, Suphi Tekniker, Metin Çekmez, Halit Akçatepe, Metin Akpınar, Nedret Güvenç
Yapım/Yapımcı: Arzu Film/Ertem Eğilmez

ÜÇ SEVGİLİ
1972/35mm/Renkli
Yönetmen: Mehmet Dinler
Senarist: Bülent Oran
Görüntü Yönetmeni: Kriton İlyadis
Oyuncular: Tarık Akan, Meral Zeren, Fatma Belgen, Suna Keskin, Sevinç Pekin, Münir Özkul, Hulusi Kentmen, Gülistan Güzey, Halit Akçatepe, Mürüvvet Sim, Meral Kurtuluş, Cevat Kurtuluş
Yapım/Yapımcı: Melek Film/Şahan Haki

BEBEK YÜZLÜ
1973/35mm/Renkli
Yönetmen: Vural Pakel
Senarist: Vural Pakel
Görüntü Yönetmeni: Manasi Filmeridis
Oyuncular: Tarık Akan, Perihan Savaş, Ahmet Mekin, Erol Taş,

Yılmaz Gruda, İlhan Hemşeri, Ayşen Cansev, Halit Akçatepe, Altın Ser, Seyhan Gümüş, Feridun Çölgeçen, Necdet Yakın
Yapım/Yapımcı: Özer Film/Enver Özer

CANIM KARDEŞİM
1973/35mm/Renkli
Yönetmen: Ertem Eğilmez
Senarist: Sadık Şendil
Görüntü Yönetmeni: Erdoğan Engin
Müzik: Cahit Oben
Oyuncular: Tarık Akan, Halit Akçatepe, Kahraman Kıral, Adile Naşit, Metin Akpınar, Kemal Sunal, Necdet Yakın
Yapım/Yapımcı:Arzu Film/Ertem Eğilmez

OH OLSUN
1973/35mm/Renkli
Yönetmen: Ertem Eğilmez
Senarist: Sadık Şendil
Görüntü Yönetmeni: Erdoğan Engin
Oyuncular: Tarık Akan, Hale Soygazi, Halit Akçatepe, Münir Özkul, Hulusi Kentmen, Kemal Sunal, Adile Naşit, Metin Akpınar, Serap Olguner, Nevin Güler, Ali Yalaz, Mürüvvet Sim, Faik Coşkun, Gülten Ceylan, Beyza Başar, İhsan Yüce, Aynur Yetkin
Yapım/Yapımcı: Arzu Film/Ertem Eğilmez

UMUT DÜNYASI
1973/35mm/Renkli
Yönetmen: Safa Önal
Senarist: Safa Önal
Görüntü Yönetmeni: Çetin Tunca
Müzik: Yalçın Tura
Oyuncular: Tarık Akan, Necla Nazır, Şükriye Atav, Halit Akçatepe, Mine Sun, Atıf Kaptan, Bülent Kayabaş, Faik Coşkun
Yapım/Yapımcı: Akün Film/İrfan Ünal

YALANCI YARİM
1973/35mm/Renkli
Yönetmen: Ertem Eğilmez
Senarist: Sadık Şendil
Görüntü Yönetmeni: Erdoğan Engin

Oyuncular: Emel Sayın, Tarık Akan, Münir Özkul, Hulusi Kentmen, Kemal Sunal, Metin Akpınar, Zeki Alasya, Halit Akçatepe, Nubar Terziyan, Turgut Boralı, Mürüvvet Sim, Ahmet Turgutlu, Suzan Ustan, Necdet Yakın, İlhan Hemşeri, Metin Çekmez
Yapım/Yapımcı: Arzu Film/Ertem Eğilmez

YERYÜZÜNDE BİR MELEK
1973/35mm/Renkli
Yönetmen: Orhan Aksoy
Senarist: Ahmet Üstel
Görüntü Yönetmeni: Orhan Aksoy
Oyuncular: Hülya Koçyiğit, Tarık Akan, Hulusi Kentmen, Turgut Boralı, Erol Günaydın, Zerrin Arbaş
Yapım/Yapımcı: Erman Film/Hürrem Erman

BOŞVER ARKADAŞ
1974/35mm/Renkli
Yönetmen: Zeki Ökten
Senarist: Ergin Orbey
Görüntü Yönetmeni: Erdoğan Engin
Oyuncular: Tarık Akan, Selma Güneri, Reha Yurdakul, Hüseyin Kutman
Yapım/Yapımcı:Arzu Film/Ertem Eğilmez

ESİR HAYAT
1974/36mm/Renkli
Yönetmen: Lütfi Akad
Senarist: Lütfi Akad
Görüntü Yönetmeni: Cahit Engin
Oyuncular: Tarık Akan, Perihan Savaş, Turgut Boralı, Hulusi Kentmen, Suna Selen, Güner Sümer, Kamuran Usluer, Süha Doğan
Yapım/Yapımcı: Erman Film/Hürrem Erman

KANLI DENİZ
1974/35mm/Renkli
Yönetmen: Orhan Elmas
Senarist: Erdoğan Tünaş
Görüntü Yönetmeni: Erdoğan Engin
Oyuncular: Tarık Akan, Hale Soygazi, Orçun Sonat, Halit

Akçatepe, İhsan Yüce, Tekin Akmansoy, Necdet Yakın
Yapım/Yapımcı: Arzu Film/Ertem Eğilmez

MAHCUP DELİKANLI
1974/35mm/Renkli
Yönetmen: Orhan Aksoy
Senarist: Ahmet Üstel
Görüntü Yönetmeni: Kaya Ererez
Oyuncular: Tarık Akan, Gülşen Bubikoğlu, Nazan Adalı, Birtane Güngör, İ. Hakkı Şen
Yapım/Yapımcı: Akün Film/İrfan Ünal

MAVİ BONCUK
1974/35mm/Renkli
Yönetmen: Ertem Eğilmez
Senarist: Ertem Eğilmez, Sadık Şendil, Zeki Alasya
Görüntü Yönetmeni: Hüseyin Özşahin
Oyuncular: Emel Sayın, Tarık Akan, Zeki Alasya, Halit Akçatepe, Münir Özkul, Kemal Sunal, Metin Akpınar
Yapım/Yapımcı: Arzu Film/Ertem Eğilmez

MEMLEKETİM
1974/35mm/Renkli
Yönetmen: Yücel Çakmaklı
Senarist: Atilla Gökbürü
Görüntü Yönetmeni: Çetin Tunca
Oyuncular: Tarık Akan, Filiz Akın, Kenan Pars, Cemil Şahbaz, Birtane Güngör, Diclehan Baban, Aydan Adan
Yapım/Yapımcı: Elif Film/Yücel Çakmaklı

YAZ BEKARI
1974/35mm/Renkli
Yönetmen: Osman F. Seden
Senarist: Erdoğan Tünaş
Görüntü Yönetmeni: Çetin Gürtop
Oyuncular: Tarık Akan, Gülşen Bubikoğlu, Murat Koçyiğit, Deniz Erkanat, Bülent Kayabaş, Tevhit Bilge, Sami Hazinses, Turgut Boralı, Müşerref Çapın, Renan Fosforoğlu, Nubar Terziyan
Yapım/Yapımcı: Erler Filmi/Türker İnanoğlu

AH NEREDE
1975/35mm/Renkli
Yönetmen: Orhan Aksoy
Senarist: Sadık Şendil
Görüntü Yönetmeni: Hüseyin Özşahin
Oyuncular: Tarık Akan, Gülşen Bubikoğlu, Nilgün Atılgan, Aydan Adan, Serpil Nur, Hulusi Kentmen, Hayati Hamzaoğlu, Halit Akçatepe, Adile Naşit
Yapım/Yapımcı: Arzu Film/Ertem Eğilmez

ATEŞ BÖCEĞİ
1975/35mm/Renkli
Yönetmen: Osman F. Seden
Senarist: Ahmet Üstel
Görüntü Yönetmeni: Kaya Ererez
Oyuncular: Tarık Akan, Necla Nazır, Hulusi Kentmen
Yapım/Yapımcı: Akün Film/İrfan Ünal

ÇAPKIN HIRSIZ
1975/35mm/Renkli
Yönetmen: Atıf Yılmaz
Senarist: Selim İleri
Görüntü Yönetmeni: Erdoğan Engin
Oyuncular: Tarık Akan, Necla Nazır, Adile Naşit, Hulusi Kentmen
Yapım/Yapımcı: Uğur Film/Memduh Ün

DELİSİN
1975/35mm/Renkli
Yönetmen: Ergin Orbey
Senarist: Ergin Orbey
Görüntü Yönetmeni: Kriton İlyadis, Hüseyin Özşahin
Oyuncular: Tarık Akan, Necla Nazır, Hulusi Kentmen, Ali Şen, Adile Naşit
Yapım/Yapımcı: Arzu Film/Ertem Eğilmez

EVCİLİK OYUNU
1975/35mm/Renkli
Yönetmen: Orhan Aksoy
Senarist: Safa Önal
Görüntü Yönetmeni: Cahit Engin

Oyuncular. Tarık Akan, Gülşen Bubikoğlu, Hulusi Kentmen, Hülya Tuğlu, Mürüvvet Sim, Kayhan Yıldızoğlu, Sami Hazinses, Mümtaz Ener
Yapım/Yapımcı: Erler Film/Türker İnanoğlu

GECE KUŞU ZEHRA
1975/35mm/Renkli
Yönetmen: Dr. Arşavir Alyanak
Senarist: Dr. Arşavir Alyanak
Görüntü Yönetmeni: Abdullah Gürek
Oyuncular: Tarık Akan, Hale Soygazi, Fatma Belgen, Adile Naşit, Münir Özkul, Süleyman Turan
Yapım/Yapımcı: Melek Film/Şahan Haki

HABABAM SINIFI
1975/35mm/Renkli
Yönetmen: Ertem Eğilmez
Senarist: Umur Bugay (Rıfat Ilgaz'ın romanından)
Görüntü Yönetmeni: Hüseyin Özşahin
Oyuncular: Tarık Akan, Kemal Sunal, Münir Özkul, Halit Akçatepe, Adile Naşit, Muharrem Gürses, Cem Gürzap
Yapım/Yapımcı: Arzu Film/Ertem Eğilmez

HABABAM SINIFI SINIFTA KALDI
1975/35mm/Renkli
Yönetmen: Ertem Eğilmez
Senarist: Sadık Şendil (Rıfat Ilgaz'ın romanından)
Görüntü Yönetmeni: Kriton İlyadis
Oyuncular: Münir Özkul, Tarık Akan, Kemal Sunal, Halit Akçatepe, Adile Naşit, Semra Özdamar
Yapım/Yapımcı: Arzu Film/Ertem Eğilmez

BİZİM AİLE
1975/35mm/Renkli
Yönetmen: Ergin Orbey
Senarist: Sadık Şendil
Görüntü Yönetmeni: Kritan İlyadis
Oyuncular: Münir Özkul, Tarık Akan, Adile Naşit, Halit Akçatepe, Itır Esen, Ayşen Gruda, Şener Şen
Yapım/Yapımcı: Arzu Film/Ertem Eğilmez

AŞK DEDİĞİN LAF DEĞİLDİR
1976/35mm/Renkli
Yönetmen: Safa Önal
Senarist: Safa Önal
Görüntü Yönetmeni: İzzet Akay
Oyuncular: Tarık Akan, Harika Değirmenci, Sümer Tilmaç, Tevhit Bilge, Tuncer Necmioğlu, Renan Fosforoğlu
Yapım/Yapımcı: Elif Film/Berrin Giz

GİZLİ KUVVET (CANİ)
1976/35mm/Renkli
Yönetmen: Guido Zurli
Senarist: Guido Zurli
Görüntü Yönetmeni: Çetin Gürtop
Oyuncular: Tarık Akan, Karin Weil, George Ardison, Collette, Peter Fabian
Yapım/Yapımcı: Erler Film

KADER BAĞLAYINCA
1976/35mm/Renkli
Yönetmen: Orhan Aksoy
Senarist: Fuat Özlüer
Görüntü Yönetmeni: Çetin Gürtop
Oyuncular: Tarık Akan, Gülşen Bubikoğlu, Elif Pektaş, Kadir Savun, Oktar Durukan
Yapım/Yapımcı: Erler Film/Türker İnanoğlu

ÖYLE OLSUN
1976/35mm/Renkli
Yönetmen: Orhan Aksoy
Senarist: Orhan Aksoy
Görüntü Yönetmeni: Hüseyin Özşahin
Oyuncular: Tarık Akan, Müjde Ar, Hulusi Kentmen, Ayşen Gruda,
Aysel Gürel, Şevket Altuğ
Yapım/Yapımcı: Arzu Film/Ertem Eğilmez

BABANIN EVLATLARI
1977/35mm/Renkli
Yönetmen: Natuk Baytan
Senarist: Erdoğan Tünaş, Fuat Özlüer

Görüntü Yönetmeni: Çetin Gürtop
Oyuncular: Tarık Akan, Öztürk Serengil, Robert Widmark, Beyk İmamverdi, Sami Hazınses, Hüseyin Alp
Yapım/Yapımcı: Erler Film Türkiye-İtalya-İran ortak yapım.

BARAJ
1977/35mm/Renkli
Yönetmen: Orhan Aksoy
Senarist: Safa Önal
Görüntü Yönetmeni: Erdoğan Engin
Oyuncular: Türkan Şoray, Tarık Akan, Nasır Melek, Günfer Feray, Suzan Avcı, Bilge Şen, Alev Altın
Yapım/Yapımcı: Akün Film/İrfan Ünal

BİZİM KIZ
1977/35mm/Renkli
Yönetmen: Türker İnanoğlu
Senarist: Fuat Özlüer, Erdoğan Tünaş
Görüntü Yönetmeni: Çetin Gürtop
Oyuncular: Tarık Akan, Gülşen Bubikoğlu, Şemsi İnkaya, Mürüvvet Sim, Hulusi Kentmen, Toto Karaca, Hüseyin Baradan, Mine Soley, Öztürk Serengil, Müjdat Gezen
Yapım/Yapımcı: Erler Film/Türker İnanoğlu

NEHİR
1977/35mm/Renkli
Yönetmen: Şerif Gören
Senarist: Sadık Şendil
Görüntü Yönetmeni: Hüseyin Özşahin
Oyuncular: Tarık Akan, Müjde Ar, Sevda Aktolga, Cem Şendil, Selin Sel, Korkut Altın, Civan Canova, Marcus Henrich, Veronica Vandel
Yapım/Yapımcı: Arzu Film/Ertem Eğilmez

SEVGİLİ DAYIM
1977/35mm/Renkli
Yönetmen: Zeki Ökten
Senarist: Süleyman Turan
Görüntü Yönetmeni: İzzet Akay
Oyuncular: Tarık Akan, Hale Soygazi, Süleyman Turan, Neriman

Köksal, Ali Cağaloğlu, Perran Kutman, Diler Saraç, Murat Ertop
Yapım/Yapımcı: Özer Film/Enver Özer

ŞEREF SÖZÜ
1977/35mm/Renkli
Yönetmen: Osman F. Seden
Senarist: Safa Önal
Görüntü Yönetmeni: Orhan Kapkı
Oyuncular: Tarık Akan, Perihan Savaş, Selen Büke, Eşref Kolçak, Kadir Savun
Yapım/Yapımcı: Sezer Film/Berker İnanoğlu

KANAL
1978/35mm/Renkli
Yönetmen: Erden Kıral
Senarist: İhsan Yüce
Görüntü Yönetmeni: Salih Dikişçi
Oyuncular: Tarık Akan, Meral Orhonsay, Tuncel Kurtiz, Kamuran Usluer, Baki Tamer, Menderes Samancılar
Yapım/Yapımcı: Irmak Film/Erden Kıral

LEKELİ MELEK
1978/35mm/Renkli
Yönetmen: Remzi Jöntürk
Senarist: Safa Önal
Görüntü Yönetmeni: İzzet Akay
Oyuncular: Tarık Akan, Perihan Savaş, Zerrin Egeliler, Turgut Özatay, Atilla Ergün, Oktar Durukan, Hasan Ceylan, Renan Fosforoğlu
Yapım/Yapımcı: Sezer Film/Berker İnanoğlu

MADEN
1978/35mm/Renkli
Yönetmen: Yavuz Özkan
Senarist: Yavuz Özkan
Görüntü Yönetmeni: İzzet Akay
Müzik: Zülfü Livaneli
Oyuncular: Cüneyt Arkın, Tarık Akan, Hale Soygazi, Meral Orhonsay, Baki Tamer, Halil Ergün, Nurhan Nur
Yapım/Yapımcı: Maden Film/Arif Keskiner

SENİNLE SON DEFA
1978/35mm/Renkli
Yönetmen: Feyzi Tuna
Senarist: Selim İleri
Görüntü Yönetmeni: Kenan Ormanlar
Oyuncular: Tarık Akan, Sema Tamer, Sevda Ferdağ, Savaş Başar, Talat Gözbak
Yapım/Yapımcı: Mine Film/Kadri Yurdatap

SÜRÜ
1978/35mm/Renkli
Yönetmen: Zeki Ökten
Senarist: Yılmaz Güney
Görüntü Yönetmeni: İzzet Akay
Müzik: Zülfü Livaneli
Oyuncular. Tarık Akan, Melike Demirağ, Tuncel Kurtiz, Şenel Gökkaya, Levent Yalman
Yapım/Yapımcı: Güney Film/Yılmaz Güney

ADAK
1979/35mm/Renkli
Yönetmen: Atıf Yılmaz
Senarist: Başar Sabuncu
Görüntü Yönetmeni: İzzet Akay
Müzik: Yalçın Tura
Oyuncular: Tarık Akan, Necla Nazır, Yaman Koray, Erol Keskin, Celile Toyon, Çetin İpekkaya, Deniz Türkali, Tuncer Necmioğlu, Gökhan Mete, Haşmet Zeybek
Yapım/Yapımcı: Yeşilçam Film/Atıf Yılmaz

DEMİRYOL
1979/35mm/Renkli
Yönetmen: Yavuz Özkan
Senarist: M. Tali Öngören
Görüntü Yönetmeni: İzzet Akay
Oyuncular: Tarık Akan, Fikret Hakan, Hikmet Çelik, Sevda Aktolga, Nilgün Danışman, Doğan Bavli, Kaynak Tosun Kobaş, Gül Ökten
Yapım/Yapımcı: Tan Film/Yavuz Özkan

DELİ KAN
1981/35mm/Renkli
Yönetmen: Atıf Yılmaz
Senarist: Atıf Yılmaz
Görüntü Yönetmeni: Taner Öz
Müzik: Selim Atakan
Oyuncular: Tarık Akan, Müjde Ar, Kamil Sönmez, Aliye Turagay, Reha Yurdakul
Yapım/Yapımcı: Yeşilçam Film/Şeref Gür, Atıf Yılmaz

HERHANGİ BİR KADIN
1981/35mm/Renkli
Yönetmen: Şerif Gören
Senarist: Ahmet Soner
Görüntü Yönetmeni: Kaya Ererez
Müzik: Cahit Berkay
Oyuncular: Tarık Akan, Cihan Ünal, Hülya Koçyiğit, İhsan Yüce, Yaman Okay, Ajlan Aktuğ
Yapım/Yapımcı: Gülşah Film/Selim Soydan

YOL
1981/35mm/Renkli
Yönetmen: Şerif Gören
Senarist: Yılmaz Güney
Görüntü Yönetmeni: Erdoğan Engin
Müzik: Sebastian Argol (Zülfü Livaneli)
Oyuncular: Tarık Akan, Şerif Sezer, Halil Ergün, Meral Orhonsay, Necmettin Çobanoğlu, Semra Uçar, Hikmet Çelik, Sevda Aktolga, Tuncay Akça, Hale Akınlı, Turgut Savaş, Hikmet Taşdemir, Engin Çelik, Osman Bardakçı, Enver Güney, Erdoğan Seren
Yapım/Yapımcı: Güney Film-Cactus Film

ARKADAŞIM
1982/35mm/Renkli
Yönetmen: Nazmi Özer
Senarist: İhsan Yüce
Görüntü Yönetmeni: Kaya Ererez
Müzik: Cahit Berkay
Oyuncular: Tarık Akan, Fikret Hakan, Neşe Aksoy, Bülent Kayabaş, Turgut Özatay, Kadir Savun, Erdinç Akbaş, Özcan Özgür,

Ali Tutal, Ercan Yazgan
Yapım/Yapımcı: Emek Film/Nazmi Özer

KAÇAK
1982/35mm/Renkli
Yönetmen: Memduh Ün
Senarist: Memduh Ün (Orhan Kemal'in romanından)
Görüntü Yönetmeni: Orhan Oğuz
Müzik: Sadık Gürbüz
Oyuncular: Tarık Akan, Fatma Girik, Hayati Hamzaoğlu, Ali Tutal, Sırrı Elitaş, Coşkun Göğen, Jale Efecik, Ata Saka, Celile Toyon, Mehmet Kırmızıgül, Abdullah Ferah
Yapım/Yapımcı: Ödül Film/Erol Şenbecerir

BEYAZ ÖLÜM
1983/35mm/Renkli
Yönetmen: Halit Refiğ
Senarist: Erdoğan Tünaş
Görüntü Yönetmeni: Çetin Gürtop
Müzik: İzzet Öz
Oyuncular: Tarık Akan, Ahu Tuğba, Yaprak Özdemiroğlu, Ünsal Emre, Hüseyin Peyda, Sümer Tilmaç, Raik Alnıaçık, Nubar Terziyan
Yapım/Yapımcı: Erler Filmi/Türker İnanoğlu

ÇOCUKLAR ÇİÇEKTİR
1983/35mm/Renkli
Yönetmen: Yaşar Seriner
Senarist: Safa Önal
Görüntü Yönetmeni: Muzaffer Turan
Müzik: Arif Sağ
Oyuncular: Tarık Akan, Necla Nazır, Mesut Çakarlı, Hayati Hamzaoğlu, Tuncer Necmioğlu, Keriman Ulusoy, Suna Selen, İ. Hakkı Şen
Yapım/Yapımcı: Umut Film/Abdurrahman Keskiner

DERMAN
1983/35mm/Renkli
Yönetmen: Şerif Gören
Senarist: Ahmet Soner
Görüntü Yönetmeni: Erdoğan Engin

Müzik: Yeni Türkü
Oyuncular: Tarık Akan, Hülya Koçyiğit, Talat Bulut, Nur Sürer, Sırrı Elitaş
Yapım/Yapımcı: Gülşah Film/Selim Soydan

GECENİN SONU
1983/35mm/Renkli
Yönetmen: Natuk Baytan
Senarist: Natuk Baytan
Görüntü Yönetmeni: Çetin Tunca
Oyuncular: Tarık Akan, Çiğdem Tunç, Ahmet Mekin, Hikmet Taşdemir, Gönül Ser, Nubar Terziyan, Ali Ekdal
Yapım/Yapımcı: Ödül Film/Erol Şenbecerir

ALEV ALEV
1984/35mm/Renkli
Yönetmen: Halit Refiğ
Senarist: Erdoğan Tünaş
Görüntü Yönetmeni: Çetin Gürtop
Oyuncular: Tarık Akan, Cüneyt Arkın, Gülşen Bubikoğlu, Çiğdem Tunç, Hulusi Kentmen, Sevda Aktolga, Şemsi İnkaya
Yapım/Yapımcı: Erler Film/Türker İnanoğlu

DAMGA
1984/35mm/Renkli
Yönetmen: Osman Seden
Senarist: Erdoğan Tünaş
Görüntü Yönetmeni: Salih Dikişçi
Oyuncular: Tarık Akan, Yaprak Özdemiroğlu, Yusuf Sezgin, Salih Kırmızı, Sümer Tilmaç
Yapım/Yapımcı: Uzman Film/Ferit Turgut

KAYIP KIZLAR
1984/35mm/Renkli
Yönetmen: Orhan Elmas
Senarist: Erdoğan Tünaş
Görüntü Yönetmeni: Çetin Gürtop
Müzik: İzzet Öz
Oyuncular: Tarık Akan, Ahu Tuğba, Çiğdem Tunç, Nilgün Saraylı, Nuri Alço, Eray Özbal, Coşkun Göğen, Baki Tamer, Raik Alnıaçık
Yapım/Yapımcı: Erler Film/Türker İnanoğlu

PEHLİVAN
1984/35mm/Renkli
Yönetmen: Zeki Ökten
Senarist: Fehmi Yaşar
Görüntü Yönetmeni: Hüseyin Özşahin, Ertunç Şenkay, Uğur Demir
Müzik: Tarık Öcal
Oyuncular: Tarık Akan, Meral Orhonsay, Yaman Okay, Yavuzer Çetinkaya, Erol Günaydın, Tuluğ Çizgen, Orhan Çağman
Yapım/Yapımcı: Şeref Film/Şeref Gür

YOSMA
1984/35mm/Renkli
Yönetmen: Orhan Elmas
Senarist: Suphi Tekniker
Görümü Yönetmeni: Hüseyin Özşahin
Oyuncular: Tarık Akan, Ahu Tuğba, Nuri Alço, Şemsi İnkaya, Diler Saraç
Yapım/Yapımcı: Özer Film/ Enver Özer

BİR AVUÇ CENNET
1985/35mm/Renkli
Yönetmen: Muammer Özer
Senarist: Muammer Özer
Görüntü Yönetmeni: Hüseyin Özşahin
Müzik: Tarık Öcal
Oyuncular: Tarık Akan, Hale Soygazi, Yavuzer Çetinkaya, Savaş Yurttaş, Yurdaer Erşan, Erol Demiröz, Selçuk Uluergüven, Meral Çetinkaya, Salih Kalyon, Hüseyin Zan
Yapım/Yapımcı: Mine Film (Kadri Yurdatap), Dev Kino (Muammer Özer) ve Belge Film (Sabahattin Çetin) ortak yapımı

KAN
1985/35mm/Renkli
Yönetmen: Şerif Gören
Senarist: Osman Şahin
Görüntü Yönetmeni: Aytekin Çakmakçı
Müzik: Zülfü Livaneli
Oyuncular: Tarık Akan, Hakan Balamir, Serpil Çakmaklı, Alev Sayın, Necmettin Çobanoğlu, Filiz Küçüktepe, Osman Ateş, Ferhat Ünal, Muazzez Kurtoğlu, Ahmet Hikmet
Yapım/Yapımcı: Film Pop/İsmet Kazancıoğlu

PARAMPARÇA
1985/35mm/Renkli
Yonetmen: Halit Refiğ
Senarist: Erdoğan Tünaş
Goruntü Yönetmeni: Çetin Gürtop
Oyuncular: Tarık Akan, Gülşen Bubikoğlu, Cüneyt Arkın, Sevtap Parman, Orhan Günşiray
Yapım/Yapımcı: Erler Film/Türker İnanoğlu

SON DARBE
1985/35mm/Renkli
Yönetmen: Halit Refiğ
Senarist: Halit Refiğ
Görüntü Yönetmeni: Hüseyin Özşahin
Oyuncular: Tarık Akan, Nilgün Akçaoğlu, Yıldırım Gencer, Yavuzer Çetinkaya, Haldun Ergüvenç, İhsan Baysal, Ali Tutal
Yapım/Yapımcı: Topkapı Film/Yaşar Tunalı

TELE KIZLAR
1985/35mm/Renkli
Yönetmen: Osman Seden
Senarist: Erdoğan Tünaş
Görüntü Yönetmeni: Çetin Görtop
Oyuncular: Tarık Akan, Hülya Avşar, Nuri Alço, Zümrüt Cansel, Şehnaz Dilan
Yapım/Yapımcı: Erler Film/Türker İnanoğlu

ACI DÜNYA
1986/35mm/Renkli
Yönetmen: Ümit Efekan
Senarist: Erdoğan Tünaş
Görüntü Yönetmeni: Erdoğan Engin
Oyuncular: Tarık Akan, Harika Avcı, Sümer Tilmaç, İhsan Baysan, Selma Sonat, Merih Fırat
Yapım/Yapımcı: Topkapı Film/Yaşar Tunalı

ADEM İLE HAVVA
1986/35mm/Renkli
Yönetmen: Şerif Gören
Senarist: Erdoğan Tünaş
Görüntü Yönetmeni: Çetin Gürtop

Müzik: Melih Kibar
Oyuncular: Tarık Akan, Sibel Turnagöl, Erdal Özyağcılar, Rana Cabbar, Sibel Işıl
Yapım/Yapımcı: Erler Film/Türker İnanoğlu

BEYOĞLU'NUN ARKA YAKASI
1986/35mm/Renkli
Yönetmen: Şerif Gören
Senarist: Eyüp Halit Türkyazıcı, Hüseyin Kuzu
Görüntü Yönetmeni: Erdal Kahraman
Oyuncular: Tarık Akan, Oya Aydoğan, Erdal Özyağcılar
Yapım/Yapımcı: Uzman Film/ Ferit Turgut, Kadir Turgut

HALKALI KÖLE
1986/35mm/Renkli
Yönetmen: Ümit Efekan
Senarist: Haşmet Zeybek (Bekir Yıldız'ın romanından)
Görüntü Yönetmeni: Salih Dikişçi
Müzik: Cahit Berkay
Oyuncular: Tarık Akan, Zuhal Olcay, Melike Zobu, Ferdi Altuner, Muazzez Kurtoğlu, Menderes Samancılar, Mesut Çakarlı, Memduh Ünsal
Yapım/Yapımcı: Pınar Video/Halis Şenol

KISKIVRAK
1986/35mm/Renkli
Yönetmen: Halit Refiğ
Senarist: Erdoğan Tünaş
Görüntü Yönetmeni: Çetin Gürtop
Oyuncular: Tarık Akan, Gülşen Bubikoğlu, Korhan Abay, Alev Sayın, Şemsi İnkaya Nazlı Birand, Coşkun Göğen, İhsan Yüce, Nazan Ayas
Yapım/Yapımcı: Erler Film/Türker İnanoğlu

SES
1986/35mm/Renkli
Yönetmen: Zeki Ökten
Senarist: Fehmi Yaşar
Görüntü Yönetmeni: Orhan Oğuz
Müzik: Tarık Öcal
Oyuncular: Tarık Akan, Nur Sürer, Güler Ökten, Kamuran

Usluer, Orhan Çağman, Yavuzer Çetinkaya, Kamuran Yüce
Yapım/Yapımcı: Şeref Film/Şeref Gür

SU DA YANAR
1986/35mm/Renkli
Yönetmen: Ali Özgentürk
Senarist: Işıl Özgentürk
Görüntü Yönetmeni: Ertunç Şenkay
Müzik: Sarper Özsan
Oyuncular: Tarık Akan, Şahika Tekand, Natalie Doverne, Ayberk Çölok, Turgut Savaş, Meral Çetinkaya
Yapım/Yapımcı: Asya Film/Ali Özgentürk

ÇARK
1987/35mm/Renkli
Yönetmen: Muzaffer Hiçdurmaz
Senarist: Haşmet Zeybek
Görüntü Yönetmeni: Erdoğan Ererez
Müzik: Cahit Berkay, Cem Karaca
Oyuncular: Tarık Akan, Müge Akyamaç, Savaş Yurttaş, Erol Demiröz, Oktay Sözbir, Günay Girik, İhsan Yüce, Muazzez Kurdoğlu, Bekir Yıldız, Haşmet Zeybek, Erdal Sümer, Hikmet Karagöz; Kenan Bal, Diler Saraç, Zehra Alptürk, Savaş Taner, Cezmi Baskın
Yapım/Yapımcı: Burak Film/Sungur Esen, İbrahim Mertoğlu

KIZIMIN KANI
1987/35mm/Renkli
Yönetmen: Halit Refiğ
Senarist: Erdoğan Tünaş
Görüntü Yönetmeni: Çetin Gürtop
Oyuncular: Tarık Akan, Neslihan Acar, Mine Baysan
Yapım/Yapımcı: Erler Film/Türker İnanoğlu

SKANDAL
1987/35mm/Renkli
Yönetmen: Kaya Ererez
Senarist: Erdoğan Tünaş
Görüntü Yönetmeni: Kaya Ererez
Müzik: Cahit Berkay
Oyuncular: Tarık Akan, Sibel Turnagöl, Engin İnal
Yapım/Yapımcı: Rüzgar Film/Kaya Ererez

YAĞMUR KAÇAKLARI
1987/35mm/Renkli
Yönetmen: Yavuz Özkan
Senarist: Yavuz Özkan
Görüntü Yönetmeni: Romain Vinding
Oyuncular: Tarık Akan, Aurelie Toledano, Ann Zacharias, Ayşegül Aldinç, Selin Şaşmaz, Seray Düşerkalkar, Theri Loos
Yapım/Yapımcı: Yeni Sinemacılık Ltd./Yavuz Özkan
Türkiye-Fransa-Almanya ortak yapımı

DÖNÜŞ
1988/35mm/Renkli
Yönetmen: Faruk Turgut
Senarist: Faruk Turgut
Görüntü Yönetmeni: Salih Dikişçi
Müzik: Cahit Berkay
Oyuncular: Tarık Akan, Nur Sürer, Yaman Okay, Raci Kiper
Yapım/Yapımcı: Uzman Film/Kadir Turgut, Ferit Turgut

EL KAPILARI
1988/35mm/Renkli
Yönetmen: Erdoğan Tokatlı
Senarist: Erdoğan Tokatlı
Görüntü Yönetmem: Salih Dikişçi
Oyuncular: Tarık Akan, Cavidan Akyol,Yaman Okay, Emel Demirhan
Yapım/Yapımcı: Topkapı Film/Yaşar Tunalı

KİMLİK
1988/35mm/Renkli
Yönetmen: Melih Gülgen
Senarist: Haşmet Zeybek
Görüntü Yönetmeni: Mustafa Yılmaz
Oyuncular: Tarık Akan, Nebahat Çehre, Elif İnci Onat, Zeki Köken
Yapım/Yapımcı: Tezcan Film/Mahmut Tezcan

ÜÇÜNCÜ GÖZ
1988/35mm/Renkli
Yönetmen: Orhan Oğuz
Senarist: Nuray Oğuz

Görüntü Yönetmeni: Orhan Oğuz
Müzik: Onay Oğuz, Önder Foçan
Oyuncular: Tarık Akan, Meral Konrat, Selçuk Özer, Ferda Ferdağ, Yaman Okay, Aliye Rona, Yavuzer Çetinkaya, Devrim Sümer, Savaş Ay, Fehmi Yaşar, Orhan Çağman
Yapım/Yapımcı: Yol Film/Tarık Akan, Orhan Oğuz

İKİLİ OYUNLAR
1989/35mm/Renkli
Yönetmen: İrfan Tözüm
Senarist: Bilgesu Erenus
Görüntü Yönetmeni: Ertunç Şenkay
Oyuncular: Tarık Akan, Zeliha Berksoy, Erol Demiröz, Mehmet Ulay, Tomris Çetinel, Behram Kolukısa, Hatice Boran, Şahin Şahan, Muhteşem Tözüm
Yapım/Yapımcı: Muhteşem Film/İrfan Tözüm

İSA MUSA MERYEM
1989/35mm/Renkli
Yönetmen: Faruk Turgut
Senarist: Macit Koper
Görüntü Yönetmeni: Ümit Ardabak
Müzik: Cahit Berkay
Oyuncular: Tarık Akan, Meral Konrat, Oktay Sözbir, Enver Dönmez
Yapım/Yapımcı: Uzman Film/Kadir Turgut

LEYLA İLE MECNUN
1989/35mm/Renkli
Yönetmen: Tayep Lohici
Senarist: Tayep Lohici
Görüntü Yönetmeni: Ramon Suarez
Oyuncular: Tarık Akan, Anca Nicola, Safi Bautella
Yapım/Yapımcı: Türkiye-Fransa-Cezayir-Tunus ortak yapımı

BERDEL
1990/35mm/Renkli
Yönetmen: Atıf Yılmaz
Senarist: Yıldırım Türker, Atıf Yılmaz
Görüntü Yönetmeni: Erdal Kahraman
Müzik: Selim Atakan

Oyuncular: Türkan Şoray, Tarık Akan, Mine Çayıroğlu, Füsun Demirel, Gülsen Tuncer, Levent Yılmaz, Taner Barlas
Yapım/Yapımcı: Tapev Film/Vehbi Koç Aile Sağlığı Vakfı

BİR KÜÇÜK BULUT
1990/35mm/Renkli
Yönetmen: Faruk Turgut
Senarist: Cemal Şan
Görüntü Yönetmeni: Salih Dikişçi
Müzik: Grup Kızılırmak
Oyuncular: Tarık Akan, Füsun Demirel, Osman Alyanak, Nurettin Şen, Zeynep Irgat, Tuncer Sevi, Enver Dönmez, Erol Şen
Yapım/Yapımcı: Uzman Film/Kadir Turgut

DEVLERİN ÖLÜMÜ
1990/35mm/Renkli
Yönetmen: İrfan Tözüm
Senarist: Bilgesu Erenus
Görüntü Yönetmeni: Ertunç Şenkay
Müzik: Oğuz Abadan
Oyuncular: Tarık Akan, Hümeyra, Zühal Gencer, Ali Uyandıran, Mustafa Koç, Levent Yılmaz, Ülkü Ülker, Nedim Doğan, Mehmet Beyazıt, Değer İskender, Esra Pertan
Yapım/Yapımcı: Muhteşem Film/İrfan Tözüm

KARARTMA GECELERİ
1990/35mm/Renkli
Yönetmen: Yusuf Kurçenli
Senarist: Yusuf Kurçenli (Rıfat Ilgaz'ın romanından)
Görüntü Yönetmeni: Colin Mounier
Müzik: Cem İdiz
Oyuncular: Tarık Akan, Nurseli İdiz, Bülent Bilgiç, Deniz Kurtoğlu, Ömer Çolakoğlu, Menderes Samancılar, Erol Günaydın, Şükrü Türen, Gülsen Tuncer, Necati Bilgiç
Yapım/Yapımcı: Senar Film/Senar Turgut

BİR KADIN DÜŞMANI
1991/35mm/Renkli
Yönetmen: Hüseyin Karakaş
Senarist: Ülkü Karaosmanoğlu
Görüntü Yönetmeni: Abdullah Gürek

Kurgu: Nevzat Dişiaçık
Müzik: Özkan Turgay
Oyuncular: Tarık Akan, Meltem Doğanay, Şebnem Eren, Efgan Efekan, Kamil Sönmez, Fatma Belgen, Pelin Körmükçü
Yapım/Yapımcı: Yağmur Ajans/Osman Yağmurdereli – Kültür Bakanlığı katkılarıyla

SİYABEND İLE XECE (SİYABEND Û XECE)
1991/35mm/Renkli
Yönetmen: Şahin Gök
Senarist: Hüseyin Erdem
Görüntü Yönetmeni: Kemal Seydo
Oyuncular: Tarık Akan, Mine Çayıroğlu, Yaman Okay, Murat Soydan, Mesut Çakarlı, Menderes Samancılar, Kazım Kartal, Duygu Ankara, Yılmaz Erdoğan, Hülya Erçel
Yapım/Yapımcı: Senar Film/Senar Turgut

UZUN İNCE BİR YOL
1991/35mm/Renkli
Yönetmen: Tunç Başaran
Senarist: Tunç Başaran
Görüntü Yönetmeni: Ümit Gülsoy
Kurgu: Bircan Uysal, M. Hasan Yükselir
Oyuncular: Tarık Akan, Taner Barlas, Caren Liby, Orhun Seydik, Orhan Çağman, Nevin Aypar, Özcan Özgür, Selma Kutluğ
Yapım/Yapımcı: Magnum Film/Jale Başaran

ÇÖZÜLMELER
1994/35mm/Renkli
Yönetmen: Yusuf Kurçenli
Senarist: Yusuf Kurçenli, Cezmi Ersöz
Görüntü Yönetmeni: Colin Mounier
Sanat Yönetmeni: Serdar Günbilen
Kurgu: İsmail Kalkan
Müzik: Cem İdiz
Oyuncular: Tarık Akan, Nurseli İdiz, Savaş Dinçel, Tunca Yönder, Ömer Çolakoğlu, Duygu Ankara, Tomris Oğuzalp, Arif Erkin, Kutay Köktürk
Yapım/Yapımcı: Film Film/Yusuf Kurçenli

YOLCU
1994/35mm/Renkli
Yönetmen: Başar Sabuncu
Senarist: Başar Sabuncu (Nâzım Hikmet'in oyunundan)
Görüntü Yönetmeni: Hüseyin Özşahin
Kurgu: Hüseyin Özşahin
Oyuncular: Müjde Ar, Tarık Akan, Halil Ergün, Berhan Şimşek
Yapım/Yapımcı: Belge Film/Sabahattin Çetin

AŞK ÜZERİNE SÖYLENMEMİŞ HER ŞEY
1995/35mm/Renkli
Yönetmen: Zeki Ökten
Senarist: Hakan Haksun
Görüntü Yönetmeni: Ertunç Şenkay
Kurgu: Mevlüt Koçak
Müzik: Oğuz Abadan
Oyuncular: Tarık Akan, Serap Aksoy, Nezihe Becerikli, Arda Bülbül, Arda Selvi Eren, Ali Sunal, Naki Turan Tekinsay, Erol Demiröz
Yapım/Yapımcı: Sinema Vakfı

MEKTUP
1997/35mm/ Renkli
Yönetmen: Ali Özgentürk
Senarist: Ali Özgentürk
Görüntü Yönetmeni: Mirsat Herovic
Oyuncular: Tarık Akan, Zişan Uğurlu, Ahmet Mekin, Nail Çakırhan, Nejdet Mahfi Ayral, Alev Emre, Suna Selen, Erol Demiröz, Güler Ökten, Arif Keskiner, Aytaç Yörükaslan, Başak Köklükaya, Aslı Bülbül, İhsan Bilsel Cüneyt Gökçer
Yapım/Yapımcı: Asya Film (Ali Özgentürk) ve Filma Cass (Mine Vargı) Türkiye-Polonya-Çek Cumhuriyeti ortak yapımı

EYLÜL FIRTINASI
1999/35mm/Renkli
Yönetmen: Atıf Yılmaz
Senarist: Atıf Yılmaz, Gaye Boralıoğlu
(Habib Bektaş'ın *Gölge Kokusu* romanından)
Sanat Yönetmeni: Çağla Ormanlar
Görüntü Yönetmeni: Erdal Kahraman
Müzik: Tamer Çıray

Kurgu: Mevlüt Koçak
Oyuncular: Tarık Akan, Zara, Kutay Özcan, Deniz Türkali, Hazım Körmükçü, Oktay Sözbir, Yosi Mizrahi, Meral Çetinkaya, Cezmi Baskın, Cengiz Tünay, Ayten Uncuoğlu, Mesut Akusta
Yapım/Yapımcı: Delta Film/Atıf Yılmaz, Ulus Filmcilik/İskender Ulus

HAYAL KURMA OYUNLARI
1999-2004/35mm/Renkli
Yönetmen: Yavuz Özkan
Senarist: Yavuz Özkan
Görüntü Yönetmeni: Pierre Novio
Sanat Yönetmeni: Yavuz Özkan
Müzik: Alp Duran ve Müzikotek
Kurgu: Halil Ulusev
Oyuncular: Tarık Akan, Serap Aksoy, Ayşegül Aldinç, Pelin Batu, Kayra Şenocak, Mert Gür, Mehmet Günsur, Mümtaz Sevinç, Musa Uzunlar
Yapım/Yapımcı: Z-1 Film Atölyesi/Aycan Çetin

ABDÜLHAMİD DÜŞERKEN
2002/35mm/Renkli
Yönetmen: Ziya Öztan
Senarist: Ziya Öztan (Nahit Sırrı Örik'in *Sultan Hamid Düşerken* romanından)
Görüntü Yönetmeni: Colin Mounier
Sanat Yönetmeni: Mustafa Ziya Ülkenciler, Türkan Kafadar, Yudum Yontan
Müzik: Timur Selçuk
Kurgu: Hasan Bektaş
Oyuncular: Tarık Akan, Meltem Cumbul, Mehmet Kurtuluş, Halil Ergün, Çetin Öner, Mehmet Ali Alabora, Haluk Kurdoğlu, Müjdat Gezen, Mustafa Alabora, Erdal Özyağcılar, Nur Sürer, İsmet Ay, Güven Kıraç, Ali Poyrazoğlu, Savaş Dinçel, Cüneyt Türel, Engin Cezzar, Şebnem Dönmez, Fikret Kuşkan, Bekir Aksoy, Ceyda Düvenci, Kaan Girgin, Tarık Günersel, Şehnaz Çakıralp, Kutay Köktürk, Oktay Kaynarca, Erol Keskin, Umut Demirdelen, Nedim Saban, Cezmi Baskın, Berna Ertürk, Selin Demiratak, Erdal Öz, Serdar Orçin, Önder Alkım, İbrahim Karamemet, Mehmet Ulay, Ö. Levent Ülgen, Ali Taygun, Can Kolukısa, Kaya Akarsu, Murat Karasu, Devrim Parscan, Alp Emre

Köküz, Naci Girgin, İbrahim Gündoğan, Yavuz Selekman, Nuri Gökşaşan, Yaşar Akın, Oğuz Oktay, Murat Onuk, Sinan Divrik, Veysel Diker, Berke Üzrek, Seren Fosforoğlu, Ceren Tosun, Yiğit Savaş, Aydın Can Aydın, Tarık Can Efe, Canan Öztürk, Deniz Akgüneş, Ebru Ayyıldız, Mihrace Yekenkuluğ, Barış Günersel, Osman Bardakçı, Suat Güzey, Mithat Tüzün, Erdem Özipek, Ayşe Cerrahi, Gökhan Seyhan, Mustafa Arslan, İlhan Dolunay, Ayberk Aycan, Aktan Doğrar, Mustafa Selçuk Gürmeriç, İsmet Bozkurt, Yılmaz Kaleoğlu, Ramazan Yiğit, Engin Günay, Erhan Özgen, Ümit Belen, Muhammed Cangören, Ali Güney
Laboratuvar: Fono
Yapım/Yapımcı: TRT/Mustafa Şen, Sinan Yaka

GÜLÜM
2002/35mm/Renkli
Yönetmen: Zeki Ökten
Senarist: Fatih Altınöz
Sanat Yönetmeni: Meral Özen
Müzik: Melih Kibar
Kurgu: Nevzat Dişiaçık
Oyuncular: Tarık Akan, Okan Bayülgen, Rutkay Aziz, İdil Fırat, Güler Ökten, Nebahat Çehre, Sümer Tilmaç, Okan Yalabık, Engin Hepileri, Selda Özbek, Damla Cercişoğlu, İbrahim Kahraman, Bersun Gorica, Kıvanç Yeniay, Eda Baysal, Melih Çardak, Sabile Yılmaz, Aslı Tandoğan, Serdar Bordanacı
Laboratuvar: Fono
Yapım/Yapımcı: Film Pop/İsmet Kazancıoğlu

VİZONTELE TUUBA
2003/35mm/Renkli
Yönetmen: Yılmaz Erdoğan
Senarist: Yılmaz Erdoğan
Sanat Yönetmeni: Yaşar Kartoğlu
Müzik: Kardeş Türküler
Kurgu: Engin Öztürk
Oyuncular: Yılmaz Erdoğan, Tarık Akan, Altan Erkekli, İclal Aydın, Demet Akbağ, Tuba Ünsal, Tolga Çevik, İdil Fırat, Bican Günalan, Şener Kökkaya, Salih Kalyon, Tuncer Salman, Erdal Tosun, Bulent İnal, Celal Tak, Nuri Gökaşan, Zerrin Sümer, Sinan Bengier, Caner Alkaya, Cezmi Baskın, Zeynep Tokuş, Selim Erdoğan, Volkan Demirok, Bahri Beyat, Nejat Uygur, Deniz

Akaya, Bahtiyar Engin, Ata Demirer, Selahattin Taşdöğen
Yapım/Yapımcı: Beşiktaş Kültür Merkezi/ Necati Akpınar

ANKARA CİNAYETİ
2006/35mm/Renkli
Yönetmen: Yağmur Taylan, Durul Taylan
Senarist: Ahmet Yurdakul (İhsan Tombuş'un *Ankara Cinayeti* romanından)
Oyuncular: Tarık Akan, Mehmet Aslantuğ, Zuhal Olcay, Zafer Ergin, Ahmet Mümtaz Taylan, Ali Sürmeli, Mete Horozoğlu, İpek Tenolcay,
Yapım/Yapımcı: Limon Yapım/Hayri Aslan

DELİ DELİ OLMA
2009/35mm/Renkli
Yönetmen: Murat Saraçoğlu
Senarist: Hazal Sevim Ünsal
Görüntü Yönetmeni: Mustafa Kuşçu
Müzik: Mehmet Erdem, Özgür Akgül
Oyuncular: Tarık Akan, Şerif Sezer, Levent Tülek, Zuhal Topal, Korel Cezayirli, Halil Kumova, yeşim Ceren, Muhammed Cangören, Havin Funda Saç, Murat Aydın, Deniz Arna, Barış Üregül, Cemile Nihan Turan, Ozan Erdoğan
Yapım/Yapımcı: Aydın Film

DİZİ FİLMLER

TAŞLARIN SIRRI
1992/TV Filmi
Yönetmen: Şeref Gür/Yusuf Kurçenli
Oyuncular: Tarık Akan, Ayşegül Aldinç, Merih Akalın, Nurettin Şen

KOÇUM BENİM
2002/TV Filmi
Yönetmen: Vecihi Ener, Serdar Akan
Senarist: Yonca Akasya, Melek Gençoğlu, Ece Yörenç
Müzik: Melih Kibar
Görüntü Yönetmeni: Murat Ceylan
Oyuncular: Tarık Akan, Ebru Cündübeyoğlu, Sevil Üstekin, Zihni Göktay, Ozan Güven, Yunus Günce, Barış Aksavaş, Arda Esen,

Ali Nuri Türkoğlu, Nejat Birecik, Nehir Erdoğan
Yapım/Yapımcı: Hüseyin Apaydın

GECE YÜRÜYÜŞÜ
2004/TV Filmi
Yönetmen: Mesuda Erarslan
Senarist: Oya Yüce
Müzik: Serdar Kalafatoğlu, Toygar Işıklı
Görüntü Yönetmeni: Rıdvan Ülgen, Adnan Güler, Volkan Kocatürk
Sanat Yönetmeni: Serdar Başbuğ
Kurgu: Erol Vatan
Oyuncular: Tarık Akan, Lale Mansur, Civan Canova, Perihan Savaş, Sermiyan Midyat, Rıza Kocaoğlu, Kemal İnci, Hale Akınlı, Nihal Menzil, Benil Şenvarol, Laçin Ceylan, Belgin Güven, Tuba Erdem
Yapım/Yapımcı: Limon Yapım/Hayri Aslan

AHH İSTANBUL
2006/TV Filmi
Yönetmen: Şerif Gören, Çağatay Tosun
Görüntü Yönetmeni: Kemal Şanlı
Oyuncular: Tarık Akan, Sibel Can, Itır Esen, Aslı Tandoğan, Ercan Yazgan, Taner Barlas

BELGESELLER

ANTİKA TALANI (İKİ BÖLÜM)
KARUN HAZİNELERİ VE NOEL BABA HAZİNELERİ
1997/Sinema belgeseli
Yönetmen: Yusuf Kurçenli
Görüntü Yönetmeni: Colin Mouunier
Seslendirme: Tarık Akan
Yapım: Film F

PERGE LAHİTLERİ
1998/Sinema belgeseli
Yönetmen: Tarık Akan
Görüntü Yönetmeni: Colin Mounier

Senarist: Rana G. Mounier
Yapım: Henkel/Tarık Akan

NÂZIM HİKMET ŞARKILARI
2000/VCD
Yönetmen: Mehmet Eryılmaz
Müzik: Münir Nurettin Selçuk, Ruhi Su, Cem Karaca, Zülfü Livaneli, Tarık Öcal, Tahsin İncirci, Emin İgüs
Danışmanlar: Tarık Akan, Kıymet Coşkun
Yapım/Yapımcı: RAN Organizasyon Tic.Ltd.Şti./Hasan Özgen

NÂZIM HİKMET BELGESELİ
2002/TV Belgeseli
Yönetmen: Can Dündar
Müzik: Fazıl Say
Şiir Seslendirme: Genco Erkal
Araştırma: Barış Duran
Montaj: Ayhan Demir
Danışman: Tarık Akan, Kıymet Coşkun
Yapım/Yapımcı: Nâzım Hikmet Kültür ve Sanat Vakfı

IŞIK YONTUCUSU/(MEHMET AKSOY BELGESELİ)
2010/DVD
Yönetmen: Tarık Akan
Görüntü Yönetmeni: Colin Mounier
Senarist: Rana G. Mounier
Seslendirme: Yıldız Kenter, Rutkay Aziz, Işık Yenersu
Yapım/Yapımcı: Ran Organizasyon Tic.Ltd.Şti/Kıymet Coşkun

KÖY ENSTİTÜLERİ BİR MEÇHUL ÖĞRETMEN
2010/DVD
Yönetmen: Tarık Akan
Görüntü Yönetmeni: Colin Mounier
Senarist: Rana G. Mounier
Seslendirme: Genco Erkal, Işık Yenersu, Rutkay Aziz
Yapım/Yapımcı: Ran Organizasyon Tic.Ltd.Şti/Kıymet Coşkun

ANNEYE ADANMIŞ ŞEHİR AFRODISIAS
2012/DVD
Yönetmen: Tarık Akan
Görüntü Yönetmeni: Colin Mounier

Senarist: Rana G. Mounier
Müzik: Çağ Erçağ
Seslendirme: Işık Yenersu, Bülent Kayabaş, J.P. Murphy, A. Costantino Cedolin
Yapım/Yapımcı: Ran Organizasyon Tic.Ltd.Şti/Kıymet Coşkun

HÜZNÜN ŞARKISI İZNİK
2014/DVD
Yönetmen ve Kamera: Colin Mounier
Senarist: Rana G. Mounier
Su Perisi Nikea: Oya Okar
Çini Sanatçısı ve Anlatıcı: Adil Can Güven
Seslendirme: Işık Yenersu, Taner Barlas
Yapım/Yapımcı: Ran Organizasyon Tic.Ltd.Şti/Tarık Akan

ANADOLU'DA ROMALILARIN AYAK İZLERİ
2014/DVD
Yönetmen: Tarık Akan
Görüntü Yönetmeni: Colin Mounier
Senarist: Rana G. Mounier
Anlatıcı: Bülent Kayabaş
Seslendirme: Işık Yenersu, Rutkay Aziz
Yapım/Yapımcı: Ran Organizasyon Tic.Ltd.Şti/Kıymet Coşkun

ATATÜRK'ÜN ALEV ÇİÇEKLERİ
2015/DVD
Yönetmen: Tarık Akan
Görüntü Yönetmeni: Colin Mounier
Senarist: Rana G. Mounier
Seslendirme: Işık Yenersu, Rutkay Aziz
Yapım/Yapımcı: Ran Organizasyon Tic.Ltd.Şti/Kıymet Coşkun

ANTİKA TALANI/ KARUN HAZİNESİ (DVD basımı)
2016/DVD
Yönetmen: Yusuf Kurçenli
Görüntü Yönetmeni: Colin Mounier
Seslendirme: Tarık Akan
Restorasyon: Tarık Akan
Yapım/Yapımcı: Ran Organizasyon Tic.Ltd.Şti

ÖDÜLLERİ

1973: Antalya Altın Portakal Film Festivali'nde *Suçlu* filmiyle En İyi Erkek Oyuncu Ödülü
1978: Antalya Altın Portakal Film Festivali'nde Yavuz Özkan'ın yönettiği *Maden* filmindeki rolüyle En İyi Erkek Oyuncu Ödülü
1980: Antalya Altın Portakal Film Festivali'nde Zeki Ökten'in Yönettiği *Sürü* ile Atıf Yılmaz'ın yönettiği *Adak* filmlerindeki rolleriyle En İyi Erkek Oyuncu Ödülü
1982: Cannes Film Festivali'nde senaryosunu Yılmaz Güney'in yönetmenliğini ise Şerif Gören'in yaptığı *Yol* filmindeki rolüyle En İyi Erkek Oyuncu Ödülü'ne aday oldu
1984: Antalya Altın Portakal Film Festivali'nde Zeki Ökten'in yönettiği *Pehlivan* filmindeki rolüyle En İyi Erkek Oyuncu Ödülü
1985: Berlin Uluslararası Film Festivali'nde Zeki Ökten'in yönettiği *Pehlivan* filmindeki rolüyle Mansiyon Ödülü
7. Palermo Film Festivali'nde En İyi Film Ödülü
1989: Antalya Altın Portakal Film Festivali'nde Orhan Oğuz'un *Üçüncü Göz* filmiyle En İyi Erkek Oyuncu Ödülü
1992: Adana Altın Koza Film Festivali'nde Yusuf Kurçenli'nin yönettiği *Karartma Geceleri* filmindeki rolüyle En İyi Erkek Oyuncu Ödülü
2003: Antalya Altın Portakal Film Festivali'nde Zeki Ökten'in yönettiği *Gülüm* filmindeki rolüyle En İyi Erkek Oyuncu Ödülü

ONUR VE EMEK ÖDÜLLERİ

1996: Antalya Altın Portakal Film Festivali'nde Yaşam Boyu Onur Ödülü
2006: Sinema Yazarları Derneği Yaşam Boyu Onur Ödülü
2007: Çağdaş Sinema Oyuncaları Derneği, Sinema Emek Ödülü
2012: Nürnberg 17. Türk Alman Film Festivali, Onur Ödülü

Albüm

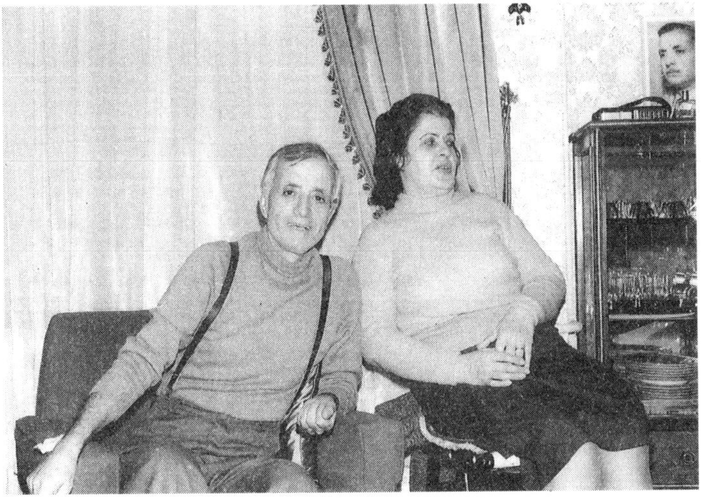

Yaşar Anne ve Yaşar Baba (aile albümü).

Çocukluğu (aile albümü).

Anne, baba ve ablasıyla (aile albümü).

Çocukluğu (aile albümü).

Vesikalık fotoğrafı Bakırköy (aile albümü).

Sağ üst köşede Arkadaşı Sedat Onuk'la Taş Mektep bahçesinde, 1964, Bakırköy (aile albümü).

Bülent, Selim, Tarık ve Bahtışen, 1964, okul bahçesi (aile albümü).

Aşağıda arkadaşları; Bülent ve Bahtışen'le 1964, Bakırköy sahili (aile albümü).

Bülent, Bahtışen, Selim ve Süha'yla 1964, Bakırköy sahili (aile albümü).

1971, Bakırköy (aile albümü).

Sinema Artisti Yarışması'nda birinci olduğu *Ses* dergisi kapağı, Ocak 1971.

İlk filmi *Solan Bir Yaprak Gibi*, 1971.

Kozalaklar Grubu; Erol, Orhan, Bülent, Kemal, Zeki'yle, Yalova Termal önü, 1973 (aile allbümü).

Zeki İrfanoğlu ve Kemal Kocabıyıkoğlu'yla (aile albümü).

Fotoğraf: Güngör Özsoy

Ankara Yürüyüşü bildirimi valiliğe veriliyor; Yavuz Özkan, Tarık Akan, Cüneyt Arkın, Semra Özdamar ve Av. Enis Coşkun (*Cumhuriyet* gazetesi arşivi).

Sinema Emekçileri Yürüyüşü (*Cumhuriyet* gazetesi arşivi).

Askerde kullandığı
vesikalık fotoğrafı,
İstanbul, 1979.

Askerlik arkadaşları İbrahimlerle (İbrahim Öz aile albümü).

Maden ve *Sürü* film afişleri.

Yol ve *Pehlivan* film afişleri.

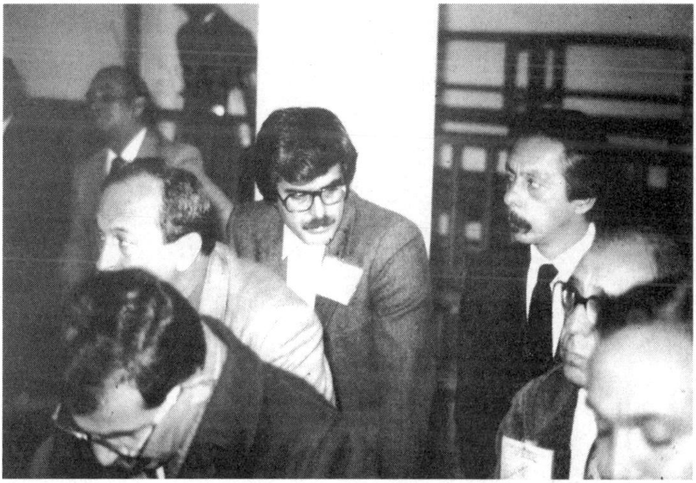

Barış Davası duruşmasında Genco Erkal ve Asım Bezirci'yle (*Cumhuriyet* gazetesi arşivi).

Oğlu Barış Zeki'yle, İstanbul 1986 (aile albümü).

Karartma Geceleri film afişleri.

Çocuklarıyla (aile albümü).

Nâzım Hikmet'in kız kardeşi Samiye Yaltırım, Alpay Kabacalı ve Atila Ergür'le Vakıf Yönetim Kurulu toplantısında, Beyoğlu (Fotoğraf: Kıymet Coşkun).

Nâzım Hikmet Vakfı Yönetim Kurulu toplantısı (Nâzım Hikmet Vakfı arşivi).

Nur Sürer'le Maden Yürüyüşü'nde, Zonguldak 1991 (*Cumhuriyet* gazetesi arşivi).

Acun Günay ve çocuklarıyla (aile albümü).

Taş Mektep önünde (aile albümü).

İkizleriyle (aile albümü).

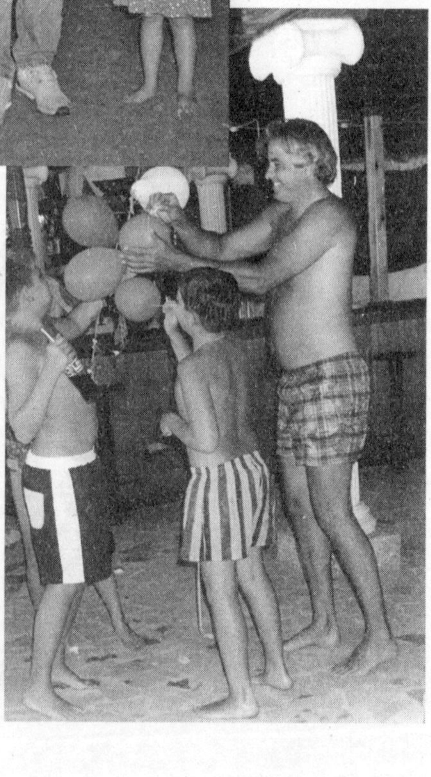

Çocuklarıyla Akyarlar'da,
Bodrum (aile albümü).

Çocuklarıyla (aile albümü).

Ailesiyle (aile albümü).

Bodrum Akyarlar'da kalamar yaparken unlu elleriyle (aile albümü).

Acun Günay, Zeki Ökten, Erol Demiröz ve Kıymet Coşkun'la Akyarlar (Fotoğraf: Başak Coşkun).

Figen ve Şeref Gür, Arap Erol (Özkök) Akyarlar (aile albümü).

Zeki Ökten'le Bodrum Akyarlar (Fotoğraf: Kıymet Coşkun).

Kemal Sunal ve Erol Demiröz, Akyarlar (aile albümü).

Moris Gabbay, Öner Yağcı, Halit Çelenk ve Mehmet Ali Aybar, Nâzım Hikmet Vakfı (Fotoğraf: Kıymet Coşkun).

Can yoldaşı Acun Günay'la (aile albümü).

Nâzım Hikmet Vakfı'nı ziyaret eden dönemin Kültür Bakanı Ercan Karakaş'la (Nâzım Hikmet Vakfı arşivi).

Yusuf Kurçenli'yle *Antika Talanı* belgeseli için Amerika'da (aile albümü).

Fotoğraflar: İsa Çelik

Çiçek Bar'da dostlarıyla; soldan sağa: Bülent Kayabaş, Rutkay Aziz, Arif Keskiner, Zeki Ökten, Savaş Dinçel, Mustafa Alabora, Tarık Akan.

Nâzım Hikmet'in mezarında Kıymet Coşkun, Can Dündar, Zülfü Livaneli, Ülker Livaneli, Coşkun Aral, Nebil Özgentürk ve Halil Ergün'le, Moskova, 2000 (Nâzım Hikmet Vakfı arşivi).

Mardin Savur'da bir kahve önünde dinlenirken; soldan sağa: Selma Kayabaş, Bülent Kayabaş, Tarık Akan, Nuri Dikeç ve Rutkay Aziz.

Nâzım Hikmet belgeseli ekibi, *Bir Aşk Masalı Balesi*'nin bestecisi Arif Melikov'la, Bakü, 2001.

Azerbaycan Kültür Bakanı Polat Bülbül, Can Dündar ve Kıymet Coşkun'la, Bakü, 2001 (Kıymet Coşkun arşivi).

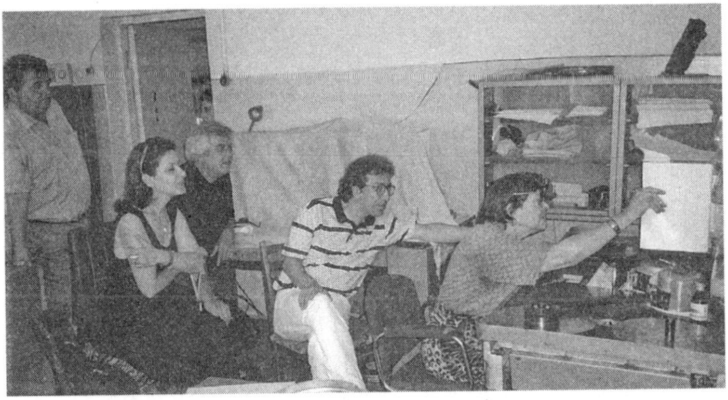

Azerbaycan Bakü Radyosu'nda Nâzım Hikmet araştırması, Bakü, 2001 (Kıymet Coşkun arşivi).

İlhan Selçuk'la (*Cumhuriyet* arşivi).

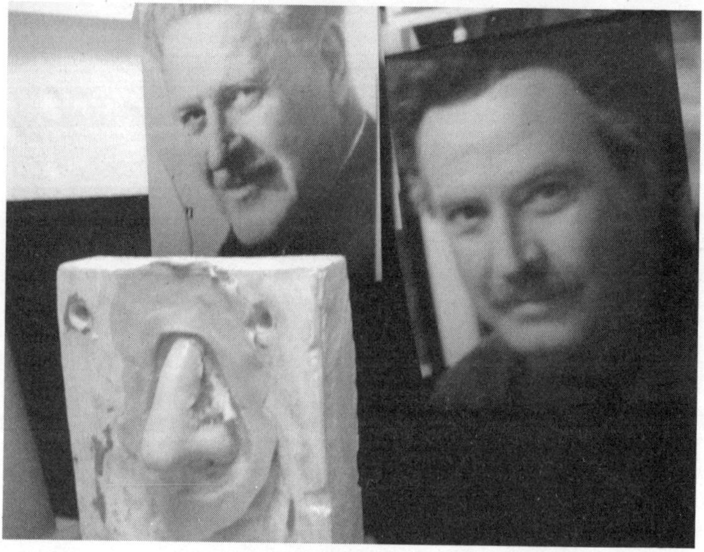

Gerçekleşemeyen "Karşıyaka Memleket" filminde Nâzım Hikmet'i canlandıracaktı, 2009.

Son sinema filmi *Deli Deli Olma*'nın afişi.

Altın Portakal Film Festivali'nde dostu Rutkay Aziz'le, Antalya, 2009.

TEKEL işçileriyle dayanışma yürüyüşü Ankara, 2010 (DİSK arşivi).

1 Mayıs'ta Işık Yenersu'yla, Şişli, 2010 (Işık Yenersu arşivi).

Silivri'de (Fotoğraf: Vedat Arık/*Cumhuriyet* gazetesi arşivi).

İstanbul'da Nâzım Hikmet Anıtı açılışı; soldan sağa: Ayşe Yaltırım, Tarık Akan, Ayşe Baban, Rutkay Aziz, Yaşar Kemal ve İsmail Ünal, İstanbul, Akatlar, 2013.

Soma maden işçileriyle dayanışma mitingi, Soma, 2014 (DİSK arşivi).

Soma Mitingi'nde konuşma yaparken, 2014 (DİSK arşivi).

Fazıl Say'la Zürih'te (aile albümü).

Kültür gezilerinden birinde Zeynep-Ahmet Oral ve Acun'u'yla, (Zeynep Oral arşivi).

Okulunda öğrencileriyle.

Yaşar Kemal Anıtı'nda PEN Yazarlar Derneği etkinliğinde konuşma yaparken, Yenikapı (*Cumhuriyet* arşivi).

Ara Güler'e ziyaret, Ara Cafe, Beyoğlu, 2015 (Fotoğraf: Coşkun Aral).

Nâzım Hikmet Kütüphanesi kuruluş hazırlıkları, Şişli, 2015
(Hasan Keseroğlu arşivi).

Nâzım Hikmet Korosu'yla, Nâzım Hikmet Kültür ve Sanat Evi, Şişli, 2016. Foto: Nasuh Bektaş.

Nâzım Hikmet Kültür ve Sanat Evi açılışında Şişli Belediyesi Başkanı Hayri İnönü'ye Nâzım Hikmet büstü armağan ediyor, Şişli, 15 Ocak 2016 (Şişli Belediyesi fotoğraf arşivi).

Aile albümü.

Nâzım Hikmet Anı Salonu, Şişli, 2016 (Şişli Belediyesi fotoğraf arşivi).

Ali İsmail Korkmaz anısına (aile albümü).

Okulunun merdivenlerinde, Bakırköy, 2016 (*Cumhuriyet* arşivi).

Mehmet Aksoy'un yonttuğu ve okulunun bahçesinde bulunan Mustafa Kemal Atatürk Anıtı, Bakırköy 2016 (aile albümü).

Yazarların Biyografileri

ALİ AKDOĞAN
1972 yılında Iğdır'da doğdu. İlk ve ortaöğrenimini Iğdır'da tamamladı. İstanbul Üniversitesi Eğitim Bilimleri (Pedagoji) Bölümü'nde başladığı lisans eğitimini, 1995 yılında İstanbul Üniversitesi İşletme Fakültesi İnsan Kaynakları Yönetimi'nde yüksek lisans eğitimiyle devam ettirdi. 2014 yılında İstanbul Üniversitesi Psikolojik Danışma ve Rehberlik Bilim Dalı'nda doktorasını yaptı. İsviçre, İngiltere, Romanya ve Almanya'da uluslararası müfredata dair eğitimler aldı. Meslek yaşamına 1992 yılında Gürsoy Koleji'nde psikolojik danışman olarak başladı. Askerlik görevini 1995-1997 yılları arsında Jandarma Okullar Komutanlığı'na bağlı Psikolojik Harekât Merkezi'nde asteğmen olarak yaptı. TÖDER (Tüm Özel Öğretim Kurumları Derneği) ve Türk Psikolojik Danışma ve Rehberlik Derneği İstanbul Şubesi yönetim kurulu üyesidir. İstanbul ve Kıbrıs'ta iki ayrı üniversitede misafir öğretim üyesi olarak dersler vermektedir. 1999 yılından beri Tarık Akan tarafından kurulan Bakırköy Özel Taş Koleji'nde çalışmakta olup 2003 yılından beri okul müdürlüğü yapmaktadır. İki çocuk babasıdır.

ATAOL BEHRAMOĞLU
1942 yılında Çatalca'da doğdu. Bir süre Ankara Hukuk Fakültesi'nde öğrenim gördü. 1966'da Ankara Üniversitesi DTCF Rus Dili ve Edebiyatı Bölümü'nü bitirdi. 1970-1974 yıllarında yaşamını Paris, Londra ve Moskova'da sürdürerek dil ve edebiyat konularında çalıştı. Moskova Devlet Üniversitesi'nde ve Paris Sorbonne Üniversitesi'nde lisansüstü çalışma yaptı. *Bir Ermeni General* (1965), *Bir Gün Mutlaka* (1969) ses getiren ilk kitapları olarak yayımlandı. Gençliğinde İsmet Özel'le *Halkın Dostları*, kardeşi Nihat Behram'la *Militan*, Paris'te *Anka* dergilerini çıkardı. Rus edebiyatından Lermontov, Puşkin, Gorki, Çehov gibi şair ve yazarların yapıtlarını Türkçeye çevirdi. 12 Eylül Askerî Cunta döneminde açılan Türkiye Barış Derneği davasında tutuklandı ve on ay cezaevinde kaldı. Bu dönemde kendisine Asya Afrika Yazarlar Birliği Lotus Edebiyat Ödülü verildi. Şiir, çocuk edebiyatı, oyun, gezi, anı, deneme türlerinde çok sayıda kitabı yayımlandı. İki dönem Türkiye Yazarlar Sendikası genel başkanlık görevini üstlendi. İstanbul ve Beykent Üniversitesi'nde Rus Dili ve Edebiyatı Bölümü'nde öğretim üyeliği yaptı. Makaleleri *Cumhuriyet* gazetesinde yayımlanmaktadır.

MURAT BERK
1980 yılında Prof. Nusret Kayar'ın öğrencisi olarak Mimar Sinan Üniversitesi Devlet Konservatuvarı'na girdi. 1986'da, Hacettepe Üniversitesi Devlet Konservatuvarı Lisans Bölümü'ne Prof. Ali Doğan'ın öğrencisi olarak kabul edildikten sonra 1990 yılında eğitimini tamamladı. Aynı yıl İstanbul Devlet Senfoni Orkestrası'nın açtığı sınavı kazanarak viyolonsel sanatçısı olarak orkestraya katıldı. 1993 yılında kazandığı bir

bursla İsviçre'de Cenevre Konservatuvarı'na kabul edildi. Yurtdışında öğrenimi sırasında, Mstislav Rostropovich, Mischa Maisky, János Starker gibi ünlü viyolonselcilerin kurslarına katıldı. Lozan Orkestrası, Tibor Varga Oda Orkestrası ve Cenevre Oda Orkestraları ile çalışma fırsatı buldu. 1997 yılında Türkiye'ye dönen sanatçı, halen İstanbul Devlet Senfoni Orkestrası ve Borusan İstanbul Filarmoni Orkestrası'nda görev yapmaktadır.

NURDAN BEŞERGİL

1971 yılında İstanbul'da doğdu. İzmir'de büyüdü. Hukuk eğitimi alan yazar, edebiyata öykü yazarak başladı Kısa öykülerini topladığı ilk kitabı, 1996 yılında *Rüzgar Çıktı* adıyla yayımlandı. *Mecburi İstikamet* Beşergil'in ikinci romanı. 1994'te Yaşar Nabi Nayır Gençlik Ödülleri'nde dikkate değer bulundu. Öykü ve yazıları çeşitli dergilerde yayımlanan Beşergil, 1998-2003 yılları arasında *Araf* adlı online derginin yayın yönetmenliğini yaptı. Beşergil'in geçtiğimiz yıl yayımlanan ilk romanı *Bana Baktığın Gibi Bakma*, sudoku bilmecelerine dayalı değişik bir polisiyeydi.

KIYMET COŞKUN

1950 yılında İstanbul'da doğdu. İstanbul Kız Lisesi ve İstanbul Üniversitesi Edebiyat Fakültesi Sosyoloji Bölümü'nü bitirdi. Bir süre felsefe öğretmenliği yaptı. Nâzım Hikmet Kültür ve Sanat Vakfı'nın kurucuları arasında yer aldı. Uzun yıllar genel sekreter ve başkan vekili olarak görev yaptı. *Nâzım'ın Yurttaşlık Hakkı* (1988) ve *Fotoğraflarla Nâzım Hikmet* (1990), Şükran Kurdakul ve Öner Yağcı ile birlikte hazırladığı *Nâzım'dan Armağan* (1991) Cem Yayınevi tarafından, *Nâzım Hikmet Şiirleri, Barışın Şairi* (2007), *Fotoğraflarla Nâzım Hikmet* (Turgay Fişekçi'yle birlikte yenilenmiş baskı/2008) Nâzım Hikmet Vakfı Yayınları arasında, *Hoş Geldin Nâzım Hikmet* (2010) ise Kültür Bakanlığı Yayınları arasında yayımlandı. Çok sayıda kitap, dergi ve gazete yazıları bulunmaktadır. Ayrıca; belgesel film projelerinin danışmanlığı ve yapımcılığını üslendi: *Nâzım Hikmet Şarkıları*, yön. Mehmet Eryılmaz (danışman), Nâzım Hikmet: yön. Can Dündar (danışman); *Nâzım'ın Peşi Sıra/Mehmet Aksoy*: yön. Tarık Akan (yapımcı), *Bir Meçhul Öğretmen/Köy Enstitüleri*: yön. Tarık Akan (yapımcı); *Anneye Adanmış Şehir Afrodisyas*: yön. Tarık Akan (yapımcı).

GÜNAY ÇAPAN

1956 yılında Kars'ta doğdu. Sekiz çocuklu bir ailenin ikinci çocuğu olarak dünyaya geldi. İlk ve ortaöğrenimini Kars'ta tamamladı. Askerliğin ardından Almanya'ya giderek, oraya yerleşti ve kendi işyerini kurarak PVC ve inşaat sektörlerinde faaliyet göstermeye başladı. 1978 yılından bugüne kadar Almanya'da ve Türkiye'de inşaat, enerji ve gıda sektörlerinde şirket sahibi ve yöneticisi olarak çalışmalarına devam etmektedir. Halen Almanya'nın Köln şehrinde ikamet etmekte olan Günay Çapan, 2014 yılında kurulan CHP Köln Derneği'nin de başkanıdır.

ARZU ÇERKEZOĞLU

1969 yılında Artvin'de doğdu. 1986 yılında İstanbul Üniversitesi İstanbul Tıp Fakültesi'nde tıp eğitimine başladı. 1994 yılında pratisyen hekim olarak göreve başlayan Arzu Çerkezoğlu, 2004 yılında patoloji ihtisasını tamamladı. Üniversite yıllarında öğrenci gençlik mücadelesi içinde yer alan Arzu Atabek Çerkezoğlu öğrenci derneği yöneticiliği ve İstanbul Öğrenci Dernekleri Federasyonu (İÖDF) kurucu genel sekreterliği görevini yaptı. Hekimlik mesleğine başladıktan sonra sağlık emekçilerinin sendikal mücadelesi içinde yer aldı. Tüm Sağlık Sen ve ardından Sağlık ve Sosyal Hizmet Emekçileri Sendikası'nda (SES) üç dönem şube başkanlığı görevlerini yürüttü. Çerkezoğlu 2001 yılında DİSK Devrimci Sağlık-İş çatısı altında mücadelesine başladı. 2004-2007 yılları arasında sendikanın genel sekreterlik görevini yürüttü. Çerkezoğlu 2007 yılında sendikanın genel başkanı oldu. 2013'ten itibaren DİSK genel sekreterliği görevini de sürdürmektedir.

HALİL ERGÜN

8 Eylül 1946 tarihinde, Bursa'nın İznik ilçesine bağlı Müşküle köyünde doğdu. İlk ve ortaokulu İznik'te okudu. Pertevniyal Lisesi'nden mezun olduktan sonra Ankara Üniversitesi Siyasal Bilgiler Fakültesi'nde okudu. Halk Oyuncuları'nda *Teneke* adlı oyunla profesyonel oldu. Vasıf Öngören, Mustafa Alabora ve Erdoğan Akduman ile Ankara Birlik Sahnesi'ni kurdu. 1974 yılında Yılmaz Güney'in senaryosu olan *İzin* filmiyle sinemaya başladı. 1990 Ankara Uluslararası Film Festivali, En İyi Yardımcı Erkek Oyuncu (*Film Bitti*), 1995 Adana Altın Koza Filmi Festivali, En İyi Erkek Oyuncu (*Böcek*), 1995 Antalya Altın Portakal Film Festivali, En İyi Erkek Oyuncu (*Böcek*) 1996 Sinema Yazarları Derneği Türk Sineması Ödülleri, En İyi Erkek Oyuncu (*Böcek*), 1997 Çağdaş Sinema Oyuncuları Derneği En İyi Oyuncu Ödülleri, En İyi Erkek Oyuncu (*Mum Kokulu Kadınlar*), 1997 Orhon Murat Arıburnu Ödülleri, En İyi Erkek Oyuncu (*Mum Kokulu Kadınlar*) ve 2007 Antalya Altın Portakal Film Festivali, Yaşam Boyu Onur Ödülü'nü aldı.

TURGAY FİŞEKÇİ

1956'da Balıkesir'de doğdu. İstanbul Üniversitesi Hukuk Fakültesi'ni bitirdi. Öğrencilik yıllarında şiir yazmaya ve yayıncılık alanında çalışmaya başladı. Öğrenimini tamamladıktan sonra yayıncılığı meslek edindi. İlk şiir kitabı *Karda Işıltılar*'la 1980 Akademi Kitabevi Şiir Ödülü'nü kazandı. Sonraki şiir kitapları: *Kuşkuluyum Yaşadığımdan* (1983), *Yitik Bahar* (1989), *Dip Sevgi* (1994, Behçet Aysan Şiir Ödülü), *Sevgi Bağları*

(1998, Behçet Necatigil Şiir Ödülü, Halkevleri Şiir Ödülü), *Güzelle Büyü* (2013, Melih Cevdet Anday Şiir Ödülü). 1999-2005 arası *Adam Sanat* dergisi yayın yönetmenliğini, TRT 2'de yayınlanan *Okudukça* adlı kitap programının danışmanlığını yaptı. *Cumhuriyet* gazetesi kültür sayfasında "Defne Gölgesi" başlıklı haftalık yazılar yazdı (1996-2013). *Raylar Üzerinde Avrupa, Unutulmaz Bir Andı Görüp Geçtiğim* ve *Bir Bahar Bir Yaz* adlı üç gezi kitabı vardır. İlk romanı *Hep Yanımda Kal* ile 2005 İnkılap Kitabevi Roman Ödülü'nü kazandı. Mayıs 2006'dan bu yana iki aylık edebiyat dergisi *Sözcükler*'i yayımlamaktadır.

ŞERİF GÖREN

1944 yılında İskeçe'de doğdu. Sinemaya 1962 yılında girdi. Kurgucu olarak çalıştı. Yılmaz Güney'in asistanlığını yaptı. 1974 yılında Yılmaz Güney'in yarım kalan filmi *Endişe*'yi tamamlayarak yönetmenliğe başladı. Bu ilk filmi de Antalya Film Festivali'nde En İyi Film seçildi. 1979 yılında *Almanya Acı Vatan* ile başarısını sürdürdü. 1981 yılında Yılmaz Güney'in senaryosunu yazdığı *Yol* filmini yönetti ve Cannes Film Festivali'nde en iyi film ödülü olan Altın Palmiye'yi Costa Gavras'ın *Kayıp* filmiyle paylaştı. 1983 yılında *Derman*'la Antalya'da En İyi İkinci Film Ödülü'nü, Karlovy Vary'de Uluslararası Sinema Eleştirmenleri ve Uluslararası Film Kulüpleri ödüllerini ve Uluslararası Şam Film Festivali'nde ise En İyi Film Ödülü'nü aldı. Birçok filminde küçük roller aldı. Türk sinemasında toplumsal gerçekçilik akımının ikinci kuşak yönetmenlerindendir.

ZEYNEP IRGAT

1954 yılında İstanbul'da doğdu. Mîna Urgan ve şair Cahit Irgat'ın kızıdır. İstanbul Üniversitesi Edebiyat Fakültesi Fransız Dili ve Edebiyatı Bölümü mezunudur. 1977'de Dostlar Tiyatrosu'nun tiyatro kurslarına katıldı. Birçok oyunda rol aldı ve yönetmen yardımcılığı yaptı. İstanbul Şehir Tiyatroları, İstanbul Devlet Tiyatrosu ve televiziyon dizilerinde görev yapan Zeynep Irgat, Paris Comédie Française'de oyun sahnelemelerinde stajyer olarak bulundu.

HAYRİ İNÖNÜ

1954 yılında İstanbul'da doğdu. 1965'te Maçka İlkokulu'nu, 1972'de Alman Lisesi'ni, 1977'de Mannheim Üniversitesi'ni yüksek işletmeci olarak bitirdi. 1985'te Harvard Üniversitesi Yatırım Değerlendirmesi ve Yönetimi Sertifika Programı'nı tamamladı. 2009 Yerel Seçimleri'nde kontenjan adayı olarak Şişli Belediye Meclisi ve İstanbul Büyükşehir Belediye Meclisi üyeliklerine seçildi. Cumhuriyet Halk Partisi'nin Şişli belediye başkanı adayı olarak girdiği 2014 Yerel Seçimleri'nde yüzde 61,6 oyla belediye başkanlığına seçildi. 19 Nisan 2016 tarihinde, Şişli Belediye Başkanı Hayri İnönü Birleşmiş Kentler ve Yerel Yönetimler Ortadoğu ve Batı Asya Bölge Teşkilatı'nın (UCLG-MEWA) 2019 yılı ombudsmanı oldu. Hayri İnönü ayrıca UCLG-MEWA Cinsiyet Eşitliği Komitesi eşbaşkanlık görevine de seçildi. İnönü Vakfı ve Sevinç Erdal İnönü Vakfı kurucu üyesidir.

ALİ KARADOĞAN
Ankara Üniversitesi İletişim Fakültesi Gazetecilik Bölümü'nden mezun olduktan sonra aynı üniversiteye bağlı Sosyal Bilimler Enstitüsü, Radyo Televizyon Sinema Anabilim Dalı'nda yüksek lisans yaptı. "Modernizmin İzini Sürmek: Türkiye'de Sanat Sinemasının Gelişimi" adlı teziyle doktorasını tamamladı. Şu anda aynı üniversiteye bağlı İletişim Fakültesi'nde çalışmakta, Senaryo, Türk Sineması ve Sanat Sineması üzerine dersler vermektedir. *Bir Sinemanın ve Sinemacının Serüveni: Halit Refiğ* (2003) ve *Bir Yüzün İki Hali: Tarık Akan* (2005), *Yoksul: Zeki Ökten* (2007) adlı üç derleme kitap hazırladı. 2005 yılında çıkan *Çok Tuhaf Çok Tanıdık: Vesikalı Yarim Üzerine*'nin yazarlarından biri olan Karadoğan'ın, *Film Çeviriyorum Abi: Şerif Gören Sinemasında Öykü, Söylem ve Tematik Yapı* adlı kitabı 2005 yılında, Burçak Evren'le birlikte hazırladığı *Sinemada Son Adam: Makinist-Ankara Sinemaları Tarihi* kitabı 2008 yılında, *Auteur Kuram ve Sanat Sineması Üzerine* adlı derleme kitabı ile *Senaryo ve Anlatı: Senaryo Yazımı İçin Anahtar Kavramlar* adlı kitabı yayımlandı. Çeşitli yayınevlerinde ve Ankara Uluslararası Film Festivali'nde editörlük yaptı.

RUKİYE KARADOĞAN
1972 doğumlu. Ankara Üniversitesi İletişim Fakültesi Radyo Televizyon Sinema Bölümü'nden mezun olduktan sonra aynı bölümde yüksek lisans yaptı. Çeşitli dergi, gazete ve kitaplarda sinema, milliyetçilik, popüler kültür ve mutfak kültürü üzerine yazıları yayımlandı. Özel bir şirkette çalışmaktadır.

HASAN KESEROĞLU
1955 yılında Yozgat'ta doğdu. İlk ve ortaöğrenimini Yozgat'ta gördü. İstanbul Üniversitesi Edebiyat Fakültesi Kütüphanecilik Bölümü'nü bitirdi. "Halk Kütüphanesi Politikası ve Türkiye Cumhuriyeti'nde Durum" adlı teziyle doktorasını tamamladı. Aynı bölümde doçent ve profesör oldu. 2010 yılında Kastamonu Üniversitesi Bilgi ve Belge Yönetimi Bölümü'nü kurma çalışmalarına başladı. Bilgi ve belge yönetimi konusunda kitapları vardır. Nâzım Hikmet Kültür ve Sanat Vakfı kuruluşundan bu yana üyeliğini sürdürmektedir.

ARİF KESKİNER
1938'de Osmaniye'de doğdu. İstanbul Yüksek Ekonomi ve Ticaret Okulu'nu bitirdi. Bir süre Yılmaz Güney'le çalıştı. Ağaoğlu Yayınevi'nin mü-

dürlüğünü yaptı. Daha sonra kitapçılık, spor yazarlığı ve İsveç'te muhabirlik, bulaşıkçılık yaptı. Türkiye'ye döndükten sonra 50'ye yakın fotoromanın yapımcılığını, senaristliğini ve yönetmenliğini üstlendi. Aynı dönemde filmciliğe başladı. *Otobüs, Kapıcılar Kralı, Selvi Boylum Al Yazmalım, Maden, Köşeyi Dönen Adam* ve *Piano Piano Bacaksız* gibi filmlerin prodüktörlüğünü yaptı. *Yılanı Öldürseler* ve *Piano Piano Bacaksız* filmlerinin senaryo yazımında yer aldı. Halit Çapın'ın *Bay Alkolü Takdimimdir* adlı hayat hikâyesinden TRT'ye üç bölümlük bir dizi uyarladı.

ZÜLFÜ LİVANELİ
Romanları 40 dilde yayımlanan Zülfü Livaneli, 1946 yılında doğdu. Ankara'da Maarif Koleji'nde okudu, Stockholm'de felsefe ve müzik eğitimi gördü. 1972 yılında fikirlerinden dolayı askerî cezaevinde yattı, 11 yıl sürgünde yaşadı. Harvard ve Princeton gibi saygın üniversitelerde konferanslar ve dersler veren, romanları, fikirleri ve müziği ile dünya basınında övgülerle karşılanan bir sanatçı olan Livaneli, edebiyat, müzik ve sinema alanlarında 30'dan fazla ulusal ve uluslararası ödül sahibi. Livaneli, 1999 yılında San Remo'da En İyi Besteci Ödülü'ne layık görüldü. Müzik eserleri Londra, Moskova, Berlin, Atina, İzmir senfoni orkestraları tarafından icra edildi ve Zubin Mehta, Simeon Kogan gibi şeflerce yönetildi. Türkiye dışında Çin Halk Cumhuriyeti, İspanya, Kore ve Almanya'da da çok satanlar arasına giren romanlarıyla, Balkan Edebiyat Ödülü'ne hak kazandı. ABD'de Barnes&Noble Yeni Büyük Yazarların Keşfi Yarışması'nda finalist olarak ödül aldı. İtalya ve Fransa'da Yılın Kitabı Ödülü'ne, Türkiye'de ise Yunus Nadi Ödülü'ne ve Orhan Kemal Roman Armağanı'na layık görüldü. *Kardeşimin Hikâyesi* 2013'ün en çok okunan romanı oldu. ABD'de Missouri Üniversitesi, romanlarını ders kitabı olarak okuttu. Livaneli, dünya kültür ve barışına yaptığı katkılardan ötürü 1996 yılında Paris'te UNESCO tarafından iyi niyet elçiliğiyle onurlandırıldı ve Genel Direktör danışmanlığına atandı. 2016 yılında UNESCO elçiliğinden istifa etti. 2002-2006 yılları arasında TBMM'de ve Avrupa Konseyi'nde milletvekilliği görevinde bulundu.

COLIN MOUNIER
Kameraman, görsel yönetmen. 1942'de doğdu. Kamera çalışmalarına uzun metraj ve belgesel filmlerde başladı (Fransa). *Kaptan Cousteau: Antartica, Ege, Kanada, Amazon* filmlerini de kapsayan 28 filmden sonra Türkiye'ye geldi. TRT prodüksiyonlarında görev aldı: *Gecenin Öteki Yüzü* (Okan Uysaler), *Belene* (Hüseyin Karakaş). *Kurtuluş, Cumhuriyet, Abdülhamid Düşerken* (Ziya Öztan) Uzun metrajlı filmler: *Piano Piano Bacaksız, Sende Gitme Triandafilis* (Tunç Başaran), *Karartma Geceleri, Çözülmeler* (Yusuf Kurçenli), *Sokaktaki Adam, Kayıkçı* (Biket İlhan), *Hiçbiryerde, Rıza* (Tayfun Pirselimoğlu). Ve her sene bir dizi: *Serseri,*

Karanlıkta Koşanlar, Beyaz Gelincik, Gurbet Kuşları. Halen Türkiye'de yaşamaktadır.

RANA GÜNGÖRMÜŞ MOUNIER
1951'de doğdu, Notre Dame de Sion Fransız Kız Lisesi ve İstanbul Üniversitesi Fransız Filolojisi Bölümü'nden mezun oldu. 1975 yılında reklam sektöründe metin yazarı olarak çalışma hayatına başladı. 1990'lı yıllarda reklam metin yazarlığından emekli olduktan sonra popüler tarih araştırmaları ve dergi yazarlığı yaptı. Son olarak uluslararası bir araştırma şirketinin kalitatif bölümünde görev aldı. 2010 yılından beri eşi Colin Mounier ile birlikte yerleştiği İznik'te belgesel film araştırmaları yapıyor ve belgesel film senaryoları yazıyor. İçinde yer aldığı çalışmalar şunlar: *Perge Lahitleri* (1999), *Zamana Tanıklık Eden Bir Işık Avcısı* (2010), *Bir Meçhul Öğretmen* (2011), *Anneye Adanmış Şehir* (2012), *Hüznün Şarkısı İznik'te* (2013).

YILMAZ OKYAY
1947'de İzmir'de doğdu. 45 yıldır doktor, 34 yıldır psikiyatristtir. İstanbul Sarıyer Belediyesi'nin 2017 yılında ilkini verdiği Tarık Akan Öykü Ödülü yarışmasına sessizce katılmış ve birincilik ödülünü aldıktan sonra tören konuşmasında Tarık Akan'ın arkadaşı olduğunu açıklamıştır. Daha önce katıldığı iki öykü yarışmasından da birincilik ödülleri vardır. *İpe Tırmanan Keman Sesi* (2012) adlı öykü kitabı ve *Buzdağının Altı Hüzün* (2016) adlı bir şiir kitabı vardır. Ayrıca kendi çabasıyla öğrendiği Yunancadan yaptığı çevirileri *Soluğun Mucizesi* 2012'de; *Bir Süper Marketin Hikâyesi* ise 2017'de yayımlandı.

NEBİL ÖZGENTÜRK
Adana'da doğdu. Ege Üniversitesi İşletme Fakültesi'ni bitirdi. *Günaydın* ve *Sabah* gazetelerinde çalıştı. Gazetecilik çalışmaları sırasında Anadolu'yu baştan başa dolaştı, röportajlar kaleme aldı. Romanya'da, Abhazya'da, Körfez Savaşı döneminde savaş muhabirliği yaptı. 1990'da *Sabah* gazetesinde köşe yazarlığına başladı. Köşe yazıları yıllar içinde *Bir Yudum İnsan, Unutulmayanlar, Yıllar ve Yüzler* adlarıyla kitaplaştırıldı. ATV'de başlayıp CNN Türk'te devam eden *Bir Yudum İnsan* belgeseli bir döneme damgasını vurdu. Ardından *Türkiye'nin Hatıra Defteri ve Sanatımızın Hatıra Defteri* belgesellerine yapımcı, yönetmen ve metin yazarı olarak imza attı. Sekiz yıl boyunca *Yaşamdan Dakikalar* adlı programda ekranı Hıncal Uluç ve Haşmet Babaoğlu'yla paylaştı. Kenan Işık'ın sunduğu *Dünya Bir Oyun Sahnesi*, Ferhat Göçer'in sunduğu *Güzel Şeyler* adlı kültür sanat programlarını hazırlayıp yönetti. Can Dündar'la birlikte *İstanbul'un Entelektüel Tarihinden Tanıklılar* belgeselini hazırladı. 100 yaşını geçen insanların tanıklıklarına ve uzun yaşam sırlarına yer veren *Asırlık Yüzler* belge-

selini yaptı. Can Dündar ve Coşkun Aral'la birlikte kaybolmaya yüz tutan kültürlere, Türkiye'nin farklı inanç ve kimliklerine ışık tutan *Biz-Kültür Yolcuları* belgeselinin yapımcılığını ve yönetmenliğini üstlendi. Son olarak *Osmanlı'dan Cumhuriyete At Sevdası* belgeselini hazırladı. 20'den fazla kitaba yazar olarak imza atan Nebil Özgentürk gazetecilik, televizyonculuk, kültür-sanat alanında yüzlerce ödülün de sahibi.

YAVUZ ÖZKAN

1942'de doğdu. 1970'li yıllarda dergi ve gazeteler yayımladı. Tiyatro oyunları yazdı ve yönetti. Kocaeli Tiyatrosu'nu kurdu, Dostlar Tiyatrosu'nda oyunculuk yaptı. Howard Fast'ın, *Suçsuzlar* romanını oyunlaştırdı ve sahneledi. Kısa filmler çekti ve film senaryoları yazdı. 1978'de *Maden*, 1979'da *Demiryol* filmlerini çekti. 1980 Darbesi'nden sonra Paris'e gitti, yedi yıl boyunca sürgünde yaşadı ve FR3 için *Sevgiliye Mektuplar* ve *Son Savaşçı* isimli televizyon filmlerini yazdı ve yönetti. 1987'de Türkiye'ye döndü. Filmleri yurtiçinde ve yurtdışında pek çok ödül kazandı ve dünyanın birçok ülkesinde gösterime girdi. *Ateş Üstünde Yürümek, Yağmur Kaçakları, Film Bitti, Büyük Yalnızlık, İki Kadın, Bir Sonbahar Hikâyesi, Yengeç Sepeti, Bir Erkeğin Anatomisi, Bir Kadının Anatomisi, Hayal Kurma Oyunları*, İlkbahar *Sonbahar* isimli filmleri çekti. 1991 yılında TÜRSAK'ı, 1995 yılında Z-1 Film Atölyesi'ni kurdu. Sinemanın ustaları, sanatçılar, akademisyenler, felsefeciler, edebiyatçılar ve iletişimcilerden oluşan 33 kişilik öğretim kadrosuyla parasız sinema eğitimi verdi. *Atölye* isimli bir dergi çıkardı. Film Atölyesi'nde eğitim faaliyetlerinde bulundu. 1999-2002 yılları arasında Film Yönetmenleri Derneği genel başkanlığı yaptı. 1999 yılında *Herkesin Bildiği Sırlar* ve *Karşı Penceredeki Kadın* isimli oyunları yazdı ve yönetti. 2010'da, İstanbul'da yaşanmış ve tarihin akışını değiştirmiş olan beş aşk hikâyesini anlatan İstanbul'da *Aşk* isimli bir belgesel-drama çekti.

ALİ GALİP SAVAŞIR

1956'da İzmir'de doğdu. 1976'da Polis Akademisi'nden mezun oldu, 1978'de komiser olarak polis teşkilatında çalışmaya başladı. 1980 Askerî Darbesi döneminde 1402 Sayılı Kanun'a dayanarak işine son verildi. Devlet memurluğundan uzaklaştırıldıktan sonra yaş meyve sebze ticareti yaptı. 1990'lı yılların sonunda, ticaret odağını büyük gelecek vaat eden Rusya pazarına çevirdi. Bu sektöre ek olarak ABS alçılarının Rusya distribütörlüğü ve AGSCARB markası altında boya ve plastik hammaddeleri dağıtımına başladı. Gazi Üniversitesi Kamu Yönetimi ve Polis Akademisi lisans dereceleri olan Savaşır, Dünya Türk İş Konseyi Yönetim Kurulu Üyeliği ile Avrasya Bölge Komitesi başkanlığı ve Rus-Türk İş Konseyi başkan yardımcılığını yürütmektedir.

FAZIL SAY

1970'te Ankara'da doğdu. Say doğuştan gelen dudak damak yırtığı nedeniyle henüz bebekken bir operasyon geçirdi ve yarık olan dudağı dikildi. Doktorunun "üflemeli çalgı çalması" önerisi üzerine melodika çalarak müzik dünyasına girmiş oldu. Henüz dört yaşında piyanoya başladı. Ankara Devlet Konservatuvarı'nda, özel statü altında; Üstün Yetenekli Çocuklar adına oluşturulan bu statüde eğitim aldı, 1987 yılında Piyano ve Kompozisyon bölümlerinden mezun oldu. Ardından, bu alandaki çalışmalarını, Düsseldorf Müzik Yüksekokulu'nda devam ettirdi. Alman bursu ile gördüğü bu eğitimin ardından, 1991 yılında "konçerto solisti" diploması aldı. 1992'de, Berlin Tasarım Sanatları ve Müzik Akademisi altında, piyano ve oda müziği öğretmenliği unvanına sahip olmuştur. Tüm dünyada tanınan, sevilen ve aranan piyanist Fazıl Say'ın çok sayıda bestesi ve uluslararası ödülleri bulunmaktadır.

BERİN UYAR

1980 öncesinde, DİSK'e bağlı sendikaların basın bürolarında ve *DİSK Dergisi*'nde redaktör, gazeteci, grafiker olarak çalıştı. Kadın hareketi içinde aktif olarak çalıştı, 1975'te İlerici Kadınlar Derneği'nin (İKD) yayın organı *Kadınların Sesi* dergisinin sorumlu yazıişleri müdürü oldu. Aynı yıllarda, sonradan sürgün yaşadıkları Almanya'da kaybedeceği Ertan Uyar'la evlendi. 12 Eylül Darbesi'nden sonra, TKP'deki faaliyetlerinden ve kadın hareketindeki görevlerinden dolayı gözaltına alınıp kardeşi Zerrin Tümay Şenesen'le birlikte 90 gün kadar İstanbul Emniyeti'nde sorguda kaldıktan sonra tutuklandı. Metris Askerî Ceza ve Tutukevi'nde üç yıl kaldıktan sonra tahliye edildi. Mahkeme devam ederken başka bir suçlamayla arandığını öğrenince, Almanya'ya kaçarak gazetecilik yaşamına bir süre orada devam etti. Mahkeme sonuçlanıp da beraat ettiğini öğrendiğinde, Duisburg'da göçmen işçiler için yayımlanan *Türkiye Postası* gazetesinde çalışmaya başlamış ve kendine yeni bir yaşam kurmuştu. Aynı yıllarda kocası da kanser tedavisi gördüğü için yurda kesin dönüş yapamadılar. 1994 yılında Essen Üniversitesi'nde, Türkistik Bölümü'nün kuruluş çalışmalarına katıldı. Avrupa'da ilk ve tek Türkçe öğretmeni yetiştiren bu bölümde kültür çalışmaları ve dil dersleri verdi. 2016 yılında emekli olan Berin Uyar bu üniversitede halen çalışmaktadır.

ÖZLEM ÜREGÜL

1988'de İstanbul'da Yasemin Erkut ile Tahsin Tarık Üregül'ün kızı olarak dünyaya geldi. İkizi Özgür Üregül ve abisi Barış Üregül'dür. İstanbul Teknik Üniversitesi SUNY İşletme Bölümü'nü bitirip İngiltere'de Birmingham Üniversitesi'nde yüksek lisans eğitimini başarıyla tamamladı. Londra'da Fashion Retail Akademi'de eğitim aldı, İngiltere'de iki yıl tekstil fimasında çalıştıktan sonra İstanbul'a döndü. İstanbul'da önde gelen giyim firmalarında çalıştıktan sonra kendi tasarımlarını gerçekleştirmek amacıyla 2017'de Sofistiqe adlı giyim firmasını kurdu.

IŞIK YENERSU

1942'de Çaycuma'da doğdu. Sinema ve tiyatro oyuncusu, seslendirme sanatçısı. Ankara Devlet Konservatuarı Tiyatro Bölümü mezunu olan sanatçı öğrenciyken, Cüneyt Gökçer'in yönettiği *Anne Frank'ın Hatıra Defteri*'nde Anne'yı, Mahir Canova'nın yönettiği *Antigone*'da Antigone'u oynayarak dikkat çekti. Tiyatro Bölümü'nü bitirince Devlet Tiyatroları kadrosuna girdi. Metin Erksan'ın *Suçlular Aramızda* filminde yönetmen asistanlığı yaptı. Daha sonra Ali Poyrazoğlu tiyatrosuna geçen Yenersu, o süreçte Yılmaz Güney'in oyunculuk önerisini reddedip asistanlığını yaptı. 1983-1984 yıllarında Ankara Sanat Tiyatrosu'nda Rutkay Aziz'le birlikte *Güneyli Bayan*'da oynadı. Dostlar Tiyatrosu'nda çalıştı. Çok sayıda seslendirme yaptı. 2004'te yaşamı boyunca tiyatro dalında başarılı çizgisini sürdürmüş tiyatro sanatçılarına verilen Nisa Serezli Aşkıner Ödülü'nü aldı. Ayrıca Uluslararası İskenderiye Film Şenliği En İyi Kadın Oyuncu, Avni Dilligil En İyi Kadın Oyuncu, Sanat Sevenler Derneği En İyi Kadın Oyuncu, Tiyatro 79 En İyi Kadın Oyuncu ödüllerne layık bulundu. Şu filmlerde yer aldı: *Sırça Kümes* (1977), *Sen de Gitme* (1995), *Oyunlar ve Gerçekler* (2000), *Mağlupların Zaferi* (2000), *Büyükada'da Sürgün* (2000), *Savunma* (2001), *Bakış* (2003), *Kasırga İnsanları* (2004), *Yolpalas Cinayeti* (2004), *Sen Ne Dilersen* (2005).

KAYNAKÇA

Kıymet Coşkun'un Söyleşi Yaptığı Kişiler

Acun Günay

Arif Keskiner

Barış Üregül

Güler Ökten

İbrahim Astarcıoğiu

İbrahim Öz

Nijad Yazıcı

Nurettin Şen

Rutkay Aziz

Şeref Gür

Şerif Sezer

Umur Bugay

Yavuz Özkan

Yılmaz Okyay

Zeki İrfanoğlu

Fotoğrafların Alındığı Kaynaklar

Coşkun Aral Fotoğraf Arşivi

Coşkun Kıymet Arşivi

Cumhuriyet Gazetesi Arşivi

Çelik İsa Arşivi

DİSK Arşivi

Hasan Keseroğlu Arşivi

Nâzım Hikmet Vakfı Arşivi

Sarıyer Belediyesi Fotoğraf Arşivi

SESAM Arşivi

Şişli Belediyesi Fotoğraf Arşivi

Taner Barlas Arşivi

Tarık Akan Aile Fotoğraf Arşivi

Taş İlköğretim Okulları Arşivi

Yayınlar

Akan, Tarık, *Anne Kafamda Bit Var*, Can Yayınları, İstanbul, 2002.

Dorsay, Atilla, *12 Eylül Yılları ve Sinemamız*, İnkılâp Kitapevi, İstanbul, 1995.

Dündar, Can, "*Tarık Akan'ın Dönüşü*" *Bir Yüzün İki Hali Tarık Akan*, KİV Yayınları, Ankara, 2005.

Evren, Burçak, *Tarık Akan Anısına*, Adana Altın Koza Yayınları, Adana, 2016.

Karadoğan, Ali, "Bir Yüzün İki Hali: Tarık Akan", *Bir Yüzün İki Hali: Tarık Akan*, KİV Yayınları, Ankara, 2005.

Karadoğan, Rukiye, "Tarık Akan: Bir Yıldızın Yolculuğu", *Bir Yüzün İki Hali: Tarık Akan*, KİV Yayınları, Ankara, 2005.

Kıraç, Rıza, *Sinemamızın Yüzüncü Yılında 100 Yönetmen*, Say Yayınları, İstanbul, 2014.

Özgüç, Agâh, *Türk Film Yapımcıları Sözlüğü*, Film Yapımcıları Derneği Yayınları, İstanbul, 1986.

Özgüç, Agâh, *Bütün Filmleriyle Yılmaz Güney*, Afa Yayınları, İstanbul, 1990.

Özsoy, Güngör, *Yeşilçam'da 50 Yıl*, Dönence Basım Yayın Hizmetleri, İstanbul, 2007.

Scognamillo, Giovanni, *Türk Sinema Tarihi*, Metis Yayınları, İstanbul, 1988.

Tatlı, Osman, *Türkiye Sineması ve Sinemada Algı*, Akis Kitap, İstanbul, 2015.

* * *

İrfanoğlu, Vicdan, "Tarık Akan ile Türk Sineması ve Sanatçı Kimliği Üzerine Hediye", *Sinemakara*, İstanbul, Ocak 2012, Sayı: 1.

* * *

Özgentürk, Nebil, *Bir Yudum İnsan Belgeseli: Tarık Akan*, İstanbul, 2016.